FRANCESCO DIMITRI

Das Buch der verborgenen Dinge

Roman

Aus dem Englischen übersetzt
von Felix Mayer

WILHELM HEYNE VERLAG
MÜNCHEN

Titel der englischen Originalausgabe
The Book of Hidden Things

Deutsche Erstausgabe 03/2020
Redaktion: Martina Vogl

Printed in Germany
Umschlaggestaltung: DAS ILLUSTRAT, München,
unter Verwendung eines Designs von Julia Lloyd
Satz: Vornehm Mediengestaltung GmbH, München
Druck und Bindung: CPI books GmbH, Leck
ISBN 978-3-453-32035-2
www.heyne.de

Für jene *Paola.*
Wenn ein Orkan aufzieht, bist du das Auge.
Wenn die Sonne herunterbrennt, bist du der Schatten.
Wenn alles gut zu sein scheint, zeigt sich:
Du bist besser.

Ihr Gang war nicht ein irdisch sterblich Wesen,
Vielmehr von Engelart; aus ihrem Munde
Ertönten Worte, nicht wie Menschenlaute;

Ein Engel war's, ja Sonne, was ich schaute.
Und wär nun auch nicht mehr, was einst gewesen;
Ob schwächern Bogens heilet keine Wunde.

Francesco Petrarca, *Canzoniere,* Sonett 90

FABIO

1

Am Tisch neben mir sitzt ein älteres deutsches Ehepaar. Als der Kellner meinen örtlichen Akzent erkennt, den ich trotz aller Bemühungen nicht unterdrücken kann, zwinkert er mir zu und sagt: »Die sind aus Berlin. Sind vor einem Monat hergezogen.« Er ist ganz begeistert davon, dass es Leute gibt, die von so weit weg hierherkommen, um in diesem Drecksloch zu versauern. Ich frage mich, warum sie sich ausgerechnet Casalfranco ausgesucht haben. Weil hier immer die Sonne scheint? In Berlin haben sie doch bestimmt Solarien. Ich werfe einen Blick auf die beiden. Sie wirken glücklich. Noch.

Mir gefällt es hier nicht. Damit meine ich nicht die Pizzeria, die ist in Ordnung. Nein, ich meine diesen Ort, diese Gegend: Apulien. Ja, natürlich, zu dieser Jahreszeit schlägt einem hier der berauschende Duft von Rosmarin, Zitronen und blühendem Thymian entgegen. Als ich vorhin, an diesem warmen Juniabend, aus dem Taxi gestiegen bin, war ich so überwältigt, dass ich die Augen geschlossen und all das geradezu aufgesogen habe, wie köstlichen Wein bei einem romantischen Abendessen. Doch in Wahrheit ist diese Region eine Venusfalle. Noch drei Wochen, dann hat die Sommersonne alle Gerüche verdampfen lassen und den Boden zu Staub verbrannt, und das wenige Leben, das noch verblieben ist, wird einen Krieg um die letzten Wasserreste führen, die tief in der Erde verborgen sind. Ich habe Casalfranco nicht vertraut, als ich noch hier gelebt habe, und ich vertraue ihm noch weniger, seitdem ich von hier weg bin. Ein rauer, wilder Ort. Ich bin nur für den heutigen Abend zurückgekommen, nur wegen des Paktes. Und ehrlich gesagt bin ich nicht sicher, ob der Pakt noch gilt. Es ist ohnehin ein Wunder, dass er so lange gehalten hat.

Ich sitze an einem Ecktisch, aber nicht an irgendeinem, sondern an *unserem* Tisch. Er war frei, als ich gekommen bin. Noch bin ich allein mit drei leeren Stühlen, und ich frage mich, ob die anderen auftauchen werden. Neben mir erhebt sich der Holzofen, ein höhlenartiges Maul aus weißen Steinen. Ein *pizzaiolo* mit dunkelbrauner Haut bearbeitet mit ruckartigen Bewegungen einen Klumpen Teig, ein anderer schiebt eine Pizza in den Ofen, die vor Parmaschinken, Rucola und Parmesanspänen nur so überquillt. Der dunkelbraune Typ kommt mir bekannt vor, ich glaube, er heißt Guido oder Gianni oder so ähnlich. Ich war mit seinem Cousin in einer Klasse.

Ich bin vom Flughafen Brindisi direkt ins American Pizza gekommen (wo die Pizza so italienisch ist, wie es nur geht). Von dem Wagen, den ich bestellt hatte, war – in guter südländischer Tradition – keine Spur zu sehen gewesen. Zwei Stunden später konnte ich endlich einen anderen auftreiben, weshalb ich zu dem Treffen des Paktes, das seit ewigen Zeiten (oder jedenfalls seit unserer Gymnasialzeit) zur selben Stunde beginnt, zwanzig Minuten zu spät kam. Ich rief in der Pension an und gab Bescheid, dass ich erst nach dem Abendessen kommen würde. Ich hatte vergessen, dass in Süditalien eine Verspätung von zwanzig Minuten bedeutet, dass man zwischen zehn Minuten und einer halben Stunde zu früh dran ist. Ich vergesse das jedes Mal. Art meint, ich mache das absichtlich, aber das glaube ich nicht.

Vielleicht ist es mit dem Pakt vorbei.

Sie werden kommen, rede ich mir ein. *Sie werden kommen.* Während der gesamten Fahrt vom Flughafen hierher habe ich mir das immer wieder vorgesagt. *Wir haben einen Pakt. Sie werden ihn nicht brechen.* Der Pakt war Arts Idee. Im Grunde ist er eine dumme Spielerei. Letztes Jahr habe ich mir geschworen, nicht mehr mitzumachen, und wenn die Jungs heute nicht auftauchen (wovon ich mittlerweile fast überzeugt bin), werde ich mir wie ein Idiot vorkommen. Mit dem Geld, das mich diese Reise gekostet hat, hätte ich Besseres anfangen können. Der Flug und die Pension waren zwar spottbillig, aber seit einiger Zeit bedeutet »spottbillig« für mich dasselbe wie »sündhaft teuer«. Trotzdem sitze ich jetzt hier.

Ich vertilge eine knoblauchgetränkte Bruschetta, und als ich sie mit einem Schluck Primitivo hinunterspüle (ein kräftiger Roter, der typisch für die Gegend ist), betritt Mauro die Pizzeria. Also kommt wenigstens einer von ihnen. In seinen cremefarbenen Chinos, dem weißen Hemd und dem marineblauen Sakko mimt er den Erwachsenen, und das mit einer Leichtigkeit, von der ich nur träumen kann. Wie es den Regeln des Paktes entspricht, nicke ich ihm zur Begrüßung nur leicht zu, als sähen wir einander regelmäßig. Er grüßt auf dieselbe Weise zurück und kommt an den Tisch. Seit unserem letzten Treffen vor zwei Jahren hat er ein paar Pfunde zugelegt, und seine Frisur ist gepflegter. Beides gefällt mir.

»Wartest du schon lange?«, fragt er und setzt sich.

»Nicht so lange wie beim letzten Mal.«

»Also ein gewisser Fortschritt.«

»Ein winziger, Mauro, ein winziger.«

Er lächelt und schenkt sich Wein ein. »Ich hatte meine Zweifel, ob wir dich wiedersehen würden.«

»Ich auch.«

»Wann bist du angekommen?«

»Gerade eben. Ich bin vom Flughafen direkt hierhergefahren.«

»Und du warst vorher nicht bei Angelo?«

»Er weiß nicht, dass ich hier bin.«

Das Lächeln verschwindet aus Mauros Gesicht. Wir sind zu lange miteinander befreundet, als dass wir unsere Gefühle voreinander verbergen könnten. Ich weiß genau, dass er mich jetzt für einen Mistkerl hält. Er versteht die Beziehung zwischen mir und meinem Vater nicht. Das kann ich ihm nicht verübeln – meistens verstehe ich sie genauso wenig.

»Ich wohne nicht bei ihm«, sage ich zur Erklärung. »Ich habe mir ein Zimmer in einer Pension genommen. Ich reise morgen früh wieder ab, und der kurze Aufenthalt war mir die Scherereien mit meinem Vater nicht wert.« *Hör auf damit. Du bist ein erwachsener Mann, du brauchst dich nicht zu rechtfertigen.*

»Und wenn du jemandem über den Weg läufst, der dich kennt und ihm davon erzählt?«

»Ich hoffe einfach mal, dass das nicht passiert.«

Mauro hebt die Hände zum Zeichen, dass er aufgibt, und sagt: »Ich bin gestern angekommen.«

»Hast du Art getroffen?«

»Was glaubst du?«

Ich glaube, er hat ihn nicht getroffen. Das käme einem Bruch des Paktes gleich. So lächerlich der Pakt ist, wir nehmen ihn ernst oder haben ihn zumindest bis jetzt immer ernst genommen. Jedenfalls komme ich seinetwegen seit siebzehn Jahren einmal im Jahr nach Casalfranco, mit Ausnahme des letzten Jahres. Was mein achtzigjähriger verwitweter Vater nicht schafft – der Pakt schafft es. Dieses Treffen dürfte unsere Abschiedsvorstellung sein, und ich will das Beste daraus machen.

»Art hat doch einen an der Waffel«, sagt jemand hinter mir.

Mauro steht auf. »Tony!«

Ich drehe mich um. Tony verbeugt sich und macht eine ausladende Geste. »Mittlerweile nennt man mich *Der Große Tony.*«

Tony ist eher klein, aber muskulös und kräftig gebaut. Er trägt ein ärmelloses Shirt, und auf den ersten Blick ist klar, dass man sich besser nicht mit ihm anlegt. Seine Erscheinung war schon immer Respekt einflößend, und er hat auch schon immer gern den Clown gespielt. Wenn andere Art schikanieren wollten, gaben sie meist nach ein paar halbherzigen Versuchen wieder auf – hauptsächlich wegen Tony, obwohl Art auf seine Weise auch Angst einflößend sein konnte. Wir hatten damit gerechnet, dass Tony Profiboxer werden oder sich als Handlanger bei der Sacra Corona Unita verdingen würde, der regionalen Mafiaorganisation. Er ist dann Chirurg geworden, und zwar ein ziemlich guter. Vor ein paar Monaten ist ihm eine komplizierte Herztransplantation gelungen, was ihm seine fünfzehn Minuten Ruhm beschert hat. Wir haben uns früher oft geirrt. Auch was Art angeht. Wir haben so viel erwartet.

Tony legt mir eine Hand auf die Schulter. »Wie ich sehe, beehrst du uns diesmal mit deiner Anwesenheit.«

»Tut mir leid, dass ich es letztes Jahr nicht geschafft habe.«

»Schäm dich was«, sagt Tony und setzt sich.

»Ich habe von deinem Meisterstück gelesen«, sagt Mauro zu ihm.

»Das war wirklich beeindruckend«, setze ich grinsend hinzu. »Ich dachte immer, du könntest ein Herz nicht von einer Niere unterscheiden.«

»Das war Glück«, erwidert Tony. »Ich halte zufällig ein Herz in der Hand, stolpere, das Ding fliegt in hohem Bogen durch die Luft und landet genau an der richtigen Stelle. Aber unter uns gesagt«, fügt er leise hinzu, »ich bin mir nicht sicher, ob es das Herz eines *Menschen* war. Hätte auch von einem Hund sein können.«

»Solange es seinen Dienst tut«, meint Mauro.

»Jedenfalls hat der Typ nicht angefangen zu bellen. Noch nicht. Aber wie geht's euch denn so?«

»Alles in Ordnung«, antwortet Mauro.

Das ist maßlos untertrieben. Mauro ist nicht gerade das, was man genügsam nennt. Ganz im Gegenteil. Bei ihm heißt es eher: Wenn du mich nicht kennst, bin ich zu teuer für dich. Mauro lebt in Mailand und ist Anwalt, Fachgebiet Steuern und Finanzen. Er lebt da, wo das Geld ist, und wenn du da lebst, wo das Geld ist, dann lebt früher oder später ein Teil des Geldes bei dir.

»Kann nicht klagen«, sage ich. Was eine glatte Lüge ist.

»Natürlich nicht«, sagt Mauro mit einem Augenzwinkern. Er glaubt, bei mir läuft alles bestens. Kein Wunder, er hat ja keine Ahnung, keiner von ihnen hat eine Ahnung, und heute Abend kann das von mir aus ruhig so bleiben. Morgen habe ich noch genug Zeit, um mir den Scherbenhaufen anzusehen, den mein Leben im Moment darstellt.

Ich sehe auf die Uhr. »Wo bleibt denn Art? Es ist schon spät.«

»Nur die Ruhe, ich bin doch auch eben erst gekommen«, entgegnet Tony.

»Ja, aber du warst selbst für hiesige Verhältnisse ordentlich zu spät.«

»Sag mal, Fabio, mein Bester, brauchst du vielleicht was zu essen? Wenn du hungrig bist, wirst du unausstehlich.«

»Ja, ich könnte schon etwas vertragen«, gebe ich zu. Die Bruschetta von vorhin habe ich kaum bemerkt. Südländer haben einen gesunden Appetit, und etwas anderes zu unterstellen, ist eine tödliche Beleidigung. Das ist die ganze Macht von Casalfranco: Sobald man die Stadt betritt, verfällt man in alte Gewohnheiten.

Mauro winkt einem Ober. »Eine Runde Antipasti, bitte«, sagt er. »Wir warten noch auf einen Freund.«

2

Art hat große Ohren und eine große Nase, Augen so schwarz wie die Nacht und eine Brille mit Gläsern so dick wie Flaschenböden. Mitte der Neunziger fand niemand so eine Erscheinung attraktiv, der Typus des Nerds kam erst später in Mode. Aber in Schubladen hat Art sowieso nie gepasst. Er war gut in der Schule, und obwohl seine Umgangsformen bisweilen etwas verstörend waren, ging etwas von ihm aus – eine Spannung, eine *magnetische* Kraft, wie man vielleicht sagen könnte –, das ihn von den üblichen Sonderlingen unterschied. Dazu kam, dass er keine Angst vor Mädchen hatte (genauso wenig wie vor älteren Jungs, Pfarrern oder Lehrern). Er war es, der Anna in Mauros Leben gebracht hat. Da waren wir fünfzehn.

Wir lernten Anna und Rita in Portodimare kennen, einem Dorf am Meer, rund zehn Kilometer von Casalfranco entfernt. Die beiden kamen oft an den selben Strandabschnitt wie wir. Der Strand dort war aus weichem, weißem Sand und ging nahtlos ins Meer über, das fast so hell wie der Himmel war. Wenn von Norden her die Tramontana wehte, präsentierte sich das Meer *come una tavola,* so flach wie eine Tischplatte. Vom Ufer aus konnte man bis zum sandigen, mit Felsbrocken übersäten Meeresboden hinabsehen, über den Schwärme von *cazzi di Re* huschten (»Königsschwänze«, eine Fischart mit leuchtendem Schuppenkleid). Sie tragen ihren Namen, weil dem Volksmund zufolge der Schwanz eines Königs mehr Farben hat als der eines gewöhnlichen Mannes.

An Fische waren wir gewöhnt, an Mädchen dagegen nicht. Anna und Rita waren uns aufgefallen, weil ihr Akzent verriet, dass sie aus Mailand kamen, weshalb sie einen gewissen Respekt verdienten. Wir hatten keine Ahnung, wie wir uns solchen weitgereisten, bourgeoisen und des Lebens überdrüssigen Mädchen *aus Mailand* nähern sollten. Sie hatten ein Auge auf uns geworfen (wahrscheinlich, weil ihnen langweilig war), aber den ersten Schritt zu machen, war ganz klar Sache der Jungs. Anfangs herrschte eine Pattsituation: Wir beäugten sie, und sie beäugten uns, und niemand bewegte sich einen Zentimeter. Bis Art eines Tages sagte: »Jetzt reicht's.«

Wir hatten am Strand in der brüllenden Hitze Fußball gespielt und gehofft, die Mädchen würden unseren athletischen Kunststücken Beachtung schenken. Aber sie hatten uns nicht eines Blickes gewürdigt. Anschließend hatten wir uns durch einen Sprung ins Wasser abgekühlt, die zwei Flaschen Eistee geleert, die Mauro aus seiner Tasche hervorgeholt hatte, und saßen nun ratlos und frustriert im Sand.

»Schon klar«, entgegnete ich genervt. »*Du* hast natürlich wieder die zündende Idee.«

Art neigte sich zu mir und richtete zwei Finger auf seine

Augen, wie um zu sagen: *Schau genau zu.* Dann sprang er auf und stolperte dabei fast über den Ball. Wir lachten, aber er ließ sich nicht aus dem Konzept bringen. Er rückte seine Brille zurecht und marschierte in seiner viel zu großen Badehose zu Anna und Rita hinüber, die auf ihren Handtüchern in der Sonne lagen. Dort angekommen, ging er neben Rita in die Hocke und fragte sie: »Kann ich dich mal kurz stören?«

»Wenn's sein muss«, sagte sie verächtlich.

»Mir sind deine Hände aufgefallen.«

»Meine Hände?«

Art nickte und fügte vollkommen ernst hinzu: »Meine Mutter ist Zigeunerin. Von ihr habe ich das Handlesen gelernt.«

»Vergiss es.«

Art lachte. »Ich habe nicht behauptet, dass ich daran glaube.«

»Und warum willst du ausgerechnet *meine* Hände lesen?«

Ohne ein weiteres Wort ergriff er ihre rechte Hand. Sie ließ es geschehen. Wie ein Kobold aus einem Märchen beugte er sich über sie und fuhr mit seinem linken Zeigefinger den Rand ihrer Handfläche entlang. Bei jedem anderen wäre diese Geste einfach nur gruselig gewesen, aber Art war so entwaffnend, dass selbst ich mich darauf eingelassen hätte, und ich weiß nun ganz sicher, dass seine Mutter so wenig eine Zigeunerin war, wie ich ein Schwede bin.

»Deine Hände haben eine ganz besondere Form«, erklärte Art. »Meine Mutter würde sagen, es sind die Hände einer Träumerin. Du bist eine sehr feinfühlige junge Frau, nicht wahr?«

Rita brachte vor Staunen den Mund nicht mehr zu. »Woher weißt du das?«

»Das lässt sich alles hier ablesen. Und schau hier, diese

Linie! Die Beziehungslinie. Erkennst du sie? Voller Windungen und hochdramatisch. Du bist schwer zu fassen. Deine ausgeprägte Sensibilität unterscheidet dich von den anderen. Du hast eine Menge Freunde, fühlst dich aber dennoch bisweilen einsam.«

»Das … das stimmt«, bestätigte Rita.

Jetzt ging Anna dazwischen. »Du Dummschwätzer«, sagte sie und gab Art einen leichten Knuff. Sie schien eher amüsiert als genervt. Art verlor das Gleichgewicht und kippte aus seiner Koboldhaltung, woraufhin wir alle schallend loslachten. Es kam nicht oft vor, dass ihm das ins Gesicht gesagt wurde.

Auch Art musste lachen. »Ja«, sagte er, »da hast du vielleicht recht.« Das Eis war gebrochen, er hatte uns gezeigt, dass es möglich war, und schon wieder das Interesse an der Sache verloren. Das ist Art, wie er leibt und lebt: im Handumdrehen Feuer und Flamme, und genauso schnell wieder gelangweilt. Uns und dem Pakt bleibt er treu, und mehr Stabilität braucht er im Leben nicht.

3

Noch immer keine Spur von Art.

Wir lassen uns die Antipasti schmecken (warmes Brot, Parmaschinken, frittierte Calamari, im Ofen gebackene Muscheln, Hartkäse, gegrilltes Gemüse und Oliven – überall sonst wäre das eine vollständige Mahlzeit, hier dagegen ist es eine Art Aufwärmübung), anschließend Pizza und dazu zwei Flaschen Primitivo, und Art lässt sich immer noch nicht blicken. Selbst Mauro, den sonst nie etwas aus der Fassung bringt, wirkt enttäuscht. Am Abend des Paktes ist man zur Stelle. Man kann im Ausland leben, verheiratet sein oder in einem fremden Land zum König gekrönt werden, doch am Abend des Paktes ist man zur Stelle. Ohne Wenn und Aber. So lautet jedenfalls die Theorie, und wir haben sie erstaunlich lange in die Praxis umgesetzt. Beim ersten Treffen, während unseres ersten Studienjahres, hatte keiner von uns damit gerechnet, dass die anderen kommen würden, aber dann waren wir alle da. Anschließend machten wir eine Art Sport daraus, dem Pakt treu zu bleiben und darauf zu warten, wer als Erster ausscheren würde.

Je länger wir an dem Pakt festhielten, desto wichtiger wurde er für uns. Vor vier oder fünf Jahren sagte Art, wir seien in einer Schleife gefangen, wie sie oftmals zu beobachten sei: Man glaubt, das eigene Handeln sei von Bedeutung, einfach, weil es das eigene Handeln ist. Je länger man etwas tut, für desto wichtiger hält man es und desto weniger kann man sich vorstellen, damit aufzuhören. »Diesen Zustand nennt man kognitive Dissonanz«, sagte er. »Wenn du jeden Tag an einem Schreibtisch sitzt, bist du irgendwann davon überzeugt, dass dein Job unverzichtbar ist, ja sogar, dass er dir gefällt. Wenn du lange genug Messwein trinkst, glaubst du irgendwann, dass er das Blut Christi ist.« Ich fragte ihn, ob das heißen solle, dass er nicht mehr an unseren Pakt glaube. »Doch«, antwortete er. »Doch, das tue ich.«

Letztes Jahr habe ich den Pakt gebrochen. Ich hatte keine Lust, über mein Leben zu reden, und ich hatte keine Lust, Mauro und Tony zu begegnen und mir anzuhören, wie erfolgreich sie sind. Ich hatte lange überlegt, ob ich den anderen sagen sollte, dass ich nicht kommen würde, und mich dann entschieden, es nicht zu tun, denn ich wusste, dass Tony protestieren und Mauro mir Vorwürfe machen würde und dass Art mich so lange bequatschen würde, bis ich dann doch fahren würde. Ich redete mir ein, dass es einem Bruch des Paktes gleichkäme, offen darüber zu sprechen, und es daher für alle besser wäre, wenn ich einfach nicht auftauchte.

Am späteren Abend rief mich ein völlig verzweifelter Tony an, der befürchtete, etwas Furchtbares sei geschehen. Nachdem ich klargestellt hatte, dass ich wohlauf war, schrie Art im Hintergrund »Verräter!« und lachte dabei, und auf einmal sehnte ich mich danach, bei ihnen zu sein. Als ich vor drei Tagen entgegen jeder Vernunft beschloss, dieses Jahr zu kommen, dachte ich wieder an dieses »Verräter!«.

»Und dieses Jahr lässt Art uns sitzen«, sagt Mauro. »Du hast damit angefangen, Fabio.«

»Ich hatte zu tun.«

»Du kannst nie so viel zu tun haben, dass du keine Zeit für den Pakt hast«, erklärt Tony in der Manier eines Oberlehrers.

»Wie oft muss ich noch sagen, dass es mir leidtut?«

»Noch sehr oft. Die Kumpels sitzenzulassen, das passt zu dir, aber nicht zu Art.«

Ich greife nach meinem Handy. »Bringen wir's hinter uns.«

»Damit brichst du den Pakt.«

»Der Pakt ist Kinderkram, Tony.«

»Und was machst du dann hier?«

Ohne auf seine Bemerkung einzugehen, wähle ich Arts Nummer. Mein Anruf landet direkt auf der Mailbox. »Sein Handy ist aus.«

Mauro signalisiert dem Ober, dass wir zahlen wollen. »Er wohnt in seinem alten Haus, nicht wahr?«

»Ganz genau«, sagt Tony.

Vor neun Jahren ist Arts Vater gestorben, und vor zwei

Jahren seine Mutter, woraufhin er beschloss, von Prag, wo er damals lebte, zurück nach Casalfranco zu ziehen. Das kam für uns alle überraschend, denn er hasste Apulien aus tiefstem Herzen, und er erklärte uns auch nicht, weshalb er zurückkehrte. Ich fürchte, es war ein unüberlegter Entschluss. Etwas schien mit ihm nicht zu stimmen. Er war dürr geworden und sprach bei unserem Treffen die meiste Zeit über Steinmauern und darüber, wie »einzigartig« und »faszinierend« sie seien.

»Wir sollten nach ihm sehen«, sagt Mauro.

»Das wäre eine *gravierende* Verletzung des Paktes«, erwidert Tony. Er meint es nur halb scherzhaft.

»Aber du hast doch selbst gesagt, dass so ein Verhalten nicht zu Art passt.« Mauro steht auf. »Ich habe gleich vor der Tür geparkt.«

Ich will einwenden, dass wir den ganzen Abend getrunken haben und keiner von uns noch fahren kann, aber dann fällt mir wieder ein, wo ich bin. Nicht in London, sondern im Salento, der Halbinsel, die den Sporn des italienischen Stiefels bildet. Hier hat niemand ein Problem damit, sich betrunken ans Steuer zu setzen.

Wir zahlen – die Rechnung ist lächerlich niedrig – und treten aus dem Lokal auf die kleine, runde Piazza. Sie ist mit Steinen gepflastert, von weißen Häusern mit flachen Dächern gesäumt, und in der Mitte stehen in einem Blumenbeet zwei Palmen. In einer Ecke plätschert ein verrosteter Trinkwasserbrunnen. Der Hahn ist abgebrochen, sodass das Wasser unaufhörlich herausläuft. Dieses Plätschern ist das lauteste Geräusch in der milden mediterranen Nacht. Wir gehen durch eine schwach erleuchtete Gasse und schrecken dabei eine vereinzelte Katze auf. Ich bin nur noch so selten hier, dass mir das Stadtbild fremd geworden ist, die engen Sträßchen und die klapprigen Türen, diese bizarre und mittlerweile heruntergekommene Mischung aus arabischen, griechischen und französischen Elementen. Casalfranco wirkt kleiner, als es ist. Die Stadt hat fünfunddreißigtausend Einwohner, gibt sich aber wie ein Dorf. Als ich hier aufgewachsen bin, existierte keine Buchhandlung, kein Kino, kein Theater. Wenn ich Bücher kaufen wollte, musste ich eine Stunde lang mit dem Bus fahren. Ein Heimatforscher hat einmal herausgefunden, dass alle Einwohner der Stadt miteinander verwandt sind. Dieser inzestuöse Zustand erklärt so manches.

Mauros Auto ist eine Ford-Limousine. Kein Angeberwagen, aber scheckheftgepflegt. Tony läuft zur Beifahrertür und ruft: »Ich sitz vorne!«

Ich lande auf der Rückbank, zwischen einem Kindersitz und einem Quietscheentchen. »Ist Anna auch mitgekommen?«, frage ich, als Mauro den Motor startet.

»Frau und Kinder, die ganze Bagage. Wir nutzen die Zeit, bevor die Touristenmassen kommen, und hängen noch ein paar Tage Urlaub dran.«

Zum Glück ist das für mich kein Thema. Mein Rückflug geht morgen früh um halb sechs. Eine Begegnung mit Anna ist so ziemlich das Letzte, was ich jetzt brauche.

Tony holt ein Päckchen Zigaretten hervor und bietet mir und Mauro eine an. Schweigend rauchen wir, während Mauro aus der Stadt hinausfährt. Arts Haus liegt auf dem Land, etwa zehn Kilometer südlich von Casalfranco. Wir alle würden den Weg auch mit verbundenen Augen finden, so oft sind wir ihn gegangen, als wir noch Kinder waren.

Bestimmt geht es Art gut. Wenn man sich wegen etwas Sorgen macht (ein geliebter Mensch kommt zu spät oder eine wichtige Vorsorgeuntersuchung steht an), stellt sich fast immer heraus, dass alles in Ordnung ist. Aber der heutige Abend ist so oder so versaut. Der *Pakt* ist versaut, und das ist ganz allein meine Schuld. Ich wusste, dass das früher oder später passieren würde, aber das macht es auch nicht besser. Ein Teil von mir vergeht vor Selbstmitleid und sagt: *Und wieder hast du eine Sache gründlich vor die Wand gefahren. Ganz der Fabio, wie man ihn kennt.* Vor meinem geistigen Auge sehe ich eine Miniaturausgabe meiner selbst, die mir höhnisch Beifall klatscht.

Die Stadt verliert sich in der offenen Landschaft, und schließlich fahren wir eine schmale Straße entlang, auf der es stockfinster ist – keine Laternen, keine Pfosten an den Straßenrändern, nicht die geringste Spur von Elektrifizierung. Die umliegende Gegend blitzt nur kurz auf, wenn das Licht der Scheinwerfer über sie hinwegstreicht. Sie ist so flach wie das Meer an den Tagen, an denen die Tramontana weht. Erst fahren wir durch Weinbauflächen mit gekrümmten Reben, dann durch Olivenhaine mit dicken Bäumen, deren in sich gewundene Stämme sich gleichfalls krümmen. Die Pflanzen, die hier wachsen, müssen mit sehr wenig Wasser und zu viel Sonne zurechtkommen, außerdem mit Wind, Hagelschlag und Gewittern. Nur die kräftigsten überleben, und selbst sie bleiben verschrumpelt und vernarbt zurück. Es ist eine zeitlose Landschaft, aber nicht in der Art, wie ich sie mag. Ich fühle mich zerbrechlich, wenn ich mich in ihr wiederfinde.

Mauro biegt auf einen Seitenweg ab, der gleichfalls durch Weinberge führt. Die jungen Trauben leuchten im Licht der Scheinwerfer. Dazwischen sind immer wieder die ovalen Blätter der Feigenkakteen zu erkennen, auf denen inmitten von Dornen schon die farbenfrohen Früchte heranreifen. Art stammt aus einer Bauernfamilie, die seit drei Generationen in dem Haus lebt, das sein Großvater mit eigenen Händen errichtet hat. Das massive, würfelförmige Gebäude steht am Ende des Feldweges, ein weißer Klotz mitten im Nichts. Früher gab es dort weder Rohrleitungen noch Strom. Erst Arts Vater sorgte für eine Modernisierung, doch jetzt ist davon nichts zu sehen. Das ganze Haus ist stockdunkel.

»Er ist nicht da«, sage ich.

Mauro parkt neben einem verbeulten alten Fiat Panda, der vermutlich Art gehört, und wir steigen aus. Als das Motorgeräusch verklungen ist, erfüllt das endlose Zirpen der Grillen die Luft.

»Art!«, ruft Tony. »Wir sind's!«

Durch das Zirpen der Grillen wird die Stille geradezu greifbar. Irgendwo in der Ferne bellt ein Hund, doch mehr ist nicht zu hören.

»Fabio hat recht. Er ist nicht zu Hause«, sagt Mauro.

»Und warum steht dann sein Auto da?«, entgegnet Tony. »Art!«, ruft er noch einmal. Er drückt auf die Klingel. Keine Reaktion.

»Seltsam«, sagt Mauro.

»Es wäre doch denkbar, dass er vergessen hat, dass unser Treffen heute ist«, sage ich zögerlich.

»So? Das wäre denkbar, meinst du?«

Ich schüttele den Kopf. Art glaubt nicht ans Vergessen.

»Wir sollten nachsehen«, schlägt Tony vor. »Vielleicht ist er verletzt. Oder …«

Er spricht nicht aus, was wir alle denken: *… oder vollkommen zugedröhnt.* Wir wissen nicht sicher, ob Art harte Drogen nimmt, aber wir haben uns hin und wieder darüber unterhalten und sind uns einig, dass es gut ins Bild passen würde. Es wäre nicht wirklich überraschend, wenn man bedenkt, was er durchgemacht hat. *Darüber* sprechen wir jedoch nie.

Ich werfe einen Blick unter die Keramikvase, die neben der Tür steht (und in der früher Geranien wuchsen, bevor Art sie hat verkümmern lassen). So wie sein Vater vor ihm hatte Art darunter immer einen Ersatzschlüssel versteckt. »Nichts.«

»Weißt du noch?«, sagt Tony. »*Ich* brauche für so ein billiges Schloss wie das hier keinen Schlüssel. Meine alten Tricks habe ich noch immer drauf.« Er legt die Hand auf die wacklige Klinke. »Oh«, entfährt es ihm.

Die Tür ist offen.

4

Wir haben den Pakt vor siebzehn Jahren im American Pizza begründet, an dem Abend, als Art sein Leben in die Tonne getreten hat. Unsere Schulzeit war fast vorbei, nur die letzten Prüfungen standen noch aus. Wir alle wollten zum Studieren weggehen: Tony nach Rom, Mauro nach Mailand, und ich hatte mir London in den Kopf gesetzt, diese unerschöpfliche Quelle exotischer Träume. Art würde in die USA gehen, nach Stanford, dank eines Stipendiums, an das keine Bedingungen geknüpft waren und sämtliche Kosten deckte. Dieses Stipendium war tagelang Stadtgespräch gewesen. Eine solche Unterstützung war für Art die einzige Möglichkeit, eine anständige Universität zu besuchen, und als er überlegt hatte, wo er sich bewerben sollte, hatte er beschlossen, dass er sich ruhig hohe Ziele stecken könnte.

Er wusste, dass man in Stanford einen Bewerber von einer unterdurchschnittlichen italienischen Schule sofort aussortieren würde. Also nahm er ein Projekt in Angriff, wie es typisch für ihn ist: In acht Monaten intensiver Arbeit schrieb und zeichnete er einen zweihundert Seiten starken Comic.

der auf seiner eigenen Übersetzung des *Goldenen Esels* von Lucius Apuleius beruhte, einer grotesken Geschichte voller Zauberei, Gestaltwandler und mystischer Kulte, mit der er sich zuvor leidenschaftlich beschäftigt hatte. Er übersetzte sie aus dem Lateinischen ins Englische, machte daraus ein Textbuch und fertigte die Zeichnungen dazu an, in einem Stil, der so unterschiedliche Einflüsse wie Steve Ditko und Francis Bacon zusammenführte. Dann verpackte er die Originalblätter und schickte sie nach Stanford – Farbkopien konnte er sich nicht leisten. Er hatte durchschlagenden Erfolg. Das Antwortschreiben war in seinem ausufernden Lob schon fast obszön. Seine Eltern kriegten sich gar nicht mehr ein vor Stolz, und uns ging es genauso. Ich glaube, wir waren niemals eifersüchtig auf Art und seine Fähigkeiten. Wir wussten, dass er in einer anderen Liga spielte.

Keiner von uns hatte vor, jemals nach Casalfranco zurückzukehren. Art und ich waren unserer Heimatstadt in unversöhnlichem Hass verbunden, Mauro schmiedete mit Anna, die inzwischen seine Freundin war, Pläne für die Zukunft (die sie dann alle verwirklichten), und Tony hatte etwas an sich entdeckt, das ihm ein Leben in Casalfranco mehr als unangenehm machen würde, auch wenn er uns erst sehr viel später einweihte.

Erstaunlicherweise zuckte mein Vater nicht mit der Wimper, als ich ihm eröffnete, dass ich weggehen würde. Er war sicher, dass ich scheitern würde. »Du wirst zurückkommen«, sagte er. Das sagten auch alle anderen. Dass die jungen Leute weggehen und eine Zeit lang woanders leben wollten, war normal, aber irgendwann kamen sie alle zurück. *Ti Casalfrancu sinti* – mit diesen dialektgefärbten Worten wurde man von den lebensklugen Einwohnern der Stadt an die eigene Herkunft erinnert. *Du bist aus Casalfranco,* und dein Geburtsort ist dein Schicksal, also markier hier nicht den großen Macker. Wer zwischen ausgetrockneten Erdschollen, Königsschwänzen und der Corona aufwuchs, war in der Tat nicht besonders gut auf die große weite Welt vorbereitet. Casalfranco war wie ein Gummiband: Man konnte es dehnen, aber früher oder später riss es einen wieder an den Ausgangspunkt zurück. In unserem Jahrgang waren Mauro, Tony und ich die Einzigen, die weggingen und auch wegblieben. Selbst Art kam irgendwann zurück. Das ist traurig und auch irgendwie ungerecht, denn ohne seinen Einfluss hätten wir anderen der Anziehungskraft Casalfrancos womöglich nicht widerstanden.

In dieser weit zurückliegenden Zeit, als Urlauber und Rentner die Region noch nicht für sich entdeckt hatten, war das American Pizza ein trostloser Ort: eine Handvoll abgenutzter Tische mit rot-weiß karierten Tischdecken, an der Wand das vergilbte Foto eines örtlichen Fußballvereins und in einer Ecke eine kränkliche gelbliche Pflanze, die wir in Anspielung auf *The Little Shop of Horrors* Audrey getauft hatten. Das Lokal war ein schäbiger Laden mit einem entsetzlich provinziellen Namen, aber die Pizza war gut. Genauer gesagt, sie war billig. Das American Pizza war die einzige Pizzeria, die Art sich leisten konnte.

Alles fing damit an, dass er sagte: »Ich gehe nicht nach Stanford.«

»Und was machst du stattdessen? Angeln gehen?«, witzelte Tony.

»Ich meine das ernst.«

Tony und ich sahen uns an. Mauro wischte sich den geschmolzenen Mozzarella von den Lippen und fragte: »Wirklich?«

»Voll und ganz. Es ist etwas passiert.«

»Ist mit deinen Eltern alles in Ordnung?«, wollte Tony wissen.

»Etwas *Gutes* ist passiert.« Art machte eine theatralische Pause, sah uns der Reihe nach an und verkündete dann: »Ich habe einen Buchvertrag für meinen Comic. Jemand im Zulassungskomitee von Stanford hat einen Bruder, der als Lektor in einem Verlag arbeitet. Eines führte zum anderen, und jetzt will er die Rechte an meinem Buch kaufen.«

»Das ist ja großartig!«

»Ich weiß.«

»Und warum ist das ein Grund, nicht nach Stanford zu gehen?«, fragte Mauro.

»Sie zahlen mir einen Vorschuss. Wenn ich mir hin und wieder etwas dazuverdiene, reicht das aus, um ein Jahr lang freizumachen.«

»Und das soll besser sein als ein volles Stipendium an einer der coolsten Unis der Welt?«

»So habe ich mehr Zeit, um meine Interessen zu verfolgen.«

Wir schwiegen eine Weile. Wir kannten Art zu gut, um zu glauben, dass er scherzte. »Ich hoffe, du hast dir das gut überlegt«, sagte Mauro.

Art wischte die Bemerkung mit einer Geste beiseite. »Ich habe das Stipendium diesmal bekommen, also kann ich es jederzeit wieder bekommen, wann immer ich will. Ich nehme mir einfach nur ein Jahr Auszeit. In anderen Ländern ist das völlig normal.«

»Und wo gehst du stattdessen hin?«, wollte ich wissen.

»Nach Turin. Da gibt es ein paar Bibliotheken, die ich mir ansehen will. Und dann nach Volterra. Ein faszinierender Ort.«

»Lass uns nach den Prüfungen noch mal darüber reden«, meinte Tony.

»Ich habe Stanford schon abgesagt.«

Wieder entstand ein Schweigen, bedrückender als das

erste. Als wir vierzehn gewesen waren, war Art etwas widerfahren, das ihm mehr Schaden zugefügt hatte, als wir alle ahnten, aber in diesem Augenblick fragte ich mich zum ersten Mal ernsthaft, ob er noch bei Sinnen war.

»Ich gehe weg von hier. Genau das wollte ich immer«, fuhr er fort. Dann biss er ein Stück von seiner Pizza ab und sagte mit vollem Mund: »Und *das* hier ist das einzige, was ich an dieser beschissenen Stadt vermissen werde.«

»Es gibt schlimmere Orte als Casalfranco«, entgegnete Mauro.

»Sei dir da mal nicht so sicher«, sagte ich. »Diese Stadt ist ein Ungeheuer, das dir das Mark aus den Knochen saugt.« Wir waren alle erleichtert, dass wir das Thema wechseln konnten.

»Aber die Pizza ist klasse«, warf Tony ein.

»Das stimmt«, gab Art zu. »Aber seien wir ehrlich: In einem Jahr werden wir merken, dass sie *so toll* nun auch wieder nicht ist. Wir mögen sie, weil wir mit ihr so viele Erinnerungen verbinden.«

»Und das heißt, dass wir angenehme Erinnerungen haben«, sagte Tony. »Dass der Arsch der Welt doch ein paar schöne Seiten hat.«

Art nickte. »In der Tat. Die Pizza wird mir fehlen, und ihr werdet mir auch fehlen.«

Das Gespräch fand nicht vor tausend Jahren statt, aber noch in Zeiten vor Facebook, vor Skype und bevor jeder ein Handy hatte – zumal im Süden. Entfernungen spielten noch eine Rolle.

»Es ist ja nicht so, dass wir uns nie wiedersehen werden«, sagte Tony.

»Doch, irgendwie ist es schon so«, erwiderte Art. »Schließlich hat keiner von uns vor, andauernd hierherzukommen, oder? An Weihnachten und im Sommer, wenn überhaupt.«

»Ist das hier dann so was wie ein letztes Abendmahl?«

Ich hielt ein Pizzastück mit Anchovis und Kapern hoch und sagte mit tiefer Stimme: »›Wahrlich, ich sage euch: Einer unter euch wird mich verraten.‹«

»Wir alle werden einander verraten«, sagte Art. »Wir alle werden neue Freunde finden.«

»Und Freundinnen, und zwar eine ganze Menge«, sagte Tony. »Nehmt's nicht persönlich, Jungs, aber für ein Paar ordentliche Titten verkaufe ich meine besten Freunde, ohne mit der Wimper zu zucken.« Zur Veranschaulichung hielt er sich die Hände mit gespreizten Fingern vor die Brust. Dann nahm er eine Hand weg. »Auch für *eine* Titte, wenn sie denn hübsch genug ist.« Tony gab sich alle Mühe zu verbergen, dass er schwul war, und das gelang ihm auch, hauptsächlich, weil es für uns damals unvorstellbar war, dass ein *Schwuler* mit uns am Tisch saß. Mauro und ich erfuhren es zwei Jahre später, als Tony uns und seine Schwester Elena einweihte, um sich Mut anzutrainieren, bevor er es seinen Eltern sagte. Art hatte es schon immer gewusst, aber nie ein Wort darüber verloren.

»Ja, sicher: Frauen, Jobs, das wird alles bestimmt ganz toll. Aber das hier«, sagte Art und legte die Hand auf den Tisch, »das hier, das ist vorbei. Das Ende unseres Lebens, wie wir es kennen.«

Wir ließen seine Worte nachwirken. Manchmal klang Art wie eine Mischung aus einem weisen Einsiedler und einem Achtjährigen, der einen Kranken tröstet. Keiner von uns hegte auch nur den geringsten Zweifel daran, dass er für Großes geschaffen war.

»Scheiße«, sagte Mauro.

Ich zuckte mit den Schultern. »Scheint, als könnten wir nichts dagegen tun.«

»Und warum?«, fragte Art.

Manchmal ging er mir wirklich auf die Nerven. »Na ja, die Wirklichkeit …«

»Soll uns die Wirklichkeit doch am Arsch lecken. Lassen wir uns unsere Träume nicht zerstören!«

Mit einer Kopfbewegung deutete ich auf den Besitzer der Pizzeria, der hinter der Kasse saß, in die Lektüre eines Schwarz-Weiß-Pornocomics vertieft, auf dessen Titel ein Vampir zu sehen war. *Jacula*, ein italienischer Klassiker. Mit seinem runden Bauch, seiner üppig behaarten Brust und seinem Rückenhaar, das unter der speckigen Weste hervorquoll, die seine Uniform darstellte, hätte man ihn leicht für einen Gorilla halten können (in der Stadt nannte man ihn nur Kong). »Sieht so dein Traum aus?«, fragte ich.

Art zog in gespieltem Ernst eine Augenbraue hoch. »Ich habe einen breit gefächerten Geschmack. Hört zu, ich schlage euch etwas vor: Wir schließen hier und heute einen Pakt miteinander. Wir treffen uns jedes Jahr wieder, immer am selben Tag.«

»Art …«, hob ich an.

»Psst«, unterbrach mich Tony. »Lass den weisen Mann zu Ende sprechen.«

»Danke, mein Freund«, sagte Art. »Also, wie gesagt: Wir treffen uns jedes Jahr am selben Tag. Was auch immer passiert, wohin uns das Leben auch führt, wir treffen uns hier an diesem Ort, am selben Tag und zur selben Uhrzeit. Egal, ob wir den Rest des Jahres regelmäßig in Kontakt sind oder nie voneinander hören. Wir werden nie über die Verabredung sprechen. Wir werden sie nie ausfallen lassen oder verschieben. Wo auch immer wir gerade auf der Welt sind, am zehnten Juni kommen wir nach Casalfranco, laufen im American Pizza ein, setzen uns an unseren Tisch und tun so, als wäre die Zeit stehengeblieben. Scheiß auf die Wirklichkeit.«

Ich glaubte, dass das funktionieren könnte, sah aber auch die Schwierigkeiten. »Damit bleiben wir Casalfranco auf ewig verbunden.«

»Wir bleiben *einander* verbunden«, berichtigte Art. »Ich bin dabei. Du auch?«

»Und wenn wir keine Zeit haben?«

»Dann werden wir uns Zeit *nehmen.* Das ist keine lockere Verabredung, sondern ein *Pakt.* Die ganz harte Nummer.«

»Abgefahren«, sagte Tony. »Ich bin dabei.«

»Scheiß auf die Wirklichkeit, jetzt und in alle Ewigkeit«, pflichtete Mauro ihm bei.

Das bedeutete, dass ich einmal im Jahr nach Casalfranco würde zurückkehren müssen, wozu ich nicht die geringste Lust hatte. Aber wenn ich meine Freunde behalten wollte, würde ich etwas dafür tun müssen, und behalten wollte ich sie unter allen Umständen. Der Preis dafür war gesalzen, aber die Sache war es wert. Also stimmte auch ich dem Pakt zu.

Und was Art betrifft: Er hat nie eine Universität besucht.

5

Kaum habe ich das Haus betreten, weiß ich, dass es verlassen ist. Leere Häuser fühlen sich immer eigenartig an. Es ist nicht die Stille, nicht die Reglosigkeit, es ist etwas Subtileres. Es fehlt das Gefühl, dass noch etwas oder jemand außer einem selbst da ist. Das Haus riecht nach Feuchtigkeit und alten Büchern. Tony saugt deutlich hörbar die Luft ein und verkündet dann: »Keine verwesenden Leichen. Das ist doch schon mal was.«

Mauro legt einen Schalter an der Wand um, und ich bin ein wenig überrascht, als tatsächlich das Licht angeht.

Als Erstes fallen mir die Bücher ins Auge. Der Raum, in dem wir stehen, ist klein und quadratisch. Er ist mit einem Tisch und ein paar Korbstühlen eingerichtet und übersät mit Büchern: Sie stehen in IKEA-Regalen, lehnen in Stapeln an den Wänden, türmen sich auf dem Boden oder liegen aufgeklappt mit dem Rücken nach oben auf dem Tisch. Die meisten meiner Lieblingsautoren hat Art mir nahegebracht. Inzwischen habe ich allerdings so gut wie keine Zeit mehr zum Lesen.

»Art?«, ruft Tony in einem letzten, halbherzigen Versuch.

»Er ist nicht da«, sagt Mauro.

»Das ist mir schon klar«, entgegnet Tony. »Aber wir sollten trotzdem nachsehen. Man weiß ja nie.«

Ich gehe unter einem Türsturz aus Tuffstein hindurch in die Küche. Ich fühle mich wie in der Zeit zurückversetzt – der Ort ist der richtige, aber mit dem Zeitgefüge stimmt etwas nicht. Das letzte Mal war ich mit neunzehn hier, als ich mich vor der Abreise nach London von Arts Eltern verabschiedet habe. Wir sprachen nicht einmal dieselbe Sprache. Ich sprach Italienisch, und sie antworteten in dem örtlichen Dialekt, der mit Italienisch so wenig zu tun hat wie Walisisch mit Englisch. Sie waren freundliche Leute, und ich mochte sie viel lieber als meinen Vater. Sie hatten mitbekommen, dass ihr Sohn aus anderem Holz geschnitzt war als die anderen Menschen, machten darum aber nie viel Aufhebens. Kann es wirklich sein, dass siebzehn Jahre vergangen sind? Da muss sich irgendwo ein Fehler eingeschlichen haben. Arts Eltern sind tot, und ich bin ein erwachsener Mann, der seine besten Jahre damit vergeudet hat, seinen Hirngespinsten nachzulaufen und das wenige an Talent, das er besitzt, zu verschleudern.

In der Küche stimmt irgendetwas nicht.

Der Raum ist vergleichsweise groß, und früher hat sich hier die ganze Familie versammelt. Auch hier liegen überall Bücher herum, aber das ist es nicht, was mich irritiert. Was mich irritiert, ist der Tisch in der Mitte, der schon damals hier stand und an den ich mich gut erinnern kann. Darauf steht ein Teller, daneben eine Gabel, ein Glas und eine Flasche Wein. Der Teller ist schmutzig, darauf liegen noch Reste verschimmelter Pasta mit Tomatensauce und Käse. Eine fette Fliege wandert langsam den Rand des Tellers entlang. Die Flasche ist halb voll. Sie ist nicht verschlossen, und der Wein verströmt einen ekelhaften Geruch. Auch im Glas ist noch Wein übrig.

Das passt ganz entschieden nicht zu Art. Art hätte die Pasta aufgegessen und den Wein ausgetrunken, den Korken wieder auf die Flasche gesteckt und anschließend sofort abgespült. Einen Ordnungsfimmel kann man ihm weiß Gott nicht nachsagen, aber er achtet immer peinlich genau auf Sauberkeit. Außerdem würde er nie eine halbe Flasche Wein schlecht werden lassen. Ich höre Mauro und Tony hinter mir reden, doch dann bricht ihr Gespräch plötzlich ab. Ich weiß, dass sie dasselbe denken wie ich.

»Scheiße«, sagt Tony.

Er nimmt eine grüne Packung Hundefutter aus einem der klapprigen Schränke. »Das ist eine individuelle Mischung. Ich kenne die Marke. Einer meiner Ex-Feunde hat seinen geliebten Foxterrier mit dem Zeug gefüttert. Es macht aus deinem Hund einen Gelehrten, einen Leistungssportler und einen Politiker. Und es kostet dementsprechend.«

Neben dem Kühlschrank stehen zwei glänzende Metallschüsseln auf dem Boden. In einer ist noch ein wenig Wasser, in der anderen Reste von Hundefutter. Die Schüsseln sind robust, von guter Qualität und sehen teuer aus. »Seit wann hat Art denn einen Hund?«, frage ich.

»Und seit wann wirft er so mit Geld um sich?«

»Ich schau mich mal im Rest des Hauses um«, sagt Mauro.

Ich mache den Kühlschrank auf: eine halbe Salami, ein Stück Käse und zwei Pfirsiche, die verfault und schon ganz schwarz sind. Das passt nicht zu Art, definitiv nicht. Ich gehe zu der Tür, die von der Küche in den Garten hinter dem Haus führt. Sie ist nicht verschlossen. Ich öffne sie, und frische Luft strömt herein, vermischt mit einem Geruch, der mir nicht unbekannt ist: Cannabis. Ich muss lächeln. Nicht weit vom Haus entfernt steht eine ganze Reihe üppig wuchernder Pflanzen. Art hat als Teenager angefangen, sein eigenes Gras zu ziehen, und nach dem, was er uns erzählt hat, hat er immer wieder mal welches angepflanzt, wann immer sich die Gelegenheit bot. Seitdem er wieder in Casalfranco lebt, betreibt er den Anbau in größerem Stil. Cannabis gedeiht gut im hiesigen Klima. Früher hat er die Blumenkübel vor seinen Eltern versteckt. Jetzt braucht er die Pflanzen weder zu verstecken noch in Kübel zu zwängen. Sie stehen meterhoch und sind so groß, dass sie im Mondlicht klar zu erkennen sind.

Wenn man es recht bedenkt, ist das verdammt viel Gras für einen einzelnen Menschen.

Mein Lächeln fällt in sich zusammen. Ich weiß, dass Art immer wieder mal mit Gras gedealt und sich so ein bisschen Geld verschafft hat. In Turin, in Paris und was weiß ich wo – aber hier? In Casalfranco hat nur die Corona das Recht zu dealen, das ist ein Fakt und steht nicht zur Diskussion. So wie die unerbittliche Hitze der Sonne oder der Wechsel der Jahreszeiten. Wenn du auch noch so pleite bist – dein Gras behältst du für dich.

»Fabio«, ruft Mauro. »Komm mal her.«

Ich gehe in das Zimmer, aus dem seine Stimme zu hören war.

»Willkommen im Dschungel«, sagt Tony. »Im Bücherdschungel.«

Der ganze Raum ist voller Bücher. Sie stapeln sich so hoch, dass sie die Wände verdecken. Früher war das hier das Wohnzimmer. In der Mitte stand ein Sofa und an der Rückwand ein Fernseher. Jetzt sind nur noch Bücher zu sehen. Obwohl das Licht brennt, wirkt der Raum düster und unheilvoll. Tony hat recht, man fühlt sich wie im Dschungel. Ich würde mich nicht wundern, wenn Anakondas aus Tinte um uns herumschlängeln oder Affen aus Papier mit Taschenbüchern nach uns werfen würden.

»Und dann wäre da noch das Schlafzimmer«, sagt Tony und öffnet eine weitere Tür. Dort sind keine Bücher zu sehen, nur ein Bett mit zerknautschten Laken und ein offen stehender Schrank voller Kleidung. An den mit Reißzwecken und Posterstrips übersäten Wänden finden sich zahlreiche helle Stellen, als hätte jemand eine Menge Blätter daran befestigt, sie eine Zeit lang hängen lassen und dann alle auf einmal wieder abgenommen.

»Sieht aus, als hätte er Zeitungsausschnitte gesammelt und an die Wand gehängt«, mutmaßt Tony. »Wie ein Serienmörder.«

Mauro hält einen Finger vor einen der Posterstrips, ohne es zu berühren. »Wir haben doch keine Ahnung, was er da gemacht hat.«

»War nur ein Scherz«, sagt Tony, etwas leiser als vorhin.

»Das ist nicht der richtige Zeitpunkt für Scherze.«

»Aber überrascht bin ich nicht.«

»Warum?«, frage ich.

»Du warst letztes Jahr nicht da«, sagt Tony. »Du hast ihn nicht erlebt. Er war … so wie immer, nur extremer. Viel extremer.«

»In Richtung psychische Erkrankung?«, frage ich.

»Art ist eben Art. Er lebt einfach immer in seiner eigenen Welt.«

Wir gehen zurück in die Küche, wo ich mich auf einen Stuhl fallen lasse. Bei jedem anderen würde ich jetzt auf meinem Handy nachsehen, was er zuletzt auf Facebook gepostet hat, um einen Anhaltspunkt zu bekommen, was er gerade macht. Aber Art ist nicht auf Facebook. Er hat keine Lust auf die Datenschutzbestimmungen von Facebook, die andauernd geändert werden. Die können ihm gestohlen bleiben, sagt er.

Tony zückt sein Handy.

»Was wird das?«, fragt Mauro.

»Ich rufe die Carabinieri an.«

»Warum das denn?«

Tony zieht ein genervtes Gesicht. »Warum wohl? Weil wir nicht wissen, wo Art steckt, weil wir nicht wissen, wo seine Nobeltöle steckt, und weil wir uns Sorgen machen.«

»Deshalb musst du doch nicht gleich eine Vermisstenmeldung aufgeben.«

»Aber er würde doch niemals sein Haus in diesem Zustand verlassen!«

»Das ist noch lange kein Grund, die Carabinieri zu informieren.«

Tony hält sein Handy weiter in der einen Hand und legt die andere in den Nacken. »Und wenn wir ihnen nur vorsorglich Bescheid geben?«

»Damit handeln wir uns nur Ärger ein. Allein schon, weil wir erklären müssten, warum wir mitten in der Nacht in sein Haus einbrechen wollten. Wir alle leben schon lange nicht mehr in Casalfranco, keiner von uns hat regelmäßig Kontakt zu Art, und wir haben keine Ahnung, wie sein Leben derzeit aussieht.«

»Aber wir sind seine besten Kumpels!«

Mauro zuckt nur mit den Schultern.

»Und dann noch das Gras«, füge ich hinzu.

»Welches Gras?«, fragt Tony.

»Art hat hinter dem Haus eine kleine Plantage angelegt.«

Mauro wird bleich, was eigentlich ziemlich komisch aussieht, nur dass heute Abend überhaupt nichts komisch ist. »Eine *Plantage?*«

»Na ja, eine echte Plantage ist es nicht. Nur acht oder zehn Pflanzen. Riesige Dinger.«

»Die können wir ja beseitigen, bevor wir die Carabinieri anrufen«, schlägt Tony vor.

»Und wenn sich dann herausstellt, dass wir völlig grundlos in Panik verfallen sind, wird Art uns ganz schön was erzählen«, wende ich ein.

Bevor Tony etwas entgegnen kann, sagt Mauro: »Abgesehen davon, ist einer von euch ein Profi in Sachen Kriminalität? Ich bin das nämlich nicht. Wenn die Carabinieri die Ermittlungen einleiten, dann garantiere ich euch, dass sie herausfinden werden, dass da jemand gerade eben ›acht oder zehn‹ Cannabispflanzen hat verschwinden lassen. Dazu muss man kein Einstein sein. Und dann stecken wir tiefer in der Scheiße, als wir uns das jetzt vorstellen können.«

»Moment mal«, sagt Tony. »Was denn für Ermittlungen? Ich habe doch nur gemeint, wir sollten ihnen sagen, dass wir uns Sorgen machen.«

»Und du glaubst, sie lassen es dabei bewenden? Bei jedem anderen schon, aber wir reden hier von Arturo Musiello. Den Carabinieri bricht doch schon der kalte Schweiß aus, wenn sie den Namen nur hören. Und die Presse wird den Ort überrennen.«

Ich brauche ein paar Sekunden, um zu verstehen, was Mauro meint. Als ich es endlich begriffen habe, starre ich ihn an. Worauf er gerade angespielt hat – darüber haben wir noch nie gesprochen.

»Du meinst …«, sagt Tony in düsterem Ton.

»Ganz genau. Das meine ich.«

Wir sprechen nicht darüber, zum einen, weil Art selbst nie darüber spricht, und zum anderen, weil es so besser ist. Auch ich habe diese Tage in eine finstere und verstaubte Ecke meines Gedächtnisses verbannt, in die ich nie einen Blick werfe. Wenn ich daran denke, läuft es mir noch zweiundzwanzig Jahre danach kalt den Rücken hinab, obwohl ich keinen blassen Schimmer habe, was damals passiert ist. Aber ich habe Art davor gekannt, und ich habe ihn danach erlebt, und ich schwöre, er war danach nicht mehr derselbe. Ich habe und ich hatte keine Ahnung, und ich glaube, meistens war mir das auch lieber so.

6

Wenn ich meiner Freundin Lara, einer Engländerin, das Salento erklären will, dann sage ich: Italien ist eine lange Halbinsel, an deren Ende wieder eine lange Halbinsel liegt. Das ist Apulien. Apulien ist eine lange Halbinsel, an deren Ende wieder eine lange Halbinsel liegt. Das ist das Salento. Hinter dem kristallklaren Meer, von dem es umgeben ist, hört die Welt zwar nicht auf, aber es kommt einem so vor. Es fühlt sich an, als sei das Salento die Endstation, das Ende der Welt. Oft verspreche ich Lara, ihr all das eines Tages zu zeigen, wenn sie Lust hat. Wir werden von London aus auf dem Landweg hinunterfahren, und sie wird mitansehen, wie sich die Landschaft verändert, wie die von städtischer Zivilisation geprägten Gegenden Mitteleuropas und Norditaliens der Wildnis des Südens Platz machen und schließlich der echten Wildnis des echten Südens, diesem flachen Land, das keine Gesetze kennt, wo die Menschen in schlechten Jahren den Heiligen Opfer darbringen und sie inbrünstig anflehen, ihnen nur ein wenig Regen zu schenken, nur so viel, dass das Vieh und die Weinreben das Jahr überstehen. Und dann werden Lara und ich am Strand sitzen und aufs Mittelmeer hinausblicken, und sie wird empfinden, was auch die Einheimischen empfinden, nämlich dass dieses Land tatsächlich *finis terrae* ist, das äußerste Ende der Welt.

Wir werden diese Reise im Sommer machen. Nie würde ich Lara im Winter hierher mitnehmen. Wenn man im Winter im Salento sitzt, würde man am liebsten sterben. Dann wird hier nicht nur alles kälter und schroffer, sondern auch noch abweisender, als es ohnehin schon ist. Allem voran der Wind, der wie ein Geisteskranker tobt. Er beißt und peitscht, und wenn er vom Meer her weht, schleudert er dir den Gestank toter Fische ins Gesicht und bringt eine Feuchtigkeit mit sich, die dich nach unten zieht wie nasse Kleidung, wenn du ertrinkst.

Als die Sache mit Art passiert ist, war es Winter, und wir waren vierzehn.

Damals hatten wir an langen Winterabenden nichts anderes zu tun, als Horrorfilme zu schauen oder ins American Pizza zu gehen. Wir waren durchaus schon an Mädchen interessiert, aber die Mädchen in unserem Alter nahmen keinerlei Notiz von uns und hielten sich lieber an ältere Jungs, also schlugen wir wie viele andere Jugendliche im Ort die Zeit tot, indem wir stundenlang auf der Hauptstraße auf und ab gingen, während uns die Kälte bis ins Mark drang. Diese Art des Herumschlenderns, *struscio* genannt, ist einer der Aspekte der südländischen Kultur, die meine englischen Freundinnen nie verstanden haben. »Und was genau macht ihr da?«, hat Lara mich einmal gefragt. »Geht ihr da einfach immer nur hin und her?« Genau so ist es, aber Lara konnte das einfach nicht glauben. Man geht in kleinen Gruppen auf und ab, hin und wieder begegnet man einem Bekannten und bleibt kurz stehen, oder man spielt mit einem der herrenlosen Hunde, die das Salento schon seit Urzeiten zu bevölkern scheinen.

Art hatte zu Weihnachten ein Fernrohr bekommen.

Es war ein einfaches Modell, aber von guter Qualität. Arts Eltern hatten lange gespart, um es ihm schenken zu können. Art beschäftigte sich damals mit Astronomie, und wie immer taten seine Eltern alles, um ihn zu unterstützen. Danach stürzte er sich auf die Fotografie, was für mich und mein Leben so weitreichende Folgen haben sollte. Art hat mehr Phasen durchgemacht, als ich zählen kann, und vermutlich ist das noch immer so. Dabei ist er nicht wie ein verzogenes Kind irgendwann von seinem alten Spielzeug gelangweilt und schreit nach einem neuen. Zwar langweilt ihn jedes Spielzeug früher oder später, aber erst, wenn er verstanden hat, wie es funktioniert (das geht allerdings meistens ziemlich schnell). Wenn er ein Faible für etwas Neues entwickelt, sei es für Astronomie oder für die Methoden, Mädels anzubaggern, besorgt er sich alle Bücher, sämtliche Requisiten und sämtliches Wissen, dessen er habhaft werden kann, presst sie aus wie eine Zitrone, und wenn er das Gebiet bis in den letzten Winkel beackert hat und zufrieden ist, sucht er sich das nächste. »Fachleute verfolgen nur eine bestimmte Linie«, pflegte er zu sagen, »ich dagegen bin auf der Suche nach Mustern.« Ich habe nie verstanden, was er damit meint. Art verstehen zu wollen, war immer frustrierend.

Jedenfalls hatte er dieses neue Fernrohr und wollte es

einweihen, indem er den am leichtesten anzuvisierenden Himmelskörper beobachtete, den Mond. Eine sternenklare Nacht zu erwischen, stellt im Salento keine große Schwierigkeit dar. Man sucht sich einfach eine Nacht aus, und mit ziemlicher Sicherheit wird sie sternenklar sein. Art entschied sich für den ersten Samstag nach den Weihnachtsferien. »Da ist Vollmond«, sagte er. »Das wird großartig.« Er wollte, dass wir mitkommen. Damals verstand ich nicht, warum. Von uns anderen interessierte sich keiner für Astronomie. Heute ist mir klar, dass das Fernrohr der kostbarste Gegenstand war, den Art je besessen hatte, und dass er es mit uns teilen wollte, nicht zuletzt, weil wir ihm unzählige Male ein Bier, einen Kaffee oder Zigaretten spendiert hatten. Uns machte das nichts aus, nicht einmal Mauro, aber Art mag es nicht, bei anderen in der Schuld zu stehen, selbst wenn diese Schuld nur in seinem Kopf existiert.

Jeder andere Junge hätte das Stativ einfach auf dem Acker hinter dem Haus aufgestellt. Nicht so Art. Mithilfe mathematischer Formeln, die weit über mein Begriffsvermögen hinausgingen (und die vielleicht auch einfach nur Hokuspokus waren), hatte er errechnet, dass die beste Stelle für eine Mondbeobachtung in der Gegend um Casalfranco einige Kilometer weiter im Landesinneren lag. Von dort aus, so versicherte er uns, hätten wir die ideale Sicht, aber uns war das alles völlig egal und wir gingen einfach mit. Wir nahmen eine Flasche Wein, Tabak, Gras und ein wenig Proviant mit. Gras hatten wir erst kurz zuvor für uns entdeckt. Noch baute Art es nicht selbst an.

Wir fuhren mit den Vespas von Mauro und Tony hin, Art und ich jeweils auf dem Sozius, und Art versuchte, so gut es ging, trotz des Gewichts des Fernrohrs nicht die Balance zu verlieren. Natürlich trugen wir keine Helme. Niemand, wirklich niemand trug da unten in den Neunzigern einen

Helm. Eine Vespa durfte man erst mit vierzehn fahren, aber Tony fuhr schon, seit er zehn war. Mauro hatte seine erst seit Kurzem und war noch immer ganz aufgeregt angesichts dieses neuartigen Erlebnisses.

Die Stelle, die Art ausgesucht hatte, lag buchstäblich im Nichts. Als wir schließlich anhielten, waren wir zehn Minuten lang an keinem richtigen Haus mehr vorbeigekommen, nur an ein paar vereinzelten dunklen Hütten, kleinen Würfeln aus Ziegelsteinen, ohne Heizung, Strom oder Wasser. Dort lebte fast niemand mehr. Fast.

Um uns herum lag eine weite, mit Gestrüpp bewachsene Fläche. Auf dem rötlichen Lehmboden wuchsen dornige Büsche, zwischen denen niedrige Steinmauern verliefen, die die Felder voneinander abgrenzten. Rundherum zeichneten sich in der Ferne die Silhouetten verwachsener Olivenbäume ab, als wäre diese Stelle eine geheime Kultstätte. Ein trostloser, unbarmherziger Ort.

»Wir haben Glück«, bemerkte Mauro, »der Wind hat sich gelegt.«

»Seht euch den Mond an«, flüsterte Art.

Der Mond war gewaltig. Ich weiß, dass das teilweise meiner Fantasie geschuldet ist. Die Erinnerung ist wie das Elixier und der Kuchen in *Alice im Wunderland:* Sie lässt die Dinge nach Lust und Laune größer oder kleiner erscheinen, und diese Nacht ist in meiner Erinnerung so groß, dass alle ihre Elemente riesig aussehen. Doch zum Teil war es wirklich so. Durch irgendeinen optischen Effekt wirkte der Mond gewaltig, wie ein leuchtendes Loch im Nachthimmel. Mauro und Tony stellten ihre Vespas am Rand der unbefestigten Straße ab und wir gingen los, ins offene Gelände.

Im Salento gibt es keine markierten Wege, keine Drehkreuze oder Zauntritte, nur niedrige Steinmauern, die immer wieder durchbrochen sind, sei es, weil jemand mutwillig eine Bresche hineingeschlagen hat oder weil die Mauer an der Stelle einfach in sich zusammengefallen ist. Für Spaziergänge ist diese Gegend denkbar ungeeignet. Im Winter peitscht einem der Wind ins Gesicht, im Sommer brennt die Sonne gnadenlos herab, und über diese Felder geht nur, wer hier sein Tagewerk verrichtet – oder einem verrückten Freund mit einem Fernrohr hinterherläuft. Fast zwei Monate lang hatte es nicht mehr geregnet, und die wenige Feuchtigkeit, die sich in der Erde gesammelt hatte, stammte vom Meer. Das Licht des Mondes überzog das ausgetrocknete Land mit einem lila Schimmer. Art hatte uns verboten, Taschenlampen mitzunehmen (damit, wie er sagte, sich unsere Augen an die Dunkelheit gewöhnten und das Fernrohr so seine ganze Wirkung entfalten konnte), und so hatten wir nur das Mondlicht, um uns zwischen Steinen und Gestrüpp unseren Weg zu bahnen. Das war nicht so schwer, wie ich befürchtet hatte. Ich hatte nicht bedacht, wie hell es bei Vollmond ist.

Plötzlich heulte Tony auf.

Ich zuckte zusammen. »Du Idiot!«

»Was hast du denn? Sollen wir nicht ein paar Werwölfe anlocken?«

Mir war nicht ganz wohl in meiner Haut. Auch wenn man Werwölfe außen vor ließ, gab es in Casalfranco noch eine Menge anderer ungemütlicher Typen, und die waren alles andere als Fantasiewesen. Und in dieser Nacht und an diesem Ort hätte ich meine Hand nicht dafür ins Feuer gelegt, dass sie sich nicht irgendwo in der Nähe herumtrieben.

»Hier«, sagte Art.

Wir standen auf einer etwas erhöhten Stelle. In einigen Kilometern Entfernung war zwischen Gestrüpp und Steinmauern eine schmale, verlassene Straße zu sehen, weit und breit das einzige Anzeichen der modernen Welt. Dahinter lag das Meer, auf dem das Mondlicht glitzerte und die Wellen sich kräuselten. Art und ich machten uns daran, das Fernrohr aufzubauen, während Tony und Mauro einen Joint drehten, den Wein entkorkten und das Essen herausholten. Als wir mit dem Fernrohr fertig waren, hatten wir den Joint geraucht und ein zweiter lag schon bereit. Das Fernrohr war ein gedrungenes weißes Rohr, das auf einem Dreifuß befestigt war und auf dem ein zweites, kleineres Rohr saß. Überall an der Apparatur waren Rädchen angebracht.

»Das kleine Rohr ist das Suchfernrohr«, erklärte Art. »Es hat einen größeren Sichtwinkel als das Hauptfernrohr. Indem man an diesem Rädchen dreht, richtet man den Sucher parallel zum Hauptfernrohr aus. Dann sucht man mit dem Suchfernrohr das Objekt, das man betrachten will, und erst dann schaut man durch das Hauptrohr.«

»Der Mond ist größer als der Hintern von Mauros Mutter«, sagte Tony. »Das wird ja wohl nicht so schwer sein, ihn mit dem großen Rohr zu treffen.«

»Meinst du? Probier es aus, ohne den Sucher.«

Tony drückte ein Auge auf das Ende des Fernrohrs. Er drehte es ein paar Mal hin und her und sagte dann: »Okay, ich geb's auf.«

Art übernahm das Fernrohr. »Natürlich kann man einen so großen Himmelskörper wie den Mond auch so finden, aber mit dem Sucher geht es schneller.« Er richtete das Fernrohr auf einen Olivenhain. »Um das Suchfernrohr und das Hauptfernrohr parallel auszurichten, richtet man sie auf ein Objekt auf der Erde, und dann …«

Er hob den Kopf, sah in Richtung des Olivenhains und runzelte die Stirn.

»Stimmt irgendwas nicht?«, fragte Mauro.

»Mir ist, als hätte ich etwas gesehen.« Art sah wieder durch das Fernrohr. »Als hätte sich etwas bewegt.«

»Das kommt vom Gras«, sagte ich.

Art schüttelte den Kopf und trat einen Schritt zurück. »Ich bin gleich wieder da. Ihr bleibt hier und passt auf die Sachen auf.« Dann ging er in Richtung des Olivenhains.

Keiner von uns ging mit ihm mit. *Warum?* Das habe ich mich wieder und wieder gefragt. Dabei ist es eigentlich klar: Wir hatten zu große Angst. Zu dritt fühlt man sich nicht allein. Zu zweit schon eher. Art kam mit dem Alleinsein klar, auch weil er auf dem Land lebte. Wir dagegen hielten uns für Stadtmenschen.

»Los!«, rief Tony ihm hinterher, als Art im Laufschritt auf den Olivenhain zusteuerte. »Zeig den Werwölfen, wo der Hammer hängt!« Keiner von uns lachte.

Mauro versuchte, Art mit dem Fernrohr zu verfolgen. »Scheißteil«, murmelte er. »Ich krieg's nicht hin.«

Ich konnte auch ohne Fernrohr sehen, wie Art die ersten Bäume erreichte, kurz zögerte und dann im Olivenhain verschwand. Ich kniff die Augen zusammen, um das zu entdecken, was er gesehen hatte. Ich habe diese Sekunden in Gedanken unzählige Male durchgespielt, für mich allein und im Rahmen der Ermittlungen, aber es war so, wie es war: Ich habe nichts gesehen außer Art, der irgendwann verschwand.

Plötzlich stieß Art einen Schrei aus.

Wir schreckten hoch.

Dann wieder Stille.

»Art …?«, fragte Tony.

»Art!«, schrie Mauro.

Er antwortete nicht.

»Was soll der Scheiß?«, sagte Tony.

Wir sahen einander an. Ich erstarrte vor Schreck. Zuvor hatte ich mich einfach nur unwohl gefühlt, aber jetzt packte mich das schiere Grauen. »Wir sollten …«, brachte ich hervor, sprach aber nicht weiter. *Wir sollten ihm nachgehen und rausfinden, was passiert ist,* hatte ich sagen wollen. Wir alle wussten, dass wir genau das hätten tun sollen, aber keiner traute sich, den ersten Schritt zu machen.

»Irgendwann wird ihm das zu blöd«, sagte Tony leise.

»Glaubst du, er verarscht uns?«, fragte Mauro.

»Ja klar, was denn sonst?«

Ich wollte noch einmal nach Art rufen, tat es aber nicht. Ich wollte keine Aufmerksamkeit auf mich lenken, auch wenn ich nicht hätte sagen können, *wessen* Aufmerksamkeit. Wenn wir mutiger oder selbstloser gewesen wären, dann wären wir losgelaufen und hätten Art vielleicht gefunden, bevor es zu spät war. Wir waren noch sehr jung, mehr kann ich dazu nicht sagen. Je älter man wird, desto mehr *Wenns* sammelt man an.

Irgendwann lösten wir uns aus unserer Starre. Tony steckte den Korken wieder auf die Weinflasche und schwang sie wie eine Keule. So bewaffnet, gingen wir vorsichtig auf den Olivenhain zu. Olivenbäume können mehrere Hundert Jahre alt werden, und je älter sie sind, desto verwachsener sind sie. Diese Bäume waren eindeutig sehr alt. Dick und windschief standen sie da, wie die Verdammten in Gustave Dorés Illustrationen von Dantes *Inferno,* einem der Lieblingsbücher meines Vaters.

Wir standen am Rand des Hains, als stünden wir vor der Pforte eines Tempels und wagten nicht, ihn zu betreten.

»Art?«, rief Tony. »Wir haben dein Fernrohr stehen lassen. *Unbewacht.*«

Mauro fuchtelte mit den Armen, um ihn zum Schweigen zu bringen. Dann legte er eine Hand an ein Ohr und deutete mit der anderen in den Hain.

Ich hörte mein Herz rasen. Ich hörte meine Freunde atmen. Doch aus dem Olivenhain drang nicht das leiseste

Geräusch. In dieser absoluten Stille hätte ich gehört, wenn Art oder jemand anderes dort gewesen wäre. Oder etwa nicht? Ich verspürte nicht das geringste Bedürfnis, hineinzugehen und nachzusehen. Der Hain wirkte bedrohlich, aber nicht so wie in Hollywoodfilmen, in denen eine Bedrohung mit ein bisschen Grips und einer Prügelei aus dem Weg geräumt wird. Es fühlte sich an, als schliche ein Fremder ins Schlafzimmer, als zwänge ein Priester einen Jungen auf die Knie, aber nicht, um zu beten. Es war eine reale Bedrohung, die einem ein Stück der eigenen Seele raubte.

Plötzlich hielt ich es nicht mehr aus. Ich machte kehrt und rannte zurück zu den Vespas, nahm alle meine Kräfte zusammen und rannte, rannte, rannte. Mauro und Tony liefen mir auf der Stelle nach. Als wir bei den Rollern ankamen, waren wir völlig außer Atem. Während Mauro und Tony fieberhaft nach den Schlüsseln suchten, warf ich noch einmal einen Blick auf den Olivenhain. Er lag reglos da, in keiner Weise größer, fremdartiger oder finsterer als jede andere Ansammlung von Bäumen. Unzählige Male bin ich gefragt worden, was passiert war, warum wir auf einmal wegrannten, und ich habe immer dasselbe geantwortet: nichts. Wir hatten nichts gesehen, wir hatten nichts gehört und hatten trotzdem Angst. Nein, wir hatten keine Angst vor Gespenstern – auch das habe ich unzählige Male wiederholt, gegenüber irgendwelchen Klugscheißern, solchen mit und solchen ohne Uniform. Ob Gespenster nun existieren oder nicht, es gibt zumindest eine allgemein anerkannte Vorstellung von ihnen. Sie haben einen Namen, und man kann sie beschreiben. Wir dagegen wussten nicht, wovor wir Angst hatten. Wir hatten einfach nur Angst, und dass wir den Grund unserer Angst nicht benennen konnten, machte alles nur noch schlimmer.

Ich weiß nicht, warum wir Angst hatten, aber ich schwöre bei allem, was mir heilig ist, dass wir einen guten Grund dafür hatten.

Wir fuhren zum nächstgelegenen Haus und riefen von dort aus die Carabinieri an. Erst hielten sie das Ganze für einen Streich, aber irgendwann sahen sie ein, dass sie ihren Arsch aus ihrer Wache bewegen und sich selbst ein Bild machen mussten. Gefunden haben sie Art weder in dieser Nacht noch am nächsten Tag, und in gewisser Weise sogar nie. Die Welt, wie wir sie kannten, war mit einem Schlag auf den Kopf gestellt. In den Nachrichten wurde über Casalfranco berichtet, die Bewohner entdeckten ihre Zuneigung zu Art, von der bis dahin nicht viel zu spüren gewesen war, und als die Hoffnung, ihn lebend zu finden, immer weiter schwand, machte irgendein Idiot aus dem Ort einige kaum verhüllte Andeutungen, dass wir, Arts Freunde, ihn umgebracht haben könnten. Es war der reine Wahnsinn.

Dieser Zustand dauerte sieben Tage.

7

Diese sieben Tage waren genau die Art realer Horrorgeschichte, die einem in den Sinn kommt, wenn die Stimmung am Boden ist und man sich selbst noch einen weiteren Stoß versetzen will. Alle drei würden wir sie lieber vergessen, aber weil das nicht geht, sprechen wir zumindest nicht darüber. Niemals. Nie, nie, nie. Ich bin stinksauer auf Mauro, dass er davon angefangen hat.

»Das hat doch *damit* nichts zu tun«, sagt Tony.

Mauro verscheucht die fette Fliege, die sich auf seiner Stirn niederlassen will. »Erzähl das mal den Pressefritzen.«

»Also, was machen wir jetzt?«, frage ich, um das Thema zu wechseln.

»Kann sehr gut sein, dass Art gerade irgendwo liegt und pennt. Und die Küche hat er in diesem Zustand zurückgelassen, weil er gerade eben so drauf ist.«

»Oder er liegt mit seinem Hund irgendwo bekifft auf einem Acker.«

»Oder auch das. Ich würde vorschlagen, wir warten ein bisschen, und wenn er nicht bald wieder auftaucht, sagen wir den Carabinieri Bescheid. Aber so weit wird es nicht kommen.«

Mauro will Art nicht in Schwierigkeiten bringen, und er will nicht, dass sein Name im Zusammenhang mit dieser absonderlichen Geschichte auftaucht. Obskure Websites bezeichnen sie als »ungelöstes Mysterium« und dergleichen und behaupten, die offizielle Darstellung sei voller Ungereimtheiten und würde nur der Vertuschung dienen. Zum Glück tauchen unsere Namen dort nicht auf. In den frühen Neunzigern war die digitale Revolution noch Zukunftsmusik und das Internet ein Zeitvertreib für amerikanische Computerfreaks. Heute wäre das anders. Im Handumdrehen wären wir alle weltberühmt, was für Mauros Karriere nicht gerade von Vorteil wäre.

»Letztes Jahr hat Art erwähnt, dass er mit Carolina Kontakt hatte«, sagt Tony. »Vielleicht weiß sie ja, wo er steckt.«

»Carolina Mazziani?«, frage ich. Früher war sie für uns unerreichbar, aber die Zeiten ändern sich, und wer unten war, ist oben, und wer oben war, ist unten.

»Genau die. Art hat sie *La Madama* genannt.«

Das ist typisch Art. *Madama* war im Mittelalter die Bezeichnung für eine Adlige, aber auch für eine Puffmutter.

»Ja, vielleicht weiß sie etwas«, sagt Mauro. »Lasst uns morgen mal mit ihr reden.«

»Das wird sie nicht so toll finden«, wende ich ein. Carolina ist nämlich verheiratet, und zwar mit einem Apotheker. In Italien ist gesetzlich festgelegt, wie viele Apotheken es in einer bestimmten Region geben darf. Nicht jeder kann nach Lust und Laune eine eröffnen. Also werden Apotheken wie Adelstitel von Generation zu Generation weitervererbt. In einer Kleinstadt sind Apotheker wohlhabende Leute, und sie haben überallhin Beziehungen.

»Ihr Problem«, meint Mauro.

Tony reibt sich die Hände. »Also spielen wir jetzt *True Detective*? Ist das jetzt die Stelle, an der ich über die Sinnlosigkeit des Lebens schwadroniere?«

Ich sehe auf meinem Handy nach der Uhrzeit. Mir war nicht klar, dass es schon so spät ist. »Ich steige aus, Jungs. Mein Flug geht in … sechs Stunden.«

»Einen Tag länger wirst du ja wohl bleiben können«, sagt Tony.

»Es geht wirklich nicht. Zu Hause wartet ein Berg Arbeit auf mich.«

»Ach, komm schon«, sagt Mauro. »Jeder von uns hat einen Job.«

»Du hast gut reden, du bist im Urlaub!«

»Ja, mit zwei kleinen Kindern. Glaub mir, das ist stressiger als jede Gerichtsverhandlung.«

Ich schüttele den Kopf. »Ihr kriegt das zu zweit schon hin. Da braucht ihr kein fünftes Rad am Wagen.«

Tony verpasst mir einen leichten Knuff gegen die Schulter. »Schon klar, die Mädels fotografieren sich nicht von selbst.«

»Ganz genau«, sage ich und klinge dabei weitaus weniger überzeugt, als ich es mir wünschen würde.

8

Es ist weit nach Mitternacht, als Mauro mich vor der Pension absetzt. Das freistehende Haus liegt an der Straße, die zum Meer führt. Es hat einen griechisch anmutenden Säulenvorbau mit Rundbögen, und im Vorgarten steht eine hohe Pinie. Als Mauro anhält, kommt eine Bulldogge ans Tor geschossen, fletscht die Zähne und bellt wie verrückt. Die Verabschiedung und das übliche Wir-sollten-öfter-mal-telefonieren haben wir schon hinter uns, also winke ich nur kurz, als Mauro und Tony umdrehen und wieder zurückfahren. Neben dem Tor ist ein Klingelknopf. Während der Hund weiter bellt, läute ich zweimal. Schließlich geht unter lautem Geräusch die Haustür auf und der Besitzer kommt heraus, mit demonstrativ genervter Miene. Mit seinen Sandalen, seinem gewaltigen Bauch und seiner Halbglatze sieht er aus wie eine zwielichtige Ausgabe von Bruder Tuck, dem Gefährten Robin Hoods.

»Tut mir leid«, sage ich, während er den Hund beruhigt. »Ich hatte ja gesagt, dass es später wird.«

»Aber nicht *so* spät.«

Ich verzichte auf eine weitere Entschuldigung. Im Süden entschuldigt man sich nie zweimal. Falls erforderlich, ist einmal in Ordnung, aber wer sich zweimal entschuldigt, gilt als Weichei und somit als Freiwild. Nicht einmal die engsten Freunde oder die Familie haben Mitleid, wenn man dann fertiggemacht wird. *Però te la sei cercata,* bekommt man dann zu hören. *Selber schuld.* Du hast es verdient, dass sie dir Geld abknöpfen, dich beschimpfen und verprügeln. Friss oder stirb, Junge. So läuft das hier.

»Jetzt bin ich ja da«, sage ich.

Als ich den Garten betrete, streichle ich dem Hund demonstrativ den Kopf, um deutlich zu machen, dass ich keine Angst vor ihm habe. Er leckt meine Hand und erweist sich als geradezu friedfertig, sehr zur Enttäuschung seines Herrn, dessen Laune dadurch noch weiter zu sinken scheint. Mit der Anmut einer tanzenden Hyäne zerrt er mich ins Haus, zeigt mir mein Zimmer und drückt mir einen Schlüsselbund in die Hand. »Passen Sie auf, wenn Sie das Tor aufmachen«, sagt er. »Arnie nutzt jede Chance, um sich aus dem Staub zu machen.«

Arnie ist dann wohl der Hund. Ich kann gut verstehen, dass er abhauen will. »Ich reise morgen sehr früh ab. Und keine Sorge, ich werde aufpassen. Vorausgesetzt, Arnie lässt mich gehen«, füge ich hinzu, und um seinem Herrchen eine Freude zu machen, tue ich dabei so, als wäre Arnie ein ganz übler Bursche.

»Wenn er abhaut, kommen Sie für einen neuen Hund auf, *capito, sì*? Lassen Sie den Schlüssel im Zimmer liegen und machen Sie das Tor hinter sich zu, wenn Sie gehen. Das Frühstück steht schon im Zimmer.«

Am liebsten wäre ich jetzt irgendwo allein mit diesem Mann und hätte einen schweren Hammer in der Hand. Ich unterdrücke meine Mordfantasien, wünsche ihm eine gute Nacht und schließe die Tür. Das Zimmer ist kleiner als meine erste Bude im Studentenwohnheim und verströmt nicht den geringsten südländischen Charme. In dem winzigen Kühlschrank steht eine angebrochene Tüte Milch, obendrauf liegen zwei vertrocknete Croissants. (Fabio, darf ich vorstellen: dein Frühstück. Frühstück, darf ich vorstellen: Fabio.) Ein Wasserkocher ist nirgends zu sehen, ebenso wenig wie Tee oder Kaffee. Das ist hier im Süden nicht üblich. Immerhin habe ich ein eigenes kleines Bad, also darf ich mich wohl nicht beschweren.

Art geht es gut, sage ich mir beim Zähneputzen. Mir ist klar, dass ich mir damit etwas vormache. Der Zustand seines Hauses, das Gras, und dass er den Pakt missachtet hat – all das sind keine guten Anzeichen. Art ist schon einmal für sieben Tage verschwunden, und wir wissen noch immer nicht, was damals passiert ist, also wie sollen wir dann verstehen, was jetzt gerade abläuft? Damals schossen die wildesten Spekulationen ins Kraut (am besten fand ich: Entführung durch Ufos, schließlich war ein Fernrohr im Spiel, und Fernrohr plus Teenager ist gleich Außerirdische), aber als Art wieder zurück war, kam die ganze Stadt zu der Überzeugung, dass er in seinem jugendlichen Freiheitsdrang einfach von zu Hause hatte abhauen wollen. Tony, Mauro und ich wussten, dass die ganze Stadt damit falsch lag und ließen unseren wilden Spekulationen weiter freien Lauf. Meine waren vermutlich die wildesten.

Art geht es gut, sage ich mir erneut. Ich bin wirklich ein Arsch, dass ich meinen Kumpel sitzen lasse, aber ich werde nicht zulassen, dass Casalfranco mich aufsaugt. In London wartet meine Freundin auf mich, dazu ein Scherbenhaufen von Leben, der dringend aufgeräumt werden muss. Ich werde nicht in diesem gottverlassenen Winkel der Erde hängen bleiben. *Art geht es gut,* wiederhole ich wie ein Mantra.

Art geht es gut.

9

Die Fotografie habe ich Art zu verdanken. Ich wollte unbedingt Brüste sehen, ganz allgemein sowie im Besonderen die Brüste von Marta D'Antonio. Marta hatte rote Haare, war ein Jahr jünger als wir, und ihr Gesicht, ihre Arme und (wie ich mir ausmalte) ihr ganzer restlicher Körper waren mit Sommersprossen übersät. Um diese Vermutung zu überprüfen, wäre ich zu allen Schandtaten bereit gewesen, aber mir fiel einfach keine Schandtat ein, die mich ans Ziel gebracht hätte.

Im Umgang mit Mädchen war ich immer hilflos gewesen. Solange wir befreundet waren, lief alles glatt, aber wenn ich den nächsten Schritt hätte machen müssen – sie abends ausführen oder sie küssen –, war ich wie versteinert und wusste nicht, was ich tun sollte. Ich hörte, wie mein Vater in ernstem Tonfall sagte: *Mach dich nicht lächerlich.* Ein anständiger, höflicher junger Mann tat so etwas nicht, allerdings blieb dabei offen, wie anständige, höfliche junge Männer sich dann fortpflanzen sollten. Ich war ratlos.

Art riet mir zur Fotografie. Schon seit dem Sommer zuvor überprüfte er die Theorie, dass sich so gut wie alle Mädchen bereitwillig auszogen, sofern damit einem künstlerischen Zweck gedient war (das entscheidende Wort war hier »künstlerisch«). Wie dieser Helmut Newton (von dem ich noch nie etwas gehört hatte). Als Beweis dafür, dass seine Theorie zutraf, zeigte Art mir eine seiner Fotografien. Nur eine, denn er hatte seinen »Models« zugesagt, dass sein künstlerisches Œuvre nicht in die Öffentlichkeit gelangen würde, und Art hielt, was er versprach. Auf diesem Foto war eine nackte Brust von Gina Ostuni zu sehen, einem Mädchen aus unserer Klasse. Die andere Brust bedeckte sie mit einer Hand, und die Lippen hatte sie zu einem Schmollmund geschürzt. Beim Anblick des Fotos fühlte ich mich wie ein Archäologe, der gerade eine untergegangene Kultur entdeckt hat. Außerdem hatte ich auf der Stelle einen Ständer. (Das war noch in den Zeiten vor Kamerahandys, Selfies und Internetpornografie. Wir bekamen nackte Brüste weitaus seltener zu sehen als die Glückspilze, die zehn Jahre nach uns geboren wurden.) Art lag richtig mit seiner Theorie. Art lag mit seinen Theorien so gut wie immer richtig.

»Das Geheimnis liegt darin«, erklärte er mir, »dass wir alle, Jungs und Mädchen, uns für den Nabel der Welt halten. Wir denken, wir seien das Wichtigste überhaupt. Wenn du dein Gegenüber in dem Glauben wiegst, dass du das auch denkst, wenn du also so tust, als wäre *er* – beziehungsweise *sie* – das Wichtigste überhaupt, dann machen die Leute alles, was du willst, einfach nur, um dir zu gefallen und dich in deinem Glauben zu bestärken. So einfach ist das.«

Mit Arts zynischer Haltung fühlte ich mich nicht immer ganz wohl. Aber dieses Unwohlsein kam nicht gegen die unbestreitbare Wirklichkeit von Gina Ostunis nackter Brust an.

Von Mauro lieh ich mir eine Kamera aus dritter Hand, und mit einem Herzen, das hämmerte wie ein Regiment marschierender Soldaten, erzählte ich Marta D'Antonio, dass ich sie gern porträtieren würde, nur so, für ein Kunstprojekt, das ich gerade in Arbeit hätte. Ich hielt mich an Arts Anweisungen und verwendete mindestens dreimal das Wort »künstlerisch«, ohne schon etwas von Nacktaufnahmen zu sagen. Nur nichts überstürzen.

»Ich dachte, Art ist der mit den Fotos«, entgegnete sie.

Mit dieser Antwort hatte ich nicht gerechnet. Was dann

passierte, war entscheidend für den Rest meines Lebens. Wäre ich meinem ersten Impuls gefolgt (und wäre errötet, hätte eine billige Entschuldigung gestammelt und wäre davongeschlichen), dann wäre ich wohl kein Fotograf geworden – was vielleicht sogar besser wäre, wer weiß. Aber ich unterdrückte diesen ersten Impuls. Wie durch ein Wunder fiel mir die perfekte Erwiderung ein, der einzige Satz, der die Situation retten konnte. »Ja, er fotografiert auch«, sagte ich mit leichtem Überdruss in der Stimme. »Ich zeige ihm hin und wieder ein bisschen was.«

Das war Art in Reinform. Er war begeistert, als ich ihm davon erzählte.

Und es funktionierte. Ich brauchte drei Kodak-Filme (die mich einen Haufen Geld kosteten, aber die Sache war jede Lira wert) und etwa achtzig Aufnahmen, bis Marta D'Antonio damit einverstanden war, ihren BH auszuziehen, den letzten Schutzschild der Tugend, und mir ihre Brüste zu zeigen – natürlich nur zu rein künstlerischen Zwecken –, und mir den Beweis lieferte, dass sie tatsächlich überall Sommersprossen hatte. Ich war im siebten Himmel. Mehr als Anschauen stand nicht zur Debatte, und zwischen mir und Marta D'Antonio ist nie etwas passiert, aber ich hatte gelernt, dass es *sehr wohl* passieren konnte, dass sich ein Mädchen nackt auszog, und das verlieh mir das nötige Selbstvertrauen, das in der Folge zu echten Freundinnen und echtem Sex führte. Und ich verliebte mich in die Fotografie. Der Kamera, diesem Apparat mit Zauberkräften, war ich derart dankbar, dass Mauro sie mir schließlich als »Dauerleihgabe« überließ.

Meine erste Kamera. Ich habe sie noch immer, in meiner Wohnung in London.

10

Als ich aufwache, scheint die Sonne ins Zimmer.

Die Sonne.

Ich springe aus dem Bett, fluche innerlich und greife nach meinem Handy, um nach der Uhrzeit zu sehen. Es ist tot. Ich schaue aus dem Fenster. Der Himmel ist wolkenlos und gnadenlos blau. Und er sieht überhaupt nicht nach Morgenhimmel aus. *Dieses verdammte Telefon.* Es ist älter als Yoda, und ich kann mir kein neues leisten. Sein Akku hält so lange, wie man braucht, um ein Haiku aufzusagen, und gestern Abend war ich so angespannt, dass ich vergessen habe, es aufzuladen. Dann ist es ausgegangen, weshalb der Wecker nicht geklingelt hat und der Taxifahrer mich nicht erreichen konnte, als ich nicht aufgetaucht bin. Geklingelt hat er natürlich nicht – ein Südländer unternimmt nie mehr als das absolut Notwendige. Bei der Buchung habe ich meine Kreditkartennummer angegeben, also kriegt er sein Geld so oder so. Scheißtaxifahrer, Scheißhandy, Scheißleben.

Und das alles in dieser beschissenen Stadt. Ich sitze auf dem Bettrand, den Kopf in den Händen vergraben. Meine finanzielle Situation ist nicht gerade rosig. Noch ein Flugticket, auch wenn es mit einer Billig-Airline ist, dazu noch eine Nacht in einer Pension, auch in einer, die wenig kostet – das sind Belastungen, auf die ich gut und gerne verzichten könnte. »Fuck!«, schreie ich. Schuld ist diese verfluchte Stadt. Sie lässt dich nie aus ihren Fingern. Sie lässt dich niemals los. Wenn Casalfranco entscheidet, dass du bleibst, dann bleibst du. Manchmal habe ich Angst, dass das Gummiband stärker ist als ich und mich zurückzieht. Dass ich es nie schaffen werde, mich wirklich zu befreien.

Ich stecke das Ladegerät in den Adapter und den Adapter in die Steckdose, und als das verdammte Telefon endlich wieder zum Leben erwacht, wähle ich Laras Nummer. Sie geht nicht ran, also schreibe ich ihr:

> Hab verpennt und den Flug verpasst.
> Ich bin ein Idiot. Fliege morgen zurück.
> Meld dich, wenn du kannst.

Es ist halb elf. Ich habe einen ganzen Tag in Casalfranco vor mir, und den werde ich sicher nicht in dieser Schuhschachtel verbringen.

Ich rufe Tony an.

11

Carolina gehörte zu den – wie Art sie nannte – »Schönheiten« unseres Jahrgangs. Diese Mädchen stellten so etwas wie die Aristokratinnen der Schülerschaft dar. Sie waren alle wirklich sehr schön, aber nicht wesentlich schöner als die meisten anderen Mädchen (betörende Frauen sind das einzig Gute, das Süditalien der Welt je beschert hat). Was sie von uns, dem gewöhnlichen Bauernvolk, unterschied, war ihre Herkunft. Zu den Schönheiten gehörte nur, wer aus einer angesehenen Familie stammte, die schon so lange in der Stadt ansässig war, dass sie mindestens einen oder zwei Fälle von Inzest in ihrem Stammbaum aufwies. Die Mazzianis, Carolinas Familie, waren früher wohlhabend gewesen, dann aber durch ausufernde Trunksucht und Glücksspiel verarmt. Ihr Name besaß noch immer ein gewisses Gewicht, und sei es nur aus historischen Gründen. Einmal brachte ich eine dieser Schönheiten, Gemma Pizzi, dazu, sich vor der Kamera auszuziehen, aber weiter kam damals keiner von uns, bis Art viele Jahre später in die Stadt zurückkehrte und anfing, Carolina zu vögeln. Ich habe sie seit mindestens zehn Jahren nicht mehr gesehen, und das ist mir auch ganz recht so. Ihre Stimme fand ich schon immer unerträglich.

Tony und ich stehen im grellen Sonnenlicht vor Carolinas Haus. Wir sind nur zu zweit; wir haben Mauro gesagt, dass wir das alleine erledigen, sodass er bei Anna und den Mädchen bleiben kann. Ich hoffe, ich kann Anna aus dem Weg gehen. Diese Reise ist auch so schon schrecklich genug.

Tony klopft an die Tür, und als Carolina öffnet, dauert es eine Weile, bis ich sie erkenne. Ihre Schönheit ist verflogen. Sie hat zugenommen, aber daran liegt es nicht – in einer anderen Welt wäre sie noch immer eine sehr attraktive Frau, nur eben etwas reifer. In dieser Welt jedoch hat sie ihren Zauber verloren, dieses schwer fassbare Etwas, das sie zu einer der aristokratischen Schönheiten gemacht hatte. Alles an ihr – ihr Aussehen, ihre Haare, ihr Blick – hat seinen Glanz verloren. Man sieht ihr an, dass sie übergangslos von einem Teenager zu einer Hausfrau in mittleren Jahren geworden ist, ohne ein Quäntchen Lebenserfahrung zu sammeln.

Aus dem Haus ist das Schreien eines Kindes zu hören. »Kommt rein«, sagt Carolina und tut gar nicht erst so, als würde sie sich freuen, uns zu sehen. Wir nehmen unsere Sonnenbrillen ab und folgen ihr ins Wohnzimmer. In der Mitte des Raumes stehen ein cremefarbenes Ledersofa und ein weißes Gitterbett. An der Wand hängt ein Plasmabildschirm, darüber ein Kruzifix mit einer brutalen Darstellung des Gekreuzigten, und als wäre das nicht genug Heiligkeit für dieses Haus, starrt uns von der Wand hinter dem Sofa das joviale Gesicht von Padre Pio an. Ich kann Heilige nicht leiden, vor allem nicht solche, die gerade im Trend liegen. Direkt unter Padre Pio hängt ein weiteres Bild, das Carolina und ihren Mann auf einem Boot zeigt, in eleganter Kleidung und mit einem starren Grinsen im Gesicht, das wohl ein Lächeln sein soll. Carolina führt ein Leben, von dem andere Frauen hier träumen: Sie arbeitet nicht, kümmert sich zu Hause um ihr Baby, besucht an den Wochenenden abwechselnd ihre Eltern und ihre Schwiegereltern und versäumt es natürlich nie, zur Messe und zur Kommunion zu gehen, damit die ganze Stadt sieht, wie keusch das Herz ist, das in dieser Brust schlägt. Wenn meine Freunde in England mich fragen, warum ich dieses sonnenverwöhnte, mit köstlichem Wein und vorzüglichem Essen gesegnete Paradies verlassen habe, würde ich ihnen am liebsten den Kopf so lange in ein Leben wie das von Carolina tauchen, bis sie nach Luft schnappen.

Carolina hebt das Baby aus dem Gitterbett, doch das Kleine brüllt unbeeindruckt weiter. »Hätte ich mir ja denken können, dass Art das überall herumerzählt. Wer weiß sonst noch davon?«

Ich bin kurz davor, zu entgegnen: *Was willst du denn? Andere wären stolz darauf, wenn ein Genie wie Art sie flachgelegt hätte.* Aber Tony kommt mir zuvor. »Nur seine engsten Kumpels: ich, Fabio und Mauro. Und wir halten dicht.«

»Euch würde sowieso niemand glauben.«

»Mir schon. Ich bin berühmt«, sage ich. Was Casalfranco angeht, ist das leider nur allzu wahr. Die Menschen hier geben sich entweder die größte Mühe, um zu ignorieren, dass ich ein leidlich bekannter Modefotograf bin, oder sie glauben, mein Job hätte mich in die Kreise des Jetsets katapultiert, ohne zu ahnen, dass er in Wirklichkeit eine belanglose, nervtötende und schlecht bezahlte Arbeit ist.

»Und was soll das heißen? Wollt ihr mich erpressen?«

»Du kennst Fabio doch«, sagt Tony. »Immer zu einem Scherz aufgelegt. Nein, Carolina, wir wollen nur wissen, ob du Art in letzter Zeit gesehen hast.«

»Warum?«

Ich muss lauter sprechen, um das Geschrei des Babys zu übertönen. »Wir waren verabredet, und er ist nicht aufgetaucht.«

»Was machst du denn überhaupt hier? Ich dachte, du lebst in London.«

»So eine Art Kurzurlaub.«

»Ist bestimmt ganz schön anstrengend, andauernd *Models* zu knipsen«, sagt Carolina, und aus ihrer Stimme spricht kein Sarkasmus, sondern die schiere Boshaftigkeit. Mit ihrer freien Hand imitiert sie die Bewegung der Finger beim Fotografieren. »Klick, klick, klick.«

»Heutzutage klickt da gar nichts mehr. Ist alles digital.« Ich darf mich jetzt von diesem Miststück bloß nicht provozieren lassen.

»Noch mal zu Art«, sagt Tony versöhnlich. »Ist alles in Ordnung mit ihm? Er geht nicht ans Telefon.«

»Nicht mein Problem. Ist jetzt sechs oder sieben Monate her, dass ich Schluss gemacht habe.«

Ich bin mir sicher, dass sie auf die Stunde genau weiß, wann das war. »Und warum?«

»Er ist mir unheimlich geworden.«

Wir stehen noch immer im Wohnzimmer. Carolina hat uns nicht gebeten, Platz zu nehmen, und sie hat uns, was weitaus schlimmer ist, nicht einmal einen Espresso angeboten, was in Süditalien so viel bedeutet wie: *Hau ab, sonst reiß ich dir den Arsch meterweit auf.* Ich setze mich auf das Sofa, um deutlich zu machen, dass es uns ernst ist. »Geht's ein bisschen genauer?«

Carolina wiegt das Baby hin und her, das sich dadurch jedoch nicht beruhigen lässt. »*Ich* soll *euch* erklären, wie Art tickt?«

»Wir haben ihn schon länger nicht mehr gesehen«, sagt Tony.

»Hat er euch von seinem Projekt erzählt?«

Nein, ein Projekt hat Art nie erwähnt.

Carolina scheint Gefallen an unseren erstaunten Gesichtern zu finden. »Deswegen ist er zurück nach Casalfranco gezogen. Wegen des Projekts.«

»Und worum geht es bei diesem … Projekt?«, frage ich.

»Es hat mit der Zeit zu tun, als er verschwunden war.«

Für einen Augenblick verfliegt die drückende Hitze, und ich spüre einen kalten Windhauch im Nacken. »Du meinst, als er angeblich von zu Hause abgehauen ist.«

»Abgehauen oder nicht, wer weiß das schon.« Carolina zieht die Lippen hoch. Wahrscheinlich soll das ein vielsagendes Lächeln sein. »Er hat mir allerdings etwas über diese Zeit erzählt.« Sie gibt ihren Worten einen betont süffisanten Beiklang. Sie weiß etwas, das wir nicht wissen, und sie genießt dieses Gefühl der Macht. Vermutlich fühlt sie sich wie mit sechzehn, als sie den Zenit ihres Lebens erreicht hatte. »Ein Geheimnis.«

»Bitte, Carolina …«, sagt Tony.

»Er hat es *mir* anvertraut.«

»Bitte. Wir sind seine Freunde und machen uns Sorgen um ihn.«

Sie schüttelt den Kopf. »*Ich* behalte Geheimnisse für mich.«

Allmählich sollte jemand diese Schlampe daran erinnern,

dass ihre beste Zeit längst vorbei ist. Und wie es aussieht, bin ich dieser Jemand. Ich zücke mein Handy und fange an zu tippen.

»Was soll das werden?«, fragt Carolina, begleitet vom Geschrei ihres Babys.

Als ich fertig bin, halte ich ihr das Handy hin. Ich habe einen Post auf Facebook geschrieben.

> Mein bester Freund Art hatte eine Affäre mit einer verheirateten Frau: Carolina Mazziani!
> Respekt, Alter.

Carolina ist getaggt, außerdem ihr Mann und ein paar gemeinsame Freunde von früher.

Sie sieht mich mit aufgerissenen Augen an. »Aber was …«

»Ich hab's noch nicht veröffentlicht, aber das passiert gleich, in drei, zwei, …«

»Du Miststück«, faucht sie mich an.

»Genau wie du, Süße.«

Carolina atmet tief durch und sieht zu Tony. »Er hat nur eine Sache dazu gesagt.« Sie hält inne, aber das Baby, das nicht kapiert hat, dass es still sein soll, macht die intendierte dramatische Pause zunichte. »Er hat gesagt, dass er ›Möglichkeiten‹ entdeckt hat.«

Tony und ich sehen uns an. Mich überkommt dasselbe unheimliche Gefühl wie damals, als Art verschwunden ist – ein Kribbeln, das mir den Rücken hinaufkriecht und mich erschaudern lässt.

»Hat er das näher erklärt?«, fragt Tony.

»Du weißt doch, wie Art ist. Er hat nur gesagt, dass bei seinem Projekt alles darauf ankommt, diese« – sie hakt mit der freien Hand Anführungszeichen in die Luft – »Möglichkeiten zu ergreifen.«

»Und du hast keine Ahnung, was er damit gemeint hat?«

»Ich weiß nur, dass er dafür irrsinnig viele Recherchen betrieben hat.«

»Worüber?«

Carolina greift nach der Fernbedienung und schaltet den kolossalen Plasmafernseher ein. Dann richtet sie das Baby wie eine Pistole auf den Bildschirm. Der Kleine heult weiter. »Religion, glaube ich.«

»Religion? Art war der unreligiöseste Mensch, den ich je getroffen habe«, sage ich. Ich kann mich nur dunkel erinnern, dass er sich vor langer Zeit in Paris einmal kurz mit Spiritualität beschäftigt hat. Damals wie heute war ich überzeugt, dass er das nur gemacht hat, um Frauen kennenzulernen.

»Ganz ehrlich: Ich hab ihm nicht zugehört. Mich hat das alles nicht interessiert.«

Oder du warst zu dumm, es zu kapieren.

»Warum hast du ihn denn eigentlich sitzenlassen, wenn ich fragen darf?«, fragt Tony.

»Er war so besessen von seinem Projekt, dass man kein normales Wort mehr mit ihm reden konnte.« Sie streckt dem Baby die Zunge heraus, was als Geste mütterlicher Zuneigung gedacht ist, aber nur dazu führt, dass der Kleine noch lauter brüllt. »Das mit uns war sowieso nichts Ernstes. Wir wollten einfach nur ein bisschen Spaß haben.«

»Hast du ihn in letzter Zeit gesehen?«, frage ich.

»Was wird das hier, ein Verhör?«

Ich winke mit dem Handy. »Immer schön brav antworten.«

»Ja, ich habe ihn gesehen«, sagt sie und wirft einen angewiderten Blick auf mein Handy. »Ein oder zwei Mal bin ich ihm über den Weg gelaufen. Gerade, dass er Hallo gesagt hat.«

»Und wann war das letzte Mal?«

»Letzte Woche, vor drei Wochen – was weiß denn ich!«

Ich halte es hier drinnen nicht mehr aus, aber eine Frage muss ich ihr noch stellen. »Weißt du, wo er Geld herkriegt?« Seit einiger Zeit weiß ich aus eigener Erfahrung, wie wichtig Geld ist.

Plötzlich scheint Carolina interessiert. Ruckartig dreht sie sich zu mir. »Geld? Wie kommst du denn auf die Idee, dass er reich ist?«

»Ich meine Geld für die Lebenshaltungskosten, für Bücher, Strom und Gas, Autoversicherung …«

Ihr Interesse verfliegt schneller, als Wasser im August verdunstet. »Ich glaube, er hat noch ein paar Ersparnisse. Und hin und wieder … also, er ist jetzt kein richtiger Dealer, aber hin und wieder verkauft er nebenher ein bisschen Gras.«

Art dealt mit Gras. Und das in einer kleinen Stadt, in der die Corona allgegenwärtig ist. Auch ohne Mauro weiß ich, wie schnell das brenzlig werden kann. Wenn die Corona Wind davon bekommt, dass in der Stadt jemand mit Drogen handelt, der nicht auf ihre Rechnung arbeitet, dann legt sie ihm nahe, entweder auf ihre Rechnung zu arbeiten oder das Geschäft aufzugeben. Erst streuen sie ein paar diskrete Hinweise. Wenn der betroffene Dealer Art heißt, fällt seine Antwort langatmig aus und ist gespickt mit anatomischen Details, wo genau die Leute von der Corona sich ihre Rechnungen hinstecken sollen. Und dann nimmt das Ganze eine ungute Wendung.

Genau das ist Casalfranco, höre ich eine Stimme in meinem Inneren. *Casalfranco, das dich aufsaugt. Das ist Casalfranco.*

Weg hier, und zwar so schnell wie möglich.

12

Jetzt kann ich Anna doch nicht aus dem Weg gehen.

Tony hat Mauro angerufen. Der ist gerade mit seiner Familie am Strand und hat gesagt, wir sollen doch zu ihnen kommen. Casalfranco hat es eindeutig auf mich abgesehen – so weit nichts Neues –, und jetzt kriege ich es aus jeder Richtung ab. *Immer her damit.*

Tony ist ein vernünftiger Typ und wohnt bei seinen Eltern, die jetzt im Ruhestand sind und zuvor fünfzig Jahre lang einen Lebensmittelladen hatten. Wir fahren in seinem Auto die Litoranea Salentina entlang, die Straße, die sich an der Küste entlangschlängelt. Zu beiden Seiten erstrecken sich Dünen, die mit Tamarisken, Wacholderbüschen und Feld- und Wiesenblumen übersät sind. Rechterhand liegt jenseits der Dünen das Meer. Der Anblick ist atemberaubend. Die Erhabenheit des Meeres ist immer wieder beeindruckend. Das Blau des Wassers und des Himmels ergänzen und spiegeln einander, sodass man glaubt, im Himmel schwimmen und im Meer fliegen zu können. Das Wasser ist so durchscheinend wie Spitzenunterwäsche. Selbst aus der Entfernung und aus dem fahrenden Auto heraus kann ich die Felsen auf dem Meeresboden erkennen.

Tony fährt rechts ran und parkt hinter Mauros Wagen. In zwei Wochen wird hier ein Auto am anderen stehen, aber noch hat die Saison nicht begonnen, und wir sind die Einzigen. Die wenigen Urlauber, die schon in der Region sind, bleiben lieber an den ortsnahen Stränden und kommen nicht bis hierher. Deshalb sind auch noch keine inoffiziellen Parkwächter zu sehen, diese Typen, die für einen Euro auf dein Auto »aufpassen«, was bedeutet, dass sie es nicht zerkratzen. Hier im Süden muss man sogar jemanden schmieren, wenn man einfach nur sein Auto abstellen will.

Am Ufer steht eine verfallene *Torre Saracena,* ein Sarazenenturm, wie sie an der Küste des Salento zuhauf errichtet wurden, als Wachtürme gegen Piraten aus dem Morgenland. Der Turm ist ein gedrungenes, rechteckiges Gebäude aus hellem Stein, und auf halber Höhe befindet sich eine Türöffnung, zu der eine auf gemauerte Bogen gestützte Treppe führt. Ich ziehe Schuhe und Socken aus und lasse sie im Auto. Die Bedrohung durch arabische Piraten ist längst Geschichte, und heute dienen die Türme nur noch dazu, die Stellen anzuzeigen, an denen langgestreckte Strände liegen. Ich wünschte, ich hätte eine Badehose dabei – auf nichts habe ich jetzt mehr Lust als auf einen Sprung ins Wasser. Stattdessen trage ich Jeans und T-Shirt, die Kleidung, die ich für den klimatisierten Rückflug angezogen habe, und schwitze wie eine Scheibe Speck auf dem Grill.

Mauro sitzt mit seinen Töchtern unter einem großen roten Sonnenschirm und liest den *Corriere della Sera.* Der Strand ist leer bis auf einen zweiten Sonnenschirm, der so weit entfernt steht, dass er wie ein Deko-Schirmchen wirkt. Anna lässt sich im Wasser treiben, ein ganzes Stück vom Ufer entfernt. Als sie uns bemerkt, schwimmt sie zurück an Land.

»Onkel Tony! Onkel Fabio!«, ruft Ottavia, die mit fünf Jahren das ältere der beiden Mädchen ist. Sie weiß, was sich gehört. Ihre Begeisterung kann nicht ganz aufrichtig sein – mich hat sie in ihrem Leben erst zweimal gesehen, und Tony, soweit ich weiß, erst dreimal. Als wir am Sonnenschirm ankommen, wirft sie sich Tony in die Arme. Ihre kleine Schwester Rebecca liegt auf einem Badetuch und schläft.

»Anna und die Mädchen wollten gerade gehen«, sagt Mauro. »Es wird allmählich zu heiß für die Kinder. Könnt ihr mich später nach Hause fahren?«

»Klar doch«, sagt Tony.

»Da sind die Jungs ja!«

Noch von Wasser tropfend, kommt Anna über den glühend heißen Sand auf uns zu. Das letzte Mal habe ich sie vor drei Jahren gesehen, bei der Hochzeit von Tonys Schwester, aber da war ich schon ziemlich früh betrunken und wir haben kaum miteinander gesprochen. Ich wollte unbedingt vermeiden, ihr jetzt wieder zu begegnen, und selbst auf der Fahrt hierher habe ich entgegen aller Wahrscheinlichkeit gehofft, es würde nicht dazu kommen. Aber vieles, was wir fürchten, tritt irgendwann ein. Wir zahlen Steuern, wir überziehen unser Konto, wir verlieren Freunde, wir sterben. Oder wir verlieren unser Herz.

»Hallo, Anna«, sage ich.

Als wir jung waren, war sie schon umwerfend, und jetzt, zwanzig Jahre und zwei Kinder später, ist sie noch viel umwerfender. Volle Brüste, breite Hüften, aber eine schlanke Taille, langes, nasses Haar, das in der Sonne glänzt und so schwarz ist wie die Sonne bei einer totalen Finsternis. Auf dem Hintern hat sie Cellulitis und um die Augen winzige Fältchen, aber sie trägt diese Spuren der Zeit mit Stolz, wie Ehrenabzeichen. Anna fasst ihre Schönheit nicht in Bernstein, sondern lässt sie wachsen und sich verändern. Das ist eines der Dinge, die ich an ihr mag. Wenn ich könnte, würde ich uns beiden auf der Stelle die Kleider vom Leib reißen und sie hier im Meer nach Strich und Faden vögeln.

»Die drei Musketiere, nur D'Artagnan fehlt«, sagt Anna. Warum muss sie sich auf diese Art hinabbeugen, um nach ihrem Handtuch zu greifen? Sie wickelt es sich um und streift mit mehr oder weniger bedeckter Brust ihr Bikinioberteil ab, um sich dann etwas Trockenes anzuziehen. Das Oberteil fällt wie in Zeitlupe in den Sand. Ich habe nur noch Anna im Kopf. Durch meine Fantasie schwirren gewaltige plastische Bilder ihrer nackten Brüste, die von diesem verdammten Handtuch verdeckt sind. Anna bringt mich um. Ich weiß nicht, ob sie das mit Absicht macht, oder ob das einer der Tricks ist, mit denen Casalfranco mir Knüppel zwischen die Beine werfen will. Ich weiß, dass ich sie nicht so anstarren sollte, aber wer kann sich bei so einem Anblick schon beherrschen? Zum Glück habe ich eine Sonnenbrille auf.

»Art ist, na ja …«, sagt Tony.

»Art ist wieder verschwunden«, sagt Anna und hebt ein Bein, um aus ihrer Bikinihose zu steigen. »Mauro hat mir davon erzählt.« Seit meiner Kindheit kenne ich den Anblick von Frauen, die sich unter einem umgewickelten Handtuch umziehen. Das soll nicht sexy aussehen. *Das soll nicht sexy aussehen.* »Ich lasse euch Hübschen mal allein. Dann könnt ihr beratschlagen, während die Frauen zu Hause Seide spinnen.« Anna kann sich solche Scherze leisten – von uns kann ihr keiner das Wasser reichen. Sie lehrt in Mailand Philosophie, und die *New York Times* hat ihre Arbeiten über Künstliche Intelligenz einen »Paradigmenwechsel« genannt. Art ist der Einzige von uns, der ihr folgen kann, wenn sie mit ihren Theorien loslegt.

Als sie zusammengepackt hat und sich mit den Mädchen auf den Weg macht, habe ich das Gefühl, etwas Kostbares verloren zu haben. Ich bin schweißgebadet. Ich zünde mir eine Zigarette an und sage: »Wir haben schlechte Nachrichten. Art handelt mit Drogen.«

»Du meinst …?«

»Ganz genau.«

Tony und ich erzählen Mauro von dem Gespräch mit Carolina. Als wir fertig sind, schüttelt Mauro den Kopf. »Scheiße.«

»Das kannst du laut sagen«, meint Tony.

»Damit sind die Carabinieri eindeutig aus dem Spiel.«

»Wieso das denn?«, entgegnet Tony brüsk. »Gerade deshalb müssen wir ihnen Bescheid geben.«

»Art ist ein *Drogendealer,* Tony. Mit Gras zu handeln, ist eine ganz andere Dimension, als das Zeug für den Eigengebrauch anzubauen. Und wir waren bei ihm zu Hause. Niemand wird uns glauben, dass wir nicht da waren, um etwas zu kaufen.«

Es liegt an der Sonne, die auf die Küste herabbrennt. Ihre Hitze lässt das Gehirn verschmoren, macht einen nervös und setzt die Vernunft außer Kraft. Wir stammen aus der Gegend und sollten es daher besser wissen. In der sengenden Mittagshitze führt man keine Diskussionen. Mit wichtigen Gesprächen wartet man bis zum Abend.

»Art ist einer deiner *besten Kumpel!*«, sagt Tony und wird dabei laut. »Tut mir leid, mein Herr, falls sich das in Ihrem Lebenslauf schlecht macht!«

Jetzt wird auch Mauro laut. »Es geht doch nicht nur um mich! Oder glaubst du etwa, Art freut sich darüber, wenn die Carabinieri bei ihm vor der Tür stehen?«

»Art ist verschwunden, verdammt noch mal!« Tony schreit jetzt fast.

»Was du nicht sagst!«

Tony setzt zu einer Antwort an, macht dann aber den Mund wieder zu, schließt die Augen und atmet tief durch, wie um sich zu beruhigen. »Friede«, sagt er, jetzt wieder in normalem Ton.

Mauro hebt abwehrend die Hände. »Friede«, sagt er zustimmend. »Ich meine nur, dass das nicht unbedingt etwas Schlimmes bedeuten muss, verstehst du? Beim ersten Mal ist er auch unbeschadet zurückgekommen.«

»Unbeschadet würde ich das nicht nennen«, erwidert Tony.

»Er war gesund und …«

»Und was auch immer er dabei erlebt hat, war so schrecklich, dass er sich eine lächerliche Lüge ausdenken musste.«

Darauf antwortet Mauro nichts mehr. Keiner von uns hat Arts Geschichte je geglaubt. Wir waren jung, wir waren naiv, aber dumm waren wir nicht. »Da hast du recht«, sagt Tony. »Was haltet ihr davon, wenn wir abstimmen? Ich bin dafür, die Carabinieri zu informieren, Mauro ist dagegen. Fabio, jetzt liegt es an dir.«

Mein erster Gedanke ist: *Dann ab zu den Carabinieri.* Falls Art heil wieder zurückkommt, steckt er dann zwar in einem schönen Schlamassel, den noch dazu *wir* angerichtet haben, aber wer sagt denn, dass er heil wieder zurückkommt?

Außerdem denke ich noch immer an Anna.

Ich denke noch immer an ihre Brüste unter dem Handtuch, an die Dummheiten, die wir begangen haben und die ein Teil von mir, ein roher, ungezügelter Teil von mir, wieder tun will, und zwar mehr als einmal. In jedem Mann steckt ein schwanzgesteuerter Teenager, und wir müssen aufpassen, dass er sich nicht losreißt; aber unter dieser Sonne kann ich das nicht. Der Teenager in mir weiß: Wenn wir jetzt zu den Carabinieri gehen, habe ich keinen Grund, länger in Casalfranco zu bleiben, und ich werde Anna so bald nicht wiedersehen. Natürlich würde ich mich nie an sie ranschmeißen. Niemals.

Obwohl ich weiß, dass ich mir damit ins Knie schieße, sage ich: »Wie wär's, wenn wir noch zwei Tage warten? Wenn Art dann immer noch nicht aufgetaucht ist, gehen wir zu den Bullen.«

13

Als wir am Strand waren, hat Lara angerufen, aber ich hatte kein Netz. Erst jetzt sehe ich, dass sie mir eine Nachricht hinterlassen hat. Ich stehe vor einer kleinen Autovermietung, bei der Tony mich abgesetzt hat. Hier in der Gegend braucht man unbedingt sein eigenes Transportmittel. Die Autovermietung ist ein Kasten aus Ziegelsteinen, direkt am Straßenrand, inmitten öder Felder. Ich frage mich, wie die Kunden hierherkommen sollen, wenn sie nicht jemanden wie Tony haben, der sie herfährt.

»Na, du Superheld«, sagt Lara in ihrer Nachricht. »War doch klar, dass das schiefgeht. Ich meine: *halb sechs Uhr morgens.*«

Ich rufe sie zurück, und als sie rangeht, sage ich als Erstes: »Kein Wort mehr darüber, okay?«

Sie antwortet mit einem Lachen. Sie hat ein wundervolles Lachen, meine Lara. Dann fragt sie: »Also habt ihr gestern ordentlich getankt, du und deine Kumpels?«

»Nicht wirklich.«

Sie schweigt kurz und fragt dann: »Stimmt irgendwas nicht?«

Man hört ihr an, dass sie aus dem Südwesten Englands stammt. Durch das leicht gerollte R wirkt sie harscher, als sie ist. Ich liebe diesen Akzent. »Art ist nicht aufgetaucht.«

»Wieso, was ist denn passiert?«

»Ich weiß es nicht. Er hat sein Telefon ausgeschaltet.«

»Seid ihr zu ihm gefahren?«

»Ja, aber er war nicht da. Tony – an den kannst du dich

noch erinnern, oder? – ist gerade wieder auf dem Weg dorthin. Um noch mal nachzusehen.«

»Machst du dir Sorgen?«

»Ja und nein.« Ich kann Lara die Situation nicht erklären, nicht am Telefon. Wir sind jetzt seit drei Jahren zusammen, aber sie hat die Jungs noch nie kennengelernt. Ich bin immer nur zu den Treffen des Paktes nach Italien gefahren, und von den dreien ist nie einer nach London gekommen. Mauro war mit seiner Familie eingespannt, Tony mit seiner Arbeit im Krankenhaus, und Art war immer mit irgendetwas beschäftigt, das ihn völlig in Beschlag genommen hat. Ich habe Lara von den dreien und unserem Pakt erzählt, aber ich habe nie erwähnt, dass Art damals verschwunden ist. Diese Geschichte lasse ich in der dunklen Ecke, in der sie schon immer liegt.

»Habt ihr die Carabinieri verständigt?«

»Noch nicht. Das machen wir erst, wenn es sein muss.«

Ich weiß genau, dass Lara durch meine Stimme sehr viel mehr mitkriegt, als ich sage. Mein Fluch ist es, mich in Frauen zu verlieben, die klüger sind als ich (oder es sind einfach *alle* Frauen klüger als ich, wie Tony einmal scherzhaft bemerkt hat). Lara bedrängt mich nicht, sondern fragt vielmehr: »Bist du sicher, dass du morgen zurückfliegen willst?«

Ich denke kurz nach und fühle mich dabei wie ein Verräter. »Ehrlich gesagt, nein. Ich habe schon überlegt, noch zwei oder drei Tage zu bleiben, nur zur Sicherheit, sozusagen.«

»Scheint mir vernünftig. Soll ich kommen?«

»Nein, ist schon okay. Ich krieg das hin.« Meine Worte widern mich an. Ich fühle mich, als hätte ich vor, Lara zu betrügen, und das ist nun ganz sicher nicht der Fall.

»Na gut«, sagt sie. »Lass uns später mal skypen.«

»In Ordnung.«

Wir verabschieden uns, sagen uns, dass wir uns lieben, und legen auf.

Kurz darauf sitze ich auf einer blauen Vespa. Zu Tony habe ich gesagt, ich wolle in Erinnerung an alte Zeiten einen Roller mieten, dabei mache ich das nur, weil ich mir kein Auto leisten kann. Einen Helm musste ich auch ausleihen. Die unbeschwerten Zeiten sind vorbei. Ich drehe den Schlüssel, und der Motor schnurrt los. Dieses Geräusch habe ich seit fünfzehn oder sechzehn Jahren nicht mehr gehört, und es trifft mich fast wie ein Schlag, katapultiert mich zwar nicht durch den Raum, aber durch die Zeit, zurück in die Jahre, als ich ein Teenager war und felsenfest davon überzeugt, dass mein Leben eine einzige Erfolgsstory würde, als ich meine Freunde an meiner Seite wusste und mich unsterblich fühlte. Ich biege mit der Vespa auf die breite, unbefestigte Straße ein, im grellen Sonnenlicht, allein.

14

Ich mache mich auf den Weg zurück in die Pension. Tony wollte sicherstellen, dass er noch ein paar Tage länger aus der Klinik wegbleiben kann, und dann ein paar schöne Stunden mit seinen Eltern verbringen. Mauro hat dasselbe mit seiner Familie vor, und ich will mein Zimmer in der Pension verlängern, mit Lara skypen und dann so tun, als würde ich ein bisschen arbeiten. Ich arbeite gerade an einem Buch, theoretisch jedenfalls. Es soll ein persönlicher Blick auf Formen der Schönheit werden, die nicht den Gesetzen der

Modeindustrie entsprechen. Mein Agent meint, jetzt sei der ideale Zeitpunkt für dieses Thema, und ich kann nur hoffen, dass er recht behält, denn ich brauche dringend etwas, das meine Finanzen und meine Karriere vor dem schwarzen Loch bewahrt, in das sie zu stürzen drohen. Die Vespa ist natürlich Gift für dieses Vorhaben. *Und warum machst du das dann?,* frage ich mich und finde keine bessere Antwort als: *Damit ich endlich wieder einmal auf einer Vespa sitze.* Wir glauben, wir hätten unser Leben unter Kontrolle, aber so ist es nicht. Meistens wissen wir nicht, was wir tun, und laufen wie die Schafe einfach irgendeiner Sache hinterher, dem Schicksal, dem Unbewussten oder dem plötzlichen Verlangen nach einem dämlichen Moped.

Die Landschaft hat sich nicht verändert. Ein paar neue Häuser wurden errichtet, ein paar alte sind eingestürzt, mehr nicht. Diese Landschaft hat sich seit Jahrhunderten nicht verändert, und mir kommt es vor, als sei hier ein Zauber der Trägheit am Werk, ein seit alters bestehender Fluch, der jede Form des Wandels verhindert. Ich fahre an dem Haus vorüber, von dem aus wir vor zweiundzwanzig Jahren die Carabinieri angerufen haben, und einen Kilometer weiter komme ich zu der Stelle, an der wir damals die Vespas abgestellt hatten. Die Sonne steht schon tief, spendet aber noch ausreichend Licht, um die Umrisse der Olivenbäume messerscharf hervortreten zu lassen. So ein Licht gibt es in England einfach nicht. Selbst an den hellsten Tagen hat die englische Landschaft etwas Samtiges an sich, und die fließenden Konturen lassen alles ineinander verschwimmen. Hier dagegen sind die Grenzen eindeutig, und jedes Ding hat seine klare Gestalt. Dieser Baum dort ist nur dieser Baum, nichts verbindet ihn mit dem Boden, in dem er wächst, oder den Felsen, die ihn umgeben. Das Licht lässt keinen Raum für Zweideutigkeiten. Auf seine Weise gibt es einen sagenhaften Hintergrund ab. Bevor ich zurückfliege, sollte ich hier ein paar Aufnahmen für mein Buch machen. Vorausgesetzt, ich finde ein passendes Model.

Etwas von der Straße zurückgesetzt liegt der Olivenhain. Ich habe ihn nie betreten, kein einziges Mal. Jetzt ist genau der richtige Zeitpunkt. Ich bin fünfunddreißig, und die Sonne steht hoch am Himmel. Ich *weigere* mich rundheraus, Angst zu haben. Ich nehme die Sonnenbrille ab, stecke sie in den Ausschnitt meines T-Shirts und gehe, den Helm in der Hand, auf den Olivenhain zu. Als ich die ersten Bäume erreiche, bleibe ich stehen. Die Zikaden zirpen wie verrückt, und auch wenn ich es mir wohl nur einbilde, wird ihr Zirpen, als ich die Hand auf einen der Bäume lege, lauter und lauter.

Scheiß drauf.

Ich mache die ersten Schritte in den Hain. Ich wünschte, ich könnte behaupten, dass die Bäume jetzt, wo ich erwachsen bin, kleiner und harmloser wirken, aber so ist es nicht. Sie sind noch immer so bedrohlich, wie ich sie in Erinnerung habe. Ihre verwachsenen Stämme wirken auf mich noch immer wie die Verdammten in der Hölle. Jeden Augenblick wird ein unheimliches Getrommel anheben, die Bäume werden zum Leben erwachen und um mich herumtanzen – und mich zum Mittagessen verspeisen. Ich wische mir den Schweiß von der Stirn. Man braucht nicht an Gespenster zu glauben, um zu wissen, dass manche Orte ihre ganz eigene Atmosphäre haben, dass sie die Ereignisse der Vergangenheit zwar nicht speichern, aber ein Echo davon in die Gegenwart werfen. Eine düstere Stimmung liegt über dem Hain, und das schräg einfallende Licht der Sonne unterstreicht diese Stimmung nur noch. Was ist in jener Nacht passiert? Wie war es möglich, dass wir in dieser Ödnis nichts gehört oder gesehen haben? *Und wo ist Art jetzt?* Das Gespräch mit

Carolina hat mich in der Ahnung bestärkt, dass die beiden Ereignisse zusammenhängen, dass Art wieder verschwunden ist, und dass er heute verschwunden ist, weil er vor zweiundzwanzig Jahren schon einmal verschwunden ist. Vor einem großen weißen Felsblock, der aus der Erde ragt, bleibe ich stehen. »Was ist hier passiert?«, frage ich laut.

Die Antwort ist ein Geruch.

Ein bittersüßer Gestank, von dem mir übel wird. Mir fällt wieder ein, wie Tony gestern Abend in Arts Haus etwas zu wittern versucht und dann verkündet hat: »Keine verwesenden Leichen.« Doch genau danach riecht es hier, nach einer verwesenden Leiche. In das Zirpen der Zikaden mischt sich ein Summen. Es dreht mir fast den Magen um. Das Summen kommt von weiter vorne. Ich gehe tiefer in den Hain, und dann sehe ich es.

Ein Kadaver.

In einer Schlinge hängt der Kadaver eines Hundes, eines zotteligen weißen Mischlings. Der Ast, an dem der Strick festgebunden ist, biegt sich nach unten. Die Hinterpfoten der armen Kreatur pendeln keine Handbreit über dem Boden, schwingen langsam hin und her. Ich presse eine Hand auf den Mund und halte die Luft an. Ich sehe mich um und spitze die Ohren, aber kein Mensch ist zu sehen oder zu hören. Ich bin allein in diesem Olivenhain, und falls ich nicht allein bin, sind die anderen gerissener als ich. Die Luft steht still, kein Hauch regt sich. Wie kommt es dann, dass der tote Hund hin und her pendelt? Nichts bewegt sich hier außer dem Ast, an dem er hängt.

Ich zögere kurz und trete dann näher an das tote Tier heran. Sein Fell ist übersät mit Dreckspritzern. Seine Augen starren mich ausdruckslos an. Einer der kleinen Flecken bewegt sich.

Jetzt weiß ich, woher das Summen kommt: Fliegen. Millionen Fliegen machen sich wie ausgehungerte Haie im Fressrausch gierig über den Kadaver her, und ihre Attacke ist so wuchtig, dass sie ihn zum Schwingen bringen. Das Fell des toten Hundes ist mit Fliegen übersät, nicht mit Dreckspritzern.

Art hat einen Hund. Oder hatte *er einen Hund?*

Meine Lungen stehen kurz vor dem Kollaps. Ich atme aus und wieder ein. Der Gestank ist bestialisch. Mein Kopf fängt an, sich zu drehen, und um nicht umzukippen, lehne ich mich an einen Olivenbaum, schließe die Augen und versuche, meinen Atem zu beruhigen. Das Summen kommt näher, als stürzten die Haie auf mich zu, angelockt vom Geruch meiner Angst.

Dann klingelt mein Handy.

15

Sieben Tage, nachdem Art verschwunden war, klingelte es an meiner Tür.

Ich kann mich an diese Zeit nur noch verschwommen erinnern. Ich weiß nur noch, dass ich alle möglichen Dinge getan habe, die mir eher lästig waren (mit den Carabinieri reden, Journalisten abwimmeln, wieder mit den Carabinieri reden, mich mit Tony und Mauro verbünden und all die Leute beschimpfen, die plötzlich Arts beste Freunde, seine Beschützer oder seine Fans waren). Das alles habe ich wie ferngesteuert erledigt. Die meiste Energie habe ich darauf verwendet, die Angst zu unterdrücken, Art könnte tot sein. Am anstrengendsten waren die Unterstellungen, uns könnte irgendeine Schuld treffen. Bis Art wieder auftauchte, galten wir drei als verdächtig. Wessen man uns verdächtigte, war nie so ganz klar, bis Concetta Pecoraro, eine Hochstaplerin aus dem Ort, die eine gewisse Berühmtheit erlangt hatte, weil angeblich die Mutter Gottes zu ihr sprach – bis also Concetta verkündete, die Jungfrau Maria habe ihr mitgeteilt, Art sei tot, und unmissverständlich andeutete, wir drei hätten ihn umgebracht. Eine Behauptung, die völlig absurd war und der auch niemand Glauben schenkte. Jedenfalls nicht öffentlich.

Mein Vater dagegen glaubte nicht eine Sekunde lang, wir hätten Art umgebracht. Er dachte, dass Art von zu Hause weggelaufen wäre und wir aus einem fehlgeleiteten Gefühl der Freundschaft heraus so täten, als wüssten wir von nichts. Die Ansicht meines Vaters war die am wenigsten dramatische und daher während der Zeit, in der Art verschwunden war, die unpopulärste Vermutung, doch als Art wieder da war, beteuerten alle in Casalfranco, sie hätten genau das schon immer behauptet.

Mich widerte dieser Zirkus abgrundtief an, und ich verging fast vor Sorgen um meinen Freund. Dann, an einem verregneten Samstagnachmittag, klingelte es bei uns zu Hause an der Tür. Mein Vater war in der Schule, wo sich die Lehrer trafen, um wegen der Sache mit Art zu beratschlagen. (Solche Treffen wurden andauernd irgendwo in der Stadt abgehalten. Ich wusste nicht, was das bringen sollte, genauso wenig wie vermutlich die Organisatoren selbst.) Daher war ich allein zu Hause, versunken in *X-Men*. Ich reagierte nicht auf das Läuten. Die ungebetenen Besucher (Journalisten, Carabinieri oder, am schlimmsten von allen, irgendwelche Gutmenschen von der Kirche) würden bald aufgeben und wieder abziehen. Von wegen. Wer auch immer da vor der Tür stand, hielt den Klingelknopf einfach weiter gedrückt.

Ich legte den Comic beiseite, trottete zur Tür und machte auf. »Ja?«, grummelte ich missmutig.

»Hey«, sagte Art.

Ich trat einen Schritt zurück. Für einen Augenblick, nur einen winzigen Augenblick, packte mich ein Grauen. Art sah aus wie immer, aber er stand so unerwartet vor mir, dass er wie ein Monster wirkte, wie ein Werwolf. Ich schluckte und brachte nur seinen Namen heraus. »Art?«

»Ja, Mann.«

»Was …?«

»Ich sterbe vor Hunger.«

Wie betäubt folgte ich ihm in die Küche, wo er Parmaschinken und Käse aus dem Kühlschrank holte und sich damit ein Stück Ciabatta belegte.

Irgendetwas stimmte nicht mit ihm.

»Was ist passiert?«, fragte ich.

»Wann?«, entgegnete er mit vollem Mund.

»Du weißt ganz genau, wann.«

»Habt ihr Milch da?«

»Tu dir keinen Zwang an.«

Gierig nahm er ein paar große Schlucke und wischte sich dann den Mund am Ärmel ab. Dabei fiel ihm auf, dass er noch immer seinen Mantel anhatte. Er zog ihn aus und legte ihn über einen Stuhl. »Warm ist es hier.«

»Art …«

»Ich weiß auch nicht, was ich dir sagen soll.«

»Du warst *sieben Tage* verschwunden.«

»Waren das sieben Tage?«

»Was ist passiert?«

Er kratzte sich im Nacken, sah den leeren Milchkarton an, sein Sandwich, den Mantel über dem Stuhl. »Ich bin von zu Hause abgehauen«, sagte er dann. »Ich hätte es euch sagen sollen, aber mir war klar, dass ihr es ausplaudern würdet.«

»Was? Warum hast du das gemacht?«

»Ich wollte wissen, ob ich die ganze Stadt an der Nase herumführen kann. Scheint geklappt zu haben.«

Ich wusste sofort, dass er mich anlog. Er gab sich nicht die geringste Mühe, dabei überzeugend zu wirken. Der Ton seiner Stimme sagte: *Ich erzähle dir, dass ich ausgebüxt bin, und du kannst mir das glauben oder nicht, aber weißt du was? Ehrlich gesagt, ist mir das scheißegal.* Ich glaube, diese Haltung war der Hauptgrund dafür, dass alle ihm seine Geschichte sofort abgenommen haben. Sie mochten Arts Haltung nicht, und sie mochten Art nicht, und sie waren nur allzu froh, sein Verschwinden als einen Schrei nach Aufmerksamkeit abtun zu können. »Geht's dir gut?«

Er hielt das Sandwich hoch. »Jetzt, wo ich was zu essen habe, geht's mir gut, ja.«

»Okay, dann noch mal: Was ist passiert?«

»Ich bin von zu Hause abgehauen.«

»Du bist …« Dass er so offenkundig log, machte mich wütend. »Hör auf mit dem Scheiß! Was glaubst du, was wir wegen dir aushalten mussten!« Ich schlug mit der flachen Hand auf den Küchentisch. *»Was ist passiert?«*

Er hörte auf zu essen und sah mich an, ohne mich allerdings wirklich *anzusehen.* Sein Blick verlor sich irgendwo in der Ferne. »Du glaubst mir nicht?«

»Nein.«

Er zuckte mit den Schultern und widmete sich wieder seinem Sandwich. »Die Leute in der Stadt werden mir glauben.«

»Hast du auch nur die leiseste Ahnung, was da draußen los ist? Das ganze Land spricht über dich. Die einen sind überzeugt, wir hätten dich kaltgemacht, und die anderen können sich nicht entscheiden, ob wir dich nun decken oder ob du von Außerirdischen entführt worden bist. Die Carabinieri haben uns die Hölle heißgemacht, genau wie die Pressefritzen, unsere Familien und die Lehrer in der Schule. Ich habe ein *Recht* darauf zu erfahren, was passiert ist.«

Nach einer Weile sagte Art: »Ja, das hast du.«

Ich war kurz davor, ihn wieder anzuschreien, hielt aber inne, als ich schließlich erkannte, was mit ihm nicht stimmte. Seine Kleidung. Es waren dieselben Klamotten (dieselbe Jeans, dieselben Schuhe, derselbe Sweater), die er am Samstag vor einer Woche getragen hatte, als er verschwunden war. Er hatte sieben Tage in diesen Klamotten verbracht. Er hätte streng riechen müssen, aber das tat er nicht. Seine Kleidung war sauber.

»Art«, sagte ich flehend, »was ist passiert?«

»Ich weiß es nicht.«

16

Zurück in der Pension, haste ich unter die Dusche und bleibe dort, bis die Haut an meinen Fingerspitzen ganz verschrumpelt ist. Tony hat angerufen und mir erzählt, dass immer noch niemand in Arts Haus sei, dass es da aber ein paar Sachen gebe, die wir persönlich besprechen müssten. Er klang irgendwie angespannt, weshalb ich ihm nichts von dem Hund im Olivenhain erzählt habe. Denn das will wiederum ich nicht am Telefon erzählen. Der Gestank des toten Hundes verfolgt mich. Ich verbrauche das ganze Duschgel und das Shampoo, aber der Gestank klebt noch immer an mir, als hinge der Hund hier in dieser engen Kabine und als vollführten die Fliegen zwischen dem Tier und mir ihren *struscio,* hin und her.

Was zum Teufel war das? In der Gegend hier gibt es zahllose streunende Hunde, und vor nicht allzu langer Zeit haben die Menschen Hunde gegessen, wenn sonst kein Fleisch verfügbar war. Es würde mich nicht wundern, wenn das heute noch so ist. Aber einen Hund *erhängen* und ihn verwesen lassen? Was soll das? Und noch dazu in diesem speziellen Olivenhain.

Art hatte einen Hund.

Ich will nicht mehr darüber nachdenken. Natürlich könnte das alles Zufall sein, aber von Art habe ich gelernt, nicht an Zufälle zu glauben. »Was wir Zufall nennen«, sagte er oft, »ist ein Ausschnitt aus einem System, das wir noch nicht verstehen.«

Heute Abend kann ich auf keinen Fall hierbleiben. Ich brauche frische Luft und etwas zu trinken. Auch nach der Dusche ist der Gestank nicht verschwunden, und wenn ich die Augen schließe, sehe ich den Hund vor mir. Ich hätte ihn vom Baum nehmen und begraben sollen. *Es ist nur ein Hund.* Aber das Ganze hat etwas zu bedeuten, es muss etwas zu bedeuten haben, und genau das lässt mir keine Ruhe.

»Ist wirklich alles in Ordnung?«, fragt Lara, als wir miteinander skypen.

Ihre Stimme holt mich in die Wirklichkeit zurück. In Momenten wie diesen verfluche ich Videoanrufe. Meine Generation kennt noch eine Welt ohne Kameras, in der man sich noch hinter einem Telefon verstecken konnte. Meine Generation – wir sind jetzt auch schon alte Knacker Mitte dreißig. »Die Hitze und die Stadt machen mir zu schaffen.«

»Du kommst mit der Hitze nicht klar, du kannst deine Heimatstadt nicht ausstehen – irgendwie bist du ein Süditaliener mit Werksfehler.«

»Kannst mich ja zurückgeben.«

»Keine Sorge, ich behalte dich. Aus Mitleid natürlich.«

Wenn es mir richtig mies geht, denke ich mir: *Ja, genau so ist es.* Lara arbeitet als Webdesignerin bei einer großen Londoner Agentur und verdient in einem Monat so viel wie ich in einem halben Jahr (wenn es ein *gutes* halbes Jahr ist). Sie ist siebenundzwanzig, sie hat alle Zeit der Welt, und ihr stehen alle Türen offen. Sie ist eine schöne Frau, mit ihrem aschblonden Haar und ihren kleinen, leicht spitz zulaufenden Ohren. Als Model wäre sie ungeeignet (nach den Maßstäben der Modeindustrie ist sie zu klein, ihre Brüste sind nicht gleichmäßig, und vor der Kamera benimmt sie sich zu ungeschickt), aber wenn man lange genug fotografiert, erkennt man, dass wahre Schönheit oft nichts mit Modelidealen zu tun hat. Genau darum geht es auch in dem Buch, an dem ich eigentlich gerade arbeiten sollte.

»Fabio …?«, fragt Lara.

»Entschuldige, ich war in Gedanken.«

»Irgendwas stimmt doch nicht mit dir. Wenn du darüber reden willst, dann sag's mir.«

»Mit mir ist alles in Ordnung.«

Lara schickt mir einen Luftkuss und sagt mit süßer Stimme: »Versuch *nie*, mich zu verarschen, Schätzchen.«

Sobald wir das Gespräch beendet haben, bin ich auf den Beinen. Ich muss auf der Stelle hier raus, auch wenn ich noch mein nach Schweiß stinkendes T-Shirt anhabe.

Von Norden her weht eine kühle Brise, was den Abend vergleichsweise angenehm macht. Mit der Vespa fahre ich nach Portodimare, das sich vor wenigen Jahren endgültig von einem Fischerdorf in einen Touristenort verwandelt hat. Früher verbrachten wir hier unsere Sommer: Am Vormittag gingen wir zum Strand, und abends spielten wir bis spät in die Nacht Kicker, tranken billiges Bier, das einen fiesen Nachgeschmack hatte, und steckten Münzen in die letzte echte mit Münzen betriebene Jukebox des Planeten. In der Hochsaison haben die Geschäfte und Verkaufsstände in Portodimare bis spät am Abend geöffnet, und ich hoffe, dass für einige von ihnen die Saison schon begonnen hat, denn ich brauche dringend neue Klamotten.

Ich habe Glück, wenn man das so sagen kann, und treibe Socken, Boxershorts und zwei schrille T-Shirts auf, von denen ich eines sofort anziehe. Darauf steht *I like booze,* und die beiden O sehen aus wie die Böden von Biergläsern. Wahnsinnig komisch. Es ist halb zehn, also viel zu früh, um zurück in die Pension zu fahren. Ich brauche etwas zu trinken und zu essen.

Ich gehe zu der kleinen Piazza, an der die meisten Bars liegen. Zu meiner Zeit war dieser Platz das perfekte Ansichtskartenmotiv, mit seiner *rotonda sul mare,* einem Rondell mit Blick auf das Meer und den kleinen Hafen. Heute, nach einer Umgestaltung, die die Bevölkerung des Ortes tief gespalten hat, bilden Hafen und Piazza eine monströse Betonwüste, wie sie vielleicht die Provinzjugend in den späten Neunzigern cool gefunden hätte. Keiner der Läden, in denen wir damals herumhingen, hat die Veränderung überlebt. Die alten Bars haben neuen Platz gemacht, die genauso aussehen, nur keine Jukeboxen mehr haben, dafür aber eine breitere Auswahl an Getränken. An den Plastiktischen dieser neuen Bars sitzen Teenager, die genauso aussehen wie wir damals. Ihr Anblick lässt mich erschaudern. Sie stoßen mich mit der Nase darauf, dass wir alle austauschbar sind.

In einer der Bars hole ich mir ein Bier und ein Sandwich, das schon eine ganze Weile in der Theke gelegen hat, setze mich draußen an einen der Tische und zünde mir eine Zigarette an. Am Nachbartisch bricht eine Gruppe Jugendlicher in Lachen aus. Sie haben die Köpfe über einem Handy zusammengesteckt, auf dem – das sagen mir meine telepathischen

Kräfte – ein Katzenvideo läuft. Ich vermisse meine Freunde. Ich wünschte, ich wäre heute Abend nicht allein. Die Sache mit dem Hund in dem Olivenhain geht mir immer noch nach. *Es liegt an diesem verdammten Ort*, denke ich zum hundertsten Mal, als ich in der Geräuschkulisse um mich herum eine Stimme ausmache, die mir bekannt vorkommt.

Die Stimme verstummt.

Ach du Scheiße, denke ich. Ich hab's vermasselt. Ich bin rumgelaufen, als wäre ich in London, wo jeder einfach nur ein Gesicht in der Menge ist, aber hier, in dieser Gegend mit ihren Kleinstädten und Dörfern, kennt jeder jeden, jedes Gesicht hat einen Namen, und die Wahrscheinlichkeit, einem Bekannten über den Weg zu laufen, wird immer größer, je länger man hier ist. Die Wahrscheinlichkeit ist gnadenlos.

»Fabio?«, fragt mein Vater.

17

Mein Vater sieht auf mich herab. Seine Lippen bilden eine schmale Linie. Das ist seine Art zu weinen. Er ist halb verletzt und halb wütend. Ich unterdrücke den Impuls, vor ihm zurückzuweichen. Zwar ist er kein gewalttätiger Mensch, aber ein Südländer, und Ohrfeigen waren in meiner Erziehung nichts Ungewöhnliches.

»Fabio«, sagt jetzt auch Don Alfredo. »Bist du das?« Dieser grinsende Bastard ist der Pfarrer der Hauptkirche von Casalfranco, ein Freund meines Vaters und ein mächtiger alter Sack.

Ich würdige ihn keines Blickes und sehe meinen Vater an. »Ich denke, wir sollten reden.«

Es gibt nichts zu bereden!, würden viele andere Männer jetzt schreien. Aber mein Vater hat Format. Er nickt und bittet seinen Freund: »Alfredo, wenn du uns entschuldigen würdest …«

»Gewiss, gewiss«, sagt Don Alfredo. Er hält sich leicht gebückt, hat eine große Nase, eine Glatze und einen unförmigen Kopf und sieht aus, als hätte ein Comiczeichner auf einem schlechten Trip einen Geier gezeichnet. Er nickt mir zum Abschied zu, worauf ich nicht reagiere, und sucht sich umständlich einen Platz an einem weit entfernten Tisch. Er bräuchte davon nicht so viel Aufhebens zu machen – ich bin sicher, dass er nicht lauschen wird. Die Mühe kann er sich sparen, denn mein Vater wird ihm alles erzählen, noch heute Abend oder bei der Beichte.

»Was wollte er denn?«

»Wer?«, fragt mein Vater zurück.

Normalerweise sind ihm abgedroschene Phrasen und überflüssige Wörter ein Gräuel. *Wer? Ja, wer denn wohl?* »Don Alfredo.«

Mein Vater setzt sich, und seine Bewegungen sind behutsamer, als ich es in Erinnerung habe. »Es gibt ein paar Schwierigkeiten mit der Prozession an Mariä Himmelfahrt. Wir müssen noch ein paar Dinge organisieren, bevor die Saison anfängt.«

An Mariä Himmelfahrt, am 15. August, findet hier entlang der Küste eine Schiffsprozession statt. Die Touristen sind jedes Mal ganz aus dem Häuschen. Sicher will auch Don Alfredo seinen Teil von diesem Kuchen abbekommen.

»Portodimare gehört nicht zu seiner Gemeinde.«

»Portodimare hat einen neuen Pfarrer. Ein guter Mann, aber nicht am Puls der Zeit. Don Alfredo hilft ihm ein wenig.«

»Und schiebt sich dabei ins Rampenlicht.«

Mein Vater öffnet und schließt die Hand, einmal. Wäre ich fünfzehn, würde er jetzt zuschlagen. »Was machst du hier?«, fragt er.

Das frage ich mich auch. »Tut mir leid, dass ich dich angelogen habe«, antworte ich.

»Mich angelogen?«

»Als ich gesagt habe, dass ich dieses Jahr nicht komme.«

Er hat beide Hände in einer unnatürlichen Haltung flach auf den Tisch gelegt. Er steht darauf, sich zu beherrschen. »Das hast du gesagt?«

Ich hasse es, wenn er so tut, als hätte ich etwas nie gesagt, und mir damit implizit zu verstehen gibt, dass ich als sein Sohn ihm zu gehorchen, mich anständig zu benehmen und den Mund zu halten habe. Ich fahre mir mit der Hand durchs Haar. »Tut mir leid, dazu bin ich jetzt nicht in der Stimmung.«

»Du bist *nie* in der Stimmung.«

»Es ist etwas passiert! Etwas Beunruhigendes.«

»In welchem Sinne beunruhigend?«

Ich sehe zu Don Alfredo hinüber. »Bleibt es unter uns?«

»Das entscheide ich.«

»Von mir aus«, sage ich und gebe klein bei. »Art ist gestern nicht aufgetaucht.« *Warum erwähnst du das?,* frage ich mich. *Warum erzählst du deinem Vater, was passiert ist?* Vierundzwanzig Stunden in Casalfranco, und schon schrumpfe ich und werde wieder der kleine Junge, der glaubt, dass sein Vater auf alles eine Antwort hat.

»Und?«, fragt er.

»Na ja, das ist ungewöhnlich. Du weißt doch, was mit ihm passiert ist, als wir klein waren …«

»*Nichts* ist mit ihm passiert, als ihr klein wart. Er ist von zu Hause abgehauen, um allen einen Streich zu spielen, und als er davon genug hatte, ist er wieder zurückgekommen. Das war alles.«

»Das stimmt nicht.«

»Wir sind vor Sorgen fast verrückt geworden, Fabio. Weißt du noch, wie sehr das seine arme Mutter mitgenommen hat? Und das alles nur, weil Mauro beweisen wollte, dass er in der Lage war, uns reinzulegen.«

»Es war Art, nicht Mauro.« Das ist seltsam. Normalerweise bringt mein Vater niemals Namen durcheinander.

Er hält kurz inne. »Arturo. Das sagte ich doch.«

»Art ist nicht abgehauen. Ich habe keine Ahnung, was wirklich passiert ist, aber abgehauen ist er nicht.«

»Du wirst nie erwachsen werden«, blafft er mich an.

Ich schlage mit der Hand auf den Tisch. »Und du wirst bis in alle Ewigkeit glauben, dass du es besser weißt als alle anderen!«, sage ich und schreie dabei fast.

»Werd nicht hysterisch.«

»In Ordnung.« Ich atme langsam ein und aus, und dabei kommt mir der Titel für ein Buch in den Sinn: *Zen und die Kunst, die eigenen Eltern auszuhalten.* »Noch mal von vorn. Wir machen uns Sorgen um Art und bleiben deshalb alle ein paar Tage länger. Wenn wir nach einer Weile nichts von ihm gehört haben, informieren wir die Carabinieri.«

»Informiert sie gleich. Die sollen ihn sich ruhig mal vorknöpfen.«

»Papà …«

»Nein, Fabio, hör mir zu. Du hast Casalfranco verlassen. Du lebst nicht mehr hier, ich dagegen schon. Und ich habe deinen ›Freund‹ ein paar Mal getroffen, seitdem er hierher zurückgezogen ist. Art war schon immer ein zwielichtiger Kerl, aber in letzter Zeit ist es schlimmer geworden.«

»Was soll das heißen?«

»Er hat Probleme. Er hat ungepflegtes Haar, einen langen

Bart und sieht aus wie ein Verrückter. Er verbringt ganze Tage in der Bibliothek, anstatt sich eine Arbeit zu suchen. Er ist so mit sich selbst beschäftigt, dass er nicht einmal grüßt, wenn man ihm begegnet.«

Ich muss lächeln. Das ist Art wie er leibt und lebt.

»Und seinen Hund liebt er geradezu abgöttisch.«

Seinen Hund. Wieder steigt mir der Verwesungsgestank in die Nase und ich höre das Summen der Fliegen. »Was ist das für ein Hund?«

»Einer von den Streunern. Arturo hat ihn aufgenommen, wofür ihm unter anderen Umständen Achtung gebühren würde, aber er behandelt ihn, als wäre er … ein Mensch. Er spricht mit ihm, wenn er mit ihm durch die Straßen geht. Einmal habe ich gehört, wie er ihm gesagt hat, wie schön er ist, wie klug und wie tapfer.«

»Ist das ein großer, weißer, zotteliger Hund?«

»Warum fragst du?«

»Papà, bitte …«

Mein Vater schließt die Augen, legt Zeigefinger und Mittelfinger der rechten Hand an die Stirn und versucht, sich zu erinnern. Dann sagt er: »Ein brauner Spitz.«

Der Hund im Olivenhain ist nicht Arts Hund. Ich hoffe, man merkt mir die Erleichterung nicht an. Mit zitternder Hand greife ich nach meinem Bier, aber die Flasche ist leer. »Deinen Worten nach ist Art eher krank als kriminell.«

»Arturo entstammt einer Familie, die immer hart gearbeitet hat, und er ist nicht dumm. Er hätte alles aus seinem Leben machen können. Aber dein Freund war schon immer ein selbstsüchtiger Junge und besitzt ein Anspruchsdenken, das sogar noch größer ist als deines, und jetzt präsentiert Gott ihm die Rechnung. *Quisque faber suae fortunae.*«

Jeder ist seines Glückes Schmied. Eines der Lieblingsmottos meines Vaters. Dabei verschweigt er, dass er Art vorwirft, auch der Schmied meines Glückes zu sein. »In dem Punkt gehen unsere Meinungen auseinander«, beteuere ich noch einmal. »Ich will mich nicht mit dir darüber streiten.«

»Wie du möchtest. Aber was machst du überhaupt hier?«

»Ich bin …« Abrupt halte ich inne. Das habe ich ihm doch gerade gesagt. Er hat es vergessen, und dieses Vergessen ist nicht gespielt. Ich habe das Gefühl, als würde das Meer Portodimare überschwemmen, das Festland in Wasser verwandeln und den Boden, auf dem ich sitze und auf dem mein Leben ruht, davonspülen. Mein Vater ist Altphilologe, er spricht fließend Latein und Griechisch. Sein Intellekt ist sein ganzer Stolz. Er ist nie unkonzentriert, vergisst nie etwas. »Das habe ich dir doch gerade erklärt«, sage ich.

»Was hast du mir erklärt?«

Ich will schlucken, aber mein Mund ist wie ausgetrocknet. Ich drehe mich zu dem widerlichen Pfaffen um und sehe ihn an. Er stiert in unsere Richtung und stellt ein frömmlerisches Verständnis zur Schau, das so verlogen ist wie meine Triumphe.

»Papà«, frage ich. »Ist alles in Ordnung?«

TONY

1

Mauro soll mich am Arsch lecken. Was für ein Wichser ist der bloß geworden. Als wir heute Vormittag zu Carolina gefahren sind, hat Fabio gesagt, wir sollen nachsichtig mit ihm sein, weil er eine Frau und zwei Kinder hat, für die er verantwortlich ist. Okay, von mir aus. Mauro ist trotzdem ein Wichser. Fabio dagegen ist in Ordnung. Er hat alles Glück verdient, das er hat, und ruhig noch ein bisschen mehr.

Das Auto riecht nach dem Rasierwasser meines Vaters. Eine Abmachung ist eine Abmachung, und es ist nicht okay, eine Abmachung zu brechen, aber ich fahre trotzdem zu den Carabinieri. Mauro hat vielleicht Fabio rumgekriegt, aber nicht mich, mit all dem »Wir wissen es nicht genau«, »Wir sollten noch warten« und dem ganzen Scheiß. Mauro ist gut mit Worten, aber wozu sind Worte gut? Ich weiß instinktiv, dass Art auf dieselbe Weise verschwunden ist, wie er damals verschwunden ist. Außerdem weiß ich – und das wissen wir alle –, dass er damals nicht von zu Hause weggelaufen ist und sieben Tage irgendwo allein verbracht hat. Ganz bestimmt nicht. Er ist entführt worden und hat schlimme Dinge erlebt. Sie haben keine sichtbaren Spuren hinterlassen, aber Spuren sind nicht immer sichtbar, weiß Gott. Man braucht sich doch nur anzusehen, was danach aus ihm geworden ist! Die Täter wurden nie gefunden, weil die Carabinieri sich darin verrannt hatten, dass es keine Täter gab. Also laufen sie noch immer frei herum. Und mein Kumpel ist ein zweites Mal verschwunden.

Das Telefon klingelt. Elena, meine kleine Schwester. Na toll. Bis jetzt konnte ich ihr aus dem Weg gehen, und das würde ich am liebsten auch weiterhin tun, aber ich schaffe es einfach nicht, jetzt nicht ranzugehen. Ich bin nicht Mauro. Ich klemme mir das Handy zwischen Wange und Schulter. Letztes Jahr habe ich meinem Vater zu Weihnachten eine Freisprechanlage fürs Auto geschenkt, aber er hat es geschafft, sie nach nur zwei Wochen zu verlieren. Er kommt mit der modernen Technik bestens klar, solange sie auf Abstand bleibt. »Hallo, Elena«, sage ich.

»Wo bist du?«

»Im Auto.«

»Kommst du später noch vorbei?«

»Nein, tut mir leid. Ich habe Mamma und Papà versprochen, mit ihnen zu Abend zu essen.«

»Und morgen? Komm doch zum Mittagessen.«

Da würde ich mich ja noch lieber mit Mike Tyson prügeln. »Klar doch, gerne.«

»Du *musst* einfach meinen Bauch anschauen. Er viel größer als auf den Bildern.«

Elena ist im sechsten Monat schwanger. Vor drei Jahren hat sie Rocco Fistetto geheiratet, den ich auch schon seit Ewigkeiten kenne. Hätte mich Mauro nicht zurückgehalten, ich hätte bei der Hochzeit eine Riesendummheit begangen (wie etwa dem Bräutigam die Fresse zu polieren). Fabio und Art waren schon nach einer halben Stunde stockbesoffen, aber Mauro ist nüchtern geblieben und hat auf mich aufgepasst. Das sollte ich mir in Erinnerung rufen, wenn er mir mal wieder auf die Nerven geht. »Wow«, sage ich, »ich kann's kaum erwarten.«

»Und Rocco macht sich auch glänzend. Die Firma hat sich prächtig entwickelt.«

Mein Schwesterlein. Immer raushängen lassen, dass sie ganz vorne mit dabei ist. »Ja, Papà hat mir davon erzählt. Passt dir ein Uhr?«

»Sagen wir halb zwei.«

»In Ordnung. Du, ich glaub, ich hab gleich kein Netz mehr.«

»Alles gut«, sagt Elena. »Bis morgen dann.«

Wenn ich sie doch nur nicht mehr lieben würde. Aber das geht wohl nicht. Familie und Freunde sind das Wichtigste im Leben. Was auch immer aus ihnen wird, sie sind das Wichtigste.

2

Am Abend vor Elenas Hochzeit sagte meine Mutter zu mir: »Du solltest noch einmal mit ihr reden.«

»Aber Mamma …«

»Es ist noch nicht zu spät.«

Ein Teil der Familie war zusammengekommen, um sich für die große Sause am nächsten Tag warmzulaufen. Eine kleine Runde von etwa fünfzehn Leuten, darunter Onkel, Cousins und Elenas engste Freunde. Unser Vater hatte sich den ganzen Tag gefreut wie ein Schneekönig und schlief jetzt, weil er ein paar Gläser zu viel intus hatte. Er ahnte nicht, wo das Problem mit der Hochzeit von Elena und Rocco lag. Er ahnt es noch immer nicht. Unsere Mutter war sehr geschickt darin, ihn in Unkenntnis zu lassen. »Er könnte sowieso nichts dagegen unternehmen«, sagt sie immer. »Und so ist er wenigstens glücklich.«

Meine Mutter und ich saßen im Garten und genehmigten uns, einem alten Ritual folgend, einen Schlummertrunk in Form eines Gläschens Strega, eines leuchtend gelben Kräuterlikörs. Sie wusste, dass sie mich überrumpelte.

»Elena ist ein Dickkopf«, entgegnete ich.

»Aber sie ist deine Schwester, Tony.«

Ich trank aus, stellte das Glas mit mehr Schwung auf den Tisch, als nötig gewesen wäre, und stand auf. »Es wird nichts nützen«, sagte ich. Meine Mutter erwiderte nichts mehr.

Auf Zehenspitzen schlich ich ins Haus und die Treppe hinauf, obwohl ich wahrscheinlich nicht so vorsichtig hätte sein müssen, so betrunken, wie Papà war. Hinter der Tür zu Elenas Zimmer war Licht zu sehen. Ich klopfte, worauf sie leise sagte: »Komm rein.«

Sie trug eines meiner T-Shirts und saß auf einem Bürostuhl an ihrem Schreibtisch, demselben Schreibtisch, an dem sie früher gesessen hatte, als sie zur Schule ging und ich ihr bei den Hausaufgaben half. Ihr Brautkleid hing an der offenen Tür des Kleiderschranks.

»Was machst du?«, fragte ich.

»Ich schau mir alte Fotos an. Komm her.«

Ich trat neben sie. Sie betrachtete ein Foto, das unser Vater eine Ewigkeit zuvor bei einem Sonntagsausflug in den Zoo aufgenommen hatte. In der Mitte stehe ich, die Baselballkappe verkehrt herum auf dem Kopf und die Ärmel meines T-Shirts bis zu den Schultern hochgerollt. Ich war damals zehn und versuchte alles, um wie ein echter Kerl auszusehen. An der einen Hand halte ich Elena, die in ihrer pinken Latzhose zum Anbeißen süß ist, und an der anderen einen Schimpansen in einer Jeanslatzhose. »Weißt du noch?«, fragt Elena. »Du hast behauptet, du würdest dich nicht mehr auskennen, weil deine Schwester und der Affe dasselbe anhätten und so gleich aussehen würden, dass es dich völlig durcheinanderbringen würde.«

Ich musste lächeln. »Ja. Ich habe so getan, als würde ich mit dem Affen weitergehen und dich dort stehen lassen.«

Elena lachte. »Mein Gott, was hab ich geheult!«

»Und ich hab mich den ganzen restlichen Tag mies gefühlt.«

»Was auch wieder übertrieben war. Das Ganze war doch nur Spaß.«

Ich deutete mit einer Kopfbewegung auf das Brautkleid. »Kannst du nicht schlafen?«

»Ich bin viel zu aufgeregt. Und du? Strega mit Mamma?«

»Ja.«

»Hat sie dich gebeten, mit mir zu reden?«

Wieder auf dem falschen Fuß erwischt. »Mehr oder weniger.«

Elena legte das Foto auf einen ordentlichen Stapel und seufzte. »Ich werden morgen heiraten, Tony.«

»Du kannst die Hochzeit immer noch absagen.«

»Ihr wollt es einfach nicht verstehen, oder? Ich liebe Rocco. *Ich liebe ihn.*« Das war gelogen. Davon war ich damals überzeugt, und ich bin es noch heute. »Könnt ihr euch denn nicht einfach für mich freuen?«, fuhr sie fort. »Wenigstens ein kleines bisschen?«

»Er tut dir nicht gut.«

»Woher willst du das denn wissen?«, gab sie zurück und wurde dabei etwas lauter.

Ich wollte keinen Streit, nicht am Vorabend ihrer Hochzeit. »Ich will einfach nur dein Bestes.«

»Ich weiß ja, dass ihr es gut meint. Aber das gibt weder

Mamma noch dir das Recht, über mein Leben zu entscheiden.«

»Bist du schwanger?«

»Ob ich …?« Sie lachte leise. »Ob ich schwanger bin? Glaubst du, *das* ist der Grund?«

»Es würde erklären, warum ihr es mit der Hochzeit so eilig habt.«

»Wieso denn eilig? Wir sind seit sieben Jahren zusammen.«

»Ihr wart noch Kinder, als das mit euch angefangen hat.«

»Ich bin eine erwachsene Frau, Tony, und sehr gut in der Lage, selbstständig Entscheidungen zu treffen. Und nein, ich bin nicht schwanger, und ich will auch erstmal keine Kinder, wenn du es genau wissen willst. Nicht, bevor Rocco sich etabliert hat.«

»Ich musste es zumindest versuchen«, sagte ich mit einer abwehrenden Geste.

»Sag unserer Mutter, sie soll aufhören, dagegen anzukämpfen«, sagte Elena sanft. »Es ist alles in Ordnung. Wir sind glücklich, und es gibt nichts, wogegen sie anzukämpfen braucht.«

»Tu mir nur einen Gefallen: Was auch immer passiert, vergiss nie, dass du einen Bruder hast. Ich werde auf dich aufpassen, egal, was kommt.«

Sie stand auf und küsste mich auf die Wange. »Das ist furchtbar lieb von dir.«

3

Die Wache der Carabinieri ist ein dreistöckiges hellgelbes Gebäude. Sie ist viel zu groß für Casalfranco, eine Stadt, in der Kleinkriminelle Mangelware sind und Berufsverbrecher niemals ein Gefängnis von innen zu sehen bekommen. Mit ihrem Bau wurde Anfang der Dreißigerjahre begonnen, weil der Bürgermeister der Ansicht war, eine protzige Carabinieriwache würde Casalfranco (und dadurch auch ihn selbst) in Mussolinis Augen gut dastehen lassen. Als das Gebäude 1939 dann endlich fertig wurde, hatte Mussolini einen Weltkrieg am Hals. Der Duce hat die Wache nie gesehen, der einzige Sohn des Bürgermeisters fiel in einer Schlacht gegen die Alliierten, und der Bürgermeister erschoss sich, nachdem er von Mussolinis Hinrichtung erfahren hatte. Die Wache steht noch immer.

Ich parke den Wagen und sehe mich gründlich um, bevor ich aussteige. Das Haus von Mauros Eltern liegt ganz in der Nähe, und ich würde ihm jetzt ungern über den Weg laufen. Dabei hat er nichts zu befürchten. Ich werde weder ihn noch Fabio verpetzen. Ich werde den Carabinieri erzählen, dass ich allein zu Art gefahren bin, und wenn sie Stress machen, nehme ich alles auf meine Kappe.

Im Inneren der Wache riecht es nach angebrannten Würstchen. Da scheint sich jemand ein spätes Mittagessen gegönnt zu haben. Irgendwo flappt ein Ventilator müde vor sich hin, ohne den Raum auch nur im Geringsten zu kühlen. Hinter einer Plexiglasscheibe sitzt ein Beamter in einem blauen kurzärmligen Uniformhemd. Die oberen drei Knöpfe sind offen und geben den Blick auf sein üppiges Brusthaar frei. Er schaut auf seinem Laptop ein Hip-Hop-Video und hört die Musik – das muss man ihm zugutehalten – über Ohrhörer. Neben ihm, hinter der Plexiglasscheibe, steht der Ventilator, direkt auf sein Gesicht gerichtet. Kann man ihm nicht verübeln. Er zieht sich die Ohrhörer raus und grüßt mich mit einem »*Salve*«.

»Guten Tag.«

»Was kann ich für Sie tun?«

»Es geht um einen Freund von mir. Er ist … na ja, er ist verschwunden. Er könnte sozusagen als vermisst gelten.«

Der Beamte verschränkt die Hände vor seinem kugelrunden Bauch und rutscht auf dem Stuhl hin und her, um eine bequemere Position zu finden. »Er ›könnte‹ als vermisst gelten?«

»Ja, möglicherweise. Wir waren verabredet, und er ist nicht gekommen, und er geht auch nicht ans Telefon. Zu Hause ist er auch nicht.«

»Ich kenn dich doch irgendwoher.«

»Wie bitte?«

»Du bist Tony, stimmt's?«

Ich sehe mir den Mann noch mal genau an. Jetzt weiß ich, wer er ist: mein Cousin dritten Grades mütterlicherseits. Ich muss eine Weile nachdenken, bis mir sein Name wieder einfällt. »Cosimo!«

»Der bin ich. Aber lebst du nicht in Bologna?«

»In Rom.«

»Das meine ich ja. Rom. Und was machst du hier in Casalfranco?«, fragt er. Offenbar interessiert ihn Familienklatsch weitaus mehr als eine möglicherweise vermisste Person.

Ich lasse mir meinen Ärger nicht anmerken und antworte: »Ich wollte hier eigentlich besagten Freund treffen. Den, der nicht gekommen ist und der jetzt möglicherweise als vermisst gelten muss.«

»Wann war das?«

»Gestern.«

Cosimo saugt die Luft zwischen den zusammengepressten Zähnen ein und schüttelt den Kopf, als hätte ich gerade etwas entsetzlich Dummes gesagt. »Dann ist es noch zu früh, um eine Ermittlung einzuleiten.«

»Es handelt sich um Art. Arturo Masiello.«

Wieder saugt Cosimo Luft ein, diesmal deutlich schärfer. »*Der* Arturo Masiello.«

»Genau. Der unvergleichliche Art.«

»Es ist noch zu früh, um eine Ermittlung einzuleiten«, wiederholt er, langsamer als zuvor.

»Verstehe. Aber könntet ihr euch nicht mal … ein bisschen umhören?«

»Ich sagte, dass es *zu früh* ist, Tony. Viel zu früh.«

Jetzt endlich kapiere ich es. Ich lebe schon zu lange in Rom und bin nicht mehr an die indirekte Ausdrucksweise gewöhnt, die hier in der Gegend üblich ist. Man sagt die Dinge, ohne sie auszusprechen. Mal schauen, ob ich es noch kann. »Und ist es …«, taste ich mich vor, »möglicherweise irgendwann nicht mehr *zu früh?*«

»Nein«, entgegnet Cosimo, sichtlich erleichtert, dass diese Diskussion beendet ist. »Wie geht's deiner Schwester?«

»Ausgezeichnet.« Ich mache den Themenwechsel mit.

Die Carabinieri wollen nicht über Art reden. Und das kann nur einen Grund haben: die Sacra Corona Unita.

4

Art, wo steckst du, verdammt noch mal?

Nachdem ich den Motor abgestellt habe, sind nur noch die Zikaden zu hören. Ich bin noch einmal zu Arts Haus gefahren. Die umliegenden roten Äcker sehen so öde aus wie der Mars auf den Bildern der NASA. »Art?«, rufe ich, als ich aus dem Auto steige. Er antwortet nicht, natürlich nicht, weil er nämlich nicht da ist.

Ich betrete das Haus, ohne anzuklopfen. Drinnen ist es viel kühler als draußen. Arts Großvater hat dieses Haus gebaut, und er hat es mit dicken Mauern gebaut, als Schutz gegen die Hitze des Sommers und die Winde des Winters. Alles ist noch so wie gestern Abend. Ich sollte eine Nachricht für Art hinterlassen, nur so zur Sicherheit, und mich dann wieder aus dem Staub machen. Mauro hat recht. Wir sollten uns möglichst unauffällig verhalten. Als Art das erste Mal verschwunden ist, waren wir drei die Hauptverdächtigen, obwohl wir noch Teenager waren. Jetzt sind wir erwachsene Männer, und Art ist ein Drogenhändler, weshalb alles noch viel schlimmer werden könnte. Aber fünf Minuten kann ich schon bleiben. Cosimos Reaktion, als ich Arts Namen erwähnt habe, hat mich erst nur genervt. Jetzt gibt sie mir zu denken.

Ich sehe mich kurz in der Küche um, aber außer dem Gourmetfutter für den Hund und den Büchern entdecke ich nichts Besonderes, keinen Computer, den man knacken könnte, keine Spuren, über die man sich mit einer riesigen Lupe beugen könnte. Ich fühle mich halb wie ein Einbrecher und halb wie ein Idiot. Ich sollte wirklich wieder abhauen. Früh schlafen gehen, damit ich morgen fit bin für das Mittagessen mit meiner schwangeren Schwester und ihrem entzückenden Ehegatten. Eine Sache muss ich allerdings noch checken. Gestern haben wir uns nur hier im Haus umgesehen. Aber es gibt noch ein anderes Gebäude. Zwei Jahrzehnte stellen mit der Erinnerung die seltsamsten Dinge an. Manches vergisst man nicht, sondern man hört einfach nur auf, daran zu denken.

Ich verlasse das Haus und gehe, begleitet vom Konzert der Zikaden, zum Weingarten. Die Trauben sind in einem erbärmlichen Zustand. Dieses Jahr wird die Ernte miserabel ausfallen. Arts Vater würde sich furchtbar aufregen, wenn er sehen könnte, wie sein Sohn das familieneigene Land vernachlässigt. Im rötlichen Licht der Dämmerung gehe ich über den staubigen roten Boden bis zu einem Trullo, einem kegelförmigen Gebäude aus Stein. Dort drin hat Arts Großvater gelebt, bevor er das neue Haus gebaut hat. Arts Vater hat den Trullo aus Nostalgie stehen lassen, und Art hat sich darin in seinen Jugendjahren einen Unterschlupf eingerichtet. Dort drin hat er sein Gras getrocknet (kein idealer Ort, aber Kinder müssen mit dem zurechtkommen, was sie kriegen). Er hat das Zeug dort auch geraucht. Wir hatten damals eine Menge Spaß in dem Trullo. Ich freue mich, dass er immer noch steht. Die Zeit macht vieles zunichte, aber nicht alles. Die Tür besaß noch nie ein Schloss.

Kaum habe ich den Raum betreten, bleibe ich stehen.

In der Mitte des Trullo steht ein würfelförmiger Käfig aus Eisenstäben. Auf dem Boden liegt eine Lederpeitsche, in einer Ecke ein aufgerolltes Seil, daneben ein Ballknebel, und von der Decke hängt eine Kette herab. An einer Wand steht eine große Kiste. Als ich sie öffne, fällt mir als Erstes eine schwarze Ledermaske ins Auge, die die Form eines Pferdekopfes hat und an der Stelle des Mauls einen Reißverschluss. Ich rieche daran. Sie stinkt nach Schweiß und ist offenbar ausgiebig benutzt worden. Die Kiste ist randvoll mit Sextoys: ein Berg von Dildos und Buttplugs, dazu noch ausgefalleneres SM-Zeug, unter anderem ein längliches Ding aus Metall, das ein Keuschheitsgürtel für Männer sein könnte, kleine Nippelklammern und lauter Sachen, von denen ich nicht mal weiß, wie sie heißen. Am abstoßendsten finde ich einen Knebel aus Plastik, an dem ein langer Schlauch hängt, dessen Ende wohl, wie ich nach einigem Nachdenken vermute, in einer Vagina landen soll. Ekelhaft. Aber ich will nicht urteilen. Ich habe Freunde in der Szene, aber es ist eben nicht *meine* Szene. Wahrscheinlich ist das wieder mal eine von Arts Phasen. Seit *Fifty Shades of Grey* träumen ja alle davon, einmal in den verbotenen Apfel zu beißen. Aber Art hat sich nie mit einem Bissen begnügt. Er hat den Apfel immer mitsamt Schale und Kernen verspeist.

Es ist doch nichts Ungewöhnliches, sich so einen Ort einzurichten, an dem man sich auf etwas gröbere Weise vergnügt, oder? So wie es nichts Ungewöhnliches ist, wenn ein düsteres, verstaubtes Haus bis in den letzten Winkel mit Büchern vollgestopft ist. Oder wenn einer ein bisschen mit Gras dealt. Wenn er seinen Hund wie einen König behandelt, oder wenn dieser Hund verschwindet, oder wenn ein Mensch hin und wieder verschwindet, oder wenn das den Carabinieri am Arsch vorbeigeht. An all dem ist überhaupt nichts Ungewöhnliches, nichts Auffälliges.

Die Täter von damals laufen noch immer frei herum.

Die können mich mal. Ich kenne auch ein paar von der Sorte.

5

Ich war fünfzehn, aus der Jukebox dröhnte »Wonderwall«, und in der Julinacht herrschte eine Hitze wie in einem Hochofen. Es war der Sommer nach Arts Verschwinden. Seine Eltern gestanden ihm endlich wieder etwas mehr Freiheiten zu und ließen ihn auch abends wieder ausgehen, allerdings musste er so früh wieder zu Hause sein, dass er sich kaum richtig amüsieren konnte.

Wir hingen auf der Piazza in Portodimare herum. Mauro hatte eine Münze in die Jukebox gesteckt und »Wonderwall« ausgewählt, aber bei dem Betrieb, der im Juli herrschte, konnte man nie ahnen, wann der Song, den man hören wollte, drankam. Als Liam Gallagher endlich anfing, von *»Today …«* zu singen, war unsere Kickerpartie fast vorbei. Art und Fabio hatten Mauro und mich fertiggemacht. Art hatte beim Kickern zwei linke Hände, aber Fabio war so stark wie drei. Mit einer ruckartigen Bewegung des Handgelenks konnte er die kleinen Plastikfußballer in einer Weise zucken lassen, dass es so aussah, als würden sie vögeln, und dem Ball dadurch ein Höllentempo verleihen. Wenn ich jetzt daran zurückdenke, bekomme ich Lust, wieder einmal gegen ihn zu spielen. Ob er es noch immer so drauf hat? Ich selbst komme regelmäßig zum Üben, in der Cafeteria der Klinik.

Anna und ihre Freundin Rita (was wohl aus ihr geworden ist?) hatten das Match verfolgt, und jede hatte eines der beiden Teams lauthals unterstützt und das andere ausgebuht. Wir waren die Stars, sie die Hooligans, und am Ende der dritten und letzten Partie waren wir alle schweißgebadet.

»Na endlich«, sagte Mauro. »Die Gallagher-Brüder!«

Fabio nutzte die allgemeine Ablenkung und feuerte den Ball mit seiner typischen Bewegung an Mauros glücklosem Schlussmann vorbei ins Tor. Anna jubelte, und Fabio und Art klatschten einander ab. »Drei von drei Matches gewonnen«, sagte Fabio.

»Versager«, ergänzte Art, mit gespielter Verachtung.

Anna schob sich näher an Fabio heran. »Mein Held«, sagte sie und küsste ihn flüchtig auf die Wange.

Ich hielt mir die Hände vors Gesicht. »Nehmt euch ein Zimmer.«

»Sie sind nur Freunde«, warf Rita ein.

Was Anna auf der Stelle bestätigte: »So ist es.«

Rita ging mir auf die Nerven. Anna und Rita kamen aus Mailand, und ihre Familien bildeten die Vorhut der Touristenmassen, die in den folgenden Jahren kommen sollten. Die beiden waren der Inbegriff der Coolness, noch viel mehr als die Schönheiten auf unserer Schule. Sie waren keine Landeier wie wir, im Gegenteil, sie waren aus *Mailand*. In ihrem Leben passierte etwas, sie kannten sich aus in der Welt. Anna brachte das irgendwie cool rüber, aber Rita ließ keine Gelegenheit aus, um uns unter die Nase zu reiben, dass sie aus der Großstadt war. In einen einzigen Satz packte sie ein Mittagessen bei McDonald's (für uns ein Ort auf einem anderen Planeten), einen Besuch in einem Multiplexkino und das geilste Hip-Hop-Konzert des Jahres. Wir dagegen hatten nichts zu erzählen. In Casalfranco passierte nicht viel, und über das, was passierte, sprach man besser nicht.

»Wie wär's mit Eis?«, schlug Fabio vor. Um sich abzukühlen, gab es nichts Günstigeres als Eis am Stiel. Sechs Stück kosteten kaum mehr als ein Bier.

»Nicht für mich«, sagte Art. Dann wandte er sich in versnobtem Tonfall an mich: »Ich bitte um Verzeihung, Verehrtester, aber wenn ich nicht in zwanzig Minuten zu Hause bin, bekommt mein Vater einen Tobsuchtsanfall. Daher würde ich gerne auf dein freundliches Angebot zurückkommen, mich nach Hause zu fahren.«

Ich sah auf meine Swatch. »Ist es dafür nicht noch ein bisschen früh?«

»Keineswegs.«

Natürlich war es zu früh, aber Art hatte sicher seine Gründe, das Gegenteil zu behaupten. »In Ordnung.«

»Dann sehen wir uns morgen am Strand«, sagte Mauro.

So sahen die Sommer damals aus: drei ganze Monate, in denen wir die Nächte vor der Jukebox und die Tage am Strand verbrachten. Wahrscheinlich werde ich nie wieder so frei sein.

Art und ich ließen die anderen zurück und stiegen auf meine Vespa. »Was sollte das denn jetzt?«, fragte ich und ließ den Motor an.

»Ich glaube, Fabio und Mauro sind froh, wenn sie jetzt nicht gestört werden.«

»Du meinst, mit den Mädels?«

»Genau. Auch wenn sie wahrscheinlich nicht gleich mit ihnen in die Kiste hüpfen.«

»Unterschätz sie mal nicht.« Ich war ein wenig eifersüchtig. Nicht wegen der Mädchen (keine der beiden war mein Typ, so glaubte ich), sondern weil Fabio und Mauro *überhaupt* zum Anbaggern kamen.

»Wenn Fabio und Anna allein wären, dann vielleicht. Aber wenn Rita dabei ist? Die wird alles kaputt machen. Die steht mehr auf dramatische Szenen als auf Jungs.«

»Weil du dich da auskennst.«

Art antwortete nicht. Später erfuhren wir, dass er mit seiner Einschätzung goldrichtig gelegen hatte. Als Mauro versucht hatte, Rita zu küssen, hatte sie aufgeschrien, ihm vorgeworfen, er sei »wie alle Männer«, und war weggerannt, und Anna hatte ihr nachlaufen müssen. Wir dachten, wir würden die beiden nie wiedersehen, doch im Jahr darauf war Anna wieder da, und der Rest ist, wie man so schön sagt, Geschichte.

Als wir den Feldweg erreichten, der zu Arts Haus führte, sagte Art: »Halt an.«

»Warum?«

»Meine Eltern sollen nicht hören, dass ich zurückkomme. Du hast recht, es ist noch früh.«

Ich stellte den Motor ab und ließ die Vespa auf dem Acker neben der Straße stehen. Begleitet vom Gesang der Zikaden gingen wir weiter. »Wir hätten Bier mitnehmen sollen.«

Aus der Seitentasche seiner Cargohose zog Art einen großen Beutel mit Gras. »Das hier ist besser.«

»Das nenn ich mal eine Menge Gras. Woher hast du denn so viel Kohle?«

Er lächelte selbstgefällig, öffnete den Beutel und hielt ihn mir hin. »Riech mal.«

Ich steckte die Nase in den Beutel und sagte: »Guter Stoff.« Dabei konnte ich gutes von schlechtem Gras so wenig unterscheiden wie einen Montepulciano von einem Chianti.

»Schon, oder?«, sagte Art. »Eigenanbau. Ich pflanze es selbst an. Die Samen habe ich von Rocco. Billiger geht's nicht, und die Qualität ist auch top.«

»Wenn dein Vater das rauskriegt …«

»Ich habe die Kübel hinter dem Trullo versteckt, und trocknen tu ich das Zeug drinnen. Mein Vater weiß, dass der Trullo für ihn tabu ist. Außerdem hat er keine Ahnung, wie Cannabis überhaupt aussieht.«

Es war eine schwüle Nacht, durch den Schweiß klebten

mir das T-Shirt und die Shorts auf der Haut, und mir war eher nach einem Eis als nach einem Joint zumute, aber das konnte ich auf keinen Fall zugeben. Wir betraten den Trullo, und Art knipste eine Taschenlampe an, die er dort aufbewahrte. Er richtete sie auf eine Reihe von Cannabisblättern, die er zum Trocknen aufgehängt hatte. »Ich hab schon mal eine Ladung abgenommen. Ich konnte einfach nicht länger warten.«

»Hast du es schon probiert?«

»Ich rauche nicht gern allein.« Damals tat er das wirklich nicht gern.

Ich wusste, ich würde nie so draufgängerisch sein wie Art, so selbstbewusst wie Fabio oder so besonnen wie Mauro. Ich fand, ich konnte von Glück sagen, dass sie sich mit mir abgaben, und im Grunde sehe ich das noch heute so.

Ich sah Art zu, wie er einen riesigen Joint drehte und den ersten Zug nahm.

»Und, wie ist es?«, fragte ich.

Er reichte mir den Joint. »Probier's aus.«

Ich nahm einen Zug und sagte: »Wow. Klasse Stoff.«

»Könnte besser sein.« Bescheiden und anspruchslos war Art nie, und am meisten verlangte er sich selbst ab.

»Ist das dein nächstes Projekt?«, fragte ich ihn. »Gras?« Das Interesse an Astronomie hatte er fast gänzlich verloren. Zwischenzeitlich hatte er mit ein paar neuen Hobbys herumgespielt (Zaubertricks, Frühgeschichte), sich aber für nichts so recht begeistern können.

Er schüttelte den Kopf. »Nein. Fotografie.«

»Fotografie? Wie kommst du denn darauf?«

»Hast du schon einmal ein nacktes Mädchen gesehen?«

»Nein, leider nicht.«

»Ich auch nicht. Aber ich glaube, die Fotografie ist der Trick. Wenn du den Mädchen erzählst, dass du sie porträtieren willst, also etwas *Künstlerisches* machen willst, ziehen sie sich aus. Nicht für dich natürlich, sondern für die ›Nachwelt‹.«

»Das ist nur eine Theorie.«

»Die ich ausprobieren werde.«

In meinem Kopf ging es drunter und drüber. Arts Gras war um einiges stärker als das Zeug, das wir normalerweise rauchten.

»Machst du dir jemals Gedanken über Sex?«, fragte Art.

Ich musste lachen. »So ziemlich andauernd.« Wir hatten den Joint erst zur Hälfte geraucht, und ich war so stoned wie noch nie in meinem ganzen Leben.

»Nein, ich meine ernsthafte Gedanken. Mauro, Fabio, du und ich, wir sind beste Kumpels. Wir lieben uns. Wieso vögeln wir dann nie miteinander?«

Ich musste gleichzeitig lachen und husten. »Weil wir keine Schwuchteln sind.«

»›Schwuchteln‹! Das ist doch nur ein Wort. Das heißt überhaupt nichts. Und außerdem, was soll denn das: Wenn ein Mädchen dir einen runterholt, dann ist das geil, aber dass ein Typ das macht, das geht gar nicht?«

»Genau so sieht's aus.«

»Ach ja? Und was, wenn dir die Augen verbunden sind und du nicht weißt, wer dir einen runterholt?«

»Dann solltest du dafür sorgen, dass du so schnell wie möglich wieder was siehst.«

»Aber warum denn? Wenn du einen Ständer kriegst, was macht das dann für einen Unterschied, ob wegen eines Typen oder wegen eines Mädchens?«

»Das ist ein Riesenunterschied, einfach weil ich keine Schwuchtel bin«, erwiderte ich, noch immer lachend. Ich musste ziemlich viel lachen. Irgendwie fühlte ich mich unwohl bei dem, was Art sagte.

»Das ergibt doch alles keinen Sinn«, sagte er. Dann fragte er: »Bist du high?«

»So was von.«

»Dann mach die Augen zu.«

»Willst du mir jetzt einen runterholen?«

»Halt einfach den Mund und mach die Augen zu.«

Ich tat es. Noch immer könnte ich nicht sagen, ob ich das, was dann passierte, kommen sah. Ich hatte nie geglaubt, ich könnte etwas für Männer übrighaben. Ich war nicht schwul, das war ausgeschlossen. Schwule hatten Respekt verdient, aber trotzdem war klar: Im besten Fall waren sie krank und im schlimmsten Fall kaltherzige Sünder. Und man gab sich nicht mit Trotteln ab, die auf direktem Weg in Richtung Hölle unterwegs waren.

Dann spürte ich feuchte Lippen auf meinem Mund.

Ich öffnete die Augen und machte eine Bewegung, um mich abzuwenden, aber Art zog meinen Kopf zu sich her. Ich war stärker als er, und wenn ich gewollt hätte, hätte ich mich ohne Weiteres losmachen können. Aber ich wollte nicht. Der Kuss gefiel mir, und ich war so bekifft, dass ich verdrängte, dass er mir nicht hätte gefallen dürfen. Art strich mit der Zunge über meine Zähne, was mir einen Schauder von meinem Mund direkt in meine Lenden jagte. Ich bekam einen Ständer.

Art beugte sich zurück und sah mich mit seinem unerträglichen Grinsen an. »Das hat dir gefallen.«

»Leck mich.«

Er zog sein T-Shirt aus. Inmitten der länglichen Schatten wirkte seine dürre Brust fast schön. Entgeistert sah ich ihm zu, wie er sich erhob, seine Hose und seine Boxershorts abstreifte und dann nackt vor mir stand, ohne den Blick von mir zu wenden, während sein Schwanz sich aufrichtete.

»Und was kommt jetzt?«, fragte er.

Ich streckte die Hand aus und packte seinen Schwanz.

6

Gott sei gepriesen für die Kochkünste meiner Mutter. Zum Abendessen hat sie Orecchiette mit Tomatensauce aufgetischt, dann frittierte Auberginen, Steaks, frisches Obst und ein Tiramisu. Das alles haben wir mit einem kräftigen Primitivo hinuntergespült. In Rom sind solche üppigen Mahlzeiten außer Mode, und ich genieße es, dass sie hier unten im tiefsten Süden noch an der Tagesordnung sind. Auch wenn ich so ein Menü nicht mehr jeden Tag schaffen würde, ich habe schließlich nicht mehr den Stoffwechsel eines Teenagers.

Mein Vater ist völlig aus dem Häuschen wegen seines Enkels. Er war überglücklich, als er erfahren hat, dass Elena ein Kind erwartet, und vollends selig, als sie ihm gesagt hat, dass es ein Junge wird. Noch glücklicher wäre er, wenn *ich* einen Sohn hätte, denn das würde den Fortbestand des Familiennamens garantieren. Auch meine Mutter ist ganz aufgeregt wegen des Babys, und falls sie nur so tut, dann durchaus überzeugend. Sie machen ein Mordsgewese darum, dass sie mir den Namen des Kleinen nicht verraten, weil sie Elena diese Ehre überlassen wollen. Gerade als wir zum Digestif einen Fernet trinken, den bittersten Likör im ganzen Universum, piepst mein Handy. Fabio hat mir geschrieben.

Bin grad meinem Vater über dem Weg gelaufen.

Wie das denn?

Trink geade was in Portodimare da taucht er mit diesen Scheispfarer auf.

Sag mal, bist du besoffen? Du schreibst wie eine Lolcat.

Total blau.

Wenn Fabio zugibt, dass er betrunken ist, dann ist er sternhagelvoll. Ich rufe ihn an.

»Wo steckst du denn, Alter?«

»Bar Aloha«, antwortet er mit verwaschener Stimme.

»Ich hol dich ab.«

»Nich nötig.«

»Ich brauch jetzt auch was zu trinken.«

Ich beende das Gespräch, bevor er widersprechen kann. Fabio und sein Vater Angelo sind noch nie miteinander ausgekommen. Fabio ist ein Einzelkind. Seine Mutter ist an Brustkrebs gestorben, als er zehn war. Vater und Sohn hat das einander keinen Deut nähergebracht. Angelo ist ein Mann vom alten Schlag, Rücken gerade, Brust raus, eiserne Disziplin, Gott und Familie. Fabio ist da völlig anders, und wenn sie aufeinandertreffen, ist es, als würde man Wasser in Frittieröl gießen. Dass Fabio sein Geld verdient, indem er leicht bekleidete junge Frauen ablichtet, macht es nicht besser. Einmal habe ich gehört, wie Angelo zu einem Freund gesagt hat: »Der arme Tony kann ja nichts dafür, dass er krank ist, aber welche Ausrede hat mein Sohn?« Wortwörtlich.

Als ich kurz nach Mitternacht in Portodimare ankomme, leert Fabio gerade ein Glas Rum, dem vermutlich schon viele vorausgegangen sind. Im Salento hält man nicht viel von kleinen Gläsern, man trinkt so, wie man isst: als wäre es ein Wettkampf. »Tony«, sagt Fabio zur Begrüßung. Wenn er besoffen ist, bemüht er sich, das gediegene Gebaren eines Lehrers anzunehmen.

»Komm, wir gehen nach Hause«, sage ich.

Fabio zieht sich an meinem Arm hoch. »Ich bin mit der Vespa da.«

»In dem Zustand fährst du keinen Meter, mein Lieber.«

Fabio lehnt sich an meine Schulter, und gemeinsam wanken wir los. »Hier ist das überhaupt kein Problem, betrunken zu fahren«, nuschelt er. »Wir sind hier in Süditalien, da sind die Männer noch echte Männer und saufen und …«

»Was weißt du denn schon von echten Männern? Ein paar Gläser, und du bist hackedicht.«

Er stößt mich weg. »Ich bin der echteste Mann von allen, jawohl, das bin ich. Siehst du? Ich kann noch gerade stehen.« Er taumelt, stolpert, und urplötzlich übergibt er sich. Das Erbrochene ergießt sich über seine Hose. Ich mache einen Satz zurück, aber nicht rechtzeitig. Etwas davon landet auf meinen Schuhen.

»Oh, Mann«, sage ich lachend.

Fabio lacht nicht. Seine Augen werden feucht, er lässt sich auf den Boden fallen und landet mit dem Hintern im Dreck. Er vergräbt den Kopf in den Händen und fängt an zu schluchzen.

Ich weiß nicht, was ich tun soll. Ich weiß nie, was ich tun soll, wenn jemand zu heulen anfängt. Ich kann den Leuten den Brustkorb aufschlitzen und ihnen den Arsch abwischen, kein Ding, aber wenn ich ihnen die Tränen trocknen soll, bin ich aufgeschmissen. Ich setze mich neben Fabio auf den dreckigen Boden und lege ihm unbeholfen den Arm um die Schultern. »Was ist los?«

Seine Stimme ist ein wenig kräftiger, als er sagt: »Mein Vater.«

»Was stimmt nicht mit ihm?«

»Alzheimer.«

Zack. Ich wünschte, ich wäre kein Arzt. Dann wüsste ich vielleicht nicht, wie fatal diese Diagnose ist. Dann könnte ich glauben, Krebs oder HIV seien schlimmer, aber diesen Luxus kann ich mir nicht leisten. Angelo wird einen schrecklichen Tod sterben. Er wird seinen Verstand und seine Seele verlieren, und es kann Jahre dauern, bis er das Glück hat, erlöst zu werden. So ist das Leben nun mal, das weiß ich, aber wenn einem Freund so etwas passiert, ist diese Gewissheit ein schwacher Trost. »Das tut mir leid, Mann«, sage ich und weiß genau, dass ihm das überhaupt nicht hilft.

»Er ist noch ziemlich klar im Kopf. Er hat darauf gewartet, dass ich dieses Jahr komme, weil er es mir selbst sagen wollte. Und ich hab nicht mal …« Er unterbricht sich. »Ich bin ein Riesenarschloch.«

»Zwischen euch beiden ist es nie so richtig rund gelaufen. Immerhin hast du genug Geld, um ihn in jeder nur denkbaren Hinsicht zu unterstützen.«

»Von wegen Geld«, schnaubt Fabio.

»Dein Job …«

»Ich hab mir einen gewissen Namen gemacht, aber das heißt noch lange nicht, dass ich Kohle habe.« Er hält inne. Dann zieht er die Schultern hoch, als müsste er sich wieder übergeben, kann den Reiz aber unterdrücken. »Ich bin *pleite.* Weißt du, wie viel ein Fotograf verdient? Stell dir eine sehr geringe Summe vor und nimm davon die Hälfte. Und davon noch mal die Hälfte. Jedes gehirnamputierte Kind mit einem iPhone kann Fotos machen.«

»Ja. Beschissene Fotos.«

»Die Magazine fressen Scheiße, solange sie billig ist. *Fuck, fuck, fuck.* Ich hab noch Kohle für vier Monate, wenn überhaupt, dann muss ich kellnern oder sonst was machen.

Ich hab's auf ein paar Google-Treffer gebracht, mehr nicht, und das ist ganz genau *gar nichts.*«

Ich bin ratlos. Ich wünschte, ich könnte ihn zum Schweigen bringen. Fabio war für mich immer das Paradebeispiel dafür, dass man viel erreichen kann, wenn man Hirn und Mumm hat, und Fabio hat von beidem eine Menge. Alle in Casalfranco haben auf ihn eingeredet, dass es eine dumme Idee sei, Fotograf zu werden, dass ein erwachsener Mann eine ordentliche Arbeit brauche, mit bezahlten Krankheitstagen und einem regelmäßigen Gehalt. Aber mein Kumpel Fabio hat sich nicht abbringen lassen und sich schließlich durchgesetzt. Seine Geschichte war für mich immer wichtig. Sie war der Beweis dafür, dass man trotz des Geredes der Leute sein Ding machen kann. Und jetzt stimmt das vielleicht gar nicht.

»Verdammt, was machen wir hier eigentlich?«, sagt er schluchzend. »Erzähl Mauro nichts davon, bitte, erzähl ihm nichts davon, nein, bitte erzähl *niemandem,* dass ich …«

»Schon in Ordnung«, sage ich und drücke ihn an mich. »Schon in Ordnung.«

»Erzähl es niemandem«, murmelt er. »Bitte.«

7

Elenas Haus ist erst kürzlich fertig geworden. Als wir Kinder waren, waren die Straßen in diesem Teil der Stadt noch unbefestigt. Jetzt gibt es hier einen Tabakhändler, einen Lebensmittelladen und einige Villen. Elenas Villa ist von einem überdimensionierten Garten umgeben, in dem in einer gezielten Anordnung, die zufällig wirken soll, Palmen, Obstbäume und Feigenkakteen stehen. Ein typisches Anwesen von Neureichen, errichtet in einem Stil, der in den Nullerjahren aufkam und den Art »Narco-Chic« getauft hat. Es tut mir weh, dass das auf meine Schwester leider ziemlich genau zutrifft. Der Türsummer ertönt, und ich gehe hinein.

Im Garten erwartet mich Rocco, Elenas Mann. Er empfängt mich mit offenen Armen und einem breiten Lächeln. »Willkommen, Tony!«, begrüßt er mich. Er küsst mich auf beide Wangen und umarmt mich stürmisch. Er ist in meinem Alter, etwas schlanker, aber genauso kräftig. Als wir Kinder waren, haben wir oft miteinander gerauft, im Spaß, mehr oder weniger. Hinter ihm steht Elena. Sie hat langes kastanienbraunes Haar und die üppige Figur, wie sie für die Frauen in meiner Familie typisch ist. Ihr Bauch ist so groß wie ein Fußball. In einer liebevollen Geste hat sie beide Hände daraufgelegt. Sie ist seit drei Jahren verheiratet, erwartet ein Kind und hat nichts von ihrem Glanz verloren. Sie ist glücklich mit Rocco. Auch das tut mir weh. Sie kommt auf mich zu und umarmt und küsst mich ebenfalls.

»Mein hübscher Bruder. Ich bin so froh, dass du da bist.«

Ich streichle ihren Bauch. »Mir blieb nichts anderes übrig. Ich habe Mamma und Papà mit Folter gedroht, aber sie wollten mir den Namen des Babys einfach nicht verraten.«

Elena nimmt mich bei der Hand und zieht mich in den rückwärtigen Teil des Gartens, wo unter einer Pergola mit duftenden Glyzinien ein gedeckter Tisch steht. In Rom würde ich ein paar Monate warten, bis ich wieder so üppig esse wie gestern, aber wir sind hier nicht in Rom. Auf einer hellblauen Tischdecke stehen Teller mit Antipasti: Zucchini, frittierte Tintenfischringe, ein Weidenkörbchen mit warmem Brot, das einen köstlichen Geruch verströmt, und daneben ein Kühler mit einer Flasche Weißwein. Ich reiße eine Blüte von den Glyzinien ab und lasse sie mir auf der Zunge zergehen. Nirgendwo auf der Welt schmecken Glyzinien so köstlich wie im Salento. Ich nehme die Sonnenbrille ab und setze mich. »Du glaubst gar nicht, wie sehr mir deine Kochkünste fehlen, Elena.«

Meine kleine Schwester schenkt mir ein Lächeln. »Das kannst du jetzt alles nachholen.«

»Darfst du in deinem Zustand überhaupt noch in der Küche herumhantieren?«

»Langeweile ist viel gefährlicher als Arbeit.«

Ich wende mich an Rocco, um dem Hausherrn den gebührenden Respekt zu erweisen. »Ich *muss* es einfach erfahren, das große Geheimnis. Den Namen des Kleinen.«

Rocco steckt sich eine Zigarette an und bietet mir ebenfalls eine an. Ich greife zu. »Rate mal.«

Ach, komm schon. Den Namen zu erraten, ist so leicht, da kann von Raten keine Rede sein. Aber ich spiele mit. »Stefano?«

Elena schenkt uns allen Wein ein. »Falsch«, sagt sie. »Nächster Versuch.«

»Keine Ahnung«, sage ich, um die Sache abzukürzen.

»Stoßen wir auf ihn an.«

Wir erheben die Gläser.

»Er wird Piero heißen«, verkündet Rocco. »Auf Piero.«

Wir stoßen an und sehen uns in die Augen, wie es hier üblich ist, wenn man auf etwas trinkt. »So wie dein Vater«, sage ich. Eine Wahnsinnsüberraschung.

»Und das nächste Kind heißt dann nach eurem Vater«, beeilt sich Rocco zu versichern. »Oder nach eurer Mutter, wenn es ein Mädchen wird. Und eines verspreche ich dir, Tony.«

Ich hebe mein Glas erneut, um ihn zum Fortfahren zu ermuntern.

»Der Junge soll sich für seinen Onkel niemals schämen. Du kannst ihn sehen, wann immer du willst.«

»Das … das ist toll. Vielen Dank.«

»Du bist in Ordnung, egal, was die Leute sagen. Du weißt, dass ich kein Problem damit habe, was du so … machst.«

Was Rocco mit seinem Leben treibt, ist in meinen Augen weitaus schlimmer als alles, was ich in meinen abwegigsten Träumen je mit meinem Schwanz anstellen könnte, aber jetzt ist nicht der Zeitpunkt, mich darüber aufzuregen, also nicke ich einfach nur und greife nach einem Tintenfischring. Mein Gott, der schmeckt einfach umwerfend. Er zergeht geradezu auf der Zunge, und mein Gaumen jubiliert bei dem leichten Nachgeschmack des Olivenöls, das der Panade beigemischt ist. »Wie machst du die nur?«, frage ich Elena.

»So wie Mamma es mir gezeigt hat.«

»Da hast du deine Lehrmeisterin aber mittlerweile überflügelt. Aber erzähl ihr bloß nicht, dass ich das gesagt habe.«

Elena lächelt. »Was ist los, Tony?«

»Wie meinst du …?«

»Dich beschäftigt doch was.«

Typisch meine kleine Schwester. Berückend schön, klug und erbarmungslos. Ich kippe einen ordentlichen Schluck Wein hinunter. »Ich würde gerne zwei Worte mit Rocco wechseln.«

»Nur zu.«

»Elena …«

Elena schüttelt langsam den Kopf. Sie wird sich nicht zurückziehen.

»Das ist in Ordnung«, sagt Rocco. »Wirklich, Tony.« Rocco

ist, gelinde gesagt, kein ganz einfacher Typ. Er besitzt eine kleine Baufirma, die glänzend läuft. Und sie läuft vor allem deshalb glänzend, weil Rocco die richtigen Leute kennt, von der Sorte Sacra, Corona und Unita.

Ich seufze und sage: »Ich muss dich was fragen.«

»Brauchst du Hilfe?«

»Nein.« Ich überlege kurz. »Nicht direkt.«

»Wir sind eine Familie, Tony. Du kannst ganz offen sprechen.«

»Es geht um Art, Arturo Masiello, einen Freund von mir. Kannst du dich an ihn erinnern?«

Rocco zeigt keine Regung. Das einzige an seiner Erscheinung, das sich bewegt, ist der Rauch, der von seiner Zigarette aufsteigt. »Ja. Ja, ich kann mich erinnern.«

»Er ist verschwunden.«

»Verschwunden?«

»Wir treffen uns einmal im Jahr hier in Casalfranco. Die alten Kumpels.«

»Ja, ich habe Rocco davon erzählt«, sagt Elena.

»Dieses Mal hat Art uns versetzt. Er ist nicht zu Hause, und ans Telefon geht er auch nicht.«

Langsam führt Rocco die Zigarette zum Mund. »Die Corona hat nichts damit zu tun.«

Ich würde mir die rechte Hand abhacken lassen, um dieses Gespräch nicht vor meiner kleinen Schwester führen zu müssen. »Wahrscheinlich weißt du, dass er mit Gras gedealt hat.«

»Ja.« Rocco nimmt ein paar Züge von der Zigarette. Er sagt nichts, und auch Elena bleibt still. Schließlich fragt er: »Wie viel willst du wissen?«

»Alles, was ich wissen muss.«

»Sei vorsichtig.«

»Das bin ich.«

Rocco nickt. »Na gut. Art stand unter dem Schutz der Corona.«

»Hat er … für sie gearbeitet?« Beinahe hätte ich gesagt: *für dich*. Ich hoffe inständig, dass Rocco nicht noch bessere Verbindungen hat, als ich vermute.

»Nein. Er ist keine große Nummer. Er hat nur eine Handvoll Pflanzen. Wenn auch von erstklassiger Qualität.«

»Seit wann duldet die Corona denn Konkurrenz, egal, ob groß oder klein?«

»Sie duldet keine Konkurrenz. Wie schon gesagt, Art stand unter ihrem Schutz.«

»Was soll das heißen?«

»Er hat der Corona einen Dienst erwiesen, und als Gegenleistung wollte er eine … wie soll ich sagen? Eine Lizenz.«

Das hier wird mit jeder Minute brenzliger. In meinem Kopf höre ich Mauros Stimme: *Halt sofort den Mund, du Idiot. Halt den Mund und hau ab. Je weniger du weißt, desto weniger Schwierigkeiten kriegst du später.* »Was hat er gemacht?«

Rocco drückt seine Zigarette in einem hölzernen Aschenbecher aus. »Er ist damals nicht von zu Hause weggelaufen, oder? Als er ein Kind war. Elena meint, ihr hättet das nie geglaubt.«

»Er ist nicht abgehauen. Und bevor du fragst: Nein, ich habe keine Ahnung, was damals wirklich passiert ist.«

Mit einer beiläufigen Geste nimmt Rocco sich einen Tintenfischring. »Ein seltsamer Typ, dein Freund.«

»Rocco, bitte. Was hat Art gemacht?«

»Er hat ein Mädchen geheilt.«

»Geheilt? Wie meinst du das? Er ist kein Arzt.«

»Er hat sie nicht auf *diese* Weise geheilt.«

»Soll das heißen, er hat ein Wunder vollbracht?«

»Ja«, antwortet Rocco knapp.

Ich weiß nicht, was ich darauf sagen soll. Das passiert mir nicht oft. Wenn mein Gehirn aussetzt, übernimmt normalerweise mein Mund und plappert einfach weiter. Diesmal nicht. »Kann ich noch eine Zigarette haben?«

Rocco reicht mir die Schachtel. »Sie hatte Leukämie. Sie war acht Jahre alt, und ihre Tage waren gezählt. Das Einzige, worüber sich die Ärzte uneins waren, war die Frage, ob sie noch zwei oder vier Wochen zu leben hatte.«

»Scheiße.«

Elena verzehrt stückweise eine Scheibe Brot und schweigt dazu, ganz die perfekte Ehefrau. Schließlich fragt sie: »Kennst du solche Fälle?«

»Ein paar.«

»Dieses Mädchen war nicht irgendein Mädchen«, fährt Rocco fort. »Sie war die Tochter eines sehr mächtigen Mannes.«

»Inwiefern mächtig?«

»Sagen wir so: Im Salento ist er der Kopf, auf dem die Krone sitzt, die *Corona.* Der König, wenn du so willst.«

Nein, das will ich nicht. Ich will das alles nicht wissen, am liebsten hätte ich überhaupt nicht gefragt. Aber ich muss es wissen, wegen Art, wegen meinem Kumpel. »Kenne ich ihn?«

»Solche Fragen solltest du nicht stellen, Tony. Niemals. Namen tun nichts zur Sache.«

Mir wird schwindlig. Ich hätte nichts trinken sollen. »Natürlich nicht. Art hat sich also an diesen … König gewandt.«

»Er hat mich gebeten, den Kontakt herzustellen.«

»Wann war das?«

»Vor etwa zwei Jahren.«

»Also kurz nachdem Art nach Casalfranco zurückgekommen ist?«

»So ungefähr.«

»Und du hast seiner Bitte entsprochen.«

»Ich kenne deinen Freund, seit wir Kinder waren. Er redet viel, aber er lässt seinen Worten auch Taten folgen. Freunde von Freunden von mir arbeiten für den König, also war es kein Problem, ein Treffen zu arrangieren. Art versprach, das Mädchen zu heilen, wenn er mit ihr – ich zitiere – eine Nacht und einen Tag lang allein gelassen würde und keine Fragen gestellt würden.«

»Und dieser mächtige Mann hat dem zugestimmt?«

»Das kannst du nicht verstehen, Tony, du wirst niemals Kinder haben. Das Mädchen war so gut wie tot. Der mächtige Mann, der König, hätte alles getan, was in seiner Macht stand, um sie zu retten. Und wenn Art sich als Scharlatan erwiesen hätte, hätte er zumindest jemanden gehabt, an dem er sich hätte rächen können. Er holte sie aus dem Krankenhaus, kurz vor Sonnenuntergang, und brachte sie zu Art.«

»Und dann?«

»Der mächtige Mann fuhr weg und kam nach einer Nacht und einem Tag wieder zurück. Als er eintraf, schlief seine Tochter. Art sagte, er solle sie schlafen lassen, und wenn sie aufwachen würde, wäre sie wieder gesund. Der Mann nahm sie mit nach Hause und tat, was Art ihm gesagt hatte. Er ließ sie schlafen. Nach ein paar Tagen wachte das Mädchen auf.«

»Und sie war wieder gesund.«

Rocco nickt. »Wie neugeboren. Art wollte keine Bezahlung. Er bat nur darum, sein Gras in Casalfranco verkaufen zu dürfen, wobei er versprach, daraus niemals eine große Nummer zu machen. Und er bat darum, nie mehr von der Corona behelligt zu werden. Er machte unmissverständlich klar, dass die Heilung des Mädchens der einzige Dienst bleiben würde, den er der Corona je erweisen würde. Ich habe für meine Leistungen eine hübsche Summe erhalten, das Mädchen lebte weiter und soweit ich weiß, hat der mächtige Mann sein Versprechen gehalten und Art seitdem in Ruhe gelassen.«

Schweigend denke ich über diese Geschichte nach. Nicht, dass ich nicht an Wunder glauben würde, das tue ich sehr wohl. Ich glaube nur nicht, dass *Art* Wunder vollbringen kann. Ich habe Tauben gesehen, von denen eine stärkere spirituelle Kraft ausging als von ihm. »Aber jetzt ist Art verschwunden, und meine Freunde wollen die Carabinieri benachrichtigen«, sage ich und biege dabei die Wahrheit ein bisschen zurecht.

»Fabio ganz bestimmt nicht. Es ist Mauro, oder?«

Ich nicke. »Du kennst ihn doch.«

»Sag ihm, dass er sich das sparen kann. Die Carabinieri wissen, dass Art mit der Corona in Verbindung steht. Sie werden ihm keinen Strick daraus drehen, dass er dealt, aber sie werden wegen ihm auch keine Suchaktion starten. Das geht denen alles am Arsch vorbei.«

»Und die Corona?«

»Die könnte das interessieren«, antwortet Rocco nach einer Weile.

»Wenn du willst, kann Rocco es ein bisschen herumerzählen, und dann warten wir ab, was passiert«, schlägt Elena vor.

Ich sehe sie an. »Damit würdet ihr mir einen großen Gefallen tun.«

»Kann ich dir einen Rat geben, Tony?«, fragt Rocco.

»Natürlich.«

»Nimm dich vor deinem Freund in Acht. Er hat etwas Unheimliches an sich.«

»Aber du hast doch gerade erzählt, dass er Wunder vollbringt«, sage ich im Scherz. »Wie Jesus.«

»Jesus oder der andere Kerl«, erwidert Rocco. »Ich wäre mir da nicht so sicher.«

8

Als sein Vater starb, hat Art nicht geweint. »Ich hatte ausreichend Zeit, mich darauf vorzubereiten«, sagte er nur. So war es auch – sein Vater hatte fast drei Jahre lang an Krebs gelitten und sich damit abgefunden, dass er schon bald das Zeitliche segnen würde. Arts Mutter dagegen starb völlig unerwartet. Sie war in der Küche und machte Orecchiette für die Erstkommunion der Enkelin einer Freundin. Sie stand an ihrem Arbeitstisch mit der marmornen Platte, über dem ein Kabel aus der Wand ragte. Der Tisch war ihr ganzer Stolz, ein Geschenk ihres Mannes zur Silberhochzeit. Um Orecchiette zu machen, nimmt man ein kleines Stück Teig, bringt es über der Spitze des Daumens in die Form eines Ohres und legt es zur Seite. Dann macht man noch eines, dann noch eines, bis man so viele Nudeln hat, wie man braucht. Diese Arbeit kann sich über Stunden hinziehen. Wenn meine Mutter das macht, verfällt sie dabei in eine Art Trance. So ähnlich muss es auch Arts Mutter ergangen sein. Ihr Mann hatte die Elektrik im Haus selbst installiert, lange bevor sich irgendjemand Gedanken über Sicherheit im Haushalt machte, und wie viele alte technische Anlagen in der Stadt waren auch diese Installationen in keinem guten Zustand. Arts Mutter bemerkte nicht, dass das ungeschützte Ende des Kabels direkt vor ihr hing, und sie bemerkte nicht, wie sie es mit dem Handrücken berührte. Eine unschöne Art, zu sterben.

Als Art sie wie jeden Tag anrief und sie nicht ranging, alarmierte er sofort die Carabinieri, die zu ihrem Haus fuhren und dort ihre Leiche entdeckten. Art lebte damals in Prag.

Am nächsten Tag bekam er einen Flug nach Brindisi. Mauro und ich warteten mit einem Auto auf ihn. Ich war von Rom aus nach Casalfranco gefahren, und Mauro war mit dem Flugzeug aus Mailand gekommen. Fabio war verhindert. Er war mit einem Fotoshooting oder so etwas beschäftigt.

Als Art aus der Ankunftshalle kam, versicherte er uns: »Es geht mir gut.« Wir tranken schnell einen Kaffee und fuhren zur Leichenhalle von Casalfranco, wo Art die Tote identifizieren sollte. Er bat Mauro und mich, mit hineinzukommen. Als uns der zurückhaltende junge Arzt die Leiche zeigte, bekam ich einen Kloß im Hals. Arts Mutter war eine schmächtige Frau, und sie war gestorben, wie sie gelebt hatte, ganz in Schwarz gekleidet. Nach dem Tod ihres Mannes hatte sie sich auf Schwarz verlegt und war dann dabei geblieben. Sie war eine liebenswürdige Frau und immer nett zu uns gewesen. Andere Mütter wären vielleicht enttäuscht gewesen, wenn ihr Sohn seine Begabungen so hätte verkommen lassen, aber aus ihrem Mund hörte man nie eine Klage.

»Sie ist es«, sagte Art, und der Arzt machte einen entsprechenden Vermerk in der Akte.

Als wir auf dem Parkplatz dieser schauderhaften Institution standen, fragte Mauro: »Willst du dich ein bisschen ausruhen? Das Gespräch mit Don Alfredo können wir für dich übernehmen.«

Es war ein eisig kalter Februartag. Art zündete sich mit einem Streichholz eine Zigarette an. »Ich kann jetzt noch nicht heimgehen.«

Seine Mutter hatte unbedingt ein ordentliches christliches Begräbnis gewollt, und Art besaß die Größe, seine Meinung hintanzustellen und diesem Wunsch zu entsprechen. Mauro und ich hatten in den Stunden zuvor wegen der Trauerfeier mit Don Alfredo in telefonischem Kontakt gestanden. Es gibt noch andere Kirchen in Casalfranco, aber die Pfarrei von Don Alfredo ist die *chiesa matrice*, die Hauptkirche, und eine Bestattung dort war die höchste Ehre, die wir der alten Frau erweisen konnten. Das Problem war nur: Ehre kostet. Don Alfredo wollte tausend Euro in bar, dazu dreihundert für den Floristen »seines Vertrauens«. Das war der übliche Tarif, aber weit mehr, als Art aufbringen konnte. Für Mauro und mich dagegen stellte die Summe kein größeres Problem dar. Wir versprachen, für alle Kosten aufzukommen und auch den Bestatter zu bezahlen. Art hätte für uns dasselbe getan.

Don Alfredos Büro lag im Kirchengebäude, am Ende des linken Seitenschiffes. Mauro klopfte, woraufhin die Stimme des Priesters zu hören war: »Herein.«

Als wir eintraten, schaltete er den Fernseher aus. »Art«, sagte er und erhob sich aus seinem Ledersessel. »Ein schwerer Verlust für dich, mein Sohn. Mein aufrichtiges Beileid.«

Art entgegnete nichts.

»Deine Mutter hat es jetzt besser«, fuhr Don Alfredo fort. »Dort, wo sie jetzt ist, ist sie glücklich.«

»Wann wird die Beerdigung stattfinden?«, fragte Art. »Ich muss die Sterbezettel aushängen.« Wenn in Casalfranco jemand stirbt, hängt die Familie in der Stadt eine Benachrichtigung über die Bestattung aus, damit alle wissen, wann und wo sie sich einfinden müssen. Arts Mutter hatte Wert darauf gelegt, dass diese Zettel so schnell wie möglich und an so vielen Stellen wie möglich ausgehängt würden. Sie wollte, dass die ganze Stadt sie auf ihrer letzten Reise begleitete. Was für eine fantastische Frau.

Don Alfredo hob den Kopf und nahm eine starre Haltung an. »Übermorgen um fünfzehn Uhr.«

»Könnten wir es nicht auf den Abend verschieben? Dann würden mehr Leute kommen.«

»Tut mir leid, aber das ist der einzige freie Termin.«

»In Ordnung«, sagte Art schmallippig. »Brauchen Sie noch etwas von mir?«

»Da wäre noch die Sache mit der Bezahlung.«

Ich zog ein Bündel Geldscheine hervor und gab es Don Alfredo. »Hier. Dreizehnhundert in bar, wie Sie gesagt haben.«

»In bar«, wiederholte Art verächtlich.

Don Alfredo ignorierte diesen Kommentar, leckte die Spitze seines Zeigefingers an und zählte das Geld. »Vollständig«, sagte er. »Nicht, dass ich misstrauisch gewesen wäre. Du bist ein ehrlicher Mann, Tony, trotz deiner ... Neigung.«

Ich überhörte diese Anspielung. Ich wollte mich nicht mit einem Pfarrer in dessen eigener Kirche anlegen. Der Person Don Alfredos brachte ich kaum Respekt entgegen, dem Amt dagegen schon.

»Allerdings ist diese Neigung ein Problem«, fuhr er fort. »Das verstehst du doch hoffentlich.«

»Ich glaube, ich verstehe es nicht ganz«, sagte Art.

»Art, bitte ...«, versuchte ich, ihn zu bremsen.

»Euer Vorschlag war«, unterbrach mich Don Alfredo, »dass ihr drei, zusammen mit einem Cousin, den Sarg tragt. Das wird so leider nicht möglich sein.«

»Nicht möglich?«, fragte Art.

»Ich kann nicht zulassen, dass ein Mann, der im Zustand schwerer Sünde lebt, in meiner Kirche eine so prominente Funktion übernimmt. Das geht nicht gegen dich persönlich, Tony. Du weißt, dass im Hause Gottes immer ein Platz für dich sein wird, wenn du dich entscheidest, auf den rechten Weg zurückzukehren. Wir verabscheuen die Sünde, aber wir lieben den Sünder.«

Nach ein paar Augenblicken des Schweigens, die so lang

wie eine oder zwei Eiszeiten schienen, sagte Art: »Dann zahlen Sie auf das, was wir Ihnen da gerade *in bar* ausgehändigt haben, sicher auch Steuern. Denn Diebstahl ist auch eine Sünde, Hochwürden.«

Don Alfredo kniff die Augen zusammen. »Ich tue dir einen Gefallen. Vergiss das nicht.«

»Einen Gefallen? So würde ich das nicht nennen. Sie verkaufen Ihre Dienste.« Art reckte einen Finger in die Höhe und ließ ihn kreisen. »All das hier, die Kirche, die pompöse Ausstattung, das Brot und der billige Wein, das ist nicht mehr als ein Kostümfest. Und Sie? Sie sind ein drittklassiger Clown, der die Leute mit ein bisschen aberwitzigem Nonsens bei Laune hält und der springt, wenn man es ihm befiehlt, mehr nicht. Also, Hochwürden: Zähne zusammenbeißen und springen!«

Don Alfredo starrte ihn fassungslos an. Dann klappte er den Mund wieder zu und verzog die Lippen zu einem angedeuteten Lächeln. »Die Bestattung ist hiermit abgesagt.«

Arts Reaktion kam wie aus dem Nichts. Schlägereien waren nicht seine Stärke, weshalb er sie nach Möglichkeit vermied. Aber jetzt ballte er die Faust, holte aus und versetzte Don Alfredo einen Schlag.

Ich verspürte so etwas wie freudige Erregung und bat Jesus dafür nicht um Vergebung, weil ich sicher war, dass er ähnlich empfand. Art hatte nicht fest zugeschlagen, aber Don Alfredo war auch nicht besonders standhaft, er geriet ins Stolpern und wäre beinahe gestürzt. Im letzten Moment bekam er eine Ecke des Sofas zu fassen und stützte sich darauf ab. Mauro hielt Art von hinten an den Armen fest, um zu verhindern, dass er noch einmal ausholte. Don Alfredo blutete aus der Nase. »Wagen Sie es ja nicht, mich mit der Beerdigung meiner Mutter zu erpressen!«, schrie

Art ihn an und versuchte, sich aus Mauros Griff zu lösen. »Wagen Sie es ja nicht!«

»Beruhig dich, Art«, sagte Mauro.

Der Pfarrer fuchtelte mit dem ausgestreckten Zeigefinger herum wie mit dem Rauchfass bei einem Exorzismus und schrie zurück: »Ihr seid Abschaum! Die Beerdigung könnt ihr euch an den Hut stecken, und …«

»Wir haben bezahlt«, unterbrach ich ihn.

»Ich will euer Geld nicht!«

»Doch«, sagte Mauro tonlos. »Sie wollen es.«

Und genau so war es. Wir mussten noch einmal dreihundert drauflegen, um Don Alfredo zu besänftigen, aber schließlich akzeptierte er unsere Entschuldigung und krallte sich die Scheine. Als wir wieder vor der Kirche standen, entschuldigte sich Art bei uns. »Das war ein Haufen Kohle.«

»Es war jeden Cent wert«, entgegnete ich.

»Absolut«, stimmte Mauro lachend zu.

Anschließend fuhren wir zu Arts Haus. Kaum hatten wir es betreten, umfing mich der vertraute Geruch nach Fleisch, das zum Trocknen aufgehängt war, jungem Wein und gekochtem Gemüse. So roch es nur noch in den letzten verbliebenen Bauernhäusern von Casalfranco. Jetzt war Arts Mutter tot, und wieder würde aus einem dieser Häuser dieser Geruch für immer verschwinden.

Der Tisch war noch voller Teig. Einige Orecchiette lagen säuberlich in Reihen nebeneinander, doch auf einer Seite waren sie zu unförmigen Teigflecken zerquetscht. Arts Mutter musste in den letzten Momenten ihres Lebens gezuckt und mit den Armen gerudert haben, während der Strom sie von innen her verbrannte. Auf ihrem geliebten Tisch hatte sie sichtbare Spuren ihres Todes hinterlassen.

Auf einmal sah ich, wie Art weinte. Ich brauchte eine

Weile, um es zu begreifen. *Art weinte.* Ich hatte gesehen, wie er während eines Gewitters im Meer geschwommen war, einer ganzen Stadt den Mittelfinger gezeigt und rasch und nüchtern das Begräbnis seines Vaters organisiert hatte. Ich hätte nie geglaubt, dass er weinen könnte.

»Sollen wir dich kurz allein lassen?«, fragte Mauro.

»Nein. Bitte bleibt da.«

Mauro brachte ihm ein Glas Leitungswasser, ich stand wie versteinert da, und Art weinte, an den Tisch mit der Marmorplatte gelehnt. »Hier«, sagte Mauro.

Art nippte an dem Glas. »Was ihr für mich tut … dafür fehlen mir die Worte.«

»Lass gut sein«, sagte ich.

»Scheiß Heulerei. Völlig sinnlos.«

»Deine Mutter ist gestorben. Da ist es normal, dass du weinst.«

Art sah mich entgeistert an. »Aber ich weine doch nicht, weil sie tot ist.«

»Sondern?«

»Weil ich an ihr Leben denke.« Er nahm eine Orecchietta vom Tisch. »Sie ist gestorben, als sie *Pasta* gemacht hat, Herrgott noch mal! Das war das Letzte, was sie im Leben getan hat, das Letzte, was ihr durch den Kopf ging, das Letzte, wozu sie ihre Muskeln benutzt hat: Teigstückchen in Ohrform bringen. *Teigstückchen in Ohrform bringen.* Was ist denn das für ein Leben? Und was war ihr größter Wunsch? Dass so ein Arschloch über ihrer Leiche sinnloses Zeug brabbelt!«

»Sie war mit ihrem Leben zufrieden«, warf Mauro ruhig ein.

»Ihr Leben war klein. So unbeschreiblich klein! Dieses Haus, diese Stadt, diese ganze beschissene Welt, alles ist so entsetzlich klein. Und sie hat sich von diesem Arschloch erzählen lassen, wie sie sich zu benehmen hat, wie sie sich anzuziehen hat, damit sie in den Himmel kommt, als hätte der auch nur die geringste Ahnung von den Verborgenen Dingen. Ihr Leben lang hat sie getan, was man ihr gesagt hat, und akzeptiert, dass sie ... klein war. Klug, geschickt und einfach nur beschissen klein.« Er hielt inne. »Wie die Mutter, so der Sohn. Ich war viel zu lange genauso klein. Jetzt ist es Zeit ...« Er unterbrach sich.

»Zeit wozu?«, wollte Mauro wissen.

»Groß zu werden.«

Nach der Beerdigung kehrte Art nicht mehr nach Prag zurück. Er ist in Casalfranco geblieben und seitdem nicht mehr fortgegangen. Ich hätte wissen müssen, dass er etwas vorhatte.

Art hatte immer etwas vor.

9

»Rocco ist ein Idiot«, sagt Mauro.

Wir sitzen in einer Bar an der Litoranea, knabbern Pistazien und schwarze Oliven und trinken Campari. Aus unerfindlichen Gründen sieht die Bar wie eine Alpenhütte aus. Jenseits der schmalen zweispurigen Straße erstreckt sich das Meer. Im Ginster, der zwischen dem Sand und dem Asphalt wächst, steht halb versteckt ein Bildstock mit einer Statue der Jungfrau Maria, die mit Glasaugen in die Ferne starrt, zu ihren Füßen ein Meer von Blumen und Kerzen. »Das kannst du laut sagen.«

Fabio ist ganz blass, und hinter seiner Sonnenbrille wirkt

er, als wolle er weder reden noch zuhören, ja noch nicht einmal mehr leben. Er hat Mauro erzählt, dass sein Vater Alzheimer hat.

»Können wir rausfinden, ob diese Geschichte mit der Heilung stimmt?«, fragt Mauro.

Ich werfe einen Blick auf den Inhaber der Bar, der im Inneren sitzt und fernsieht. Er ist groß und sehnig und hat eine Haut wie Leder. Ich brauche mich nicht zu sorgen, ob er das, was er hört, für sich behalten wird – ganz einfach, weil er uns nicht hören kann. »Das wird nicht ganz leicht werden. Rocco hat keine Namen genannt. Aber ein Bekannter von mir ist Chirurg in Casalfranco. Der hört sich mal um. Ich habe ihm gesagt, dass ich das für einen Artikel brauche.«

»Und wie schätzt du die Sache ein?«

»Es gibt so etwas wie Spontanheilungen. Vielleicht hatte Art einfach Glück.«

»Er hatte eine Abmachung mit der Corona«, gibt Mauro zu bedenken. »Das ist nicht ohne, selbst für seine Verhältnisse. Wie groß ist die Wahrscheinlichkeit, dass Rocco die Wahrheit sagt, wenn er behauptet, dass die Corona nichts mit Arts Verschwinden zu tun hat?«

»Fifty-fifty. Auf jeden Fall hat er recht, dass den Carabinieri das alles am Arsch vorbeigeht.«

»Und woher weißt du das?«

»Weil ich dort war.«

Ich erwarte einen Schwall von Vorwürfen. Aber nichts dergleichen kommt. Mauro fischt einen Pistazienkern aus dem Schälchen und steckt ihn sich in den Mund. »Und es hat sie nicht interessiert?«

»Nicht im Geringsten.«

»Wie beim letzten Mal«, sagt Fabio. Das sind seine ersten Worte, seitdem wir den Aperitif bestellt haben. »Art ist verschwunden, und wir müssen selbst rausfinden, wo er steckt.«

Für einen Augenblick scheinen in Mauros Gesicht jugendliche Züge auf, und er wirkt wie der Teenager, der er früher war. Er war immer der ruhigste von uns, hat immer erst nachgedacht, bevor er handelte. Dann senken sich seine Mundwinkel zu einer Miene der Erschöpfung, und er ist wieder der erwachsene Mann, dessen Berufsfeld ausschließlich aus Grauzonen besteht. »Ich schlage vor, dass wir mit offenen Karten spielen«, sagt er. »Mit vierzehn wurde Art entführt. Darüber sind wir uns einig, oder?«

Was mich angeht, ja. Fabio macht eine Kopfbewegung, die als ein Nicken durchgehen kann.

»Seine Entführer – wer auch immer sie waren – konnten sich darauf verlassen, dass er niemandem etwas davon erzählt, nicht einmal seiner Familie und seinen engsten Freunden. Sonst hätten sie ihn ganz einfach umgebracht. Eine Leiche zu entsorgen, ist ein Kinderspiel: Man bindet ihr einen großen Stein an die Füße, packt sie auf ein Segelboot und wirft sie ins Meer. Geräuschlos, spurlos, ohne Probleme.«

Dieses Thema zerrt an meinen Nerven. Wir machen eine zweiundzwanzig Jahre alte Büchse voller Würmer auf, und die Würmer sind inzwischen verwest und verrottet und haben noch viel schlimmeres Getier hervorgebracht.

Mauro macht unerbittlich weiter. »Ich glaube, dass bei Arts Entführung sexueller Missbrauch im Spiel war.«

»Aber es wurden keine Spuren von Gewalt gefunden«, wendet Fabio ein.

»Sieben Tage lang Blasen hinterlässt nicht unbedingt Spuren«, entgegnet Mauro. »Schon gar nicht, wenn man nicht so genau hinsieht.«

»Worauf willst du hinaus?«, frage ich.

»Fest steht, dass Art als Jugendlicher entführt worden ist. Außerdem steht fest, dass er nach dem Tod seiner Mutter beschlossen hat, nach Casalfranco zurückzukehren. Nehmen wir einmal an, er holt die Entführung nach zwanzig Jahren wieder aus den Tiefen seines Inneren hervor und sie wächst sich zu einer Obsession aus. Anschließend verschwindet er erneut. Vielleicht hat er seinen Kidnapper aufgespürt, vielleicht hat sein Kidnapper ihn aufgespürt. Es kommt zu einer Auseinandersetzung, und dabei geht etwas schief.«

Jetzt endlich setzt sich in meinen Gedanken das Puzzle zusammen. Wie blöd bin ich eigentlich? »Du glaubst, er ist tot?«

»Ganz sicher«, antwortet Mauro todernst. »Umgebracht vermutlich von dem Täter oder den Tätern, die ihn vor zwanzig Jahren entführt haben.«

»Aber er stand doch – ich meine, er *steht* unter dem Schutz der Corona.«

»Sie haben ihn geduldet, mehr nicht.«

»Und warum sollte er tot sein? Vielleicht ist er einfach nur wieder entführt worden.«

»Ja klar, um von seiner reichen Familie Lösegeld zu erpressen. Komm mal zurück auf die Erde, Tony. Sie haben ihn umgebracht, sie haben seinen Hund umgebracht, und sie hatten zufällig zwei große Steine und zwei Seile dabei.«

»Aber die Geschichte mit dem Mädchen ist schon irgendwie seltsam«, sagt Fabio.

»Jesus hat auch Tote auferweckt und ist trotzdem am Kreuz gelandet.«

Ich kenne den Tod. Ich bin jeden Tag mit ihm konfrontiert. Mir sind schon Patienten unter den Händen weggestorben. Ich habe unzählige Male mit einem Skalpell einen menschlichen Körper aufgeschnitten. Aber das hier ist etwas anderes. Art ist ein Teil von mir, ein Teil meiner Jugend, und jetzt ist er weg, für immer. Tief in meinem Inneren spüre ich, dass Mauros Theorie stimmig ist: Art ist tot. Ich muss mich zwingen, es auszusprechen. »Mauro hat recht: Art ist tot, und niemand wird der Sache weiter nachgehen.«

»Ich kenne viele solcher Fälle«, sagt Mauro mit Bitterkeit in der Stimme. »Einsame Menschen leben oft abseits der Gesellschaft. Und dann steht eines Tages jemand vor meiner Tür, der vermutet, dass ein entfernter Cousin einen Haufen Geld unter der Matratze versteckt hat, und bittet mich, es für ihn ausfindig zu machen. Art hat niemanden. Einer wie er geht leicht verloren.«

»Art hat *uns*«, erwidere ich und sehe Mauro in die Augen. Ich hoffe inständig, er sagt jetzt nicht, dass wir uns beruhigen und unser Leben weiterleben sollen, denn dann, bei Gott, ramme ich ihm den Kopf vor die Brust.

»Ja«, sagt er. »Er hat uns.«

»Gestern war ich im Olivenhain«, sagt Fabio. Er sieht der Jungfrau Maria in die Augen, als wolle er sie niederstarren. Ein Spiel, das er nur verlieren kann. »Da hat jemand einen Hund erhängt.«

10

In der Dämmerung gehen Mauro und ich über einen rötlichen, steinigen Acker zu dem Olivenhain. Wir wollen diesen Hund mit eigenen Augen sehen. Ich will ihn auch fotografieren. Ich weiß zwar nicht genau, wofür, aber vielleicht können wir so ein Foto noch einmal gut gebrauchen. Fabio ist nicht mitgekommen, sondern nach Hause gegangen (oder, wie er gesagt hat: »zu meinem Vater«), und hat dabei irgendetwas von Lara und Skypen genuschelt. Wir wollen uns zum Abendessen wieder treffen.

»Was ist denn los mit ihm?«, fragt Mauro. »Er sieht aus, als stünde er kurz vor einem Nervenzusammenbruch.«

»Na ja, sein Vater hat Alzheimer …«

»Schon. Aber da ist noch etwas anderes.«

»Ich habe versprochen, dir nichts davon zu erzählen.«

»Früher oder später erzählst du es mir sowieso.«

Da hat er recht. Loyalität gehört zu den vertrackten Dingen, die man hin und wieder ein wenig strapazieren muss, um sie zu bewahren. »Er ist pleite.«

»Falsch investiert?«

»Von wegen. Er hat mit seiner Fotografie überhaupt nie den Durchbruch geschafft.«

»Aber ich dachte immer …«

»Klar findet man ihn, wenn man ihn googelt. Aber das heißt noch lange nicht, dass er Geld hat. Das hat er mir gestern lang und breit erklärt, nachdem er mir auf die Füße gekotzt hat.«

»Aber er arbeitet doch für bekannte Zeitschriften! Für die *Vogue* und so, oder?«

»Hin und wieder. Damit kannst du dir einen Namen machen, aber nicht dein Konto füllen.«

Mauro bleibt stehen. Man kann oft nur schwer einschätzen, was in ihm vorgeht, aber jetzt ist er sichtlich überrascht. »Warum hat er uns nie davon erzählt?«

Ich antworte nicht.

Mauro wirft einen Blick auf den Olivenhain, dann sieht er wieder zu mir. »Ödet dich das nicht auch manchmal an? Erwachsen zu sein. Du findest einen Job, suchst einen besseren, zahlst Steuern, zahlst mehr Steuern, jahrein, jahraus dieselbe Leier. Nur am Wochenende leben wir wirklich, den Rest der Zeit hetzen wir uns ab wie Hamster in ihrem Rad.

Und wir können nie aussteigen, denn es kommt immer noch eine Rechnung, noch eine Rate, noch eine … was weiß ich, noch ein *Gör,* und alles läuft endlos weiter.«

»So ist es nun mal. Früher haben wir Mammuts gejagt, heute jagen wir Kreditkarten. Immerhin müssen wir nicht mehr jeden Tag unser Leben aufs Spiel setzen.«

»Stimmt. Aber beim Jagen wusste man wenigstens, was man hatte.«

Wir betreten den Hain. Ein Geruch nach Verwesung liegt in der Luft, so ähnlich wie in der Klinik. Wie im Leichenschauhaus. Unangenehme Erinnerungen tauchen auf, aber es sind eben nur Erinnerungen, Vergangenes, das heute nichts mehr zu bedeuten hat. Die Gegenwart ist es, die einen anspringen und am Arsch kriegen kann.

»Siehst du hier irgendwo einen Hund?«, fragt Mauro einige Zeit später.

Zweimal haben wir den Hain durchsucht. Wenn hier ein zotteliger Hund an einem Baum hinge, hätten wir ihn gesehen. Ich nehme die Sonnenbrille ab – allmählich wird es dunkel – und schaue mich ein letztes Mal um. »*Nada.*«

Mauro blickt nach oben in die Kronen der Olivenbäume. Die Bäume stehen so reglos da, dass man sie auch für Skulpturen halten könnte. »Glaubst du, Fabio hat sich das nur eingebildet?«

»Nein, natürlich nicht.«

»Ich glaub das auch nicht.«

»Ich weiß, was du denkst. Die Vorstellung gefällt mir nicht.«

»Mir auch nicht«, sagt Mauro und lächelt bemüht. »Jemand hat den Hund mitgenommen.«

»Vielleicht hat ihn jemand entdeckt und Mitleid gehabt und …«

»*Zufällig* wird hier ein Hund erhängt, ausgerechnet hier,

und zwar genau dann, als Art verschwindet, und *zufällig* nimmt ihn jemand genau dann wieder mit, wenn wir ihn uns ansehen wollen? Weißt du noch, was Art immer gesagt hat? Ein Zufall ist …«

»… ein Ausschnitt aus einem System, das wir noch nicht verstehen.«

Mauro nickt. »Irgendein System ist hier am Werk.«

»Und wir sind weit davon entfernt, es zu verstehen.«

Mauro legt beide Hände auf den Stamm eines Baumes, wie ein Hippie, der mit dem Geist des Baumes in Verbindung treten will. Er seufzt und wendet sich wieder zu mir. »Ich glaube, wir sollten Arts Haus durchsuchen.«

»Hast du deine Meinung geändert?«

»Nur damit eines klar ist: Das hier ist keine Fernsehserie. Wir werden nicht unter Kumpels einen Plan aushecken, die Bösewichte auf eigene Faust finden und sie dann in einem spannungsgeladenen Finale dingfest machen. So läuft das hier nicht. Die Realität ist brutal und schmutzig.«

»Deshalb brauchst du mich nicht so schwach anzureden.«

»Ich will nur, dass wir uns da einig sind. Amateurdetektive klären keine Verbrechen auf.«

»Und warum sollen wir dann noch mal zu Arts Haus fahren und dort suchen?«

»Weil Art niemanden hat außer uns«, sagt Mauro. Nach einer Weile fügt er hinzu: »Und weil auch wir niemanden haben außer uns. Wir leben weiter und tun daher gut daran, uns eine ungefähre Ahnung von dem zu verschaffen, was los ist.«

Hinter den Bäumen geht vor einem dunkelblauen Himmel der weiße Mond auf.

Allmählich verstehe ich, warum dieser Hain Fabio so viel Angst eingejagt hat.

11

Das Strandlokal, in dem wir zu Abend essen, ist eines von der Sorte, wie sie früher weit verbreitet waren. Zur Straße hin liegt ein ganz normaler Fischladen, in dem man sich unter den frischen Fischen, die dort noch auf dem Eis zappeln, einen aussucht, der dann in der Küche gegrillt wird. Kein Schnickschnack und vorzügliches Essen.

Der Koch ist braungebrannt, hat eine Glatze und einen Bauch so groß wie der von Elena. Während wir essen, rauschen im Hintergrund die Wellen. Tische und Stühle sind aus Plastik, aber man hat sich bemüht, den Laden etwas aufzuhübschen: Um die hölzernen Pfosten, die die Pergola über unseren Köpfen stützen, sind Lichterketten gewickelt. Es ist immer dasselbe: Erst kommen die Lichterketten, und irgendwann ist das, was einmal ein gutes Restaurant war, eine Touristenfalle.

Ich genieße den Abend. Art ist zwar möglicherweise tot, aber wir drei sind am Leben und sind zusammen, und wenn Art uns sehen könnte, würde ihm das gefallen. Fabio ist nicht mehr ganz so bleich wie vorhin. Nach ein paar Gläsern ziehen er und Anna die Schuhe aus und gehen zum Strand, sich die Beine vertreten und eine rauchen. Als sie zurückkommen, kündigen sie an, dass Fabio für sein Buch Fotos von Anna machen wird. Mauro freut sich darüber. Fabio liebt Anna wie eine Schwester, und in diesen Tagen braucht er jeden Freund, den er kriegen kann.

Nach der Nachspeise räuspert Mauro sich und erhebt sein Glas mit Fernet. »Auf Art«, sagt er. »Ein großer Mann.«

»Auf Art«, wiederholen wir im Chor, auch Anna sowie

Ottavia und Rebecca, die mit Cola anstoßen. Ich werde um meinen Kumpel trauern, aber nicht heute. Mein Verstand hat sich damit abgefunden, dass er wahrscheinlich tot ist, und der Rest von mir klammert sich an dieses *wahrscheinlich.*

Als ich nach Hause fahre, bin ich angenehm beschwipst. Im Wohnzimmer wartet meine Mutter auf mich. Sie sitzt in ihrem Rattansessel vor dem Fernseher. So war das schon, als ich noch zur Schule gegangen bin. Egal, wann ich nach Hause kam, saß sie da und wartete. Früher hat sie sich zusammengerollt, aber heute erlaubt ihr das die Arthrose nicht mehr. Sie war einmal eine eindrucksvolle Erscheinung, aber heute wirkt sie zerbrechlich, mit ihrem weißen Haar und ihrem Gesicht, durch das sich zahlreiche Furchen ziehen wie Risse durch eine geborstene Windschutzscheibe. Sie sitzt an derselben Stelle, im selben Sessel, als wäre sie der Fels und die Zeit die Brandung, die mit jeder Welle ein wenig mehr von ihr abträgt. Ich hoffe, die Wellen werden sie mir noch nicht so bald nehmen.

»Hallo, Mamma«, sage ich.

Sie stellt den Fernseher aus. »Elena hat dir eine Nachricht dagelassen.« Sie deutet mit dem Kopf zum Tisch, auf dem ein verschlossener Umschlag liegt.

»Danke.«

»Hat das etwas mit ihrem Ehemann zu tun?«

Ich erstarre innerlich. »Mamma …«

»Sag einfach Ja oder Nein, Tony. Das ist nicht so schwer.«

»Nein. Mit Rocco hat das nichts zu tun.« Die Loyalität strapazieren, wieder einmal.

Sie atmet aus. »Du solltest mit ihr reden.«

»Mamma, diese Diskussion haben wir schon tausend Mal geführt.«

»Wie konnte meine Tochter nur so einen Mann heiraten?«

»Er liebt sie, und sie liebt ihn.«

»Ich wünschte, er wäre tot«, sagt meine Mutter mit eiskalter Stimme. »Ich kann nachts nicht schlafen, wenn ich daran denke, dass der Vater meines Enkels ein ...« Sie unterbricht sich und seufzt. »Ich wünschte, er wäre tot«, sagt sie noch einmal.

»Ich auch.« Ich meine das genauso, wie ich es sage.

»Sprichst du mit ihr?«

»Ja, mache ich.« Es braucht nicht viel, damit sie sich besser fühlt. Ich küsse sie auf die Stirn. »Und jetzt geh ins Bett.«

Sie schließt die Augen und lächelt, und ich glaube, sie stellt sich dabei vor, dass ich noch immer elf bin und Elena fünf, dass das Leben unbeschwert ist und für immer so bleiben wird. »Gute Nacht, Tony.«

»Gute Nacht.«

Mit langsamen Schritten geht sie ins Schlafzimmer. Ich öffne den Umschlag. Von meiner guten Stimmung ist nichts mehr übrig. In dem Umschlag steckt ein Zettel, auf dem eine Uhrzeit und ein Ort genannt sind. Ich merke mir beides, hole eine Schachtel Zündhölzer aus der Küche, gehe zum Kamin und verbrenne den Brief.

12

Fabio und Mauro haben versprochen, mich zu dem Treffen zu begleiten, zu dem Rocco mich eingeladen hat. Es findet erst am Abend statt, und so haben wir den ganzen Tag Zeit, uns in Arts Haus umzusehen. Bevor wir hineingehen, betrachten wir es eingehend, die Augen hinter Sonnenbrillen versteckt. Wir stehen nicht weit entfernt, auf dem Feldweg, der darauf zuläuft. Das Haus liegt in der Mitte des Grundstücks. Dessen eine Hälfte besteht aus dem verwahrlosten Weingarten, die andere Hälfte ist rötliches Brachland, von wildwachsenden Pflanzen und Felsbrocken übersät. Dahinter erhebt sich der Trullo, der aus der Entfernung wie ein Spielzeughäuschen wirkt. Das erbarmungslose Sonnenlicht lässt alles in der Umgebung erzittern. So war es schon, als wir noch klein waren, und so wird es noch sein, wenn wir längst dahingegangen sind.

»Dann mal los«, sagt Mauro, als er die Tür öffnet.

Wir wollen erst das Haus und dann die Felder durchsuchen. Während Fabio sich über die Bücher in der Küche hermacht, setze ich Kaffee auf. Viele Leute haben inzwischen elektrische Kaffeemaschinen, aber Art pflegt noch die alte Methode mit der Espressokanne, die man mit Wasser und Kaffeepulver befüllt und dann auf den Herd stellt. Schon bald ertönt das Geräusch der Kanne, das sich anhört, als würde jemand gurgeln, und das wohlriechende Aroma des Kaffees zieht durch den Raum. Mauro und ich lassen Fabio mit seiner Tasse Espresso am Küchentisch zurück.

»Wie wär's, wenn wir mit dem Schlafzimmer anfangen?«, schlägt Mauro vor.

»Du bist der Spezialist in Sachen Ermittlungen.«

»Nur, was Finanzen angeht. Ich bin Spezialist in Sachen Excel-Tabellen.«

Wir fangen mit dem Schlafzimmer an. Das Bett stinkt nach altem Schweiß, und die Flecken auf den Laken sprechen eine eindeutige Sprache. »Scheint, als hätte Art sich hier richtig ausgetobt.« Dieser Gedanke stimmt mich versöhnlich. Wenn man schon sterben muss, dann lieber, nachdem man noch ein paar Mal ordentlich gevögelt hat.

»Ich wüsste gern, mit wem«, sagt Mauro beiläufig, während er in der Kleidung wühlt, die auf dem Boden herumliegt.

»Der alte Romantiker.«

»Das hier ist so ziemlich der unromantischste Ort, den ich mir vorstellen kann.«

Wir gehen weiter in den Bücherdschungel. Allein schon hineinzukommen, ist keine leichte Aufgabe, mit all den Bücherstapeln, die überall im Weg stehen. Die meisten reichen fast bis zur Decke. Ich verbeuge mich vor Mauro und fordere ihn mit einer Geste auf, voranzugehen. »Wo ist denn deine bewährte Machete, wenn man sie einmal braucht?«

Mauro lächelt pflichtschuldig und kämpft sich durch die Bücherhaufen, schiebt hier eine Enzyklopädie aus dem Weg und kickt da einen Bildband über die Sarazenentürme zur Seite. »Schau mal«, sagt er.

Er ist auf eine Stelle gestoßen, für die sich die Bezeichnung »Lichtung« geradezu aufdrängt. Klein in den Ausmaßen und typisch Art: In der Mitte eines Kreises aus Bücherstapeln liegt ein Kissen auf dem Boden, davor eine Olivetti-Schreibmaschine und ein Stapel unbeschriebenes Papier. Verdutzt betrachten wir das Arrangement. Eine *Schreibmaschine.* Fast verspüre ich so etwas wie Ehrfurcht angesichts der immer bizarrer werdenden Entdeckungen, die wir in diesem Haus machen.

»Alter Schwede …« Ich knie mich auf ein Bein und streiche mit den Fingern über das Farbband der Schreibmaschine. Es färbt auf meine Haut ab. »Wie abgefahren ist *das* denn? Art ist doch wohl kein … Hipster?«

»Was, glaubst du, hat er geschrieben?«

Ich richte mich wieder auf und breite die Arme aus, als wollte ich den ganzen Raum umarmen. »Die Antwort liegt irgendwo da draußen.«

Mauro wirft einen zweifelnden Blick auf die Bücher. »Und jetzt? Sollen wir uns mal vor dem Haus umsehen?«

»Warte mal. Gibt es hier nicht auch einen Keller?«

»Doch, natürlich. Dort hat sein Vater immer den Wein gelagert.«

»Ich weiß noch, was für ein Spaß das Stampfen war.«

Jedes Jahr, wenn Arts Vater Wein für die ganze Familie kelterte, durften wir mithelfen und in einem hölzernen Bottich mit bloßen Füßen die Trauben zerstampfen. Das war immer ein riesiges Durcheinander und eine gewaltige Sauerei, und das einzig Schöne am Ende des Sommers.

»Der Zugang ist von draußen, oder?«, sage ich.

»Ich glaube schon.«

Die Tür zum Keller liegt auf der Rückseite des Hauses neben der Küchentür. Sie besitzt kein Schloss, und der Keller ist auch nicht beleuchtet, nur eine Taschenlampe hängt am oberen Ende der Treppe an einem Nagel an der Wand. Mauro nimmt sie an sich, und wir steigen die ausgetretenen rutschigen Stufen hinab. Hier ist es deutlich kühler als draußen in der drückenden Hitze. Ich atme tief durch und hoffe, den Geruch nach Trauben wiederzufinden, den ich so mochte. Doch ich muss würgen und husten. Statt des Duftes von Trauben steigt mir ein Gestank in die Nase, der mir nur allzu bekannt ist, der Gestank von Blut, Exkrementen und wildgewordenen Bakterien. So riechen Leichen, wenn man sie öffnet.

Die Treppe führt zu einem quadratischen Raum, an dessen rückwärtiger Wand ein Tisch steht. Auf einem Regal liegen säuberlich aufgereiht alle möglichen Werkzeuge mit scharfen Klingen. Manche sehen aus wie Fleischermesser, andere sind kleiner, darunter auch drei professionelle Skalpelle. Tisch und Boden sind mit dunklen Flecken übersät. Neben dem Regal hängt eine Schürze, gleichfalls voll brauner Spritzer.

Ich schließe die Augen und halte mir die Nase zu. Das kann nicht wahr sein. Art kann so etwas nicht gemacht haben. Das hier ist ein Ort der Hoffnung, der Freude und des Geschmacks von köstlichen Trauben.

»Eine Schlachtkammer«, flüstert Mauro.

13

Im Trullo finden wir nichts, was einen Hinweis gäbe und was ich nicht zuvor schon entdeckt hätte. Mauro kennt sich in Sachen Sadomaso noch weniger aus als ich (worauf ich nicht unbedingt gewettet hätte). Er ist nicht schockiert. Nach der Schlachtkammer nimmt ihn die Einrichtung des Trullo ungefähr so stark mit wie eine Briefmarkensammlung. Die Schlachtkammer ist mir ein Rätsel. Dass die Bauern ihr Vieh selbst schlachten, ist hier in der Region üblich. Ganz und gar nicht üblich ist es dagegen, das Vieh zuvor eine Treppe hinunterzuschleifen und es mit chirurgischen Instrumenten zu traktieren. Ich will darüber nicht weiter nachdenken. Ich kann es mir nicht leisten, jetzt durchzudrehen.

Wir durchsuchen auch das Auto, finden dabei aber nur eine prall gefüllte Tüte Gras im Handschuhfach. Ich stecke sie ein – Art würde es ungern sehen, dass seine Ware verdirbt. Dann wagen wir uns in die Umgebung des Hauses vor. Jetzt kommt der unangenehme Teil. Wir fangen bei den großen Cannabispflanzen an. Sie sind von kräftigem Grün und stehen voll im Saft, obwohl sie schon seit Längerem nicht mehr gepflegt worden sind. (Art hat immer gesagt,

Marihuana zu ziehen, sei ein Klacks. Selbst ein Fünfjähriger könne das.) Anschließend nehmen wir uns den Weingarten vor. Als wir damit fertig sind, ist es mitten am Nachmittag und so heiß, dass ich das Gefühl habe, zu zerfließen. Wir haben unsere T-Shirts ausgezogen und sind schweißgebadet.

»Nichts«, stellt Mauro fest.

Ich schüttele den Kopf. Wir brauchen nicht auszusprechen, was wir beide denken: *Gott sei Dank.* Wenn du im Haus deines Freundes eine Schlachtkammer entdeckst, rechnest du irgendwie damit, im Garten einen frisch aufgeworfenen Erdhügel zu finden. *No news is good news* – hier trifft der Spruch ausnahmsweise mal zu.

»Soll ich uns ein Eis holen?«, frage ich.

»Würdest du das tun?«

»Aber klar doch.«

»Dafür kriegst du einen Orden.«

Mauro und Fabio bleiben im Haus, während ich mich zur nächsten Eisdiele aufmache, die ein paar Kilometer in Richtung Stadt liegt. Ich kaufe einen Riesenbecher Schokoladeneis, nehme drei Plastiklöffelchen mit und fahre so schnell wie möglich wieder zurück zum Haus, im Rennen gegen das unausweichliche Dahinschmelzen meiner köstlichen kalten Beute. Wegen eines weißen Mercedes, der vor mir fährt, muss ich langsamer werden. Ich fluche innerlich. Die Straße ist zu eng zum Überholen, und so bleibt mir nur, mit besorgtem Blick die Styroporbox im Auge zu behalten und zu beten, dass ich den Jungs keine Suppe präsentieren muss, wenn ich zurück bin.

Der Mercedes biegt in den Feldweg ein, der zu Arts Haus führt.

In meinem Kopf läuten sämtliche Alarmglocken. Ich greife nach meinem Handy, aber dann fällt mir ein, dass ich hier draußen kein Netz habe. Ich folge dem Auto den Feldweg entlang. Die Sonne brennt mir ins Gesicht und blendet mich. Obwohl ich meine Sonnenbrille aufhabe, kann ich nicht erkennen, wer am Steuer sitzt. Ich drücke das Gaspedal durch. Diese Bastarde sollen wissen, dass ich ihnen auf den Fersen bin. Kann sein, dass sie sich bloß verfahren haben. Dann jage ich ihnen eben einen kleinen Schrecken ein. Das wird sie schon nicht umbringen.

Der Mercedes bleibt stehen. Ich bleibe auch stehen und warte, was passiert.

Plötzlich setzt sich der Mercedes wieder in Bewegung – rückwärts. Im Geiste sehe ich vor mir, wie der fette Mercedes den windigen Fiat meiner Eltern wie ein Akkordeon zusammenschiebt und mich wie eine Fliege zerquetscht. Ich trete aufs Gas und reiße das Steuer nach rechts, das Auto schießt von der Fahrbahn und landet im Acker. Der Mercedes verfehlt mich um Haaresbreite. Der Fiat kracht gegen einen Felsbrocken, irgendwo in seinem Inneren tut es einen gewaltigen Schlag, und mit einem Ruck bleibt er stehen.

»Arschlöcher!«, schreie ich, während ich mich umdrehe, den Gurt löse und mich schon in eine Rauferei stürzen will.

Der Mercedes hat nicht angehalten. Er fährt weiter rückwärts und ist bald darauf verschwunden.

Arschlöcher.

Wenigstens habe ich mir das Kennzeichen gemerkt.

14

Der rechte Vorderreifen des Fiat ist im Eimer. Ich notiere das Kennzeichen in meinem Handy, bevor ich es vergesse, dann lasse ich das Auto stehen und laufe den Feldweg entlang Richtung Haus. Mauro und Fabio wirken entsetzt, als sie mir entgegenkommen. Wahrscheinlich ist das die angemessene, erwachsene Reaktion. Ich dagegen würde, wäre der Vorderreifen nicht hinüber, dem Mercedes hinterherjagen und diesen Typen die Fresse polieren. Ich halte die Styroporbox hoch. »Diese Bastarde hatten es auf unser Eis abgesehen.«

»Und das Auto?«, fragt Fabio.

»Wir müssen einen Reifen wechseln.«

»Was zum Teufel …«, hebt Mauro an.

»Erst das Eis«, unterbreche ich ihn. »Man muss Prioritäten setzen.«

»Dann essen wir es einfach während der Arbeit«, meint Fabio.

»Immer mit der Ruhe.«

»Glaubst du, der Kerl kommt zurück?«

»Davon geh ich mal schwer aus.«

»Und was, wenn er nicht alleine zurückkommt?«

Ich antworte erst nichts und gestehe dann: »Ich hasse es, wenn du recht hast.«

»Ich auch.«

Während ich den Wagenheber aus dem Kofferraum hole, machen sich Mauro und Fabio über das Eis her. Ich platziere den Wagenheber unter dem Auto und berichte den beiden von den Einzelheiten meiner Begegnung mit dem

Mercedes. »Immerhin habe ich das Kennzeichen aufgeschrieben.«

Mauro reicht mir den Eisbecher und einen Löffel und sagt: »Ich kann rausfinden, wem das Auto gehört.«

»Einfach so?«

»Ich kenne da jemanden.«

»Du wartest schon die ganze Zeit darauf, dass du *den* Satz endlich mal loswerden kannst, oder?«

»Schuldig im Sinne der Anklage«, bestätigt Mauro. Unfassbar – ich habe ihm tatsächlich einen halben Witz abgerungen. Ich reiche das Eis weiter an Fabio, und Mauro hilft mir, das Ersatzrad aus dem Kofferraum zu heben.

»Ich hab die Schreibmaschine gesehen«, sagt Fabio, während er Eis löffelt.

Ich fange an, das kaputte Rad abzuschrauben. Fabio und Mauro haben kein Händchen für Autos. Wenn ich das alleine mache, geht es schneller. »Hat Mauro dir erzählt, was wir … im Keller entdeckt haben?«

»Ja.«

»Zum Glück haben wir um das Haus herum nicht noch mehr gefunden«, sagt Mauro. »Aber auch keine Spur von Arts Hund.«

»Hast du in den Büchern irgendwas entdeckt?«, frage ich.

»Ein bisschen etwas«, antwortet Fabio, aber so, wie er es sagt, heißt das: *eine Menge.* Er zieht ein Blatt Papier aus der Tasche und hält es mir hin. Ich unterbreche die Arbeit und betrachte es. In der Mitte steht mit Schreibmaschine geschrieben:

DAS BUCH DER VERBORGENEN DINGE

EIN HANDBUCH

Ich nehme Fabio das Blatt aus der Hand und drehe es um. Auf der Rückseite steht etwas in Arts kleiner Handschrift. Ich muss mir das Blatt dicht vor die Augen halten, um die Worte entziffern zu können: Es sind Notizen, denen jeweils eine Zahl vorangestellt ist und die durch Gedankenstriche voneinander getrennt sind.

> 27: Auf den Dünen dieses Strandes wächst ausnehmend viel Ginster. –
> 32: Überprüfen, ob es hier wirklich schon im 11. Jhd. Salzwiesen gab. Ich sollte das im BVD thematisieren.

»So hat er sich Notizen gemacht«, erläutert Fabio. »Nicht gerade leserfreundlich. Wenn er bei der Lektüre eines Buches auf etwas gestoßen ist, das ihn interessiert hat, hat er sich auf einem Blatt Papier die Seitenzahl notiert, dazu ein Zitat oder eine kurze Anmerkung. Das Blatt mit den Notizen hat er dann in dem jeweiligen Buch aufbewahrt. In fast allen Büchern im Haus finden sich solche Zettel.«

Ich gebe Mauro das Blatt und mache mich wieder an den Reifen.

»Und was ist dieses *Buch der Verborgenen Dinge*?«, fragt Mauro.

»Ein Werk, an dem er gearbeitet hat. Er hat zahllose Notizen dafür gemacht, à la ›Passt ins *Buch der Verborgenen Dinge*‹ oder ›Beim *BVD* daran denken‹.«

»Also war Arts Projekt ein Buch?«

»Könnte sein.«

»So wie damals, als er den *Goldenen Esel* gemacht hat?« Das war der Comic, dessentwegen Art die Riesenchance mit Stanford hat sausen lassen. Die Besprechungen waren gut, aber viel verdient hat er damit nicht. Nicht, dass ihm das eine oder das andere wichtig gewesen wäre.

»Aber diesmal ist es keine Graphic Novel, sondern eine Art Sachbuch.«

»Und worum geht's da?«

»Ich habe nirgendwo Entwürfe dazu gefunden. Ich kann mich nur auf seine Notizen stützen, und die lassen vermuten, dass …« Fabio verstummt für einen Augenblick. »Dass das *Buch der Verborgenen Dinge* von der Gegend um Casalfranco und von Religion handelt.«

Ich drehe die Schrauben rein. In zehn Minuten können wir los. »Beides Dinge, die er verabscheut hat.«

»Für ein Buch ist das ein gutes Thema. Hier in der Gegend wimmelt es nur so von Kirchen, Kapellen, Pilgerstätten und so weiter. Art hat sich auf eine Handvoll solcher Orte konzentriert, anhand derer er – wenn ich das richtig verstanden habe – einen grundlegenden Aspekt der Verbindung zwischen der physischen Welt und der, na ja, spirituellen Welt erläutern wollte.«

»Soll das heißen, Art ist an den Ort zurückgekommen, der ihm so zuwider war, um ein Buch über *Brauchtum* zu schreiben? Und hat währenddessen in seinem Trullo eine Folterkammer eingerichtet und weiß Gott was in seinem Keller?«

»Es ging ihm nicht gut«, entgegnet Fabio.

»Carolina hat gesagt, das Projekt hätte mit seinem ersten Verschwinden zu tun.«

»*Eine* Verbindung gibt es tatsächlich: den Olivenhain. Ich habe im Haus ein paar alte Verzeichnisse gefunden, die Art aus der Stadtbücherei ausgeliehen und nie zurückgegeben hat. Wollt ihr raten, wem der Hain gehört?«

»Ehrlich gesagt, nein«, antworte ich.

»Der Kirche. Genauer gesagt: der *chiesa matrice* von Casalfranco. Also im Grunde Don Alfredo.«

Ich beuge mich über meine Arbeit, um meine Überraschung zu verbergen. »Über alles Mögliche haben die Leute damals geredet, aber darüber nicht.«

»Natürlich wollte die Kirche nicht mit Arts Verschwinden in Verbindung gebracht werden.« Fabio hält kurz inne. »Oder Don Alfredo hat mehr damit zu tun, als wir vermuten.«

»Ich weiß, worauf du hinauswillst, Fabio. Streich diesen Gedanken sofort aus deinem Kopf. Ich kann Don Alfredo auch nicht leiden, aber er ist kein Kinderschänder.«

»Ja klar, so was wie einen pädophilen Pfarrer hat es ja auch noch nie gegeben.«

»Don Alfredo hat niemals …«

»Don Alfredo ist niemals *aufgeflogen,* das ist was anderes. So wie bis vor Kurzem Tausende Pfarrer auf der ganzen Welt, und wer weiß, wie viele nie auffliegen werden.«

»Das ist ein schwerwiegender Vorwurf«, sagt Mauro.

»Ich stelle doch nur fest, dass zu einer Zeit, in der Priester erwiesenermaßen Kinder missbraucht haben, ein Junge auf einem Gelände, das einem Priester gehört, verschwunden ist. Wer weiß, was Arts Familie Don Alfredo alles bei der Beichte erzählt hat, oder was andere Leute über Arts Familie erzählt haben. Er ist der oberste Pfarrer, er weiß *alles.*«

»Vielleicht hatte er etwas in der Hand, das Art zum Schweigen gebracht hat«, wirft Mauro ein.

Fabio nickt. »Und als seine Eltern gestorben waren, ist Art nach Casalfranco zurückgekommen, um sich an Don Alfredo zu rächen.«

»Mit einem Buch?«, frage ich.

»Es ging ihm nicht gut«, betont Fabio erneut. »Wie oft muss ich das denn noch sagen? *Art ging es verdammt noch mal nicht gut.* Mein Gott, er hat sich im Keller eine Schlachtkammer eingerichtet! Er hat überlegt, wie er es Don Alfredo heimzahlen könnte, ist dann aber davon abgekommen und hat angefangen, sich für die Gegend hier und für Religion zu interessieren. Eine neue Phase. Das ist doch typisch für ihn.«

»Er hat ein Mädchen geheilt«, sage ich. »Angeblich.«

»Religiöser Wahn, ganz einfach. Als Jesus verkündet hat, er sei der Messias, war er selbst garantiert davon überzeugt, und ich kann mir sehr gut vorstellen, wie Art sich auf der Piazza auf eine Obstkiste stellt und verkündet, dass er, wenn er es sich recht überlegt, auch ein Messias ist.«

»Aber das erklärt weder die Schlachtkammer noch die Folterhöhle«, entgegnet Mauro. »Und auch nicht, was Art diesmal widerfahren ist.«

»Es erklärt, was *damals* passiert ist. Und das ist ein Anfang.«

Ich richte mich auf, die Hände voller Fett und Dreck. »Wir können los. Wollt ihr heute Abend immer noch mitkommen?«

15

Der Weg zur Kirche führt über holpriges Pflaster und durch steinerne, verwinkelte Gassen, deren weiße Häuser noch immer stehen, obwohl sie aussehen, als würden sie jeden Augenblick in sich zusammenstürzen. Die Kirche selbst ist ein hoch aufragendes romanisches Bauwerk an einem kleinen Platz. Ihr Hauptportal ziert eine große Fensterrose, und zwei Löwen bewachen ihren Eingang. Bevor ich hineingehe, streiche ich dem rechten Löwen über den Kopf, wie ich es schon gemacht habe, als ich noch klein war. Als ich den finsteren, stillen Raum betrete, schlägt mir der Geruch von Weihrauch entgegen, der mir jedes Mal wieder ein Gefühl der Geborgenheit vermittelt. Ich tauche eine Fingerspitze in das Weihwasserbecken, bekreuzige mich auf der Stirn und verbeuge mich in Richtung des Tabernakels.

Die Kirche ist fast leer. Außer mir haben nur zwei ältere Frauen den Weg hierhergefunden, kleine, hutzelige Gestalten in schwarzen Schuhen, schwarzen Kleidern und schwarzen Strickjacken, die Gesichter von schwarzen Schleiern verhüllt. Das Haus Gottes ist weitaus mehr ihr Zuhause als meines. Solange ich meine Vögelgewohnheiten nicht ändere, darf ich nicht an der Kommunion teilnehmen. Ich bin ausgeschlossen. Das schmerzt. Aber es ist beruhigend zu wissen, dass der Sohn Gottes Mensch geworden ist, für uns gelitten hat und am Kreuz gestorben ist, und dass uns sein Leib und sein Blut zuteilwerden. *Scheiß auf Leib und Blut,* wie Fabio sagen würde. Er hat kein Problem mit Mauros Glauben, sehr wohl aber mit meinem. Erstens, weil Mauros Glaube oberflächlicher ist als meiner, zweitens wegen dem, was ich mit meinem Penis anstelle. *Die Pfarrer hören nicht auf, dich als Perversen zu bezeichnen,* sagt er immer wieder. Ich weiß, ich weiß. So sind viele Pfarrer. Aber nicht alle. In der Kirche geht es ja auch nicht um Pfarrer, sondern um Jesus Christus, und ich habe da durchaus ein paar Vermutungen, wie er und seine Jünger sich in den palästinensischen Nächten vergnügt haben.

Herr, wende ich mich an den Allmächtigen, *ist Art bei dir? Ich bin sicher, du hast ihm die Pforten des Himmels geöffnet. Er war ein guter Mensch, das weißt du, natürlich weißt du das. Er war immer für seine Freunde da. Er hat uns immer dazu angetrieben, das Beste aus uns herauszuholen. Er hat nicht an dich geglaubt, aber das ist dir egal, oder? Für dich zählt nur, was wir im Herzen tragen, und Art hatte ein Herz aus Gold. Er war zu klug, um zufrieden zu sein. Ist das nicht traurig, Herr, dass deine Kinder eine Gesellschaft errichtet haben, in der es etwas Schlechtes ist,* zu *klug zu sein? Herr, ich verspreche dir, dass ich alles tun werde, was in meiner Macht steht, damit Art irdische Gerechtigkeit widerfährt, die einzige, die in unseren Händen liegt.*

Apropos irdische Gerechtigkeit ... Ich hoffe, ich mache heute Abend das Richtige. Ich entschuldige das Böse nicht, Herr, ich versuche nur, Gutes zu tun. Gib mir deine Kraft und lass mich meine moralische Orientierung nicht verlieren. Du weißt, wie tief ich mich verirren kann, wenn deine leitende Hand mir fehlt. Herr, schütze mich und meine Freunde heute Abend. Schütze uns.

Schütze uns heute Abend vor dem Bösen.

16

In einiger Entfernung lodern Feuer. Ihr gelb-orangefarbener Schein erhebt sich jenseits der Olivenbäume, inmitten der absoluten Finsternis, die über dem flachen Land liegt. Der Mond ist eine Sichel mit messerscharfen Konturen. Die züngelnden Flammen scheinen nach ihm zu greifen, wie Hände, die ihn zu fassen kriegen und zerreißen wollen.

»Stell den Motor ab«, sagt Fabio.

»Wir sind noch viel zu weit weg.«

»Stell ihn ab!«

Am Rand eines Feldes mit Olivenbäumen bleibe ich stehen. Unser Auto ist das einzige in mehreren Kilometern

Umgebung, und als ich den Motor abstelle und das Licht ausschalte, scheint es, als würden wir im Nichts versinken.

»Hört ihr das?«, flüstert Fabio.

Rhythmisches Trommeln, vermischt mit Stimmen, ganz schwach, wie aus einer anderen Welt.

»Heilige Scheiße«, sagt Mauro kaum hörbar.

»Noch könnt ihr aussteigen«, sage ich.

»Red keinen Blödsinn. Aber was ist das bloß?«

»Keine Ahnung. Fabio, greifst du bitte mal ins Handschuhfach? Ich hab eine kleine Stärkung dabei.«

Fabio holt eine Flasche Rum hervor. Er nimmt einen Schluck und reicht sie mir. Ich trinke auch ein wenig, drehe mich nach hinten und gebe sie an Mauro weiter.

»Es wird nichts passieren«, sage ich, als ich den Motor wieder anlasse. »Rocco hätte uns nicht hierhergeschickt, wenn es irgendwie gefährlich wäre.«

Ein oder zwei Mal biege ich falsch ab, und wir landen auf Wegen, die im offenen Gelände enden, sodass ich zurücksetzen muss. Ich habe ernsthaft versucht, meine Freunde zu überreden, nicht mitzukommen, aber sie waren nicht davon abzubringen. »Was meint denn Anna zu dieser Aktion?«, frage ich.

»Sie versteht uns«, sagt Mauro, »aber dieses Verständnis hat auch seine Grenzen. Also habe ich ihr erzählt, dass wir einen Bekannten von Art treffen, mit dem wir reden wollen.«

Ich beiße mir auf die Zunge. Die eigene Frau anlügen? Nicht gut.

Schließlich finde ich den richtigen Weg, eine unbefestigte Straße, die durch Ödnis führt. Die Trommeln sind jetzt so laut, dass sie den Motor übertönen. Am Ende des Weges stehen zwei Männer. Einer bedeutet uns mit einer Geste, stehenzubleiben. Beide tragen Waffen, zwar im Holster, aber gut sichtbar. Die Fläche hinter ihnen ist vorübergehend zu einem Parkplatz umfunktioniert worden. Ich bleibe stehen, stelle den Motor ab und lasse das Fenster herunter. Dann lege ich beide Hände auf das Lenkrad. Fabio und Mauro folgen meinem Beispiel und sorgen ebenfalls dafür, dass ihre Hände gut zu sehen sind.

Die Männer stellen sich links und rechts neben das Auto. »*Ccè bbuliti?*«, fragt derjenige auf meiner Seite in breitem Dialekt. *Was wollt ihr?*

»Ich bin Roccos Schwager.« Ich hoffe, das ist die richtige Antwort.

»Der Bruder von Elena?«

Ich bin etwas irritiert, den Namen meiner Schwester zu hören. »Genau.«

Er sieht ins Innere des Autos. »Und ihr?«

»Ich bin Fabio.«

»Mauro.«

Der Typ scheint zufrieden. »Elena wusste nicht, ob ihr alle kommt.«

»Das würden die sich doch nie im Leben entgehen lassen«, sage ich.

Die Männer lassen uns durch, und ich parke neben einem grauen BMW. Sie durchsuchen uns, teilnahmslos und mit routinierten Handgriffen, dann deuten sie in Richtung der Feuer. »Viel Spaß.«

17

Die Musik ist eine *taranta,* die auf Tamburinen und Mundharmonikas gespielt wird. Das Gelände hinter dem Parkplatz ist mit mediterranem Gestrüpp und vereinzelten Olivenbäumen übersät und scheint in Flammen zu stehen. Drei hoch auflodernde Feuer, die in einiger Entfernung voneinander liegen, bilden ein Dreieck. Aber es gibt noch weitere Flammen: überall brennen Öllampen, die auf Bambusrohre gesteckt sind. Die Feuer sind die einzige Lichtquelle im Umkreis von mehreren Kilometern. In ihrem Licht werfen Menschen, Büsche und knotige Bäume ihre Schatten, und diese Schatten flackern im Schein der unzähligen züngelnden Flammen. Mal werden sie größer, dann wieder kleiner. Sie wechseln ihre Gestalt. Sie verschmelzen miteinander, gleiten über menschliche Haut und über Pflanzen und sind kurz darauf wieder verschwunden. Sie ergeben ein lebendiges Abbild unserer Welt aus Fleisch und Blut, ein Abbild, das dennoch nicht weniger wirklich ist als das Original und mit nicht weniger Macht ausgreifen und verletzen kann.

In der Luft liegen Rauchschwaden und der bittere Geruch von *jummarieddi.* Vor einer Grube, in der glühende Kohlen aufgehäuft sind, sitzt ein kleiner Mann mit sonnengegerbtem Gesicht und brät Fleisch, das auf langen Spießen steckt. Nichts von dem, was die Menschheit je auf einen Grill gelegt hat, riecht so durchdringend wie *jummarieddi.* Ihr Geruch haut einen einfach um. Sie gehören zu den letzten Überbleibseln eines Zeitalters, in dem es rauer zuging als heute. Um sie zuzubereiten, nimmt man die Innereien

(Nieren, Leber oder was sonst da ist, man kann alles verwenden) eines frisch geschlachteten Lamms oder, wenn man kein Lamm hat, einer Ziege, reinigt sie erst mit Wasser, Salz und Zitronen, würzt sie dann mit Salz, Pfeffer, Lorbeer, Petersilie und im Grunde allen Kräutern und Gewürzen, die im eigenen Garten wachsen (wo man in der Regel kurz zuvor das Tier geschlachtet hat). Dann schlägt man alles in das Bauchfell des Tieres ein, steckt das Bündel auf einen Spieß und platziert diesen über glühenden Kohlen. Leute, die nicht von hier sind, bezeichnen *jummarieddi* als »gewöhnungsbedürftig«, aber nur, wenn sie höflich sind. In Touristenlokalen stehen sie selten auf der Karte. Mir läuft beim Gedanken daran schon das Wasser im Mund zusammen.

Neben der Kohlengrube steht ein Tisch, auf dem sich Pappbecher türmen, daneben eine Reihe hölzerner Weinfässer. Wasser ist weit und breit keines zu sehen. Der Begriff der Abstinenz ist noch nicht so weit nach Süden gedrungen.

Auf dem Gelände sind etwa hundert Leute, vielleicht ein paar mehr. Auf zehn Männer kommt eine Frau. Vielleicht ein paar mehr. Manche der Besucher stehen in kleinen Grüppchen um die Grube herum, trinken Wein und plaudern miteinander. Die meisten halten sich jedoch in dem Dreieck zwischen den Feuern auf. Ich kann sie nur von hinten sehen, wie sie sich lebhaft hin und her bewegen, und als ich einen Blick durch das Gewirr aus wandernden und sich wiegenden Gestalten werfen kann, sehe ich dahinter eine *ronda* in vollem Gange.

Sie besteht aus drei konzentrischen Kreisen. Den äußeren bilden die Zuschauer, die das Geschehen verfolgen. Der mittlere besteht aus Öllampen, und den inneren formen Männer, ausschließlich Männer, die mit Tamburinen und Mundharmonikas musizieren oder einfach in die Hände klatschen.

Im Zentrum der drei Kreise findet sich das Herzstück des Rituals: zwei Männer, die miteinander tanzen und kämpfen.

»Der Tanz der Schwerter«, flüstert Fabio.

»In der ungekürzten Fassung«, ergänzt Mauro.

Einer der beiden Männer ist ungefähr Mitte vierzig. Er tanzt mit nacktem Oberkörper und ist schweißgebadet. Seine Haut glitzert im Schein der Flammen. Sein Gegner – sein *Partner* – ist gerade mal zwanzig, spindeldürr, und das weiße Hemd hängt ihm aus der Hose. Beide richten die ausgestreckten Zeigefinger auf den anderen, als wären es Messer. Sie stechen mit ihren Fingern zu, schneiden Wunden und wehren Angriffe ab, ganz als wären es Messer. Ihr Tanz ist mehr als ein Tanz, aber auch kein Kampf im engeren Sinn.

Ich habe so einen Tanz der Schwerter schon öfter gesehen, allerdings in abgemilderter Form. Ein eigenartiges Ritual, das im kriminellen Milieu des Salento entstanden ist und der Legende nach unter dem Schutz von niemand Geringerem als San Rocco steht, des heiligen Rochus, der vor allem von der Landbevölkerung verehrt wird. Angeblich wurde der Tanz von Verbrechern erfunden, die im Gefängnis saßen und ihre Kampfkünste nicht verlieren wollten. Der Name des Rituals ist jedoch irreführend: Die Kontrahenten bewegen sich zwar im Rhythmus der *taranta*, versuchen dabei jedoch auch, die Oberhand über den Gegner zu erlangen. Sie müssen gleichzeitig tanzen und kämpfen, der Musik und ihrer eigenen Mordlust folgend. Ich kann den Blick nicht von der *ronda* wenden.

»Ich könnte jemanden umbringen für eine Portion *jummarieddi*«, sagt Fabio.

»Wir sind hier bei einem Treffen der Santa Corona Unita, also pass auf, was du sagst«, erwidert Mauro. Da ist ihm doch tatsächlich ein Scherz gelungen.

Ihr Gespräch reißt mich aus dem Bann, in den der Tanz

mich gezogen hat. Als wir in Richtung der Kohlengrube gehen, hören wir jemanden erfreut rufen: »Hey!«

Es ist Elena. Sie winkt mir zu. Was macht *sie* denn hier? Rocco sollte hier sein, nicht sie. Sie sollte zu Hause und in Sicherheit sein, nicht hier draußen in der Wildnis inmitten von Kriminellen. Ich glaube, ich muss mal mit ihr reden.

»Immer schön locker bleiben«, sagt Mauro leise.

Ich zwinge mich zu einem Lächeln und winke zurück. Mit gespielter Begeisterung deute ich auf die *jummarieddi,* tätschele mir den Bauch und sage: »Hervorragendes Essen!«

»Ich bin so froh, dass ihr gekommen seid!«, sagt Elena.

»Und ich wäre froh, wenn ich wüsste, was das hier wird.«

»Ach, komm schon. Unsere Eltern haben uns zum Tanz der Schwerter mitgenommen, da war ich … wie alt – sieben?«

Ich kaufe mir eine Portion *jummarieddi.* »Sechs. Aber das war eine öffentliche Vorführung in der Stadt und keine Geheimveranstaltung mitten im Nichts.«

»Das hier ist das Original. Wie die *jummarieddi.* Zu starker Tobak für Touristen. Mauro! Fabio! Euch hab ich ja schon eine Ewigkeit nicht mehr gesehen!«

»Seit deiner Hochzeit«, sagt Fabio. Er deutet auf ihren Bauch. »Und herzlichen Glückwunsch auch.«

»Danke. Soll ich euch kurz erzählen, was euch erwartet?«

»Ja, bitte«, sagt Mauro.

Ich weiß genau, wie Mauro tickt. Er registriert jedes Detail und alle beteiligten Personen und denkt jetzt schon darüber nach, wie wir den Hals aus der Schlinge ziehen können, falls wir vor Gericht landen sollten. Wonach es derzeit aber nicht aussieht. Die Probleme, die hier entstehen, werden fernab von den neugierigen Blicken der Öffentlichkeit gelöst.

Elena deutet auf die *ronda.* »Im Moment wärmen sie sich

noch auf. Wenn es dann richtig losgeht, holen sie die Messer raus.«

»Ernsthaft?«, frage ich.

»Natürlich.« Sie zeigt auf einen etwa fünfzigjährigen Mann mit Schiebermütze und Jeansjacke, der in selbstgewisser Pose dasteht. »Das ist Gianpiero. Wenn ihr wetten wollt, wendet euch an ihn.«

»Wie kann man denn auf einen Tanz wetten?«

»Man wettet auf den Kampf.«

»Und wie wird der Gewinner ermittelt?«

»Der Tanz geht bis zum ersten, zweiten oder dritten Blut. Bevor sie die *ronda* betreten, sagt jeder der beiden Tänzer an, wie weit er gehen wird.«

Elena scheint hier ganz in ihrem Element. Ich würde am liebsten losheulen, oder, noch lieber, das alles hier zertrümmern und den Leuten die Fresse einschlagen. Ich muss mich zusammenreißen, um sie nicht anzuschreien und ihr zu sagen, sie solle sofort nach Hause gehen, zu ihren Eltern und in ein anständiges Leben, und wieder das brave Mädchen werden, zu dem sie erzogen wurde. Doch diese Autorität habe ich nicht mehr, falls ich sie jemals besessen habe. »Und warum sind wir hier? Ich meine, ich und meine Kumpels.«

»Jemand wird auf euch zukommen.«

»Und wo ist Rocco?«

»Bei der Arbeit«, antwortet Elena.

18

Meine kleine Schwester besorgt uns drei Becher Wein und verschwindet wieder in der Menge. Sie selbst trinkt nichts. Sie ist schwanger und nimmt ihre Verantwortung als Mutter sehr ernst. Ich sehe ihr nach, während sie herumgeht, manchen Leuten zuwinkt, anderen ein Lächeln schenkt und hin und wieder für ein kurzes Gespräch stehenbleibt. Sie hat viele Freunde. Sie behandeln sie wie einen Mann. Das ist die höchste Form der Anerkennung.

»Tut mir leid für dich«, sagt Fabio.

»Sie ist kein schlechter Mensch.«

»Natürlich nicht.«

Die *jummarieddi* sind zum Niederknien, von einem köstlich bitteren Geschmack, wie ich ihn nicht mehr erlebt habe, seit Arts Vater damals krank geworden ist. Wir gehen zurück zur *ronda,* um das Geschehen zu verfolgen – den Tanz, den Kampf, oder was auch immer dort passieren wird. Die Musik wird schneller, und nachdem ich das Fleisch verputzt und den Wein ausgetrunken habe, ertappe ich mich dabei, wie ich mit dem Fuß den Takt mitklopfe. Elena, Art und all meine Sorgen verschwinden aus meinen Gedanken, die Trommeln und die Bewegungen der Tänzer verankern mich im Hier und Jetzt, in der Gegenwart mit dem Kreis und den Messern. Natürlich ist mir die hypnotische Wirkung der Szenerie bewusst, aber ich kann und will mich ihr nicht entziehen. Es fühlt sich an, als wäre man von einem Dämon besessen, der dem Ruf der *taranta* gefolgt ist, dem Ruf der Messer und der Innereien, die über glühenden Kohlen garen.

Fabio stellt seinen leeren Becher auf den Boden und fängt an zu klatschen. Wir verschmelzen mit etwas, das größer ist als wir, und werden Teil der Musik, Teil des Tanzes. Im Rhythmus der Musik lassen die Tänzer ihre Arme herumwirbeln und trippeln mit den Füßen, und die Musik bildet das Band, das uns mit ihnen verbindet, das all die schwitzenden Körper im Kreis miteinander verbindet, die Kämpfer, die Musiker und uns Normalsterbliche. Als auch ich in die Hände klatsche, kommt es mir fast so vor, als stünde ich selbst in der Mitte, in der Hand ein Messer und mir gegenüber einen Mann, den es niederzuringen gilt. Wie es sich wohl anfühlen würde, tatsächlich zu tanzen? Vielleicht wäre das genau mein Ding.

Neben Fabio, der das Schauspiel begeistert verfolgt, steht Mauro. Er regt sich nicht, hat seinen Wein kaum angerührt und sieht aufmerksam zu.

Die Tänzer lassen sich in den Kreis zurückfallen, und zwei andere treten hervor. Ihre nackten Oberkörper glänzen im Schein der Flammen. Sie sind etwa in unserem Alter. Einer hat das pechschwarze Haar zu einem Pferdeschwanz zusammengebunden, der andere ist vollkommen kahl. Meine Sympathien gehören dem Typen mit dem Pferdeschwanz. Der ist wirklich scharf.

»Zweites Blut!«, ruft Gianpiero mit der dröhnenden Stimme eines Ringrichters.

Diese beiden Tänzer halten sich nicht mit Aufwärmen auf. Der Form halber machen sie ein paar Schritte und Handbewegungen und zücken dann, ohne den Tanz zu unterbrechen, ihre Stiefelmesser und zeigen dadurch, dass es jetzt ernst wird. Sie machen Vorstöße und ducken sich weg, geben dabei aber niemals ihr Lächeln auf. Ich kann nicht erkennen, wo der Tanz endet und der Kampf beginnt, ob sie wirklich versuchen, einander zu treffen, oder ob das nur ein Spiel ist. Plötzlich wirft sich der Pferdeschwanz nach vorne und scheint schon die Deckung des Kahlen durchbrochen zu haben, der jedoch ausweicht, weshalb der Pferdeschwanz in die Luft stößt. Anders der Kahle: Seine Klinge saust auf die Wange seines Gegners nieder und reißt eine Wunde hinein. Das Gesicht des Pferdeschwanzes ist blutüberströmt. Typisch für mich: Ich setze immer auf den sexy Typen, nie auf den besseren.

Jemand klopft mir auf die linke Schulter.

Ich drehe mich um. Vor mir steht ein Mann, der etwas kleiner ist als ich (und ich bin nun wirklich kein Riese). Er sieht aus, als habe er die siebzig schon überschritten und als sei jedes seiner Lebensjahre ein Stein gewesen, der ihn standhafter gemacht hat. Er trägt eine Cordhose und ein weißes Hemd, das oben offen ist und so den Blick auf ein glänzendes goldenes Kreuz freigibt. Auch an einem seiner Finger trägt er Gold: einen Ehering. Sein Gesicht ist von zwei Narben gezeichnet, eine auf der Wange, die andere auf der Oberlippe. Er ist so gefährlich, dass er es nicht zu zeigen braucht. Keine Pistole, kein Messer, und im Gegensatz zu den meisten anderen hier markiert er nicht den harten Typen, sondern stellt eine unscheinbare Miene zur Schau. Touristen würden ihn wahrscheinlich als »ein Original« bezeichnen. Wir Einheimischen dagegen hüten uns, irgendjemanden als irgendetwas zu bezeichnen.

Mit einer knappen Kopfbewegung fordert er uns auf, ihm zu folgen. Schweigend tun wir, wie uns geheißen. Er führt uns von der *ronda* weg zur Kohlengrube, wo er sich einen Teller *jummarieddi* geben lässt, für den er nichts bezahlen muss. Er nimmt einen Bissen und fragt: »War es das Mädchen?«

»Wie bitte?«, sage ich.

»War es das Mädchen, das Art in Schwierigkeiten

gebracht hat?« Er wendet sich an Mauro. »He, Grübler. Bring mir ein Glas, *sì*?«

Mauro nickt und eilt davon, um ihm Wein zu holen. Wenn dieser Kerl will, dass wir heute Abend seine Lakaien spielen, dann spielen wir heute Abend seine Lakaien. Wahrscheinlich bedanken wir uns anschließend noch dafür.

»Meinst du Carolina?«, frage ich.

»Die ist völlig unwichtig, diese Schlampe. Ich meine das andere Mädchen, das, in das Art verliebt war.«

Keiner von uns antwortet. *Das Mädchen, in das Art verliebt war.* Mauro kommt zurück und gibt dem Kerl seinen Wein.

»Wir wissen nichts von einem anderen Mädchen«, beteuert Fabio.

Der Mann nippt am Wein. Er scheint nachzudenken. »Ich bin Michele«, stellt er sich schließlich vor. »Wie ihr heißt, weiß ich. Art hat andauernd von euch gesprochen. Bei ihm hieß es immer: ›Meine Kumpels hier, meine Kumpels da‹.«

»Wie haben Sie ihn kennengelernt?«, will ich wissen.

»Er kam vor ein paar Jahren zu mir.«

»Nachdem …«

»Nachdem er das kleine Mädchen geheilt hatte«, sagt Michele.

»Dann stimmt das also.«

»Ja«, sagt Michele. »Es stimmt.«

Es spielt keine Rolle, ob ich das glaube oder nicht. Leute wie Michele haben immer recht, wenn schon nicht in der Theorie, dann doch in der Praxis, denn sie haben die Mittel, um einem klarzumachen, *wie sehr* sie recht haben. Wenn jemand wie Michele sagt, dass du der Lakai bist, dann bist du das auch. Wenn sie sagen, dass dein Kumpel Wunder vollbracht hat, dann hat er das auch.

»Noch etwas, wo wir gerade dabei sind«, sagt er. »Angeblich wollt ihr wissen, wer ihr Vater ist.«

Achtung!, schreit mein Instinkt. »Ich …«

»Ihr werdet nie mehr danach fragen«, unterbricht mich Michele. »Nie wieder.«

Ich nicke. Der König wünscht, unentdeckt zu bleiben, also wird er unentdeckt bleiben.

»Gut. Aber wir vier können uns unterhalten. Art ist ein prima Junge. Ich wünsche ihm nur das Beste.« Er leert in einem Zug das halbe Glas. »Als er das Mädchen geheilt hat, hat er von ihrem Vater drei Dinge gefordert: Er wollte die Erlaubnis, in Casalfranco ein bisschen mit Gras zu dealen, er wollte nie wieder behelligt werden, und er wollte, dass man ihn mit mir bekannt macht.«

»Von dem letzten Punkt wussten wir nichts«, sage ich.

»Rocco kann darüber nicht sprechen. Ich schon.«

»Bei allem gebotenen Respekt«, sagt Fabio, »aber wer sind Sie?«

Michele berührt mit einem Finger die Narbe auf seiner Wange. »Der Tanzmeister.«

Je mehr ich über Art erfahre, desto weniger verstehe ich ihn. »Heißt das, er wollte den Tanz der Schwerter lernen?«

»Er hat es glänzend gemacht. Der beste Schüler, den ich je hatte. Hat die *ronda* betreten, als könnte ihm nichts auf der Welt etwas anhaben. Er ging immer bis zum dritten Blut. Und hat öfter gewonnen als verloren.«

»Ich wusste gar nicht, dass er so eine Sportskanone ist.«

Michele wirkt ungehalten. »Der Tanz ist kein ›Sport‹. Man braucht dafür gewisse Fähigkeiten. Die meisten Tänzer besitzen diese Fähigkeiten, aber mehr auch nicht. Hin und wieder jedoch, sehr, sehr selten, gibt es einen wie Art.«

»Einen wie Art, das heißt …?«, fragt Fabio.

Ich sehe zu Mauro, der zu sehr aufs Zuhören konzentriert ist, um etwas zu sagen.

»Einen Mann, der in der Gnade des heiligen Rochus steht. Oder der selbst ein Heiliger ist.«

Ich wende meinen Blick von Michele ab und schaue zur *ronda* hinüber. Zweites Blut – der Tanz ist vorbei. Zwei neue Tänzer, jünger als die vorhergehenden, betreten den Kreis. Sie sind höchstens zwanzig. Die Zuschauermenge johlt noch lauter. »Erstes Blut!«, ruft Gianpiero.

»Dass Art ein Heiliger ist, wusste ich auch nicht«, sage ich.

»Was weißt du schon?«, blafft Michele mich an.

»Ich bin ein guter Christ.«

»Schön für dich. Aber vom Tanz hast du nicht die geringste Ahnung. Du denkst, da fuchteln ein paar Schlägertypen mit ihren Messern herum, *sì?*«

Auf diese Frage kann man nichts höflich entgegnen, also spare ich mir eine Antwort.

»Ihr habt nicht die geringste Ahnung«, wiederholt Michele. »Der Tanz gehört dem heiligen Rochus, und wir tanzen zu seinen Ehren. Durch die Bewegungen, die Musik, die Messer und das Blut – durch all das rufen wir ihn herbei, durch all das *sprechen* wir zu ihm. Der Tanz der Schwerter ist ein Gebet, und ich habe noch nie jemanden so beten sehen wie Art.«

Eine Zeit lang sagt niemand etwas. Es fällt mir schwer, die *taranta* und das Gejohle der Zuschauer als Gebet aufzufassen. Die Jungs in der *ronda* bekreuzigen sich nicht mit Weihwasser, sie fügen einander blutende Wunden zu.

Fabio bricht das Schweigen und sagt in einem Ton, der deutlich machen soll, dass er sich über diesen ganzen religiösen Kokolores erhaben fühlt: »Und wofür hat er gebetet?«

Michele sieht ihn an. »Du glaubst nicht an Gott, oder?«

»Leider nicht«, entgegnet Fabio und hält Micheles Blick

stand. »Aber das ändert nichts an meiner Frage. Ich habe noch nie einen glücklichen Menschen beten sehen. Wer betet, bittet um etwas.«

Michele verzieht das Gesicht. »Dann kommst du eben in die Hölle. Dein Problem. Aber du hast recht. Wir wenden uns an die Heiligen, wenn wir ihre Hilfe brauchen. Ganz schön egoistisch, oder? Wir alle bitten um das, was wir nicht haben: Geld, Gesundheit, Liebe.«

»Dieses Mädchen …«, sage ich.

»Ja?«

»Hat sie einen Namen?«

»Art hat nie gesagt, wie sie heißt. Er kann sehr vorsichtig sein, wenn er will. Er nennt sie *La Madama.*«

La Madama. Ich kann mich erinnern, dass Art mit diesen Worten von einer Frau gesprochen hat. Wir dachten alle, er würde damit Carolina meinen. Wann ist es endlich so weit, dass wir ihn nicht mehr am laufenden Band missverstehen? »Dann hat er also«, sage ich, »durch den Tanz … dafür gebetet, dass diese Frau ihn erhört?«

»Er hat den heiligen Rochus gebeten, er möge ihm im Umgang mit ihr helfen, *sì.*«

Ich versuche, mir ein Bild zusammenzusetzen. Fest steht, dass Art eine Affäre mit einer verheirateten Frau hatte und gleichzeitig in eine mysteriöse Dame verliebt war. So weit nichts Ungewöhnliches. Arts Begierden waren immer unersättlich, bis sie von heute auf morgen versiegten. Allerdings überrascht mich, dass er verliebt gewesen sein soll. Ich hätte nicht gedacht, dass Art so etwas wie Liebe überhaupt kennt. »Sie standen Art sehr nahe«, sage ich zu Michele.

»Kann man so sagen.«

»Wissen Sie, dass er an einem Buch gearbeitet hat?«

»*Das Buch der Verborgenen Dinge.* Er hat es mir nie gezeigt. Er hat es mir immer versprochen, aber nie getan.«

»Wann haben Sie ihn zum letzten Mal gesehen?«

»Letzte Woche«, antwortet Michele auf der Stelle. »Vor acht Tagen. Wir haben zusammen Kaffee getrunken.« Er richtet seinen Blick auf die *ronda* und macht uns damit unmissverständlich klar, dass er jetzt nicht abgelenkt werden will. Er beobachtet den Tanz, wie ein Kunstsammler eine Ausstellung in einer Galerie betrachtet. Nach einer Weile wendet er sich wieder zu uns. »Ihr glaubt, dass Art tot ist.«

Das ist keine Frage, also antworten wir nicht.

»Ihr sucht an der falschen Stelle«, fährt Michele fort. »Art war manchmal überheblich, und nicht alle sind mit ihm klargekommen, aber die Jungs hätten ihm kein Haar gekrümmt. Er hat das Leben eines wichtigen Menschen gerettet.«

»Steht Don Alfredo in euren Diensten?«, fragt Fabio.

Mir dreht sich der Magen um. Das ist eine der Fragen, die man nicht stellt. Niemals. Michele sieht Fabio an, so wie Typen wie er Typen wie uns ansehen, wenn sie überlegen, was ihnen weniger Scherereien macht: die Zunge des anderen weiterplappern zu lassen oder sie kurzerhand abzuschneiden. »Nein«, antwortet er.

»Aber er steckt irgendwie mit drin.«

»Er ist ein Mann der Kirche.«

»Er ist ein Arschloch.«

Die Bewegung kommt so schnell, dass ich ihr kaum folgen kann. Michele verpasst Fabio einen Schlag, von oben nach unten und so fest, dass Fabios Lippen aufplatzen und bluten. Ich balle die Faust, bereit loszulegen. Bei einer Schlägerei lässt man seine Freunde nicht im Stich, auch wenn es klüger wäre. Hier draußen halten wir keine zwei Minuten durch.

Fabios Augen blitzen vor Wut auf. Er tastet nach der blutenden Stelle.

Michele verschränkt die Arme und sieht ihn herausfordernd an. »Ein Diener Gottes verdient unter allen Umständen Respekt«, erklärt er.

Einen Moment lang sieht es so aus, als würde Fabio gleich eine Dummheit begehen. Er tut es nicht, sondern entschuldigt sich, und ich öffne meine Fäuste und kann wieder für die Zukunft planen.

Michele geht nicht weiter auf ihn ein. Stattdessen wendet er sich an mich und tätschelt mir freundschaftlich die Wange. »Wenn ihr etwas über Art herausfindet«, sagt er, »gebt ihr mir Bescheid, *sì?* Elena hat meine Nummer.«

19

Als wir nach Casalfranco und in die moderne Welt zurück fahren, kreisen meine Gedanken um Elena, Heilige, Trommeln und Messer. Fabio sitzt neben mir und starrt mit finsterer Miene aus dem Fenster, und auf dem Rücksitz fummelt Mauro an seinem Handy herum.

»Wenn ich das richtig verstanden habe, arbeiten wir jetzt für die Corona, oder?«, sagt Fabio.

»So würde ich das nicht formulieren«, entgegne ich. »Wir tun nur dem … ›Tanzmeister‹ einen Gefallen.«

»Bleibt uns ja nichts anderes übrig.«

»Da hast du recht.«

»Ich habe auf dem Parkplatz nach dem weißen Mercedes Ausschau gehalten. Es war so dunkel, dass ich nicht alles gesehen habe, aber ich glaube nicht, dass er da war.«

»Er war nicht da«, sagt Mauro.

»Na so was«, sage ich. »Kannst du wieder sprechen?«

Mauro hebt den Blick nicht von seinem Telefon. »Mein Kontakt hat mir gerade wegen des Mercedes geantwortet. Ich glaube nicht, dass das die Corona ist.« Im Rückspiegel sehe ich, wie er die Stirn runzelt. »Nein, das ist definitiv nicht die Corona.«

FABIO

1

»Ich werde dir nie verzeihen, dass du meinen Plan durchkreuzt hast«, sagte Art und legte Mauro die Hände auf die Schultern.

»Und der wäre gewesen?«, fragte Mauro.

»Die Messe schwänzen. Hinter der Kirche steht eine nette kleine Bank. Ein idealer Ort zum Lesen.«

»Du willst doch nicht ernsthaft bei meiner Hochzeit fehlen!«

»Jetzt hab dich nicht so. Das eigentliche Ding ist doch die Feier danach. Noch Jahre später werden die Leute darüber reden, was wir gegessen haben, wer sich besoffen hat und wer wen angebaggert hat. Aber die *Messe* ist doch schon morgen vergessen! Das ist sowieso immer dasselbe: Pfarrer, Ringe, Kuss und Ende.«

Auch ich hatte darauf spekuliert, die Messe zu schwänzen, aber Mauro war hart geblieben. Er wollte Art, Tony und mich als Trauzeugen. Mauros Bruder war aus der Verantwortung entlassen, offiziell, weil er sich in Mailand einer obskuren buddhistischen Schule angeschlossen hatte, tatsächlich aber, weil Mauro nicht mit absoluter Sicherheit ausschließen konnte, dass sein Bruder während der Zeremonie einen LSD-Trip schmiss.

So kam es, dass ich nur wenige Schritte vom Geschehen entfernt stand, im schwarzen Anzug, mit weißem Hemd und einer schmalen schwarzen Krawatte, als Mauro Anna einen goldenen Ring ansteckte und sie küsste. Anna trug ein langes, schlichtes weißes Kleid, auf dessen Oberteil ein Blumenmuster gestickt war, aber keinen Schleier. Das Kleid selbst war hochanständig, aber die Art, wie es ihren Körper umschloss, brachte meine Fantasie zum Rasen. Bilder jagten mir durch den Kopf, von all dem, was ich mit der Braut auf dem Altar gern angestellt hätte. Einmal hatte ich tatsächlich in einer Kirche Sex gehabt (während Katalogaufnahmen in einem hübschen Städtchen in der Toskana, bei denen ich eine einfältige, untalentierte, aber gut aussehende zwanzigjährige Fotografiestudentin kennengelernt hatte, deren Mutter die Schlüssel zur Kirche des Ortes besaß), und das war toll gewesen. Aber mit Anna? Sex mit Anna auf einem Altar wäre das Höchste. Obwohl sie gerade einen Typen heiratete, der lieber mich als Trauzeugen genommen hatte als seinen eigenen Bruder.

Wenig später stand ich vor der Kirche, in meinem schwarzen Anzug und mit meiner Ray-Ban-Sonnenbrille, als die Frischvermählten herauskamen und durch die Reiskörner liefen, die Freunde und Verwandte auf sie herabregnen ließen. Ich bewarf die beiden wie ein Verrückter – um meine Begeisterung zu zeigen oder meinen Frust loszuwerden, ich weiß es nicht. Nach der Messe brachte ich die Gäste zu den Autos. Ich selbst fuhr mit Art bei Tony mit, zusammen mit zwei Cousinen Mauros im Teenageralter, die während der ganzen Fahrt kein einziges Mal von ihren Handys aufsahen. Irgendwo auf der Strecke zwischen der Kirche und dem Restaurant schaffte ich es, nicht mehr an mich und Anna und das Klatschen eines nackten Hinterns auf einem Marmoraltar zu denken.

Anna und Mauro hatten sich für das *L'Acacia* entschieden,

ein Restaurant am Strand, das wie viele andere an diesem Küstenstreifen erst kürzlich eröffnet hatte. Von Norden her wehte sanft die Tramontana, und es war ein vergleichsweise kühler Julinachmittag. Das fast reglose Meer glich einer Vitrine, in der Sand, Felsen und Fische wie Schätze ausgebreitet lagen. Die Tische standen teils im Sand, teils auf einer hölzernen Terrasse unter einer Pergola. Alles war in Weiß gehalten, die Tische und Stühle, die Terrasse und die Pergola. Außer zum Meer hin war das Lokal auf allen Seiten von den Akazien umstanden, denen es seinen Namen verdankte, sowie von Wacholderbüschen und Bougainvilleen in den leuchtendsten Farben.

Wir kamen am späten Nachmittag an, als die Sonne dem Wasser, dem Himmel und der weißen Ausstattung schon einen orangefarbenen Schimmer verlieh. Die Männer waren alle mehr oder weniger so angezogen wie ich – schwarzer Anzug, weißes Hemd. Die meisten trugen noch ihre Sonnenbrillen. Die Frauen waren etwas einfallsreicher gekleidet, allerdings vermisste ich den Wald von Hüten, wie ich ihn von britischen Hochzeiten kannte. Gerade als ich dachte, dass ein solches Setting einen Klatschfotografen bestimmt zu ein paar kitschigen Schnappschüssen verleiten würde, fing der für die Feier engagierte Fotograf an, genau das zu tun, und drängte die Gäste dazu, sich mit dem Rücken zum Meer hinzustellen oder mit verzückter Miene in den Himmel zu starren, als hätten sie gesehen, wie ein rauschebärtiger Gott der Ehe seinen Segen gab. *Das ist der Tod der Schönheit,* dachte ich.

»Du brauchst einen Drink«, sagte Art und hielt mir eines der beiden Gläser mit Weißwein hin, die er besorgt hatte. Zwischen seinen Lippen steckte eine noch nicht angezündete Selbstgedrehte.

Ich nahm das Glas. »Ich brauche *Drinks.* Plural.«

Art stellte sein Glas auf die weiße Tischdecke eines der weißen Tische und holte eine Streichholzschachtel aus der Tasche. Er zündete die Zigarette an und schüttelte das Zündholz aus. »Wie geht's dir immer so?«

»Warum fragst du?«

»Einfach so.«

»Mich langweilt das hier. Aber ich bin glücklich.«

»Als Teenager verliebt, jetzt verheiratet. Ist das nicht rührend?«

»Höre ich da einen Hauch von Zynismus?«

»Anna ist in Ordnung.«

»Aber?«

Art nahm einen Zug. »Aber Mauro wird es unerträglich finden, verheiratet zu sein. Und Anna auch.«

»Du hast zu allem eine Meinung, oder?«

»Weißt du doch.«

Ich steckte mir eine Zigarette an. Damals war meine finanzielle Situation nicht ganz so verheerend wie heute, aber sie verschlechterte sich rasant, und ich spielte schon mit dem Gedanken, selbst zu drehen oder ganz mit dem Rauchen aufzuhören (was ich dann beides nicht getan habe). »Soll das heißen, du glaubst, dass Mauro schon vor langer Zeit einen Fehler gemacht hat?«

»Er hätte kein Jurist werden sollen. Das passt nicht zu ihm.«

»Und du weißt besser als er selbst, wie er sein Leben leben soll?«

Bevor Art antworten konnte, unterbrach Tony unser Gespräch, legte uns die Arme auf die Schultern und sagte mit breitem Grinsen: »Die Antipasti sind da. Und mein lieber Scholli, die sehen vielleicht gut aus.«

Art hatte recht gehabt. Bei einer italienischen Hochzeit geht es nur um eines: ums Essen. Ja, es gibt auch die Messe, ja, man trifft Freunde wieder, die man seit Ewigkeiten nicht gesehen hat, und Verwandte, die man nur selten zu Gesicht bekommt. Vielleicht wird auch ein bisschen getanzt, und der Wein fließt in Strömen. Aber im Grunde geht es nur ums Essen. Ich habe Feiern erlebt, die wahre Fressorgien waren und sechs oder sieben Stunden gedauert haben. Ein Gang folgt auf den anderen, und nach einer Weile verschwimmen sie miteinander, und man ist so vollgestopft, dass man die einzelnen Gerichte nicht mehr voneinander unterscheiden, geschweige denn genießen kann. Annas und Mauros Hochzeit war dank Anna nicht ganz so schlimm. Sie hatte zugestimmt, im Süden zu feiern, sich dafür aber in Sachen Hochzeitsmenü durchgesetzt: Es würde reichhaltig sein, das ja, aber nicht so, dass man davon ohnmächtig wurde.

Vielleicht liegt es an dieser relativen Leichtigkeit, vielleicht auch an meinem Gemütszustand an diesem Abend, jedenfalls kann ich mich noch an alle Gänge erinnern und an die Reihenfolge, in der sie serviert wurden. Zu trinken gab es Wasser, Primitivo und Pinot Grigio. Als Antipasti gab es Parmaschinken, Honigmelone, Auberginenrouladen, einen ganzen Laib Parmesan samt Messer, um Stücke davon abzuschneiden, eingelegte rohe Sardellen, Rindercarpaccio mit Chili, Meeresfrüchtesalat aus Oktopus, Garnelen und Sellerie, dazu in rauen Mengen *'mpepata,* sautierte Muscheln mit schwarzem Pfeffer. Dann ließen wir uns vorzügliche hausgemachte Pasta mit Scampi schmecken, eine Fischsuppe, Zitronensorbet (die Geheimwaffe für Hochzeiten, denn es räumt den Magen auf, sodass man problemlos weiteressen kann), gegrillten Thunfisch und gegrillte Garnelen, frittierte Meeresfrüchte (Tintenfisch, Babytintenfisch, Shrimps) und gegrilltes Gemüse (Auberginen, Paprika und Zucchini, angemacht mit Olivenöl, Salz und Minze). Zum Schluss das Dessert: eine Auswahl lokaler Mandelspezialitäten, Eis – und die Hochzeitstorte. Wie gesagt, ein bescheidenes Mahl.

Mauro und Anna hatten uns drei an einem Tisch zusammen mit einem schwulen Cousin von Anna und zwei ihrer Freundinnen platziert. Wir hatten uns erst einen Monat zuvor gesehen, zum Treffen des Paktes, hatten uns aber dennoch wie immer eine Menge zu erzählen, weshalb wir – was den anderen gegenüber ziemlich unhöflich war – den ganzen Abend nur miteinander sprachen. Im Juni hatte Art erzählt, dass er in Paris lebte und dort als Tellerwäscher in einem Striplokal arbeitete (kein angesagter Laden, eher *Titty Twister* als *Moulin Rouge*). Er hatte sich einer Gruppe angeschlossen, die von einem Typen geleitet wurde, der sich selbst als »Punkpoet« bezeichnete und sich lose auf die Werke eines gewissen Éliphas Lévi stützte, eines französischen Sozialmystikers aus dem 19. Jahrhundert. Als ich ihn gefragt hatte, warum er dort mitmachte, hatte er geantwortet: »Warum nicht?« Wie es typisch für ihn war, hatte er mittlerweile das Interesse daran verloren und spielte mit dem Gedanken, nach Italien zurückzugehen, genauer gesagt nach Neapel, wo er noch nie gelebt hatte. Ein Freund eines Freundes könnte ihm dort (wahrscheinlich, vielleicht) eine Stelle in einer Buchhandlung verschaffen. Arts berufliche Entwicklung, oder vielmehr das Ausbleiben jeder Entwicklung, hatte uns anfangs zu gleichen Teilen verwundert und beunruhigt, bis wir es irgendwann als Tatsache akzeptierten.

Die Hochzeitstorte war ein dreistöckiger Turm aus Biskuit, der vor Rum und Kaffee nur so troff und mit weißer Glasur überzogen war. Obenauf standen zwei kleine Figuren: eine Frau, die in einem alten Folianten las, und ein Mann in einer schwarzen Anwaltsrobe. Die echte Anna und der echte Mauro stellten sich hinter die Torte. Sie legte ihre

Hand auf seine. Er schnitt das erste Stück ab, die Gäste jubelten, und das Brautpaar küsste sich erneut.

»Jetzt«, sagte Tony.

Art stand auf. »Liebe Festgesellschaft!«, rief er.

Anna und Mauro drehten sich, noch ganz ineinander verschlungen, nach ihm um. Die Gäste verstummten.

Art breitete die Arme aus, als wollte er die Hochzeitsgesellschaft segnen. »Unser Freund Mauro heiratet heute. Das machen Jungs so, wenn sie ein gewisses Alter erreicht haben. So weit, so gut.« Er erhob sein Glas. »Und dieser Glückspilz hat noch dazu eine Frau abbekommen, die in einer ganz anderen Liga spielt als er.« Gelächter in der Menge. »Und wir stoßen aus ganzem Herzen auf ihn an, auf sie beide, und auf ihre gemeinsame Zukunft. Aber: So glänzend die Zukunft auch sein mag, die ihnen bevorsteht, dürfen wir doch niemals die Vergangenheit vergessen. Denn die Zukunft beginnt hier und jetzt, aber die Vergangenheit hat uns in dieses Hier und Jetzt geführt. Die Vergangenheit ermöglicht die Zukunft erst, sie ist unser Kompass für die Zukunft.«

Auf dieses Stichwort hin traten zwei Ober zu Mauro und Anna. Sie trugen eine große, flache Schachtel, die in schwarzes Papier gewickelt und mit einer gigantischen roten Schleife versehen war.

»Das ist unser Geschenk für unseren Freund. Anna, du sollst dabei nicht außen vor bleiben. Ich bin sicher, auch du wirst deine Freude daran haben.« Er hielt kurz inne, während die Ober die Schachtel vor Mauro auf den Tisch legten. »Das ist deine Vergangenheit. Und wir hoffen, dass es auch ein Teil deiner Zukunft sein wird.«

Mauro lächelte, murmelte etwas und öffnete die Schachtel.

Darin lag eine E-Gitarre, eine rot-weiße Stratocaster. Art

hatte die Idee dazu gehabt, und Tony und ich hatten den Großteil des Geldes beigesteuert (eigentlich konnte ich mir das nicht leisten, wovon die anderen aber nichts wussten). Auch wenn man es nicht vermutet hätte, wenn man Mauro jetzt so sah – er war früher ein ziemlich guter Gitarrist gewesen.

Er nahm das Instrument in die Hand. Er schien völlig überwältigt. »Aber Jungs ...«

»Komm schon, leg los!«, sagte Tony.

»Ich habe seit Ewigkeiten keine Gitarre mehr in der Hand gehabt.«

»Jetzt spiel schon, mein Kleiner!«, rief eine betrunkene Tante. »Auf geht's!«

»Auf geht's!«, wiederholte ich, und kurz darauf rief die ganze Gesellschaft im Chor: »Auf geht's! Auf geht's! Auf geht's!«

Achselzuckend hängte Mauro sich die Gitarre um und nahm das Plektron zur Hand. Dann ging er, theatralisch und lässig, auf die kleine Bühne, die für die Band aufgebaut worden war, steckte das Kabel in den Verstärker und spielte einen Ton. Er stimmte die Gitarre, spielte noch einmal kurz und stimmte nach.

Eine halbe Stunde später spielte er zusammen mit der Band. Die Leute tanzten im Mondlicht am Strand, alle betrunken und glücklich. Tony stand etwas abseits und belaberte einen jungen Mann aus Annas Verwandtschaft. Art tanzte und zuckte dabei unbeholfen herum, als wüsste er nicht, was er mit seinen Hüften und Armen anfangen sollte, kümmerte sich aber einen Dreck darum. Ich saß allein an einem Tisch, rauchte, trank Fernet und beobachtete das Geschehen.

»Das ist ein tolles Geschenk«, sagte Anna. Sie hatte sich der Aufmerksamkeit der Gäste entziehen können, vor allem weil diese mittlerweile mehr an Musik und Drinks interessiert waren als daran, der Braut Komplimente zu machen. Sie setzte sich zu mir.

»Das war Arts Idee«, sagte ich.

»Dachte ich mir schon. Stimmt es, dass er aus Paris weggehen will?«

»Sieht so aus.«

»Warum tanzt du nicht?«

Ich klopfte meine Zigarette an einer der Kokosnusshälften ab, die als Aschenbecher dienten. »Ich steh nicht so auf große Gruppen.«

Sie stand auf und ergriff meine Hand. »Komm mit.«

»Wohin?«

Sie lachte und wiederholte nur: »Komm mit.«

Wir verließen das Treiben der Menge und gingen zum Strand. Anna war barfuß. Ich zog meine Church's-Schuhe und meine Paul-Smith-Socken aus, Erinnerungen an eine bessere finanzielle Lage, und rollte die Hosenbeine hoch. Wir ließen das L'Acacia zurück und gingen den Strand entlang. Das Wasser war angenehm warm. Die Musik klang durch die Nacht, aber jetzt mischte sich das regelmäßige Rauschen des Meeres darunter. Wellen gab es so gut wie keine, das Meer war so ruhig wie der sternenbedeckte, vom Mond erhellte Himmel. Anna ließ sich in den feuchten Sand fallen, und ich setzte mich neben sie. »Tut das gut, wenn es ein bisschen ruhiger ist«, sagte sie.

»Ist das Eheleben anstrengender, als du dachtest?«

Sie lachte. »Lauter.«

Ich zog ein Päckchen Gras aus der Hosentasche. »Von Art. Er behauptet, das Gras, das er in Paris anbaut, hat einen Nachgeschmack von Pastis.«

Sie deutete mit dem Kopf in Richtung des Lokals. »Rock'n'Roll für meinen Mann, Drogen für mich.«

»Aber Sex für keinen von euch beiden«, sagte ich und bereute es sofort.

»Das holen wir später nach. Aber rauchen werde ich heute Abend nicht.«

Mit zitternden Fingern rollte ich einen Joint. Ein vernünftiger Mann wäre jetzt aufgestanden und unter irgendeinem Vorwand gegangen. Ich zitterte nicht, weil ich fror oder betrunken war, sondern weil ich mich bemühte, die sexuelle Erregung zu unterdrücken, die in mir tobte.

»Wir hatten kaum Zeit, miteinander zu reden, wir beide«, sagte Anna, während ich rauchte.

»Das ist so bei Hochzeitsfeiern.«

»Wie läuft es so in Fabios Welt?«

»Ich hab eine neue Freundin.«

»Echt?«

»Ja. Sie ist indischer Abstammung. Aber in London geboren. Sie heißt Ruhi.« Das war vor Lara. Ruhi war Model. Wir hatten beruflich miteinander zu tun gehabt. Fotografen und Models fangen andauernd etwas miteinander an, aber die wenigsten dieser Beziehungen sind von Dauer.

»Schön für dich.«

Ich lächelte und hielt ihr den Joint hin. »Und schön für *sie.*«

Anna knuffte mich leicht. »Ich hab doch schon Nein gesagt.«

Ich nahm einen Zug. »Sonst gibt's nicht viel Neues.« Jedenfalls nichts, was ich hätte erzählen wollen. Nichts, was mich als kultiviert, bedeutend oder respektabel hätte dastehen lassen.

»Aber bei mir gibt's was Neues.«

»Hast du geheiratet?«

»Nicht nur das.«

»Bist du schwanger?«

Sie sah mich verdutzt an. »Woher …?«

Ich hielt den Joint hoch. »Du hast noch nie einen Zug aus einer von Arts Wundertüten abgelehnt«, sagte ich mit gespielter Nonchalance. »Und heute Abend hast du nur ein Glas Prosecco getrunken, ich hab's genau gesehen.«

»Hast du mich den ganzen Abend beobachtet?«

»Ich habe die beiden Stars der Aufführung nicht aus den Augen gelassen. Was sagt Mauro denn dazu?«

»Er weiß es noch nicht.«

»Glaubst du, er flippt aus?«

»Nein, überhaupt nicht. Das war ja geplant. Ich hebe es mir als Überraschung für den letzten Tanz auf. Aber wahrscheinlich ist ihm auch aufgefallen, dass ich nichts getrunken habe, also ist es eigentlich gar keine Überraschung mehr.«

»Freust du dich?«

»Ein bisschen Angst habe ich auch.«

»Du wirst das klasse machen. Die ultimative *yummy mummy.*«

»Karriere und Baby zugleich schaukeln, das wird nicht ohne.«

»Für dich und Mauro? Ihr macht das doch mit links.«

Anna stand auf. »Ich hab Lust zu schwimmen. Das Meer ist einfach perfekt. Hilfst du mir mal?«

Ich stellte mich hinter sie und zog den Reißverschluss ihres Kleids herab, der wie von selbst aufging. Kaum hatte ich ihn geöffnet, fiel das Kleid über Annas Schultern, ihre Arme, ihren Po und ihre Beine zu Boden. Sie trug keinen BH, sondern nur einen weißen Slip. Sie hatte keine Scheu, sich nackt zu zeigen. Sie hatte bis zu ihrem zwölften Lebensjahr in Deutschland gelebt, wo ihr Vater als Ingenieur gearbeitet hatte, und hatte in ihrer Kindheit das Nacktsein als etwas völlig Normales kennengelernt. Mit achtzehn hatte sie zum ersten Mal oben ohne in der Sonne gelegen. Wir alle hatten ihre Brüste gesehen, also war das für mich jetzt bei Weitem nicht das erste Mal.

»Danke«, sagte sie und ging los.

Wie gelähmt stand ich da und sah zu, wie sie ins Wasser tauchte.

Ich öffnete meinen Gürtel. Ich wusste, wenn ich jetzt auch nur den Bruchteil einer Sekunde nachdachte, würde mein Gehirn mich zurückhalten, und das wollte ich nicht. Hastig zog ich meinen schwarzen Anzug aus, die schmale Krawatte, das weiße Hemd und die Boxershorts. Splitternackt sprang ich ins Wasser.

Das Wasser war lauwarm. Ich tauchte mit dem Kopf unter, um mich ganz vom Meer umfassen zu lassen, und schwamm zu Anna. Sie war bis zum Kinn im Wasser, hatte aber noch festen Halt auf dem weichen, sandigen Boden.

»Willkommen«, sagte sie.

Ich packte sie an den Hüften und zog sie an mich. Sie widersetzte sich nicht, sondern bot mir bereitwillig ihre Lippen dar und nahm meine Zunge in sich auf. Ich strich ihr über die Zähne und spürte, wie sich ihre Zunge in meinem Mund bewegte. Dann legte sie mir die Hände auf die Schultern, drückte sich ab und schlang die Beine um meine Hüften. Das Gefühl des weichen Stoffes ihres Slips auf meinem Ständer brachte mich fast um den Verstand. Mit zwei Fingern zog ich den Stoff zur Seite und drang dann mit meinem gekrümmten Mittelfinger in sie ein. Sie war feucht, aber anders als das Wasser um sie herum.

Sie stöhnte auf.

Ich fingerte sie weiter, und als ich keine Kraft mehr hatte, die Finger noch länger zu bewegen, ließ ich von ihr ab. Sie hielt sich an mir fest und schmiegte ihren perfekt gerundeten Hintern in meine Hände. Ich führte die Spitze meines Schwanzes an den Rand ihres Höschens.

Sie nickte.

Ich drang in sie ein, drückte sie mit den Händen zu mir und stieß mit den Hüften nach vorne. Schwerelos schien sie im Wasser zu schweben. Ich fickte sie, und das war umwerfend, aber es war mir nicht genug. Ich wollte sie noch mehr ficken, ich wollte sie so sehr wie möglich ficken, ich wollte aus dieser einen Gelegenheit alles herausholen, was nur ging. Ich streckte einen Finger zu ihrem Po aus und zog mit der Fingerspitze kleine Kreise. Dann steckte ich ihn hinein. Anna biss mir in die Schulter, um nicht zu schreien, und ich steckte den Finger tiefer hinein, während ich weiter mit den Hüften zustieß und an ihrem Ohrläppchen knabberte. Sie schmeckte nach Schweiß, nach Haut, nach salzigem Wasser.

Ich hielt mich zurück, bis sie gekommen war oder zumindest so getan hatte.

Als ich gekommen war, wurde ich traurig, weil ich wusste, dass es jetzt vorbei war, und ich wünschte, ich könnte sofort wieder von vorn anfangen und sie vögeln, bis der neue Tag anbrach, und dann sehen, wie die Sonne aufging, während unsere nackten Körper miteinander verschmolzen.

Als wir zurück zur Feier gingen, waren unsere Haare nass und wir erzählten, wir wären Schwimmen gewesen. Niemand schöpfte Verdacht, nicht einmal die betrunkenen alten Tanten. Sie alle wussten, dass ich für Mauro wie ein Bruder war.

Das war vor sechs Jahren. Damals waren Anna und ich zum letzten Mal miteinander allein. Jetzt sind wir es wieder. Weil Art verschwunden ist.

»Ist das einsam genug?«, fragt sie.

Ihre Stimme reißt mich aus meinen Gedanken. Ich stehe in der sonnenverbrannten Gegend um Casalfranco, mit dieser Frau – dieser absolut außergewöhnlichen, sagenhaften Frau –, die sich noch einmal für mich ausziehen will.

»Ja«, sage ich. »Ja, das ist weit genug.«

2

Das erbarmungslose Licht der Mittagszeit ist ideal. Unsere antiken Vorfahren glaubten, um diese Zeit trieben die *demoni meridiani* ihr Unwesen, die unheilvollen Dämonen der Mittagsstunde. Wenn die Sonne dermaßen stark ist, kann die Mitte des Tages so unheimlich wirken wie die tiefste Stunde der Nacht.

Der Himmel ist stahlblau, die Erde feuerrot. Wir parken am Rand einer einsamen Straße und folgen einem Weg auf eines der rötlichen Felder. Beide tragen wir Sonnenbrillen und Kopfbedeckungen, ich eine ausgeleierte Baseballkappe, die ich bei meinem Vater gefunden habe (nachdem er mir gesagt hatte, dass er Alzheimer hat, habe ich beschlossen, bei ihm zu wohnen), Anna einen breitkrempigen Hut, mit dem sie wie eine Diva aus einem Film von Fellini aussieht. Vereinzelt stehen Johannisbrotbäume und Olivenbäume in der Landschaft, gelegentlich auch ein Feigenkaktus, doch abgesehen davon wachsen hier nur niedrige Büsche und Gestrüpp. Nichts schützt uns vor den Photonen, die die Sonne mit explosiver Gewalt auf das Raumschiff *Erde* schleudert, wo sie mit der Wucht von Kanonenkugeln aufschlagen.

»Fotos oder Picknick, womit fangen wir an?«, fragt Anna.

»Mit den Fotos, wenn du einverstanden bist.«

»In Ordnung.«

Das Gelände steigt leicht an – *sehr* leicht –, aber weil die Umgegend so flach ist, bildet die Stelle hier durchaus eine nennenswerte Erhebung. Als Anna die Anhöhe hinaufgeht, erkenne ich sofort, dass das hier die perfekte Szenerie ist: der Kontrast zwischen Himmel und Erde, dazwischen Anna, die beide verbindet, umspielt von einem Licht, das ihren Körper in eine Sphäre höherer Wirklichkeit rückt. Anna, die Göttin des weiten Landes.

»Wie hättest du mich denn gern?«

»Das fragst du noch?«

Sie grinst, nimmt den Hut ab, und ich muss daran denken, wie ich mich beim ersten Mal gefühlt habe, als Marta D'Antonio ihren BH ausgezogen hat. Anna schlüpft aus ihrem langen, bunten Kleid und zieht ihr Oberteil aus. Darunter trägt sie einen Bikini. Es ist derselbe, den sie neulich am Strand in Gesellschaft ihres Mannes und ihrer Kinder getragen hat, aber hier haftet selbst diesem Bikini der Hauch des Verbotenen an.

»Du weißt, dass ich die Aufnahmen in meinem Buch verwenden werde?«

»Du hast es mir oft genug gesagt.«

»Ich mache mir nur Sorgen um deine Karriere.«

Sie greift hinter sich und knüpft das Bikinioberteil auf. »Der Rektor ist ein sexistisches Schwein, aber nicht so dumm, auch nur ein Wort über eine ordentliche Professorin zu verlieren, die mit ihrem Körper macht, worauf sie Lust hat.«

Wie soll man sich in so eine Frau nicht verlieben?

Das Oberteil fällt zu Boden. Ihre Brustwarzen sind nur wenig dunkler als die helle Haut, die sie umgibt. Ich habe schon Hunderte nackter Frauen gesehen, ich habe auch Anna schon nackt gesehen, aber der Moment, in dem man

Brustwarzen zu Gesicht bekommt, hat immer etwas Magisches. Sie sind das Tor zu einer anderen Welt, sie führen aus dem grauen Alltag an einen Ort der Verzückung. Anna schlüpft aus der Bikinihose und steht dann nackt vor mir, auf ihren Lippen das nie endende Lächeln.

»Du bist hinreißend«, sage ich. Ich schiebe mir die Sonnenbrille auf den Kopf – ich will unbedingt das Licht und die Farben so sehen, wie sie wirklich sind.

»Ich weiß«, entgegnet Anna.

Ich bin erregt. Das passiert mir oft bei der Arbeit. Brüste, Hintern und Beine machen mich immer noch so an wie eh und je. Schönheit wird niemals zur Gewohnheit, und im ganzen Universum gibt es keine Form der Schönheit, die der einer nackten Frau gleichkommt. Ich schäme mich nicht, das zu sagen, und ich fühle mich dabei auch nicht schuldig. Zugegeben, ich bin Fotograf geworden, damit sich Frauen für mich ausziehen, aber mittlerweile bin ich Profi und habe (nicht ohne Fehltritte) gelernt, welche Verantwortung mir dabei zukommt: Ich bin derjenige, der diese Schönheit anderen zugänglich macht, der sie verewigt und aus der Gebundenheit an Ort und Zeit herauslöst, sie in alle Ecken der Welt verbreitet und an zukünftige Generationen weitergibt. Ich *will* erregt sein, wenn ich meine Models nackt sehe. Diese Energie bündele ich durch meine Kamera und halte sie dauerhaft in meiner Arbeit fest. Erregung ist die natürliche Reaktion auf Schönheit und auch selbst ein Ausdruck von Schönheit.

Dieses Shooting mit Anna, die nackt vor mir steht, und die Kamera in meiner Hand, fühlen sich nach den Neuigkeiten über meinen Vater an, als würde ich in der Wüste auf eine Quelle mit frischem Wasser stoßen, nachdem ich vom Weg abgekommen bin.

»Dreh dich um«, sage ich zu Anna. Am Set verschwende

ich keine Zeit mit »Bitte« und »Danke«. Ich bin nicht so ein Arsch wie andere Fotografen, aber der Respekt äußert sich bei mir durch Bewegungen, nicht durch Worte. Je weniger wir sprechen, desto eher können wir, das Model und ich, gemeinsam etwas erschaffen. Ein gutes Shooting ist wie Sex, zu viel Reden stört da nur.

Wir arbeiten über eine Stunde lang und machen nur ein paar kurze Pausen, in denen wir uns mit Eistee erfrischen. Durch die Linse betrachtet, ist Anna noch schöner, als ich sie in Erinnerung hatte. Die dünnen Streifen auf ihrem Bauch und ihrem Hintern erzählen von einem erfüllten Leben, von Abendessen und geleerten Gläsern mit Freunden, von ihren Kindern und von ihren Bemühungen, nach den Geburten wieder in Form zu kommen. Anna pflegt ihre Schönheit, macht sich damit aber nicht verrückt. Sie sollte auf den Titel meines Buches kommen. Und sie sollte auch die Einleitung schreiben.

Wie jedes Mal weiß ich irgendwann, dass das Shooting vorbei ist. Ich kann das nicht erklären, aber ich habe gelernt, dieses Gefühl zu respektieren. Aber diesmal will ich nicht aufhören. Wenn ich »Das war's« sage, zieht Anna sich wieder an und bedeckt ihre Brüste, und es wird sich anfühlen, als hätte die Welt auf alle Ewigkeit ihren Zauber verloren. Anna ist Mauros Frau. Und in London wartet Lara auf mich.

Zwei simple Wahrheiten, die ich nicht vergessen darf.

»Das war's«, sage ich.

3

Wir sitzen im Schatten eines der verstreut stehenden Johannisbrotbäume. Sein dicker Stamm lässt ahnen, dass er sehr alt ist. Anna hat ihren Bikini wieder angezogen, sonst jedoch nichts. Selbst im Schatten ist es zu heiß für Kleidung. Ich habe meine Jeans an, aber das T-Shirt ausgezogen.

»Sind die Aufnahmen was geworden?«, fragt sie.

»Ein paar davon sind garantiert exzellent.«

»Deine Bescheidenheit ist wirklich beeindruckend.«

»Das war ein Kompliment für das Model.«

Wir sitzen auf einer Decke und essen Sandwiches mit Parmaschinken und Mozzarella. Anna hat eine Kühltasche mitgenommen, die der Kraft der Sonne widerstanden und die Flaschen einigermaßen kühl gehalten hat. In dieser Hitze Bier zu trinken, ist nicht besonders klug. Uns wird noch wärmer werden, und wir werden noch mehr schwitzen. Aber im Moment ist das alles einfach so angenehm, dass es uns nicht kümmert.

»Auf Mauro«, sage ich und lasse meine Flasche gegen Annas klacken, »und darauf, dass er sich heute um die Mädchen kümmert.«

»Das ist nur fair, wenn man bedenkt, wie oft er mich in diesem Urlaub schon mit ihnen allein gelassen hat«, sagt sie. »Das sollte ein Familienurlaub werden, und keine Woche mit den Kumpels.«

»Scheint, als hätten wir euch das vermasselt.«

Anna zuckt mit den Schultern und lacht ein wenig. Mit ihren Worten bringt sie mindestens drei Dinge zum Ausdruck. Oberflächlich betrachtet, beklagt sie sich einfach nur.

Wenn man etwas genauer hinhört, erkennt man, dass sie es in gewisser Weise auch scherzhaft meint. Aber es gibt noch eine dritte Schicht, die nur jemand sehen kann, der Anna gut kennt, und in der sich eine tief sitzende Wut verbirgt. Während der Aufnahmen habe ich an ihr etwas bemerkt, das mir noch nie zuvor aufgefallen ist. Eine Form der Unzufriedenheit. Eine Spur von Enttäuschung.

»Mauro glaubt, dass Art …«, hebt sie an, verstummt dann aber wieder. »Tut mir leid, vielleicht willst du ja gar nicht darüber sprechen.«

»Ich muss auch dauernd daran denken.«

»Mauro glaubt, dass Art tot ist.«

»Allmählich glaube ich das auch«, sage ich. »Obwohl ich immer noch auf ein Wunder hoffe. Vielleicht geht es ja so aus wie beim letzten Mal.«

»Aber wie ist es denn letztes Mal ausgegangen? Den Leuten in der Stadt hat er eine Version erzählt, und euch eine andere.«

»Ich glaube, er hat beide Male gelogen.«

»Ich habe nie verstanden, warum ihr nicht darauf bestanden habt, dass er euch die Wahrheit sagt.«

»Wir wollten die Wahrheit nicht hören.« Ich nehme einen kräftigen Schluck Bier. »Hätten wir die Wahrheit erfahren, dann hätten wir uns irgendwie zu ihr verhalten müssen, und davor hatten wir viel zu viel Angst. Aber wir hätten es trotzdem tun sollen.«

»Ihr wart noch Kinder.«

»Hätten wir uns wie echte Freunde benommen, wäre er jetzt noch hier.«

Der Schweiß glänzt auf Annas Haut. »Mauro hat mir auch von dieser Heilung erzählt.«

»Und, was hältst du davon?«

»Ich bin ja eigentlich ein Vernunftmensch, aber seltsam finde ich das alles schon. Wenn Mauro von der Nacht erzählt, in der Art verschwunden ist, fühlt sich das an wie … als wäre da etwas Übernatürliches im Spiel. Kann man das so sagen? Mauro nennt es nicht so, aber irgendwie kommt es mir so vor. Und dann noch die Geschichte mit der Heilung.«

»Sagt der Vernunftmensch.«

Anna zuckt erneut mit den Schultern.

»Ehrlich gesagt«, fahre ich fort, »habe ich auch schon mit dem Gedanken gespielt, dass es ›nicht mit rechten Dingen zuging‹, als Art verschwunden ist.« Es tut gut, das laut auszusprechen, ohne fürchten zu müssen, dass ich dafür ausgelacht werde. »Hat Mauro dir davon erzählt, wie Art geschrien hat, als er in den Olivenhain gegangen ist?«

»Ja.«

»Wir sind uns nie einig geworden, was das für ein Schrei war. Ich fand, es klang nach einem Angstschrei, Mauro fand, es klang nach Wut, und Tony …« Ich schüttele den Kopf. »Tony dachte, es wäre ein *Freudenschrei.* Stell dir das mal vor. Wie abgefahren ist das denn? Aber es gab da noch andere seltsame Dinge. Als Art plötzlich bei mir vor der Tür stand, war seine Kleidung sauber. Ein Kidnapper, der seinem Opfer die Wäsche wäscht? Außerdem war er nach seiner Rückkehr zwar genau so klug wie zuvor, aber mehr … mit sich selbst beschäftigt.« Ich mache kurz Pause, um mein Sandwich aufzuessen. »Jedenfalls habe ich früher auch an Magie gedacht. Aber dann habe ich diese Vermutung fallen gelassen. Weißt du, warum?«

»Nein, warum denn?« Ich habe Annas volle Aufmerksamkeit, und das ist ein zutiefst erotisches Gefühl. Wäre ich der Herrscher der Welten, ich würde bestimmen, dass es nie vergehen dürfte.

»Ich bin erwachsen geworden. Und ich habe erkannt,

dass Teufel, Dämonen und alles andere, was da so durch die Nacht rumpelt, nur Ausflüchte sind, die wir erfinden, um uns einzureden, dass es etwas Böseres gibt als uns, etwas, das finsterer ist als wir Menschen.«

»Ich wusste gar nicht, dass du so ein Angsthase bist«, sagt Anna und nimmt mit einer anmutigen Kopfbewegung einen Schluck Bier. »Du glaubst, der Pfarrer steckt dahinter.«

»Er war es.«

»Darf ich dich was Persönliches fragen?«

»Persönlicher als gerade eben kann es ja kaum werden.«

»Warum hasst du die Religion so sehr?«

Sie fragt nicht: *Ist irgendetwas mit Don Alfredo passiert?* Aber ich weiß, dass es diese Frage ist, die sie eigentlich stellt. »Don Alfredo ist nie auch nur in die Nähe meines Schwanzes gekommen, falls du das meinst«, antworte ich, was Anna zum Lachen bringt. »Nein, das hat mit dem Tod meiner Mutter zu tun. Ich war damals zehn und völlig verzweifelt. Es kam wie aus heiterem Himmel. Sie erhielt die Diagnose Brustkrebs, und dann, vier Monate später« – ich schnippe mit den Fingern – »war sie weg.«

Anna kennt die Geschichte. Aber sie weiß nicht, was danach passiert ist.

»Ein paar Tage später saß ich in meinem Zimmer und weinte. Ohne groß Theater zu machen, ich saß einfach nur da und weinte. Dann kam plötzlich Don Alfredo herein, ohne anzuklopfen, mit meinem Vater im Schlepptau, und sagte: ›Du brauchst nicht zu weinen, denn deine Mutter ist jetzt bei unserem Herrn Jesus Christus.‹ Und mein Vater sagte: ›Hör auf das, was Don Alfredo sagt‹.«

»Sie wollten dir doch nur helfen.«

»Von wegen«, sage ich schnaubend. »Und dann sagte Don Alfredo: ›Wenn du weiterweinst, ist das eine Sünde.

Jesus hat deine Mutter zu sich gerufen, und du darfst seinen Willen nicht hinterfragen, sonst schickt er dich in die Hölle‹.«

Anna sieht mich mit großen Augen an. »Was für ein Hurensohn.«

»Ich war so konsterniert, dass ich zu weinen aufhörte. Ich sah meinen Vater an, der Don Alfredo einen geradezu bewundernden Blick zuwarf. Das war wie ein Schock, wie ein elektrischer Schlag. Irgendwann konnte ich wieder reden, und weißt du, was ich gesagt habe? ›Lieber in der Hölle als bei Jesus und euch Arschlöchern‹.«

Anna lacht erneut los. »Tut mir leid, dass ich gefragt habe.«

Jetzt muss ich auch lachen. Ich mache mir noch ein Bier auf. »Mein Vater hat mir das nie verziehen.« Mein Vater. Der dieses Jahr auf mich gewartet hat, um mir zu sagen, dass er bald sterben wird. »Ich glaube nicht an Gott, Anna. Aber wenn es ihn gäbe, dann würde ich lieber in der Hölle schmoren, als bis in alle Ewigkeit so einem eingebildeten, allmächtigen Tyrannen ausgesetzt zu sein.«

»Die Geschichte hat Mauro mir nie erzählt.«

»Ich habe es damals nur Art erzählt. Mauro und Tony hätten es nicht verstanden. Was nicht heißen soll, dass dein Mann ein Idiot ist, oder …«

»Ich versteh schon.«

Als sie sich über die Kühltasche beugt und sich noch ein Bier herausnimmt, sehe ich sie plötzlich wieder vor mir, wie sie sich nackt vor meiner Kamera bewegt, und ich muss mich zusammenreißen, um nicht schon wieder einen katastrophalen Fehler zu begehen.

»Jetzt muss ich dir auch was erzählen«, sagt sie. »Kannst du dich noch an unseren ersten Abend erinnern?«

Ich muss lächeln. »Ja, klar. Erst haben Art und ich Tony

und Mauro beim Kickern fertiggemacht, und dann hast du dir Mauro geangelt. Ihr wart zu zweit, du und … wie hieß sie noch?«

»Rita.«

»Ja, genau. Rita. Ihr habt immer gesagt, ihr wärt unsere ›Hooligans‹.«

»Art hat mich darauf gebracht. Er hatte gespürt, dass ich dich süß fand, und meinte, du wärst zu dämlich, um den ersten Schritt zu machen. Also sollte ich das tun. Ich war ganz entrüstet und habe ihm gesagt, dass das so nicht läuft, sondern dass das Sache der Jungs ist. Und er meinte nur: ›Das ist doch völlig egal‹.« Anna hält kurz inne. »Dieses ›Das ist doch völlig egal‹ hat mein Leben verändert, in mehr als einer Hinsicht. Denn es war wirklich egal. Ein Junge zu sein, ein Mädchen zu sein, Dinge zu tun, ›die Mädchen nun mal tun‹ – das war doch alles Quatsch. Ich wusste: Wenn ich will, kann ich Fabio, den sexy Typen aus dem Süden, fragen, ob er mit mir ausgeht. Ich kann Physik studieren. Ich kann alles tun, was ich tun will. Damit es nicht ganz so offensichtlich war, habe ich Rita gesagt, sie soll für Tony und Mauro jubeln. Ich habe sie mit einem Erdbeer-Lippenstift bestochen. Komisch, dass ich das noch weiß.«

»Art und immer wieder Art«, sage ich kopfschüttelnd. »Wir landen immer wieder bei ihm.«

»Ich hoffe, Mauro liegt falsch. Art hat es nicht verdient, allein und verrückt zu sterben.«

Eine Weile lang sage ich nichts, sondern genieße einfach nur Annas Gegenwart und das vom Bier verursachte Wohlgefühl. »Fragst du dich jemals, ob es auch anders hätte ausgehen können?«, frage ich Anna. »Wenn Mauro es geschafft hätte, Rita zu küssen, und …«

»Ja. Manchmal schon.«

»Ich habe kein Problem mit dem, was wir getan haben«,

sage ich, und es fühlt sich an, als spräche jemand anderes, eine Gestalt aus Feuer.

»Ich auch nicht«, sagt Anna nach einer Weile. »Wir mussten das einfach ausleben.«

»Aber ich bin mir nicht sicher, ob ich es schon *ganz* ausgelebt habe«, sage ich und ignoriere den Teil von mir, der mir zuruft, dass ich den Mund halten und mich nicht auf ein Gebiet begeben soll, das so vermint ist wie kein zweites.

Anna sieht mich an.

»Ich auch nicht«, sagt sie.

MAURO

1

Ich amüsiere mich prächtig.

Ich gebe das gerne zu, auch wenn ich dadurch als ein völlig unmöglicher Typ dastehe. Aber ich kann nicht anders. Durch bittere Erfahrungen, die ich bei Gericht gemacht habe, weiß ich, dass man zwar die ganze Welt belügen kann, sich selbst jedoch nicht. Denn wenn man sich selbst belügt, gewöhnt man sich daran, Lügen zu glauben, und dann haben die Widersacher es leichter, einem ihre Lügen unterzuschieben. Aufrichtigkeit ist Privatsache, so wie Sex. Natürlich tut es mir leid um Art, und ich will mir gar nicht ausmalen, was ihm zugestoßen sein könnte. Dennoch: Ich amüsiere mich prächtig. Endlich muss ich mich nicht mehr nur mit Steuern, Windeln und Peppa Wutz herumschlagen. Ich fühle mich wie ein altes Schmuckstück, das jahrelang im Schaufenster gelegen und Staub angesetzt hat, und das jetzt jemand gekauft, gereinigt und wieder zum Leben erweckt hat. Und dieser Jemand ist Art.

Einmal fragte ich ihn, warum er nicht an Gott glaube. Er sagte: »Ich mag die Vorstellung nicht, dass es ein Wesen gibt, das mächtiger ist als ich.«

Ich frage mich, was Concetta Pecoraro wohl dazu sagen würde. Als wir Kinder waren, war sie eine Zeit lang berühmt. Ihr Ruhm erreichte seinen Höhepunkt, als Art verschwunden war, doch als er dann plötzlich wieder auftauchte, war das das Ende ihrer Karriere. Offenbar zehrt sie aber noch heute von ihren goldenen Zeiten, denn ihr ältester Sohn fährt einen Mercedes. Einen *weißen* Mercedes. Dieser weiße Mercedes steht vor dem Haus, in dem Mutter und Sohn in trauter Eintracht leben und das inmitten eines kleinen Weingartens am Rand von Casalfranco steht.

»Ja, das ist das Auto«, sagt Tony. Wir selbst haben etwas weiter entfernt geparkt und sind das letzte Stück zu Fuß gegangen. Das Haus liegt zwar nicht wirklich abseits, aber viel los ist hier trotzdem nicht, und wir wollten Concetta nicht zu früh auf uns aufmerksam machen.

Die Hände in den Hosentaschen und die Piloten-Sonnenbrille auf der Nase, mustert Tony den Mercedes. Alle in der Stadt wissen, dass sein Schwager »Freunde« hat, und das hält die Leute eigentlich davon ab, unüberlegt zu handeln. Oder auch nicht, je nachdem, wie klug diese Leute sind. Obwohl es beim Tanz der Schwerter eindeutig zu erkennen war, will Tony nicht sehen, dass nicht sein Schwager diese Freunde hat, sondern seine Schwester. Elena ist die Herrin im Haus und hat nicht nur »gute Verbindungen« zur Corona, sie gehört selbst zur Corona. Mich überrascht das nicht wirklich. Soweit ich mich erinnern kann, hat es dieses süße kleine Mädchen, an das Tony so gern zurückdenkt, überhaupt nie gegeben. Sie ist kaum weniger gefährlich als Michele, aber ich glaube, wir können uns darauf verlassen, dass sie auf unserer Seite ist.

Fabio macht das Gartentor auf. Ich kann mich dunkel daran erinnern, wie Ende der Achtziger, als ich noch klein war und Concetta eine örtliche Berühmtheit, der Weingarten im Fernsehen zu sehen war. Er ist klein, nicht mehr als ein besserer Vorgarten. Damals wurde er »der Heilige Weingarten« genannt, und angeblich enthielten alle Trauben das

Blut Christi. Ein Priester war dazu nicht erforderlich, und für die Transsubstantiation brauchte man die Trauben nicht einmal zu keltern. Man pflückte einfach eine, verspeiste sie, und das war's. Damit war die Kommunion erledigt, und es war noch dazu eine ganz besondere Kommunion, denn die Trauben schmeckten angeblich wie echtes Blut. Die Jungfrau Maria persönlich hatte dem Weingarten ihre Gnade zuteilwerden lassen. Sie war Concetta erschienen und hatte ihr bedeutende spirituelle Botschaften überbracht, und weil die beiden sich prächtig verstanden, versprach Maria, regelmäßig wiederzukommen. Und so ist Concetta ins Geschäft mit der Mystik eingestiegen. Einmal monatlich erschien Maria im Weingarten – wobei nur Concetta sie sehen konnte –, verkündete Plattitüden über den Frieden auf Erden und betonte, dass die Leute Concetta Geld spenden mussten, und zwar zum Heil der Menschheit. Das Geld sollte es Concetta ermöglichen, sich ausschließlich dem Gebet zu widmen und so den Frieden auf Erden herbeizuführen (offenbar standen ihre Gebete beim Vater, beim Sohn und beim Heiligen Geist hoch im Kurs). Concetta gab wortwörtlich wieder, was die Jungfrau Maria gesagt hatte, und kassierte ab. Nahm man Concettas Visionen für bare Münze, war die Mutter Gottes weder in Theologie noch in Grammatik besonders sattelfest, achtete aber sehr auf den Kontostand ihrer Freundin. Die Kirche ließ sich von all dem nicht beeindrucken, viele Einwohner Casalfrancos dagegen schon.

Der Bischof erklärte in einer Stellungnahme, dass sich in Concettas Visionen weder die Jungfrau Maria noch sonst irgendjemand zeige und dass sie exkommuniziert würde, falls sie das weiterhin behaupte. Ihre Trauben besäßen keinerlei wundertätige Wirkung, und außerdem begehe Concetta eine schwere Sünde, weil sie den Gläubigen die Kommunion spende, ohne ordnungsgemäß gesegneten Wein zu verwenden, ohne Priester zu sein und ohne eine Genehmigung der Kirche zu besitzen.

Concetta entgegnete, die Jungfrau Maria persönlich habe ihr die Genehmigung erteilt, und machte unbeeindruckt weiter.

Das Ganze war eigentlich ziemlich lustig, außer für die armen Tröpfe, die durch Concettas Machenschaften noch ärmer wurden. Don Alfredo unterstützte den Bischof, wo er nur konnte, aber viele Leute in Casalfranco spielten das Spiel mit. Sie aßen weiterhin die Trauben und warfen Concetta Geld in den Rachen. Auf dem Höhepunkt ihres Erfolges musste man für eine einzige Traube aus Concettas Weingarten so viel hinblättern wie für einen Besuch in einem guten Restaurant. Concetta zahlte der Corona ihren Anteil, und alle ließen sie in Ruhe. So wäre sie wohl glücklich gewesen bis an ihr Lebensende, wäre Art ihr nicht in die Quere gekommen.

2

Aus dem Haus dröhnt ein voll aufgedrehter Fernseher. Ein Talentwettbewerb, in dem ein talentfreier Typ mit venezianischem Akzent »Stand by me« jault. Ich klopfe höflich an die Tür. Der Fernseher plärrt weiter, niemand öffnet.

»Entschuldigung«, sage ich, als ich die Tür aufmache. »Signora Pecoraro?«

Ein Husten, dann eine krächzende Stimme. »Ja?«

Ich gehe hinein, Fabio und Tony folgen mir.

»Wer ist da?«, lässt sich die Stimme vernehmen.

Wir antworten nicht, sondern gehen in die Richtung, aus der die Stimme kommt. Concetta sitzt in ihrem Wohnzimmer, das aufgeräumt und sauber wirkt, in dem allerdings dichte Rauchschwaden hängen. Sie sieht hundert Jahre älter aus als auf den Bildern, die ich heute Vormittag im Internet gefunden habe, und mindestens hundert Kilo schwerer. Das wenige Haar, das ihr noch geblieben ist, hat eine künstlichbraune Farbe, und sie hat es toupiert, damit es fülliger wirkt. Damit sieht sie aus wie eine verrottende Requisite aus einem Low-Budget-Horrorfilm. Sie scheint uns nicht zu erkennen. Ich hätte Mitleid mit ihr, hätte ich nicht schon so oft mit Gaunern ihres Schlages zu tun gehabt.

»Wir sind Freunde von Art«, sage ich.

Concetta sieht uns mit großen Augen an, hustet und nimmt einen Zug von ihrer Zigarette. »Welcher Art?«

»Arturo Musiello. Sie wissen schon.«

»Diese miese kleine Ratte.«

»Er ist inzwischen groß geworden.«

»Dann ist er eben eine große miese Ratte.« Wieder hustet sie. »Ich weiß, wer Art ist, und ich weiß, wer ihr seid.«

Ich verschränke die Arme. Wir haben zwar vereinbart, keinen Zweifel daran zu lassen, dass mit uns nicht zu spaßen ist, aber hier haben wir es mit einer alten Dame zu tun. Tony und Fabio scheinen sich unwohl zu fühlen. Ich nicht. Ich bin Anwalt.

»Wir wollen mit Ihnen über das sprechen, was gestern passiert ist.«

»Ich habe keine Ahnung, wovon ihr redet.«

»Sie hätten beinahe einen von uns umgebracht, Signora Pecoraro.«

»Mich, um genau zu sein«, sagt Tony.

Sie kichert. »Ich mache keine ›Beinahe‹-Sachen.«

Unwillkürlich muss ich lächeln. Die Frau hat Witz, das muss man ihr lassen. »Ist Ihr Sohn zu Hause?«

»Saverio!«, ruft sie, und noch einmal: »Saverio!«, diesmal lauter.

Fabio zuckt zusammen. Es geht ihm heute besser als gestern – die Fotosession mit Anna hat ihm gutgetan –, aber er ist noch immer ziemlich angespannt. Der Zustand seines Vaters und der Hass, mit dem er Casalfranco gegenübersteht, machen das alles für ihn schwieriger, als es für Tony und mich ist.

»Bin schon unterwegs, Mamma!«, antwortet eine polternde Stimme, die nach über zwanzig Jahren noch immer unangenehme Erinnerungen in mir wachruft. Auf der Treppe nähern sich schwere Schritte, jeder ein wuchtiger Trommelschlag, und dann steht ein bulliger Kerl mit genervter Miene vor uns. Er trägt nichts außer Shorts. Schon als wir Kinder waren, war Saverio ein Riese, und mit der Zeit ist er noch größer geworden. Auf der rechten Seite seines Oberkörpers prangt ein spiralförmiges Tribal-Tattoo, das sich weiter über den Arm erstreckt und am Handgelenk in einer Rosette aus Klingen endet. Durch seine linke Augenbraue verläuft eine Narbe. Ja, daran kann ich mich noch erinnern. Das war Tony.

Als Saverio uns entdeckt, erstarrt er. Er spannt seine Muskeln an, und weil er davon so einige hat, dauert es eine Weile, bis er sie alle angespannt hat. Ich sehe zu Tony. Er steht völlig ungerührt da. Saverio ist einen guten Kopf größer als er, aber Tony hat ihn schon einmal vermöbelt, und ich bin mir sicher, er könnte es jederzeit wieder tun. Tony ist wie ein Terrier: Man kann ihn auf einen Gegner hetzen, der doppelt so groß ist wie er, und er macht ihn trotzdem fertig. Er sagt, das liegt daran, dass er Gewalt verabscheut. Deswegen will er, wenn es zu Gewalt kommt, sie möglichst schnell beenden.

Concetta sieht ihren Sohn mit einem Stolz an, für den es nun wirklich überhaupt keinen Grund gibt. »Kannst du dich noch an Arts Freunde erinnern?«, fragt sie ihn.

»Ja«, sagt Saverio, ohne den Blick von Tony zu wenden.

»Hi«, sagt Tony. »Alles klar?«

»Das hier ist mein Haus. Verpisst euch.«

»Erst mal nicht.«

Saverio macht einen Schritt auf ihn zu und baut sich vor ihm auf.

»Weißt du, was ich mache?«, frage ich.

Er sieht mich verständnislos an. »Was du …«

»Was ich beruflich mache.«

»Interessiert mich einen Scheißdreck.«

»Das sollte dich aber interessieren, Saverio. Ich bin nämlich Anwalt, und zwar ein ziemlich guter.« Ich stelle mich vor ihn. Das Hemd spannt über meinem Bauch, meine Arme sind nicht mal halb so kräftig wie seine – ich weiß schon, dass ich körperlich völlig harmlos bin. Aber ich weiß auch, dass wir nicht mehr im Mittelalter leben und dieser Kerl zurück in die Realität geholt werden muss. »Du weißt doch noch, wie das war, als deine Mutter vor Gericht stand, *sì*? Schlag zu, wenn du willst. Von mir aus kannst du mich auch treten. Aber dann mache ich dir die Hölle heiß. Ich verklage dich, und ich garantiere dir, dass du und deine Familie, dann euer schickes Auto los seid, genauso wie euer Haus und euren Weingarten. Ich lasse euch erst in Ruhe, wenn ich auch den letzten Cent aus euch herausgequetscht habe, den ihr unter der Matratze versteckt habt.« Das ist natürlich völliger Unsinn – so weit würde es nie kommen, nicht nach einer kleinen Rauferei unter Freunden. Aber Saverio weiß das nicht. Mit Männern wie ihm ist es meistens so: Wenn sie Jugendliche sind, verbreiten allein ihre körperliche Größe und das schiere Ausmaß ihrer Boshaftigkeit überall Angst und Schrecken. Sie verlassen sich darauf, dann werden sie irgendwann zwanzig und der Ernst des Lebens fängt an, und eines Tages wachen sie auf und stellen fest, dass sie nicht mehr die geringste Macht besitzen. Rohe Muskelkraft bringt einen in der Welt der Erwachsenen keinen Schritt weiter. Und Gehirnschmalz hilft im Grunde genauso wenig. Das Einzige, was man wirklich braucht, der entscheidende Machtfaktor in diesem Land, ist die Fähigkeit, die Bürokratie für sich arbeiten zu lassen. So niederschmetternd das auch ist, ich musste wieder und wieder feststellen, dass es einfach so läuft.

»Das hier ist mein Haus«, sagt Saverio noch einmal.

Ich verdrehe die Augen. »Mag sein. Aber was du gestern mit Tony gemacht hast, war versuchte schwere Körperverletzung.« Ich warte kurz und schiebe dann weitere Lügen hinterher. »Wir haben Fotos von deinem Auto, einschließlich Nummernschild. Wir sind wegen der guten alten Zeiten hier, weil wir uns seit Kindertagen kennen und dachten, wir könnten über die Sache reden und sie friedlich beilegen.«

»Also ich persönlich bin gar nicht so scharf aufs Reden«, wirft Tony ein.

Saverio tut so, als würde er gleich einem von uns eine reinhauen, aber ich bin sicher, das ist nur eine leere Drohung. Garantiert hat er schon mal mit Anwälten zu tun gehabt, und jetzt hat er Schiss vor dem, was wir aufbieten könnten. Als ich noch ein Grünschnabel war, habe ich unzählige Typen wie ihn erlebt, bevor ich es dann mit dem echten Abschaum zu tun bekommen habe, und ich weiß: So sehr sie sich auch auf die Brust trommeln, sie wissen genau, dass sie am unteren Ende der Nahrungskette stehen.

»Haltet den Rand oder verzieht euch!«, krächzt Concetta. »Ich will in Ruhe fernsehen.«

Concetta ist schlau. Jetzt verstehe ich, warum sie als

Betrügerin so großen Erfolg hatte. Sie will nicht hören, was wir und ihr Sohn zu bereden haben, um nicht in Schwierigkeiten zu geraten, falls die Sache tatsächlich vor Gericht landet.

Wir folgen Saverio in die Küche, die ebenfalls aufgeräumt und sauber ist. Es riecht nach Tomatensauce und Basilikum und ganz leicht nach Zigarettenrauch. In einer Ecke steht ein Kühlschrank aus den Fünfzigern, mit den typischen abgerundeten Kanten, der wahrscheinlich kein einziges Mal bewegt worden ist, seitdem er hier aufgestellt wurde.

»Also noch mal«, sage ich, sobald wir alle in der Küche stehen. »Gestern bei Arts Haus.«

»Ich rede, und wir sehen uns nie wieder – ist das der Deal?«

»Ehrenwort«, sage ich, ohne mit der Wimper zu zucken.

Saverio nimmt sich eine Flasche Bier aus dem Kühlschrank. »Art ist mein Dealer«, sagt er, nachdem er demonstrativ einen Schluck genommen hat, ohne uns etwas anzubieten. »Sein Zeug ist gut. Ich wollte zu ihm, was kaufen. Als ich das Auto hinter mir gesehen hab, bin ich durchgedreht. Ich hab geglaubt, ihr seid die Carabinieri.«

»Und da dachtest du, am besten rammst du die Carabinieri erst mal?«, sagt Tony.

»Hab nicht darüber nachgedacht«, behauptet Saverio.

Das ist die mieseste Lüge, die ich seit Langem gehört habe. Ich sehe meine beiden Freunde an. Tony nimmt ihm das auch nicht ab. Fabio scheint das alles nicht zu interessieren. Er beachtet uns nicht, sondern starrt auf irgendetwas an der Wand hinter mir. Er schwitzt so stark, dass es dafür noch einen anderen Grund geben muss als das schwüle Wetter. Ich will mich nicht auffällig umdrehen, um zu sehen, was ihn so fesselt, also wende ich mich wieder an Saverio.

»Art ist verschwunden«, sage ich, um ihn zu testen.

»Versteckt er sich vor den Bullen?«

»Er hat Freunde in der Corona«, sagt Tony. »Die Carabinieri haben ihre Finger also nicht im Spiel.«

Saverios Hände zittern, als Tony die Santa Corona Unita erwähnt. Er kennt offenbar seinen Platz in der Nahrungskette.

»Wir suchen ihn«, sage ich. »Hast du eine Ahnung, wo er ist?«

»Ich bin sein Kunde, nicht sein Kumpel.«

»Wann hast du ihn zum letzten Mal gesehen?«

»Weiß nicht, vor einem Monat vielleicht. Ich führ da nicht Buch drüber.«

»Kennst du seine Freundin?«

»Welche Freundin?«

»Vielleicht ist sie nicht seine Freundin, aber es gab da ein Mädchen, für das er sich interessiert hat.«

Eine unmerkliche Bewegung durchfährt ihn. Eine Reaktion, die er sofort unterdrückt. Dann zuckt er mit den Schultern.

Ich rümpfe die Nase. »Ich will es ganz klar sagen, Saverio. Alle ›Freunde‹ von Art, wir und die anderen, wollen wissen, was mit ihm passiert ist, und wir sind weitaus netter als die anderen. Wenn du deinen guten Willen zeigst, könnte durchaus etwas für dich herausspringen. Aber wenn es sich herumspricht, dass du nicht mitgeholfen hast, obwohl du gekonnt hättest, dann ist die Klage, die ich dir anhänge, noch das Geringste.«

»Ich hör mich mal um«, sagt Saverio.

Fabio wischt sich mit dem Handrücken den Schweiß von der Stirn. Er ist klatschnass. »Wer ist denn …« Er bricht ab und setzt erneut an. »Wer ist diese junge Frau?«

Er deutet auf ein gerahmtes Bild an der Wand, das eine

Frau zeigt, die höchstens zwanzig ist, allerhöchstens. Sie hat dunkle Augen und einen dunklen Teint, gelocktes schwarzes Haar und ein hübsches Gesicht. Ihr Lächeln ist so strahlend und offen, dass man sich als Betrachter gleichsam umarmt fühlt. Sie ist nicht einfach nur schön, sondern geradezu *bezaubernd.* Sie wirkt, als könne sie jeden Moment aus dem Bild treten, dich bei der Hand nehmen und mit dir tanzen. Und wenn man das Bild betrachtet, will man genau das.

»Meine kleine Schwester«, sagt Saverio. »Sie hat mit Art nichts zu tun.«

Die Aufnahme zeigt die junge Frau, wie sie sich am Strand mit einem Hund spielerisch um ein Frisbee balgt. Sie zieht mit ihren langfingrigen Händen an einer Seite des Frisbee, der Hund hat seine Zähne in die andere Seite geschlagen. Der Hund ist groß, weiß und zottelig.

So wie der Hund, den Fabio im Olivenhain gesehen hat.

»Ist das dein Hund?«, fragt Fabio.

»Ja, warum?«

»Kann ich ihn mal sehen?«

»Ich hab ihn selbst schon seit ein paar Tagen nicht mehr gesehen«, entgegnet Saverio.

3

Schon am Tag nach Arts Verschwinden zeichnete sich ab, dass wir drei verdächtigt wurden, nicht eines konkreten Vergehens, sondern ganz allgemein. Man brauchte einfach einen Sündenbock, und da kamen wir gerade recht. Wir waren dabei gewesen, als Art verschwunden war, wir hatten Gras geraucht und konnten uns nicht darauf einigen, was das für ein Schrei gewesen war, der – vermutlich aus Arts Kehle – aus dem Olivenhain gekommen war. Nichts lag näher, als uns zu verdächtigen.

Ab dem dritten Tag sprachen die Medien von Art in der Vergangenheit. Aus »Art ist ein netter Junge, der bei allen Leuten beliebt ist« wurde »Art war ein netter Junge, der bei allen Leuten beliebt war«. Man betrachtete die Vorfälle mit anderen Augen. Jede Hütte und jeder Trullo in der Umgegend waren auf den Kopf gestellt worden. Hunde und Hubschrauber waren Tag und Nacht auf der Suche. Wäre da draußen irgendwo ein lebender Junge gewesen, man hätte ihn gefunden. Aber einen toten Jungen? Eine Leiche war viel leichter zu verstecken. Wir mussten den Carabinieri die Ereignisse dieser Nacht öfter vorkauen, als ich mitzählen konnte. Der Olivenhain befand sich in einer abgelegenen Gegend. Wollten wir dort wirklich nur den Mond beobachten? So etwas machten Teenager normalerweise doch nicht, oder? Und wie war es möglich, dass unser Freund an so einem verlassenen Ort einfach verschwand, ohne dass wir sahen, wohin er ging? Wir konnten ihnen auf diese Fragen keine Antworten geben, und für die überarbeiteten Carabinieri bedeutete das: Wir *wollten* ihnen keine Antworten geben.

Am vierten Tag sprach die Jungfrau Maria zu Concetta.

Maria tauchte außerplanmäßig im Heiligen Weingarten auf, und zwar aus einem ganz bestimmten Grund: Sie wollte Concetta die Wahrheit über Art mitteilen. Und die Wahrheit lautete: Art war in Sicherheit. Er war in Sicherheit in Ihrem allumfassenden Schoß. Was nichts anderes hieß, als dass er mausetot und im Himmel war. »Der Neid der Menschen«, so die Heilige Jungfrau, »hat den armen, armen Jungen umgebracht, doch jetzt ist er an einem besseren Ort, weit entfernt von Leiden und Gefahr.« Damit war Arts Verwandlung vom unheimlichen Sonderling zum Liebling der Stadt perfekt (nur Fabios Vater sah das anders und blieb dabei, dass Art ein arroganter Bengel war, der schon wieder nach Hause kommen würde, wenn er genug von diesem Versteckspiel hatte). Concetta verkündete, sie brauche nicht zu erklären, was mit dem »Neid der Menschen« gemeint war. Was so viel hieß wie: Irgendjemand hatte ein falsches Spiel getrieben, und wer anders hätte das sein können als Arts beste Freunde? Und was Arts sterbliche Überreste anging, so prophezeite Maria, die würde man »im Schatten eines Baumes unter einem schweren Felsen« finden, was so ziemlich überall im Salento sein konnte.

Casalfranco hat das bereitwillig geschluckt. Zwar glaubte kaum jemand den Worten Concettas – pardon: der Jungfrau Maria –, aber man hielt sich gern alle Wege offen. Ein toter Art, eine vielversprechende junge Seele, weit vor der Zeit dahingerafft, dazu die Jungfrau Maria, die erschien und sein Schicksal verkündete – das ergab eine bewegende Geschichte, und bewegende Geschichten hören alle gern. Noch dazu, wenn sie ein Hauch Mystik umweht. Damit konnten wir nicht mithalten.

Zur allgemeinen Überraschung glaubten Arts Eltern unserer Version. Das Verschwinden ihres Sohnes war für sie eine zu ernste Angelegenheit, um darüber zu spekulieren. Am sechsten Tag rief Arts Vater mich an. Er weinte und sagte, er wisse, dass wir anständige Jungen seien, dass wir für Art wie Brüder seien, und dass das Gerede der Leute in der Stadt niederträchtig sei, einfach nur niederträchtig. Daraufhin musste ich auch weinen.

Aber dann kam Art zurück, verbreitete seine völlig lächerliche Geschichte und wurde im Handumdrehen das am meisten gehasste Kind Italiens. Concetta stand das Wasser bis zum Hals. Jene, die ihr zumindest ein bisschen geglaubt hatten – und das war fast ganz Casalfranco –, kamen sich wie Idioten vor, und die Menschen vergeben vieles, aber sie vergeben nie, wenn man sie wie Idioten dastehen lässt. Unsere Seherin war in den regionalen Zeitungen auf der Titelseite sowie in ein paar landesweiten auf der dritten oder vierten Seite, und sie kam dabei nicht gut weg. Ihre Trauben mit Blutgeschmack wurden zum Gespött der Nation. Sie versuchte, die Kurve zu kriegen, indem sie behauptete, der Leibhaftige habe sie in die Irre geführt, wodurch alles nur noch schlimmer wurde. Ein bekannter Komiker zeigte eine Nummer, in der er den Teufel spielte, der sich als Jungfrau Maria verkleidet und mit der Stimme eines alten Mannes versucht, sich als junges Mädchen auszugeben. Der Sketch erreichte sofort Kultstatus, man findet ihn heute auf YouTube. Concettas Reputation war dahin, und mit ihrem Geschäft war es aus und vorbei.

Eines Abends, ein paar Monate nachdem Art zurückgekehrt war, trafen Tony und ich im Gewirr der Gassen rund um Don Alfredos Kirche auf Saverio. Er war völlig zugedröhnt und schrie uns an und beschimpfte uns. »Dieser Freund von euch, dieses Arschloch«, rief er, »wieso ist er nicht einfach verreckt?«

Saverio war zwei Jahre älter als wir und bekannt dafür, dass er keiner Schlägerei aus dem Weg ging. Ich wollte ihn ignorieren und weitergehen, aber Tony blieb stehen und sagte: »Deine Mutter hat auf unsere Kosten und die unseres Freundes aus der Sache Profit geschlagen.«

Tony war auch für etwas bekannt.

»Deine Mutter, diese Hure«, fügte er hinzu.

Brüllend stürzte sich Saverio auf ihn. Tony ließ ihn kommen, und als Saverio nahe genug war, rammte er ihm ein

Knie in die Eier. Und zwar mit Wucht. Saverio hielt inne, krümmte sich, griff sich zwischen die Beine und gab ein leises Winseln von sich. Ein Zucken durchfuhr ihn vom Schritt bis zum Kopf, und er erbrach einen dünnen Faden von dickflüssigem, gelbem Schleim. Damit hätte die Sache ein Ende haben können.

Tony schlug erneut zu.

Ich feuerte ihn an, hielt mich selbst aber zurück, und das aus einem einzigen Grund: Ich war noch nie in eine Schlägerei verwickelt gewesen (was für einen Jungen aus Casalfranco ziemlich ungewöhnlich war), und ich wusste nicht, wie das ging. Was wir taten, war nicht gerade die feine Art, aber ich glaube, man muss da ein wenig Nachsicht walten lassen. Alle anderen waren sauer auf Art, denn sie glaubten zu wissen, was er getan hatte, wir dagegen wussten, dass wir keine Ahnung hatten. Wir wussten nur, dass etwas Schlimmes geschehen war. Art hatte uns anvertraut, dass er nicht weggelaufen war, und wenn wir ihn fragten, was denn dann passiert sei, sagte er immer nur: »Ich weiß es nicht.« Dieser Satz machte mich schon damals verrückt. So wie noch heute.

Tony verpasste Saverio einen Schlag und stieß ihn zu Boden, und als Saverio dort lag, trat Tony ihm ins Gesicht, zwar nur einmal, dafür aber heftig, und fügte ihm mit den abgewetzten Doc Martens, die er immer trug, die Wunde in der Augenbraue zu. Dann bespuckte er ihn.

Saverio heulte, den Kopf in den Händen vergraben. Seine Lederjacke war mit Blut und Erbrochenem besudelt.

»Wichser«, sagte Tony.

4

Im Keller des Hauses meiner Eltern suche ich nach meiner alten Gitarre. Der große, dunkle Raum ist vollgestellt mit Schachteln, alten Fahrrädern und kaputten Möbeln. Das ganze Haus ist ein Familienmuseum, und wir nutzen es nur noch als Feriendomizil. Mein Bruder und ich leben beide in Mailand, weshalb auch unsere Eltern dort eine kleine Wohnung gekauft haben. Sie wollen miterleben, wie ihre Enkel groß werden. Das ist sehr liebenswürdig von ihnen – das sage ich mir jedes Mal, wenn ich mich über sie aufrege, was öfter passiert, als es einem Mann meines Alters guttut. Mein großes Vorhaben war gewesen, mich in Mailand neu zu erfinden. Doch so weit ist es nie gekommen, zum einen, weil meine Familie mich andauernd daran erinnert hat, was von mir erwartet wurde, zum anderen, so glaube ich jedenfalls, weil ich einfach nicht das Zeug dazu hatte. Ich bin so, wie ich bin, und auch wenn ich damit hadere, bleibt mir nichts anderes übrig, als mich damit abzufinden.

»Hast du sie gefunden?«, fragt Anna.

»Noch nicht.«

Sie hat Ottavia und Rebecca ins Bett gebracht und ist jetzt mit zwei Gläsern Rotwein in den Keller gekommen. Ich mag diese Tageszeit, wenn die Kinder versorgt sind und ich die ganze Nacht für mich habe, bevor die Plackerei wieder losgeht. Schlafen ist mittlerweile meine liebste Freizeitbeschäftigung. Anna stellt die Gläser auf einen alten, verstaubten Tisch und fragt: »Kann ich dir helfen?«

Ich deute auf eine große Truhe, auf der drei kleinere Kisten gestapelt sind. »Wenn du willst, kannst du da drin mal nachschauen.«

Heute Abend haben wir mit der ganzen Familie im weitläufigen Garten hinter dem Haus gegrillt. Dort stehen Aprikosenbäume, Zitronenbäume und Feigenkakteen, und in der Mitte ein steinerner Holzofen, der schon seit einiger Zeit nicht mehr benutzt wurde. Mein Vater weiß, wie man darin Pizza bäckt, im Gegensatz zu mir. Die regelmäßigen Mahlzeiten an der frischen Luft sind eines der Dinge, deretwegen ich Casalfranco vermisse. Neben der einfachen Lebensweise, der sauberen Luft, dem Meer, dem Essen und der Landschaft. Wenn es in finanzieller Hinsicht vertretbar wäre, würde ich hierher zurückziehen. Vielleicht mache ich das irgendwann. Dann lerne ich vielleicht auch, Pizza zu backen.

Beim Abendessen hat Anna die Kinder gefragt: »Was habt ihr denn heute Vormittag Schönes mit Papà gemacht?«

»Wir haben Schießen gelernt«, sagte Ottavia.

Anna tat schockiert. »Wie kannst du nur? Den eigenen Kindern Pistolen geben.«

»Das waren Wasserpistolen«, erklärte Ottavia hastig. »Papà hat gesagt, wir dürfen nur mit solchen schießen, und nie auf andere Leute.«

Das ist Ottavia, wie sie leibt und lebt. Nicht die geringste Spur von Humor. Bei einem kleinen Mädchen ist das ja noch niedlich, aber ich hoffe inständig, dass sich das wenigstens ein bisschen ändert, bevor sie ein Teenager wird, sonst gerät sie im Leben unter die Räder.

»Nie auf ande Leute«, wiederholte Rebecca. Ihre große Schwester ist für sie der Inbegriff der Klugheit, weshalb sie alles nachplappert oder nachmacht, was Ottavia sagt oder tut.

Ich liebe meine Mädchen, aber sie langweilen mich zu Tode. In null Komma nichts haben sie mir heute Abend die gute Stimmung vermiest, die mich den Tag über begleitet hatte – die gute Stimmung, die vom Tod eines engen Freundes und einer geheimen Mafiaparty herrührt. Wie krank bin ich eigentlich?

»Schau mal«, sage ich. Eine Kiste mit altem Spielzeug. Ich hole eine Actionfigur heraus, einen blonden Muskelprotz mit Fellunterhose und Brustpanzer. »*He-Man and the Masters of the Universe* – weißt du noch? Die Comics haben mich nie interessiert, aber nach den Figuren war ich total verrückt.«

»Ihr Jungs seid schon seltsam«, meint Anna. »Ihr würdet nie im Leben mit einer Barbie spielen, aber ein nackter Bodybuilder namens He-Man ist super.«

Ich schmunzle. »Hilfst du mir mit den Schachteln hier?«

Eine nach der anderen nehmen wir die Schachteln vom Stapel. Meine Gitarre muss hier irgendwo sein. Meine Eltern hätten sie nie weggeworfen. Wenn es um Erinnerungsstücke der Familie geht, sind sie schlimmer als Messies.

»Ich komme vor Neugier fast um«, sagt Anna. »Wie war's bei Concetta?«

Ich berichte ihr kurz, was passiert ist.

Als ich geendet habe, fragt sie: »Glaubst du, dass Saverio die Wahrheit sagt?«

»Ich kann mir gut vorstellen, dass er bei Art Gras gekauft hat – aber dass er Tony für die Carabinieri gehalten hat? Ich bitte dich!«

»Aber was wollte er dann dort?«

»Ich hoffe, das wird uns seine Schwester erzählen.«

»Die umwerfend schöne junge Frau.«

»Das gefällt dir, oder?«, sage ich im Scherz. »Aber leider ist Fabio als Erster an der Reihe.«

»Ich halte mich nie an die Regeln.«

»Natürlich nicht, Schätzchen.«

»Ist Fabio sicher, dass der Hund auf dem Foto der ist, den er im Olivenhain gesehen hat?«

»Er sieht jedenfalls genauso aus.«

Anna wühlt eine Weile schweigend in den Kisten. Dann sagt sie: »Versprich mir eins: Sobald diese Sache irgendwie brenzlig wird, lasst ihr die Finger davon, ja?«

»Versprochen.« Anna weiß nicht, dass es schon längst so weit ist. Sie hat recht, wir sollten die Finger davon lassen. Das hätten wir schon tun sollen, als wir erfahren haben, dass auch die Sacra Corona Unita dabei ein Wörtchen mitredet. Ich bin mir nicht sicher, ob ich noch weiß, was ich tue. Wir werden die Typen, die Art umgebracht haben, niemals finden. Genauso wenig wie seine Leiche. Es geht hier nicht mehr um ihn, sondern um uns, um mich. Ich sollte aussteigen. Am besten morgen. »Und bei dir? Habt ihr euch amüsiert, du und Fabio?«

»Kann man wohl sagen.«

Da ist etwas in ihrer Stimme. Ich könnte es nicht benennen, aber irgendetwas ist da. Schuldbewusstsein? Vielleicht. Ich bin mir ziemlich sicher, dass Anna und Fabio irgendwann einmal miteinander geschlafen haben. Ich habe nie danach gefragt, und ich will es auch nicht wissen. Früher waren wir alle jung und dumm. Ich habe Anna nie betrogen, aber deswegen bin ich noch lang kein Heiliger.

»Wenn deine Kollegen diese Fotos sehen«, sage ich, »werden sie anfangen zu … tuscheln.«

»Das ist der Plan.«

Ich liebe diese Frau. In meinem Leben gibt es nur weniges, dessen ich mir sicher bin, aber eines weiß ich ohne jeden Zweifel: Ich liebe diese Frau von ganzem Herzen, und ich werde nie jemanden so sehr lieben wie sie, auch nicht unsere kleinen Töchter. Sie ist das wundervollste Geschenk, das Art mir je gemacht hat. »Wie war Fabio denn drauf?«

»Nicht gut. Allerdings scheint ihm die Aufregung um Art zu helfen. Es klingt furchtbar, wenn ich das so sage, aber dieser ganze Trubel lenkt ihn auf bizarre Weise ab. Weil das alles so plötzlich kam und ihn aus seinem Alltag gerissen hat.«

»Ich weiß, was du meinst«, sage ich nach einer Weile.

»Und wie kommst *du* damit klar?«

Ich lasse meinen Blick durch den Kellerraum schweifen. »Ehrlich?«

»Sag schon.«

»Was Fabio erzählt hat, zieht mich irgendwie runter.«

»Soll heißen?« Wieder dieser Unterton. Ich sollte meinen Mut zusammennehmen und ihr sagen: *Schon in Ordnung, du brauchst dich nicht schuldig zu fühlen wegen Sachen, die eine Ewigkeit her sind,* aber damit würde ich zu erkennen geben, dass ich einen Verdacht hege. Und so weit bin ich noch nicht.

»Ich hatte geglaubt, sein Leben sei perfekt. Er hatte einen Traum, und den hat er verwirklicht! Erfolg, Geld und ein glamouröser Job, der nicht darin besteht, sich Tricksereien auszudenken, mit denen andere Leute sich um die Steuern drücken.«

Anna seufzt. Diese Leier hat sie schon unzählige Male gehört. »Du kannst deinen Job jederzeit aufgeben, Mauro. Vielleicht *solltest* du das sogar. Wir finden eine Lösung. Aber dazu musst du erst aufhören, immer so ein Theater zu machen.«

Wie denn?, würde ich sie am liebsten anschreien. *Wie soll ich denn einfach so meinen Job aufgeben? Wir haben zwei Kinder, die wie Eisenkugeln an uns hängen und uns die besten Jahre unseres Lebens rauben, und die brauchen Kleidung, Arztbesuche, Ferien und Spielzeug, und was du verdienst, reicht nicht, unsere Ersparnisse wären spätestens nach sechs Monaten weg, und dann wären wir am Arsch.*

Stattdessen sage ich: »Fabio hat hollywoodmäßig seinen Traum verwirklicht, und er ist nicht glücklich. Ich habe das Gegenteil getan, habe vernünftig gehandelt, und ich bin auch nicht glücklich. Ob du dein Ding machst oder ob du ein braver Junge bist und dich an die Regeln hältst – letztlich kommt es auf dasselbe raus. Wie macht man das denn, dass man im Leben klarkommt? Wie macht man das?«

»Ich bin glücklich«, sagt Anna nach einer Weile.

»Da ist sie ja.« Hinter ein paar alten Fahrrädern erkenne ich, unter Spinnweben verborgen, die unverwechselbare Form des Instruments, das mein Leben dann doch nicht verändert hat. »Die Gitarre.«

5

Heutzutage dreht sich alles um Computer, aber wer in den Neunzigern punkten wollte, kam um eine Gitarre nicht herum. Ehrlich gesagt habe ich gar nicht wegen der Mädchen angefangen, Gitarre zu spielen, sondern wegen des Songs »Babe I'm Gonna Leave You« von Led Zeppelin. Der Song erzählte von Freiheit und Abenteuer und weckte in mir eine Sehnsucht nach Dingen, die ich nie gekannt hatte. Ich war zu jung, um nostalgisch in Erinnerungen zu schwelgen, und ich konnte es nicht erwarten, endlich solche Erinnerungen anzusammeln. Ich sehnte mich nach nostalgischen Gefühlen, und ich fing an, Gitarre zu spielen, weil ich diesen einen Song spielen wollte.

Ich stellte mich gar nicht ungeschickt an, wenn ich das so sagen darf. Die anderen benutzten immer nur die beiden einfachsten Akkorde (e-Moll und C-Dur) und spielten damit alle Songs, die die Leute hören wollten, von »Wonderwall« bis »Lemon Tree«, ohne Rücksicht darauf, welche Akkorde sie eigentlich hätten verwenden müssen. Ich dagegen mochte die Musik um ihrer selbst willen. Ich wendete viel Zeit und Mühe auf, um zu üben, und wenn ich die Mädchen damit beeindruckte, war das toll, aber darum ging es mir nicht.

Trotzdem (oder vielleicht gerade deswegen) machte es sich irgendwann bezahlt. Es war am Abend des zehnten August, dem Tag des Heiligen Lorenzo, ein Jahr nach der Kickerpartie, bei der ich nach meinen Annäherungsversuchen an Rita so dumm dagestanden hatte. Wir waren mit einer großen Gruppe von Freunden am Strand und hatten ein Lagerfeuer gemacht. Wir wollten diesen Abend so verbringen wie jedes Jahr: um das Feuer herum sitzen, Bier trinken, Gras rauchen und nach den Sternschnuppen Ausschau halten, die an San Lorenzo wie silbernes Konfetti über den Himmel schießen. Die jungen Leute im Süden machen das noch immer, obwohl Feuer am Strand verboten sind und man Strafe zahlen muss, wenn einen die Küstenwache erwischt. Außer sie lassen sich mit Schmiergeld besänftigen. Diese Spaßbremsen.

Am meisten war um das Feuer herum los, wo zwei Typen mit Gitarren und ein dürrer Bongospieler saßen, die grottenschlecht waren, aber eine Riesenshow abzogen. Ich saß etwas abseits, mit Blick auf das dunkle Meer, und übte irgendein Stück von Santana. Auch wenn das dünkelhaft klingt, ich suchte keine Aufmerksamkeit, sondern spielte einfach nur.

»Cool«, sagte Art.

Er setzte sich neben mich, ein Bier in der Hand.

»Hast du mir keins mitgebracht?«, fragte ich.

»Nein. Du kriegst keins, du musst nämlich weiterspielen – zu meiner Unterhaltung.«

»Ich bin nicht dein Knecht«, erwiderte ich und klimperte ein wenig herum.

»Du bist wirklich gut, Mann. Du könntest ein Rockstar sein.«

»Das glaubst auch nur du.«

»Geld, Ruhm, Mädels – was willst du denn mehr?«

»Ich will nicht verhungern.« Es war der Sommer vor dem letzten Schuljahr. Allmählich machten wir uns Gedanken darüber, was wir danach anfangen wollten, wohin wir gehen wollten. Und wir hatten Angst, falsche Entscheidungen zu treffen. »Ich will kein abgehalfterter Noch-nicht-mal-Ex-Rocker werden, der die Musik hasst, weil sie sein Leben ruiniert hat. So enden nämlich neunundneunzig Prozent aller Möchtegern-Rockstars.«

»Du solltest nicht auf die schauen, die scheitern, sondern auf die, die Erfolg haben.«

»Und wie viele sind das, Art?«

»Es reicht, wenn es einen gibt: dich.«

»Ich bin nun mal eher vernünftig.«

»Scheiß auf die Vernunft!«

»Selbst wenn meine Gitarrenkünste ausreichen würden – was sie nicht tun –, wäre ich … ich hab einfach nicht das Zeug dazu.« Es war mir peinlich, meine Gedanken auszusprechen. »Ich bin eher der Typ ›Traum aller Schwiegermütter‹. Im Musikgeschäft musst du nicht nur gut sein, sondern du brauchst auch die richtige Haltung. Du musst in die Rolle passen. Und ich passe eher in die Rolle des zuverlässigen, dicklichen Onkels, der sich an Weihnachten betrinkt und schmutzige Witze erzählt.«

»Du rauchst Gras.«

»Aber das war's dann auch schon. Sonst ist nicht viel los mit *Sex and drugs and rock'n'roll.*«

»*Sex and drugs and rock'n'roll* – genau!«, sagte Art

lachend. »Darum geht's doch im Grunde. Gras ist eine Droge – Haken dran. Als Rock'n'Roll-Gitarrist bist du eine Wucht – Haken dran. Und was den Sex angeht …« Mit einer schwungvollen Bewegung stand er auf. »Ich zeig dir mal, wie cool dein Leben sein könnte.«

»Warte …«, sagte ich in einem lahmen Versuch, ihn aufzuhalten, aber er lief schon zurück zum Lagerfeuer. So war er nun einmal: eine Naturgewalt, die nicht aufzuhalten war und so gut wie immer ein Rätsel blieb. Ich fragte mich, was in den sieben Tagen seiner Abwesenheit passiert war. Ich fragte mich, ob ich es je erfahren würde.

Art sprach mit jemandem, den ich nicht erkennen konnte, weil er hinter dem Feuer stand. Dann deutete er in meine Richtung, und kurz darauf kam die andere Person auf mich zu. Im Schein der Flammen zeichneten sich ihre Konturen ab, und der Wind spielte mit ihrem Haar. Es war Anna, und sie sah aus wie ein Feuergeist, der den Flammen entstiegen war. Sie trug ein überlanges Sweatshirt, das ihr bis zu den Knien reichte und dessen Ärmel viel zu lang waren. Noch nie zuvor hatte ich eine so hinreißende Erscheinung gesehen.

»Tut mir leid, wenn ich störe«, sagte sie.

Ich brachte es nicht fertig, sie anzusehen. Ich blickte hinaus auf das tiefschwarze Meer, auf dem sich glitzernd die Sterne spiegelten. Weil ich so schüchtern war, schaute ich Anna nicht an und sagte auch nichts. Wie sie mir Jahre später erzählte, wirkte ich dadurch entrückt und geheimnisvoll, ein schwermütiger Künstler, ideal, um sich unsterblich zu verlieben.

»Spielst du mir was vor?«, fragte sie.

»Warum?« Auch das sagte ich nur aus Unbeholfenheit, aber es klang wie aus dem Mund eines Halbgottes. Wir alle haben Abende, an denen uns das Glück hold ist, und wir müssen sie nutzen, um die anderen zu überleben.

»Art sagt, du spielst gut, und mit Musik kennt Art sich aus.«

Gab es irgendetwas, mit dem Art sich nicht auskannte? »Und du? Hörst du gern Musik?«

»Ja, aber weniger Gitarre. Mehr Klavier. Hauptsächlich Jazz.«

»Magst du Petrucciani?«

»Mein Lieblingspianist.«

»Cool.«

»Also spielst du mir jetzt was vor, oder nicht?«, fragte sie. »Irgendwas, worauf du Lust hast.«

Ohne weiter nachzudenken, fing ich mit »Babe I'm Gonna Leave You« an. Später haben wir immer wieder darüber gelacht, dass ich bei unserem ersten Rendezvous ausgerechnet einen Song mit dem Titel »Babe I'm Gonna Leave You« gespielt habe. Zu meiner Verteidigung muss ich sagen, dass mir überhaupt nicht klar war, dass das ein Rendezvous war. Der Gedanke, dass Anna an mir interessiert sein könnte, lag mir so fern wie ein Spaziergang über die dunkle Seite des Mondes, vor allem, nachdem ich im Sommer zuvor so ungeschickt versucht hatte, ihre Freundin zu küssen.

Sie setzte sich und sah auf das schwarze Meer und die Sternschnuppen. Sie sagte nichts mehr, sondern hörte mir zu, und ich spielte weiter.

6

Der Cappuccino in dieser Bar ist exzellent. Außerdem gibt es hier hausgemachte Brioches, die locker und nicht so süß sind. Schon bevor ich auf die Welt gekommen bin, waren sie das berühmteste Frühstück der Stadt. Nur die neue Einrichtung ist eine Schande. Das Lokal wurde vor Kurzem renoviert, und seitdem stehen hier Tische und Stühle aus transparentem Plastik, und die Bar hat einen Look, der als neu und modern durchginge, wenn das hier die Achtziger wären und Casalfranco New York. Als ich eintreffe, sind Fabio und Tony schon da. Sie sitzen in dem kleinen Raum am hinteren Ende des Lokals. An einem anderen Tisch sitzt der Typ, der vor so vielen Jahren am Lagerfeuer Bongo gespielt hat, neben ihm eine schwerfällige Frau, die vermutlich seine Ehefrau ist. Er tut, als würde er uns nicht erkennen, und ich erwidere den Gefallen.

Als die beiden irgendwann weg sind, holt Fabio sein Handy heraus und zeigt mir ein Facebook-Profil. »Das ist Silvana, Concettas Tochter. Sie ist auf Facebook mit halb Casalfranco befreundet.«

Tony greift nach dem Handy, um sich das Bild anzusehen. Ich schaue ihm über die Schulter. Den Hintergrund des Fotos kann ich nicht erkennen, nur Silvanas lockige Haare, ihre verträumten Augen und ihre makellose Haut. Selbst auf einer so miserablen Aufnahme ist der Anblick ihrer Schönheit fast schmerzhaft.

»Wow«, sagt Tony. »So scharf, wie die ist, brennt die mir im Handumdrehen meine ›Neigung‹ weg. Frohlocket! Schon bald werde ich geheilt sein.«

Fabio nimmt das Telefon wieder an sich und ruft ein anderes Bild auf. »Und das ist der Hund.« Ein weißer, zotteliger Hund, der mit geschlossenen Augen in der Sonne fläzt, um die Schnauze ein leichter Ausdruck von Glückseligkeit. Vielleicht war das nur kurz bevor er an einen Baum geknüpft wurde und in einem erdrückend heißen Olivenhain verendete.

Tony beißt in seine zweite Brioche und sagt: »Das wäre also *La Madama.*«

»Zeig mir einen, der nach so einem Mädchen nicht verrückt wäre«, meint Fabio.

Mir kommt eine Idee, und um ihr Gestalt zu verleihen, fange ich an zu reden: »Bis jetzt haben wir doch immer geglaubt, das erste und das zweite Verschwinden Arts hängen zusammen. Was, wenn das gar nicht stimmt? Wenn da kein direkter Zusammenhang besteht? Nehmen wir mal an, Art kommt nach Casalfranco zurück, um sein Buch zu schreiben. Dann begegnet er Silvana. Sie will nichts von ihm wissen. Aber er lässt sie nicht in Ruhe. Nennt sie *Madama.* Vielleicht stellt er ihr sogar nach.«

Tony sieht mich ungläubig an. »Das würde Art nie machen.«

»Art ist nicht mehr derselbe wie früher, Tony. So wie wir alle. Nehmen wir an, Saverio kriegt spitz, was Art treibt, und er will seine Schwester beschützen. Vielleicht bittet Silvana ihn darum, vielleicht tut er es aus eigenem Antrieb, wie auch immer. Jedenfalls dreht er durch … und bringt Art um.«

»Und warum ist er dann noch mal zu Arts Haus gefahren?«

»Um sicherzustellen, dass er keine Spuren hinterlassen hat. Fingerabdrücke, was weiß ich.«

»Eine interessante Theorie«, sagt Tony. »Aber sie lässt Fragen offen.«

»Vieles war vielleicht einfach so, weil Art eben Art war.«

»Du glaubst also, dass Art den Hund umgebracht hat?«, sagt Fabio.

»Unser Freund hat sich im Keller eine gemütliche kleine Schlachtkammer eingerichtet. Gegen Ende hin wurde offenbar alles etwas intensiver.«

»Was ist mit dem anderen Hund?«

»Welcher andere Hund?«

Tony schlägt sich auf die Stirn. »Arts Hund! Den er wie einen König behandelt hat, wisst ihr noch? Den hatte ich total vergessen.«

Ich mache den Mund auf und will etwas antworten, aber da wird mir klar, dass ich nichts zu sagen habe. »Keine Ahnung«, gebe ich zu. »Vielleicht hat Saverio den auch umgebracht? Würde ja ins Bild passen. Ich glaube, wir helfen Art am meisten, wenn wir Michele von dieser Theorie erzählen und sie dann vergessen.«

»Aber damit ist Don Alfredo nicht aus dem Spiel«, wirft Fabio ein. »Vor zweiundzwanzig Jahren war *er* es nämlich. Und jetzt muss er dafür zahlen.«

»Eins nach dem anderen«, sage ich.

»Ich bin wirklich kein Freund von Saverio«, sagt Tony, »aber wir sollten erst mit dem Mädchen reden. Um ein bisschen klarer zu sehen, bevor wir der Corona von Saverio erzählen.«

»Aber Saverio wird alles tun, um uns von ihr fernzuhalten.«

Fabio hält sein Telefon hoch. »Auf Facebook schreibt sie, wo sie arbeitet.«

7

Wir können zu Fuß hingehen. In Casalfranco kann man von überall aus überallhin zu Fuß gehen. Auch das vermisse ich, vor allem, wenn mein Tag in Mailand damit anfängt, dass ich im Stau stehe. Wir gehen die Hauptstraße hinunter, an zwei Kirchen und einem Frauenkloster vorüber und dann durch einen steinernen Torbogen, der nach dem heiligen Gregor benannt ist. Kurz darauf kommen wir zu einem Bestattungsinstitut, in dessen Schaufenster ein Sarg aus Eichenholz steht, daneben ein Arrangement aus Plastikblumen und ein Grabstein aus schwarzem Granit, auf dem ein weinender Engel sitzt. Ein Schild versichert den Kunden, dass die Skulptur, entgegen dem Augenschein, »geschmackvoll und dezent« ist.

Das Geschäft mit Bestattungen blüht in Casalfranco, aber nicht, weil im Salento mehr gestorben wird als anderswo, sondern weil die Leute für Bestattungen ein Vermögen ausgeben. Man stirbt hier so aufwendig wie möglich, um den Bewohnern der Stadt noch einmal Gelegenheit zu geben, Gutes über einen zu sagen. Dieses Institut ist das älteste am Ort. Der heutige Besitzer – ein Cousin meines Vaters – hat es von seinem Vater übernommen, der es kurz nach dem Ersten Weltkrieg gegründet hat. Dieser war an der Front so häufig dem Tod begegnet, dass er bei seiner Rückkehr überzeugt war, das Bestattungswesen sei ein sicheres Geschäft und ganz entschieden der Landwirtschaft vorzuziehen. Es war nicht dem Lauf der Jahreszeiten unterworfen, und man musste nicht auf den Feldern schuften, bis der Rücken kaputt war. Was war daran auszusetzen? Selbst das Schlimmste, was passieren konnte – ein neuer Krieg –, würde nur das Geschäft ankurbeln. Und genau so kam es dann auch – mit dem Faschismus und dem Zweiten Weltkrieg.

Ich öffne die Tür. Remo, der Cousin meines Vaters, sitzt an einem Schreibtisch aus Mahagoni. Außer ihm ist niemand in dem Geschäft, das, wenig überraschend, in dunklen Farben und gedämpftem Licht gehalten ist. Ich habe Remo seit über zehn Jahren nicht mehr gesehen. Er hat noch immer seinen buschigen schwarzen Schnurrbart, den nur wenige graue Härchen sprenkeln, sein Bauch wölbt sich vor, und er ist fast ganz kahl. Er trägt einen dunklen Anzug und ein weißes Hemd und spielt mit einem Tablet. Um ihn herum stehen, wie ein Hofstaat, Modellsärge, Grabsteine und allerlei Bestattungszubehör, inmitten dessen er wie ein König thront. Er ist mit diesem Kram aufgewachsen, und vielleicht fügt er sich deshalb nahtlos in diese Umgebung ein. Als wir eintreten, sieht er auf.

»Remo!«, sage ich.

Er überlegt kurz, erkennt mich dann und sagt: »Mauro!« Er setzt zu einem Lächeln an, bricht es aber sofort wieder ab. »Was ist passiert?«

»Keine Sorge, es ist niemand gestorben.«

Erleichterung durchströmt seinen schwammigen Körper. »Entschuldige bitte. In einem Laden wie diesem möchte man nie die eigene Familie als Kundschaft haben.«

Ich antworte mit einem Lächeln. »Das sind Fabio und Tony, Freunde von mir. Kennt ihr euch?«

»Bist du der Sohn von Angelo?«, wendet Remo sich an Fabio. »Angelo, der Latein- und Griechischlehrer.«

»Mittlerweile im Ruhestand«, sagt Fabio. »Ja, der bin ich.«

»Ich hatte ihn in der Schule. Du siehst genauso aus wie er damals.«

»Soll das ein Kompliment sein?«, witzelt Fabio.

»Mit Frauen kannte er sich aus«, erwidert Remo fröhlich. »So wie du angeblich auch, mit deinen Fotografien.«

»Es ist wirklich nur ein Job, mehr nicht.«

»Der beste Job der Welt.« Remo deutet auf einen Sarg, wie um zu sagen, dass sein Geschäft nicht ernst zu nehmen sei. »Ich verbringe die Zeit mit *toten* Menschen, du dagegen mit *todschicken* Mädchen. Findest du das fair?«

Fabio lacht über das billige Wortspiel und sagt: »Wenn du willst, zeige ich dir, wie man fotografiert.«

»Damit wäre meine geliebte Frau wohl kaum einverstanden. Darf ich euch einen Kaffee anbieten?«

»Wenn's keine Umstände macht«, antwortet Tony.

Remo steckt eine Kapsel in eine weiße Nespresso-Maschine. »Wie kann ich euch helfen?«, fragt er, als das Gerät losschnarrt.

»Ist Silvana da?«, fragt Fabio.

Nach ein paar Sekunden reicht Remo mir die erste Tasse Espresso. »Seid ihr befreundet?«

»Nein, wir sind uns noch nie begegnet. Ein gemeinsamer Freund hat mir ein paar Fotos von ihr gezeigt.«

»Verratet meiner Frau nicht, dass ich das gesagt habe«, sagt Remo, während er die nächste Kapsel in die Maschine steckt, »aber Silvana ist ein ziemlicher Feger, oder?«

Irgendetwas an seinem Gebaren hat sich verändert. Er wirkt argwöhnisch, sein Frohsinn nur noch oberflächlich. Er scheint über etwas zu rätseln – aber worüber?

»Genau darum geht es. Ich wollte sie fragen, ob sie mir Modell stehen will, solange ich noch hier bin, für ein Buch, an dem ich arbeite. Ich werde sie auch nicht lange belästigen, versprochen.«

Remo reicht Tony seinen Kaffee. »Hast du versucht, sie anzurufen?«

»Wir haben ihre Nummer nicht«, sagt Tony.

»Ich habe sie, aber ich glaube, sie nützt euch nichts.«

Remos gute Laune gerät ins Wanken. Das gefällt mir nicht. »Ich dachte, sie arbeitet hier.«

»Sie hat gekündigt. Vor fünf Tagen.«

Ich brauche einen Moment, um das Gesagte zu begreifen, aber dann wird mir schlagartig etwas klar, und ich bekomme es mit der Angst zu tun. Art war ein Freak und ein Einzelgänger. Silvana ist (oder war?) eine junge, attraktive, fotogene Frau. Wenn wir auch nur entfernt mit ihrem Verschwinden in Verbindung gebracht werden, droht uns eine Welle der Entrüstung von katastrophalen Ausmaßen. Wir müssen von hier verschwinden, bevor Remo auch nur noch ein weiteres Wort sagt, und wir müssen Art vergessen. Das hat nichts mit Egoismus zu tun, das ist reiner Selbstschutz.

»Und warum?«, will Tony wissen. Seine Stimme klingt, als käme sie aus einer anderen Welt.

Remo wartet, bis die letzte Tasse voll ist, und reicht sie Fabio. »In gewisser Weise kam es aus heiterem Himmel«, sagt er, »aber nur, weil ich die Anzeichen nicht gesehen hatte. Silvana war eine gute Mitarbeiterin. Fleißig. Hat mich nie bestohlen, war vorbildlich im Umgang mit den Kunden, hat immer alles zu meiner vollsten Zufriedenheit erledigt. Ich habe sie gut dafür bezahlt. Gutes Personal ist schwer zu finden.«

»Und was ist dann passiert?«, fragt Fabio, ungeduldig wie immer.

Remo zuckt mit den Schultern. »Letzte Woche kam sie herein und sagte, sie würde aufhören. Einfach so« – er schnippt mit den Fingern – »und ich solle ihr das Geld geben, das ich ihr für den letzten Monat noch schuldete, und zwar bitte gleich, in bar. Ich war völlig baff. Ich fragte sie, wo das Problem sei, und sie meinte, es gebe kein Problem, sie kündige einfach nur, es tue ihr leid, und ich solle sie bitte gleich ausbezahlen, in bar. Sie wirkte geradezu entsetzt. Sie hatte einen Gesichtsausdruck, wie ich ihn von jungen Frauen kenne, deren Väter ihnen nach dem Tod riesige Schuldenberge hinterlassen haben, aber kein Seil, um sie zu erklimmen. Sie war nicht besorgt oder verärgert, sondern hatte rundheraus *Angst.*« Remo hält kurz inne. »Aber sie ist eine erwachsene Frau. Ich habe sie ausbezahlt und ihr noch gesagt, sie solle bei Gelegenheit mal von sich hören lassen. Im nächsten Moment war sie draußen.«

»Heilige Scheiße«, sagt Tony. »Was ist denn da los? Drogen? Stress mit dem Freund?«

Remo antwortet eine Weile nichts. Nachdenklich fährt er sich mit der Zunge über die Lippen. Dann wendet er sich an mich: »Es gibt da einen Freund, *sì.* Sie sagte zwar, es sei nicht das, was ich denke, aber ich bin alt genug, um zu sehen, wenn es genau das ist. Mauro, ich weiß, ihr wart die dicksten Freunde, als ihr Kinder wart, aber … habt ihr noch Kontakt zu Arturo Masiello?'«

Eine eiskalte Hand greift nach meinem Magen und lässt ihn nicht mehr los. »Kaum. Ich bin ja auch nur noch selten hier.«

»Leider ist es bei ihm nicht immer so glücklich gelaufen. Er ist …« Remo hält inne, dann richtet er den Zeigefinger auf die Schläfe und lässt ihn kreisen. »Er ist nicht ganz richtig im Kopf. Wusstet ihr, dass er mit seinem Hund spricht?«

»Ja, davon habe ich gehört.«

»Und fragt mich nicht, wo er das Geld zum Leben hernimmt. Ich hab keine Ahnung. Es stammt bestimmt aus dunklen Kanälen. Irgendwie mag ich ihn nicht.«

»Aber Silvana mochte ihn schon?«, fragt Tony. Wir täten besser daran, keine Fragen mehr zu stellen. Wir sollten Silvana nicht einmal mit der Kneifzange anfassen.

»In den letzten Monaten hat sie nur noch von ihm gesprochen. ›Art sagt dieses, Art sagt jenes.‹ Der hatte den Kopf voller Hirngespinste. Voller Unsinn. Tut mir leid, wenn ich das über einen Freund von euch sagen muss, aber mit Arturo war schon immer etwas faul. Denkt doch nur daran, wie viele Sorgen er seinen Eltern als Kind bereitet hat.«

Ich sehe zu Tony, der unbeirrt weiterlächelt.

Fabio sagt betont locker: »Ist Art etwa zum Weiberhelden geworden? In der Schule war er nie einer.«

»Er ist … ich weiß nicht, sechzehn, siebzehn Jahre älter als Silvana. Er hat Erfahrung. Außerdem geht es Silvana nicht gut. Sie ist ein wundervolles Mädchen, aber sie hat schon einiges durchgemacht.«

»Nämlich?«

»Psychische Probleme. Stimmungsschwankungen, ein paar schwierige Geschichten, als sie ein Kind war. Jetzt geht es ihr wieder gut. Auch dank der Medikamente.«

Ich kämpfe gegen den Impuls an, auf der Stelle davonzurennen. Jung, schön, unter dem Einfluss von Medikamenten, in den Fängen eines älteren Mannes, der in seinem Haus am Ende der Welt eine Sadomasokammer hat – Silvana ist ein gefundenes Fressen für sämtliche Zeitungen, Magazine, Blogs und Halbwüchsige mit einem Twitter-Account. Ganz Italien, vielleicht sogar ganz Europa würde sich darauf stürzen. Wir sollten jetzt wirklich verschwinden, aber Remo spricht erbarmungslos weiter. »Arturo hat sie sich gefügig gemacht. Als sie ihn das erste Mal erwähnt hat, hat sie gesagt, er hätte ihr ein Buch gegeben, das er geschrieben hat. Ein *Buch,* stellt euch das vor. Arturo war nicht auf der Universität, wie kommt er dann darauf, Bücher zu schreiben?«

»Ein Buch«, sage ich unwillkürlich und mit tonloser Stimme.

»Natürlich kein *echtes* Buch, Gott bewahre, nur ein Stapel Papier, auf der Maschine getippt. Stellt euch das mal vor. *Das Buch der Verborgenen Dinge.* Silvana war hin und weg davon. ›Dieses Buch hat mein Leben verändert‹, hat sie gesagt. ›Es hat mir gezeigt, was alles möglich ist.‹«

»Leck mich am Arsch, das würde ich auch gern mal lesen«, meint Tony, als wolle er scherzen. »Ein bisschen Veränderung würde uns allen guttun, oder?«

Remo grinst. »Einen Moment.«

Er geht zu einem Regal hinter seinem Schreibtisch, in dem, säuberlich geordnet, Stapel von schwarzen Ledermappen liegen. Ohne suchen zu müssen, zieht er eine heraus. Er entnimmt ihr ein dünnes Bündel Papier, das von einer Klemme zusammengehalten wird, und kommt zu uns zurück. Er überreicht Tony die Seiten. »Bitte sehr.« Auf dem obersten Blatt steht:

<u>DAS BUCH DER VERBORGENEN DINGE</u>

<u>EIN HANDBUCH</u>

Tony blättert das Bündel rasch durch. »Für ein Buch ist das ein bisschen dürftig.«

»Das ist die Einleitung. Silvana hat darauf bestanden, sie mir zu geben, und gesagt, sie gibt mir den Rest, wenn ich das hier gelesen habe. Aber Lesen ist nicht so meins.« Er tätschelt einen der Grabsteine. »Ich bin ein vielbeschäftigter Mann. Irgendjemand geht immer über den Jordan.«

Tony lacht und wedelt mit den Blättern. »Und worum geht es da?«

»Versponnenes Zeug über Heilige und Steinmauern und was weiß ich noch alles.«

»So à la Dan Brown?«

»Ja, so ähnlich, nur viel langweiliger«, sagt Remo.

»Kann ich es behalten? Sie haben mich neugierig gemacht.«

»Aber gern.«

Ich will schon sagen: *Danke, wir gehen dann mal wieder,* doch Fabio kommt mir zuvor: »Hat Silvana sich seitdem mal wieder gemeldet?«

»Sie selbst nicht. Aber am Tag darauf war Saverio hier, ihr Bruder, dieser Nichtsnutz. Kennt ihr den? Er war hier, weil er sie suchte. Ich habe ihm gesagt, dass sie tags zuvor gekündigt hatte, und ob er das nicht wüsste. Er sagte, ja, natürlich, er hätte es nur vergessen. Als er weg war, habe ich versucht, Silvana zu erreichen. Seitdem versuche ich es immer wieder.« Er geht zum Schreibtisch und drückt am Telefon auf eine Kurzwahltaste, woraufhin sich der Lautsprecher einschaltet und das Gerät eine Nummer wählt. Im nächsten Moment sagt eine maschinell klingende Stimme, der Anschluss sei vorübergehend nicht erreichbar. »Immer dasselbe.«

Sie war nicht besorgt oder verärgert, sondern hatte rundheraus Angst.

Keiner von uns sagt etwas.

»Meint ihr, ich sollte die Carabinieri verständigen?«, fragt Remo nach einem langen, bedrückenden Schweigen.

»Nein«, erwidert Tony, »ich meine, das sollten Sie nicht.«

Remo ist ein Einheimischer, er versteht, was Tony damit sagen will. Dann fragt er mich, wie lange ich noch in Casalfranco bleibe, ob es mir hier gefällt und wie es meinen Eltern geht, und Silvana ist so gut wie vergessen.

8

»Also deshalb wollte Saverio zu Arts Haus«, sagt Fabio. »Er war auf der Suche nach Silvana.«

»Schön für ihn«, sage ich. »Und wir rufen jetzt Michele an, sagen ihm, was wir herausgefunden haben, und vergessen Art ein für alle Mal.«

Bei Eistee und Zigaretten sitzen wir im Schatten des Bogengangs einer kleinen Kirche, die in einer der Gassen hinter Remos Laden liegt. Die Gasse ist mit weißen Steinfliesen gepflastert, und obwohl sie viel zu eng wirkt, schaffen es die Autos, die über den spiegelglatten Boden schlittern, doch immer irgendwie, die Gesetze der Physik außer Kraft zu setzen und sich hindurchzuquetschen. Die Schatten der weiß getünchten Häuser halten die Temperatur in der Gasse knapp unter dem Siedepunkt, sehr knapp. Es ist noch nicht Mittag, und Casalfranco fühlt sich an wie ein brodelnder Kessel. Vom Meer her weht der Schirokko, dieser extrem heiße, schwüle und unerträgliche Wind.

»Bevor wir Silvana gefunden haben?«, sagt Tony. »Auf keinen Fall.«

Ich habe Anna versprochen, sofort nach dem Frühstück wieder nach Hause zu kommen. Sie freut sich den ganzen Winter auf diese wenigen, kostbaren Stunden am Strand, und diesmal mache ich ihr das alles kaputt und lasse sie mit zwei kleinen Kindern allein, weshalb sie darauf verzichten muss, ausgiebig schwimmen zu gehen, was sie sonst so gerne tut. Sie hat sich mit keinem Wort darüber beklagt, weshalb ich mich erst recht wie ein Arschloch fühle.

»Wir haben bei Art beunruhigende Sachen gefunden,

und eine junge Frau ist verschwunden«, sage ich. »Diese beiden Tatsachen zusammen ergeben eine ziemlich brenzlige Situation.«

»Haben wir nicht mal gesagt: ›Art hat niemanden außer uns‹?«, fragt Tony. »Was ist denn daraus geworden?«

»Die Wirklichkeit hat uns eingeholt! Am Anfang wollten wir einfach nur nach einem Kumpel suchen, der uns hat sitzen lassen, als wir zum Pizzaessen verabredet waren. Aber jetzt hat das völlig andere Dimensionen angenommen.«

Tony setzt zu einer Antwort an, und seiner Miene nach wird es eine saftige Antwort. Aber Fabio kommt ihm zuvor: »Wir könnten Silvana auf Facebook eine PN schreiben und dabei Art und *Das Buch der Verborgenen Dinge* erwähnen. Vielleicht reagiert sie ja darauf.«

»Das könnte klappen«, meint Tony.

»In welcher Welt lebt ihr eigentlich?«, blaffe ich die beiden an. »Diese Sache hier wird uns früher oder später um die Ohren fliegen, und zwar gewaltig. Und dann ist es umso besser, je weniger Verbindung wir zu Silvana haben. Sie ist jung, sie ist schön, und wir sind drei alte Säcke, vier, wenn man Art dazuzählt – seht ihr denn nicht, in welche Richtung das gehen könnte?«

Eine Weile sagt keiner von uns etwas, dann räumt Fabio ein: »Da hast du recht.«

Tony wirft mir einen mürrischen Blick zu, sagt aber nichts.

»Rufst du jetzt Michele an?«, frage ich.

9

Tony fährt zum Mittagessen zu seinen Eltern, und wir vereinbaren, uns später wieder zu treffen. Er ist kurz angebunden und wirkt sauer. Das wird vorübergehen. Wenn Tony schlechte Laune hat, dauert das nie lange.

»Ich begleite dich nach Hause«, sage ich zu Fabio.

»Brauchst du eine kurze Verschnaufpause, bevor du zu Anna zurückgehst?«, fragt er. »Jetzt, wo alles vorbei ist?«

»Allerdings«, antworte ich und atme tief durch. »Und du? Wie geht es Angelo?«

»Heute Morgen wusste er nicht mehr, dass ich bei ihm wohne. Als er mich gesehen hat, ist er erschrocken.«

»Das tut mir echt leid, Fabio.«

Fabio nimmt seine Sonnenbrille ab, wischt sich den Schweiß von der Stirn und setzt sie wieder auf. »Ich komme einigermaßen damit klar. Anders als mit Don Alfredo.«

»Wieso, was macht er denn?«

»Er hat praktisch das Kommando übernommen. Er ist so gut wie immer bei uns, und wenn nicht, dann eine der Frauen aus der Gemeinde. ›Die Gemeinde ist für deinen Vater da‹, sagt er immer.«

»Stimmt das denn nicht?«

»Klar doch, und Autoabgase sind gut für die Umwelt. Nein, ihm geht es nur um das eigene Ansehen. Die halbe Stadt hatte meinen Vater in der Schule als Lehrer. Und jetzt sollen alle sehen, dass er und Don Alfredo dicke Freunde sind.« Fabio kickt einen Stein über die Straße. »Ich bin nicht naiv, Mauro. Mir ist schon klar, dass Don Alfredo für das, was er Art angetan hat, wahrscheinlich nie zur Rechenschaft gezogen wird.«

»Glaubst du? Ich bin mir gar nicht so sicher, ob Don Alfredo überhaupt etwas getan hat.«

Fabio sagt ein paar Augenblicke lang nichts. »Vielleicht hast du recht«, meint er schließlich. »Was weiß ich denn schon. Ich bin ein noch größerer Versager als Art.«

Es ist bitter, Fabio so bedrückt zu sehen. Seitdem er aus Casalfranco weg ist, hat er immer ein enormes Maß an Selbstsicherheit ausgestrahlt. Man hatte den Eindruck, er könnte es ohne Weiteres mit einer Horde durchgeknallter Mutanten aufnehmen und stünde anschließend mit einem Lächeln auf den Lippen da, in der Hand ein paar klasse Fotografien und am Arm eine heiße Blondine. »Du bist kein Versager«, entgegne ich, »und Art war auch keiner. Er war nur ein Sonderling, und er hatte Pech.«

»Und was bin ich dann?«

»Du bist am Leben, wie wär's damit?«

Wir gehen eine Weile schweigend nebeneinander her, dann sagt Fabio: »Tony hat dir davon erzählt, oder? Von meinen Problemen.«

»Ja, das hat er.«

»Ich habe meinen Vater versauern lassen. Du warst schon immer der Ansicht, dass ich mich ihm gegenüber unmöglich verhalten habe.«

»Ich …«

»Und du hattest recht. Ich habe mich unmöglich benommen. Mein Vater ist ein bigotter Idiot, aber er liebt mich. Und ich, sein einziger Sohn, ich habe ihn allein gelassen, einen Witwer, der in einem Haus sitzt, das viel zu groß für ihn ist, und habe ihn einmal im Monat angerufen. Wahrscheinlich habe ich geglaubt, wir würden uns irgendwann aussöhnen. Dazu ist es jetzt zu spät.«

Ich höre schweigend zu.

»Ich habe immer davon geträumt«, fährt Fabio fort, »irgendwann ganz groß rauszukommen und allen in Casalfranco zu zeigen, was für ein toller Typ ich bin. Vor allem meinem Vater. Ich wollte ihm zeigen, dass das alles Unsinn war: die Erwartungen, die er an mich hatte, seine Prinzipien. Ich habe ihn nicht gehasst, ich wollte ihm nur unter die Nase reiben, dass er unrecht hatte. Und jetzt stellt sich heraus, dass er von Anfang an recht hatte.«

Ich lasse ein paar Momente verstreichen und sage dann: »Du weißt, dass ich deinen Vater mag.«

»Er mag dich auch. Wenn er dich zum Sohn hätte, wäre er glücklicher.«

»Aber *du* wärst nicht glücklicher, wenn du ich wärst, glaub mir.«

»Deine Geldangelegenheiten gehen mich nichts an, aber ich bin mir sicher, du kannst dir besseres Eis leisten als ich.«

»Hast du eine Ahnung davon, was es heißt, nicht nur ein Kind zu haben, sondern zwei?«

»Das heißt, dass ihr eine Familie gegründet habt. Schön bürgerlich und solide.«

»Von wegen«, entgegne ich patzig. »Das reden sich Paare mit kleinen Kindern ein, um nicht durchzudrehen. Aber weißt du was? Wenn sie könnten, würden alle diese Paare – ich garantiere dir: *alle* – die Zeit zurückdrehen. Hobbys? Vergiss es. Sex? Kaum noch. Schlaf? Schön wär's. Den ganzen Tag hetzt du herum wie ein Irrer, zwischendurch wischst du einen Hintern ab oder putzt eine Nase, und dann hetzt du wieder weiter.«

Fabio sieht bestürzt aus. »Das ist ja krass.«

»Entschuldige«, sage ich nach einer Weile. »Ich wollte nicht … Ich wollte meinen Mädchen nicht unrecht tun. Ich liebe sie. Ich war derjenige, der unbedingt ein Kind wollte, noch bevor wir geheiratet haben. Als Ottavia dann da war und mich das aber nicht richtig glücklich gemacht hat, habe ich darauf gedrängt, dass wir ein zweites bekommen. Ich dachte, ich würde das schon wegstecken, an schlaflose Nächte war ich ja gewöhnt.« Ich kämpfe mit den Tränen. Ich bin ein erwachsener Mann, und ich kämpfe mit den Tränen. »Manchmal denke ich, wenn die Kinder nicht wären, könnte ich mein Leben ändern, könnte etwas Besseres daraus machen, etwas Bedeutenderes. Ich lebe vom verkommenen, abscheulichen Finanzsystem dieses Landes. Damit bin ich auch nicht besser als Michele. Und jetzt komme ich da nicht mehr raus, jetzt, wo ich die Verantwortung für Ottavia und Rebecca habe. Sie sind wunderbar, ja, und ich liebe sie abgöttisch.« Ich lege die Handgelenke übereinander. »Aber sie sind wie Handschellen.«

Fabio sieht mich an und sagt: »Du bist überhaupt nicht wie Michele. Du bringst keine Leute um.«

»Stimmt, ich helfe ihnen nur, sich gegenseitig zu ruinieren.«

Wir haben das Haus von Fabios Vater erreicht, ein kleines Einfamilienhaus, das von einem Garten umgeben ist. »Willst du meinem Vater kurz Hallo sagen?«, fragt Fabio.

10

»Der Tintenfisch ist superlecker«, sagt Anna.

Ich nicke, sage aber nichts. Ich sollte ihr von Silvana erzählen, ich *muss* ihr von ihr erzählen, aber daran ist nicht zu denken, weil die Mädchen das Geschehen am Tisch fest im Griff haben.

»Ist er nicht«, mault Ottavia und schiebt ihren gegrillten Tintenfisch mit der Gabel hin und her. »Der ist total matschig.«

»Matschig!«, echot Rebecca, den Tränen nahe.

Wir sitzen an einem Plastiktisch beim Mittagessen, in einem Strandrestaurant, das erst vor vier Jahren eröffnet hat und daher bei den Einheimischen als »neu« gilt. Die Feuchtigkeit hat den Sand unter unseren Füßen fest werden lassen. Der Schirokko sorgt für hohe Wellen und bringt einen ins Schwitzen, auch wenn man nur dasitzt und keinen Finger rührt. Er setzt alles daran, einem den Tag zu versauen. Art sprach immer vom »Selbstmord-Schirokko«, weil er finstere Gedanken verursacht. »Das wäre doch ein klasse Name für eine Grunge-Band: *Mauro and the Suicide Sirocco*«, sagte er oft. Die Kinder macht der Schirokko quengelig. Wenn sie dabei sind, kann ich nicht mit Anna reden. Ottavia ist schon so groß, dass sie mehr mitbekommt, als sie sollte. Ungestörte Momente, so wie gestern Abend, haben Anna und ich nur selten.

Anna sieht die Mädchen streng an und sagt: »Schluss mit dem Theater.«

»Das ist abstoßend!«, sagt Ottavia und stochert auf ihrem Teller herum. *Abstoßend* – wo hat sie das denn gelernt? Für eine Fünfjährige ist sie ziemlich intelligent. Aber eben doch erst fünf.

»Iss, was auf deinem Teller ist«, sage ich.

Ottavia verschränkt die Arme. »Nein!«

»Nein!«, pflichtet Rebecca ihr bei.

»Wie ihr wollt. Dann gibt's aber auch kein Eis.«

»Aber ich hab Hunger, Papà«, erwidert Ottavia.

»Dann iss deinen Tintenfisch. Du wolltest ihn doch haben.«

»Aber den mag ich nicht!«

»Mag ich nicht!«, echot Rebecca.

Willkommen zurück in deinem Leben: kleine Mädchen und Excel-Tabellen. Was wohl aus mir geworden wäre, wenn ich Arts Rat gefolgt wäre und mein Glück als Musiker versucht hätte? Als Rock'n'Roller hätte ich keine Kinder gehabt, jedenfalls nicht vor vierzig oder so. Und wo ist Art gelandet, trotz all seiner Weisheit? *Im Schatten eines Baumes unter einem schweren Felsen.*

Jetzt zitiere ich in Gedanken schon Concetta Pecoraro. So weit ist es gekommen.

»Ich will ein Eis«, sagt Ottavia und fängt an zu heulen.

»Ottavia …«, hebt Anna an, um sie zu beruhigen.

»Ich auch«, schreit Rebecca dazwischen.

Wenn sie ausrasten, dann zu zweit. In Stereo.

Ich stehe auf.

»Alles in Ordnung?«, fragt Anna.

»Ich muss aufs Klo.«

Die Toilette befindet sich hinter dem Lokal, eine kleine improvisierte Bude aus Brettern und Wellblech. Ich sperre die Tür hinter mir zu. Was habe ich verdammt noch mal für ein Problem? Dass die Mädchen so anstrengend sind, liegt am Wind, aber auch daran, dass sie meine Stimmung erspüren. In dieser Hinsicht sind Kinder wie Hunde. Ich will weiter mit meinen Kumpels Räuber und Gendarm spielen.

Ich ziehe mein Handy aus der Tasche und gehe Silvanas Profil durch.

Sie ist ein fleischgewordener Traum. Anna würde das genauso sehen. Silvanas Augen wirken wie Fenster zu einer wilden, bunt schillernden Welt. Ich kann gut verstehen, dass Art ihr verfallen war und für *La Madama* die verrücktesten Dinge getan hat.

Alles auf ihrer Facebook-Seite ist öffentlich: ihr Profil, ihr Lächeln. Wie unfassbar vertrauensselig. Wir haben über zwanzig gemeinsame Freunde. So ist das nun mal in

Casalfranco. In ihrem letzten Post vor sechs Tagen zitiert sie Nietzsche: »Und wenn du lange in einen Abgrund blickst, blickt der Abgrund auch in dich hinein.« Rührend. Als ich in ihrem Alter war, begegnete einem diese viel bemühte Phrase in sämtlichen abgegriffenen Zeitschriften, die im Umlauf waren, obwohl keiner von uns Jugendlichen in Casalfranco jemals Nietzsche gelesen hatte. (Selbst Art nicht. Er hatte sich demonstrativ nicht für ihn interessiert, wahrscheinlich, weil alle anderen genau das zu tun vorgaben.) Vielleicht muss man diesen Post als düstere Vorwarnung verstehen, wenn man bedenkt, dass Silvana kurz darauf spurlos verschwunden ist. Vielleicht aber auch nicht. Nietzsche gehört zum Standardrepertoire sämtlicher Jugendlicher, die sich düster geben wollen. Weiter unten hat Silvana Bilder von Klimt geteilt. Noch so einer aus dem Teenager-Mainstream.

Aber sie hat noch etwas Interessanteres geteilt: Ikonen. Gestalten von Heiligen vor einem goldenen Hintergrund, die in ihrer starren Haltung befremdlich wirken. Heilige, immer wieder Heilige. Außerdem hat sie eine Unmenge Zitate gepostet, von naheliegenden (»Mütter sind alle leicht gestört« von J. D. Salinger, was auf Silvanas Situation ganz entschieden zutrifft) bis zu rätselhaften (»Die wichtigsten Fragen im Leben kann man nur selbst beantworten« von John Fowles). Dazu Fotos von sich selbst: im Wintermantel, in einem Bikini, der gerade mal aus zwei Streifen Stoff besteht, immer lächelnd oder mit Schmollmund, immer bildhübsch auf eine Weise, die dem Betrachter alle Hoffnung raubt. Eilig scrolle ich weiter. Früher hat Silvana belanglosere Dinge gepostet (Spiele, die ihr gefallen haben, Fotos von gefüllten Tellern), doch vor einem Jahr wurden solche Inhalte immer weniger und sind dann schließlich ganz verschwunden, zugunsten kultureller Bruchstücke und einer naiv zur Schau gestellten Sexyness.

Dieses Mädchen wollte Eindruck machen. Art schwebt wie ein Schatten über ihrem gesamten Profil. Ich hoffe inständig, dass er ihr nicht zu sehr wehgetan hat.

Unter jedem Post stehen unzählige Likes, Kommentare und Smileys, fast ausschließlich von Männern. Einige der männlichen Namen tauchen andauernd auf. Wahrscheinlich hat Silvana diese Typen alle abblitzen lassen. Irgendwie tun sie mir leid. In einem Krimi wäre einer von ihnen der mutmaßliche Täter oder zumindest ein Verdächtiger, der dann zum Täter führt. Ich tippe auf *Neue Nachricht* und der Messenger öffnet sich. Man kann Silvana auch schreiben, wenn man nicht mit ihr befreundet ist. Soll ich?

> Ich weiß von Art und dem Buch der Verborgenen Dinge. Ich weiß auch, dass du lieber für dich allein bist, aber können wir uns trotzdem treffen? Ich bin einer von Arts besten Freunden :-)

Zitternd halte ich den Daumen über den *Senden*-Button, zögere aber noch. Es gibt keinen vernünftigen Grund, diese Nachricht zu senden. Ich sollte lieber auf *Löschen* drücken und zurück zu meiner Familie gehen. Am besten wäre es, wenn wir Arts Tod für immer und ewig aus unseren Gedanken streichen würden. Ihm wird keine Gerechtigkeit widerfahren, und vielleicht hat er sie auch gar nicht verdient.

Mein Telefon klingelt.

Ich zucke zusammen, und das Telefon rutscht mir aus der Hand. Ich kann es gerade noch auffangen, bevor es mitsamt seinem Wert von siebenhundert Euro ins Klo plumpst. Der Anrufer ist Tony.

Ich gehe ran. »Was gibt's?«
»Ich habe Silvana geschrieben.«
»Was soll das, Tony? Wir hatten doch vereinbart …«
»Sie hat geantwortet.«

11

»Warum hast du ihr geschrieben?«, frage ich Tony, der am Steuer sitzt. Auf der Küstenstraße herrscht so gut wie kein Verkehr. Bei diesem Wetter hat niemand Lust, bis tief in die Nacht zu feiern. »Wir hatten doch gesagt, wir beenden die Sache.«

»Ich habe die Einleitung zu Arts Buch gelesen.«

»Und?«

»Daraufhin habe ich meine Meinung geändert.«

»Ich dachte, mit Arts Geschwafel wären wir durch.«

»Lies es, und dann reden wir weiter.«

An einer bestimmten Stelle der Litoranea, rund einen Kilometer von der nächsten Bar entfernt, bleiben wir stehen und gehen zu einem kleinen, verlassenen Strand. Es ist elf Uhr abends. Mein Hemd klebt mir auf der Haut, »wie der Anzug eines Superhelden«, um es mit Tony zu sagen. Der Sand knirscht unter unseren Füßen, und über dem Strand liegt die Grunge-Melodie des Selbstmord-Schirokkos: Breite Wellen türmen sich auf und brechen mit ohrenbetäubendem Dröhnen. Fabio ist nicht mitgekommen. Angelo hat heute einen guten Tag, und deshalb wollte er bei ihm bleiben. Ich sollte auch bei meiner Familie sein.

Tony muss schreien, damit ich ihn verstehe. »Dieses

Mädchen hat einen Sinn fürs Melodramatische.« Er hat vergessen, dass er eigentlich sauer auf mich ist. »Die Wellen! Der Wind! Der Strand in der Dunkelheit der Nacht!«

»Fabio würde das auch gefallen. Ein spektakulärer Hintergrund für ein Shooting«, schreie ich zurück.

»Du meinst: eine spektakuläre Ausrede dafür, dass ein Mädchen sich nackig macht.«

Sie ist zu spät. Aber wir sind hier im Süden. Der Schirokko peitscht mir kleine Tropfen Meerwasser ins Gesicht. »Ich war heute bei Angelo.«

»Und, wie geht's ihm?«

»Er hat mich für Art gehalten und mich ausgeschimpft, weil ich von zu Hause weggelaufen bin.«

»Scheiße.«

»Als Fabio ihm gesagt hat, wer wirklich vor ihm steht, sind ihm die Tränen gekommen. Er hat sich entschuldigt und gesagt: ›Verzeih mir bitte. Das bin nicht ich, das ist dieser vermaledeite Alzheimer.‹«

Wir blicken uns am Strand um, aber noch immer ist niemand zu sehen. »Hast du eine Ahnung, was Fabio mit ihm vorhat?«, fragt Tony.

»Das weiß er selbst noch nicht. Jetzt bleibt er erstmal etwas länger als geplant. Er überlegt, Lara zu fragen – du weißt schon, seine Freundin –, ob sie nicht für ein paar Tage herkommen will.«

Tony zeigt auf die Dünen, die den Strand von der Straße trennen. »Schau mal da. Ist sie das?«

Eine dunkle Gestalt kommt auf uns zu. Sie ist schlank, nicht besonders groß und scheint gegen den Wind anzukämpfen. Anfangs kann ich ihre Gesichtszüge nicht ausmachen, aber irgendwann erkenne ich sie. Sie ist noch schöner als auf den Fotos.

Silvana mustert mich und wendet sich dann verärgert zu

Tony: »Du hast nichts davon gesagt, dass du jemanden mitbringst.«

»Das ist Mauro«, sagt Tony, als würde das alles erklären.

Silvana beißt sich auf die Unterlippe, entgegnet aber nichts.

»Warst du mit Art befreundet?«, frage ich sie.

»Wieso sprichst du von ihm in der Vergangenheit?«

»Du weißt doch, dass er verschwunden ist, oder?«

»Ja, verdammt noch mal, ich weiß, dass er verschwunden ist!«, schreit sie. »Was wollt ihr von mir?«

Die Heftigkeit ihrer Reaktion irritiert mich. *Psychische Probleme. Stimmungsschwankungen.* Zwei ältere Männer, allein mit ihr am Strand. Warum bin ich bloß mitgekommen?

»Wir wollen dir helfen«, sagt Tony.

Silvana sieht uns wütend an, greift hinter sich und hat plötzlich eine Pistole in der Hand. Ich könnte nicht sagen, ob sie groß oder klein ist, neu oder alt, nicht einmal, ob sie echt oder nur ein Imitat ist. Ich sehe nur, wie ihr Lauf im feuchten Schirokko metallisch glänzt.

Die Welt dreht sich langsamer und scheint sich zu verzerren. Pistolen gehören in Gangsterfilme, nicht in mein Leben. Ich weiß, dass es Pistolen gibt, ich weiß, dass sie bei der Sacra Corona Unita zum Geschäft gehören, aber noch nie hat jemand eine auf mich gerichtet. Ich muss pissen. Ein wunderschönes Mädchen richtet mit zitternden Händen eine Waffe auf mich, und ich muss pissen.

»Langsam«, sagt Tony. Er hat die Ruhe weg. Er kann von uns allen am besten mit Gewalt umgehen. »Wir sind Freunde.«

»Das seid ihr verdammt noch mal *nicht!*«, schreit Silvana und fuchtelt mit der Pistole herum. »Dafür ist es zu spät! Lasst mich in Ruhe! Haut ab, oder …«

»Wir sind Freunde, Silvana«, sagt Tony noch einmal, so besänftigend, wie er nur kann.

»Leck mich!«, schreit Silvana.

Ich sehe nicht, wie sie abdrückt, aber ich höre den Knall, der lauter als die Brandung ist, lauter als der Wind, lauter als das Blut, das durch meine Adern pulsiert. Und ich sehe, wie Silvanas Hand durch den Rückstoß nach oben geschleudert wird.

Dann spüre ich irgendwo in meinem Körper ein Zucken, und Schmerzen in jeder Faser.

Dann spüre ich, wie ein Gurgeln meine Kehle hochsteigt.

Dann ...

Ich ...

...

DAS BUCH DER VERBORGENEN DINGE

EIN HANDBUCH

I

Als ich acht Jahre alt war, sah ich meine Großmutter sterben. Eine Woche lang hatte sie das Bett nicht mehr verlassen. Ihre Hustenanfälle waren endlose Reihen rasselnder Explosionen, die sich anhörten, als stammten sie von einem Wesen, das kaum noch etwas Menschliches an sich hatte. In der Nacht machten mir diese Geräusche Angst. Es klang, als wäre meine Großmutter nicht mehr sie selbst, sondern hätte sich in eine Harpyie verwandelt, die mit ihrem Röcheln nach mir griff, als wären es ausgefahrene Krallen. Meine Eltern verbrachten so viel Zeit wie möglich bei ihr, weil sie wussten, dass ihre Tage gezählt waren, aber an jenem Sonntagnachmittag waren sie nach Portodimare gefahren, um die Aprikosen aus unserem Garten zu verkaufen, bevor sie verfaulten. Für Notfälle hatten sie mir die Telefonnummer des Arztes aufgeschrieben.

Ich war in meine Bücher versunken, trank Milch und knabberte an den nur wenig gezuckerten Keksen, die meine Mutter oft backte, als Großmutter nach mir rief. »Art«, hörte ich sie zwischen zwei Hustenanfällen sagen. Ich sprang auf und lief zu ihr, um zu sehen, was los war.

Ihr Zimmer (später wurde es unser Wohnzimmer, aber für mich ist es immer Großmutters Zimmer geblieben) war dunkel, die Vorhänge waren zugezogen und das Licht ausgeschaltet. Es roch nach altem Schweiß und ganz leicht nach Kot und Urin. Wenn Großmutters Hustenanfälle besonders heftig waren, verlor sie manchmal für einen kurzen Augenblick die Kontrolle.

»Art«, sagte sie.

Zögerlich trat ich näher. Obwohl sie eine Angst einflößende Erscheinung abgab, konnte ich den Blick nicht von ihr wenden. Sie schien in den letzten sieben Tagen um hundert Jahre gealtert zu sein, wie eine Figur in einem Märchen. Damals wusste ich noch nicht, welche verheerenden Schäden die Zeit einem Körper zufügen kann.

Sie hustete und wurde dabei so heftig geschüttelt, dass das wacklige Bettgestell aus Metall unter ihr zitterte. Der Anfall wollte kein Ende nehmen. Ich hatte schon kehrtgemacht, um hinauszulaufen und den Arzt anzurufen, als es plötzlich still wurde. Vorsichtig drehte ich mich um und sah zum Bett zurück. Nichts rührte sich dort.

»Großmutter?«, fragte ich.

»Art«, hörte ich ihre Stimme. Und dann, deutlicher: »Crisci Santu.«

Mit drei Sätzen war ich an ihrem Bett, doch da hatte sie diese Welt schon verlassen.

II

Crisci Santu – »Werde ein Heiliger«. Diese Worte bekommt man in Süditalien von Großmüttern aus Bauernfamilien oft zu hören. Aus ihrer Sicht ist dieser Wunsch verständlich. Wenn beide Eltern sich auf den Feldern abplagen, ist ein Dasein als Heiliger durchaus eine Option, anders als eine Karriere als Arzt oder Anwalt. Der katholischen Lehre zufolge kann jedoch nur heiliggesprochen werden, wer Wunder gewirkt hat. Nur wer nachweislich wundertätig war, kann ein Heiliger werden. Selbst ein absolut unbescholtenes Leben reicht nicht aus, wenn alles Tun, so vorbildlich es auch sein mag, weltlich ist. Konkret bedeutet das: Nur wer Zauberei beherrscht, kann ein Heiliger werden. Die Großmütter aus Bauernfamilien wussten in ihrer Weisheit, dass Kinder von niedriger Geburt nur durch Zauberei von der irdischen Mühsal erlöst werden können.

III

Ich bin nicht katholisch. Mit anderen Religionen komme ich klar: Buddhisten sind in Ordnung, das Judentum ist faszinierend, Wicca, die englische Mysterienreligion der Hexen, hat einige Aspekte, denen ich mich verbunden fühle – aber der Katholizismus? Eine Religion mit ausschließlich männlich geprägten Machtstrukturen, die auf Leid und blindem Gehorsam basiert und ihre Anhänger ganz offen als Schäflein bezeichnet? Ich bin kein Schaf und habe auch keine Nachsicht mit selbst ernannten Schafhirten. Lieber würde ich auf ewig in der Hölle schmoren, als Teil einer Herde zu sein. Doch um die Landschaft des Salento zu verstehen, um ihre vielfältigen Bedeutungen zu erfassen, die sich unter dem Licht der Sonne verbergen, müssen wir verstehen, auf welche Weise und in welchem Ausmaß die Heiligen sie geformt haben, mit den Felsen, dem Sand, den Dornen und den Eidechsen.

IV

Meine Freunde behaupten, ich ändere meine Interessen so häufig wie Politiker ihre Meinungen. Damit haben sie nicht unrecht. Ich kann mich dieses Jahr mit dem Barock beschäftigen und nächstes Jahr mit Kräuterheilkunde, aber nicht, weil ich sprunghaft bin, keineswegs, sondern weil wir in einem unendlich großen, faszinierenden Universum leben und ich so viel wie möglich davon kennenlernen will, bevor ich sterbe. Mit jedem Tag, der vergeht, wird der Rest meines Lebens einen Tag kürzer, und alles, was ich an diesem Tag nicht gelernt habe, ist für immer verloren. Meine Interessen ändern sich nicht, sie wachsen, und das, womit ich mich heute beschäftige, ist der Keim meines Tuns von morgen. So ging es mir beispielsweise mit den Steinmauern: Schon als Kind habe ich mich für sie interessiert, und im Lauf der Zeit habe ich mit ihrer Hilfe die entscheidenden Erkenntnisse bezüglich der Verborgenen Dinge gewonnen.

Im Salento gibt es überall Steinmauern. Schon immer haben sie Ackergrundstücke und Gärten umschlossen, und in prähistorischen Zeiten dienten sie außerdem zur Markierung von Siedlungsgrenzen. Wo auch immer sie verlaufen, sie erfüllen nur einen einzigen Zweck: Sie markieren Grenzen.

Ihre Bauweise ist so simpel, dass sie sich in fünf Minuten erklären lässt, und zugleich so unglaublich präzise, dass sie sich seit Jahrhunderten und Jahrtausenden kaum verändert hat. Zudem findet sie überall auf der Welt Verwendung: In den schottischen Highlands mit ihrem kalten, unwirtlichen Klima habe ich Mauern gesehen, die mit exakt derselben Technik errichtet wurden wie die Mauern in Süditalien, dem Land der erbarmungslosen Sonne.

Schon als Kind fühlte ich mich – instinktiv, wie es bei aufgeweckten Kindern meist der Fall ist – von diesen Steinmauern angezogen. Es faszinierte mich, wie sie die Grenzen zwischen den Feldern markierten, ja, diese Grenzen überhaupt erst erschufen. Wie war es möglich, dass das Land zur Rechten einer Mauer sich in nichts von dem zur Linken unterschied und doch, da es ja einer anderen Familie gehörte, etwas ganz anderes war? Wie konnte ich auf der einen Seite als Prinz angesehen werden und auf der anderen als Eindringling? »Was passiert, wenn ich die Mauer verschiebe?«, fragte ich meinen Vater, der daraufhin nur lachte und mir im Dialekt antwortete: »Nno ppuei spustari lu muru.« Du kannst die Mauer nicht verschieben.

Durch diese Worte erschien mir die Mauer noch tausendmal geheimnisvoller. Zuvor war sie nur ein Haufen unförmiger Steine gewesen, kaum größer als ich, und jetzt war sie eine für die Ewigkeit errichtete Barriere, die ein für alle Mal festlegte, wer wo das Sagen hatte. Sie bestimmte, wie groß in diesem Jahr die Ernte unserer Familie ausfallen würde, und damit auch, wie viele Geschenke mir der Weihnachtsmann bringen würde. All das schien mir ein unergründliches Geheimnis.

Dieses Geheimnis offenbarte sich mir in Gestalt einer Viper.

V

In allen Steinmauern leben Vipern, wie auch der Sagenschatz des Südens ausführlich zu berichten weiß. Bis ich fünf Jahre alt war, hatte ich noch nie eine gesehen. Ich lebte mit meiner Familie weit draußen auf dem Land, auf einem kleinen Hof inmitten weiter Felder, und die einzige Verbindung zwischen unserer Haustür und dem Rest der Menschheit war eine schmale, unbefestigte Straße. Mir war klar, dass Vipern überall anzutreffen waren, und hatte doch noch nie eine gesehen.

Natürlich wusste ich, wie ich mich zu verhalten hatte. Mein Vater hatte es mir eingebläut. Vipern kommen zum Vorschein, wenn es warm ist. Sie sind scheu, beißen aber, wenn man sie erschreckt. Wenn man sich in einem Viperngebiet befindet, muss man aufstampfen oder mit einem Stock auf die Steine schlagen, damit die Vipern einen hören und sich aus dem Staub machen. Der Biss einer Viper, so schärfte mein Vater mir ein, ist meistens tödlich. (Das stimmt allerdings nicht. Er hat mich angelogen, im Namen der Vorsicht.) Um das Schlimmste zu vermeiden, muss man den Arm zu beiden Seiten des Bisses abbinden, dann mit einem bestimmten Gebet den heiligen Vitus um Hilfe bitten und sich dann so schnell wie möglich Hilfe suchen (und zwar in genau dieser Reihenfolge – die Heiligen waren in den Augen meines Vaters bessere Ärzte als die Menschen). Ich besaß also ein gefestigtes theoretisches Wissen in Sachen Vipern, aber kein theoretisches Wissen ist so gefestigt, dass es den Schlägen der Realität standhält.

Das Geheimnis der Viper offenbarte sich mir an einem Tag im Juli, als die Luft stillstand und kein Windhauch sich regte. Es war so heiß, dass selbst die Vögel verstummten und die Blätter wie erstarrt an den Bäumen hingen. Ich war das Einzige, das sich in der Landschaft bewegte, ein Fünfjähriger, der eine Mauer entlangschlenderte und dabei jeden einzelnen Stein berührte. Ich hatte mir einen Zauber ausgedacht: Wenn ich alle Steine der Mauer berührt hätte, würde sie mir gehören und ihre magischen Kräfte würden auf mich übergehen. An einer Stelle waren drei krumme Steine so ineinandergefügt, dass sich in ihrer Mitte ein schwarzes Loch auftat. Ich hatte die Hand auf einen der Steine gestützt, als ich plötzlich eine Bewegung spürte, ein kaum merkliches Vibrieren, das sich von dem Stein auf meine Hand übertrug. Wie hypnotisiert bewegte ich die Hand nicht vom Fleck. War das das Summen des Mysteriums? Ich hatte nicht ernsthaft damit gerechnet, dass mein Zauber funktionieren würde, aber konnte ich es ausschließen …?

Aus dem Loch schob sich der Kopf eines Reptils.
Ich erstarrte. Vor Erstaunen, nicht vor Angst.
Anhand der Beschreibungen meines Vaters und der Abbildungen in einem vergilbten Reader's-Digest-Band, den ich unzählige Male durchgeblättert hatte, konnte ich die Schlange zweifelsfrei bestimmen. Es war keine der zahlreichen harmlosen Arten, die sich friedlich durch die Gegend schlängelten, sondern eine Viper, eine echte Gefahr – die Verheißung eines echten Abenteuers.
Sie war wunderschön.
Ihr Kopf ragte hervor, bernsteinfarben und reglos, mit dem unheimlichen schwarzen Schlitz in der Mitte der Pupillen. Mir schien, als sei diese Viper ein Geschöpf des Zaubers, den ich mir ausgedacht hatte, ein Geist, den ich heraufbeschworen hatte und der mir jetzt untertan war.
Fasziniert von den fremdartigen Pupillen beugte ich mich zu ihr hinab, und für den Bruchteil einer Sekunde sahen wir uns in die Augen, die Viper und ich, der Geist und das Kind. Dann sagte ich: Ciao.
Die Viper biss zu.
Sie schoss aus dem Loch hervor und mir entgegen, als wollte sie mich küssen, grub jedoch stattdessen ihre Zähne in meine rechte Wange, nur knapp neben meinem Mund. Im selben Moment verspürte ich einen intensiven, stechenden Schmerz. Ich schrie auf und machte einen Satz rückwärts, und auch die Viper zog sich zurück und verschwand in dem Loch.
Ich tastete nach der Bisswunde. Sie war warm, und heraus troff eine sämige Mischung aus Blut und Gift. Ich dachte nur: Wie soll ich eine Wunde an der Wange abbinden? Ich war sicher, ich würde sterben. Ich rannte los, zu meinem Vater, der in der Nähe bei der Feldarbeit war.

Nicht einen Augenblick lang dachte ich daran, zum heiligen Vitus zu beten.
Selbst damals habe ich nicht gebetet.

VI

Mein Vater fuhr mich ins Krankenhaus, wo mir ein großgewachsener Arzt ein Gegengift und eine ordentliche Dosis Tadel verabreichte. Ich war rasch wieder auf den Beinen, und auf dem Rückweg verpasste mein Vater mir eine Ohrfeige. »Pass das nächste Mal besser auf«, sagte er. An diesem Abend kochte mir meine Mutter meine Lieblingsgerichte: Pasta mit frischen Tomaten, Mozzarella und Oliven, und gebratene Auberginen mit Olivenöl und Minze (melanzane alla poverella heißt dieses Rezept – »Auberginen nach Bettlerinnenart«). Zuckerbrot und Peitsche – so erzogen mich meine Eltern.
Am nächsten Tag ging ich wieder zu der Mauer. Ich hatte meine Lektion gelernt und war auf der Hut, aber das Erlebnis vom Vortag hatte meine Faszination für die Steinmauern eher erhöht als gedämpft. In und auf den Mauern wimmelte es nur so von Leben: Spinnen und Würmer versteckten sich in den Ritzen, obenauf schliefen Wildkatzen, und die lebensgefährliche Viper wanderte durch ihr Inneres und ließ sich hin und wieder blicken, um die Menschen zu überlisten. Direkt vor mir, aber doch außer meiner Reichweite, lag eine Fülle von Leben – Leben, das ich nicht sehen, auf das ich nicht einmal einen flüchtigen Blick werfen konnte. Eine ganze Welt, die mir verborgen blieb. Und wenn in den Mauern eine eigene Welt existierte, wie viele andere Welten existierten dann womöglich noch darüber hinaus? Was ich entdeckt hatte, war etwas Magisches, oder es war die Magie an sich.
Das war meine erste Berührung mit den Verborgenen Dingen.

VII

Wie die Viper verbergen sich die Verborgenen Dinge nicht eigentlich vor uns, sondern sie bleiben einfach für sich. Wie die Viper sind die Verborgenen Dinge ständig in unserer Nähe, bleiben ungesehen und ungehört, schleichen durch Mauern, ruhen reglos unter Steinen. Wie die Viper lassen sich die Verborgenen Dinge für gewöhnlich nicht von uns stören, beißen jedoch unter bestimmten Umständen zu. Und wie bei einem Vipernbiss bringt es dann auch nichts, die Heiligen um Hilfe anzurufen. Die Heiligen werden nicht helfen. Denn auch die Heiligen gehören zu den Verborgenen Dingen.

VIII

Im Salento finden sich überall Spuren der Heiligen. Sie sind so allgegenwärtig wie die Steinmauern und manchmal so versteckt wie die Vipern. Weil sich jedoch das Leben auf dem Land verändert hat, nehmen die Einheimischen von ihnen kaum noch Notiz. Bauern nennen sich jetzt Landwirte, es gibt immer weniger von ihnen, dafür rauschen immer mehr frischgebackene Anwälte und Kleinunternehmer mit ihren SUVs über sauber asphaltierte Straßen.
Doch auch im Informationszeitalter, in Zeiten von Navis und totaler Vernetzung, sterben Geheimnisse nicht aus, sondern erleben vielmehr eine neue Blüte. Die Menschen fahren durch die Gegend, halten sich aber nicht mehr in ihr auf, und eine Landschaft bildet für sie nur noch einen Hintergrund, aber sie sind nicht mehr mit ihr verbunden. Die Bewohner verlieren den Kontakt zu ihrem Land, was dazu führt, dass neue Formen der Wildnis entstehen. Die Menschen gehen weg, wodurch mehr Raum für anderes Leben frei wird. Fern von allen Blicken breiten sich die Vipern aus. Geheime, verborgene Dinge gedeihen.

Die Kultur, in der ich aufgewachsen bin, geht langsam, aber sicher zugrunde, und wenn eine Kultur zugrunde geht, hinterlässt sie Rätsel. Man braucht nur an die Maya oder die alten Ägypter zu denken oder sich vorzustellen, wie Amerika in tausend Jahren aussehen wird. Wenn man dann den Blick auf das Salento richtet – dann sieht man alles.
Kleine Kapellen stehen an Orten, an denen man sie am wenigsten erwarten würde, schlichte weiße Würfel, die dort seit Jahrhunderten ausharren und dem Wind, der Hitze und den Gewittern trotzen. Gläubige können dort auf die Knie sinken und zu ihrem eifersüchtigen Gott beten. Die Gegend ist übersät mit solchen Kapellen, mit Bildstöcken und Statuen sowie anderen, weniger markanten Spuren längst vergessener Sagen: eine Quelle, an der sich der heilige Petrus gelabt hat, ein Olivenbaum, unter dem der heilige Gregor gewirkt hat. Diese abweisende und sonnenverbrannte, aber tiefreligiöse Weltgegend ist ein Land der Heiligen. Sie sind das Bindeglied zwischen dem Profanen und dem Heiligen, dem Sichtbaren und dem Unsichtbaren. Zwischen den Verborgenen Dingen und uns, wenn man so will. Die Heiligen und die Orte, an denen sie verehrt werden, markieren eine Grenze und teilen das Land – genau wie die Steinmauern.

IX

Als ich vierzehn war, bin ich für sieben Tage verschwunden. Die Carabinieri und die Bewohner der Stadt taten ihr Bestes, um mich zu finden. Helikopter kamen zum Einsatz. Freiwillige durchkämmten ganze Landstriche. Speziell ausgebildete Suchhunde wurden eingeflogen, teilweise bis aus Triest. Eine große Hysterie, aber liebenswürdig – und ebenso sinnlos. Als ich zurückkam, tat ich das aus eigener Kraft, und kurz darauf schlug all die Liebe, die mir entgegengebracht worden war, ins Gegenteil um. Ich wollte nicht erzählen, was geschehen war, also legte ich mir eine Lüge zurecht, die mir die Leute bereitwillig glauben würden. Ich behauptete, ich wäre von zu Hause weggelaufen, und brachte das so unverfroren und arrogant vor, dass die Menschen es mir abnahmen. Über Nacht wurde ich vom Opfer zum Schurken, und dass ich zuvor als ausgebufft gegolten hatte, war in den Augen der anderen erst recht ein Beweis meiner Arroganz. Wie alle guten Lügen war auch meine Lüge Köder und Haken zugleich, und alle haben angebissen.

Ich hatte meine Gründe dafür. Ob das gute Gründe waren oder nicht, mögen andere beurteilen. Ich verspreche, einen wahrheitsgemäßen Bericht dieser sieben Tage zu geben, die mir die Augen für die Existenz dessen geöffnet haben, was ich die »Verborgenen Dinge« nenne. Nach so vielen Jahren verstand ich endlich die Botschaft der Viper.

Über mein Verschwinden werde ich weiter unten an passender Stelle sprechen. Zunächst will ich den Blick aber nicht auf das Ereignis selbst richten, sondern auf den Ort, an dem es sich zutrug: einen alten Olivenhain. Dort sahen meine Freunde mich zum letzten Mal.

X

Heute finden sich in diesem Olivenhain keine Kapellen oder Bildstöcke mehr, doch das war nicht immer so. Der Hain (die Grundstücksregister weisen weder eine spezielle Bezeichnung noch einen Namen aus) gelangte 1882 in den Besitz der Diözese Oria, zu der Casalfranco gehört. Zuvor war er Teil des Anwesens der Familie Mazziani gewesen. Die Familie Mazziani lebt noch immer in Casalfranco, und obwohl ihr Reichtum und ihre Macht längst Geschichte sind, hat ihr Name noch immer eine gewisse Bedeutung. Die Erbin der wenigen Überreste ihres Vermögens (ein Weinberg, der fast keine Trauben mehr trägt, und ein dringend reparaturbedürftiges Haus) ist eine junge Frau namens Carolina. Wir waren zusammen in der Schule. Sie ist verheiratet und hat ein kleines Kind. Ich wünsche ihr nur das Beste – die Kinder sollten nicht von den Sünden ihrer Vorväter heimgesucht werden. Zu ihren Zeiten herrschten die Mazzianis über ausgedehnte Ländereien und zahlreiche Untertanen, bestimmten die Rechtsprechung sowie etliche andere Domänen. Niemand wagte, ihre Macht anzutasten. Mitte des achtzehnten Jahrhunderts wurde in einem Olivenhain, der im Besitz der Familie war, ein junger Mann aus Casalfranco tot aufgefunden, erhängt an einem Baum. Gerüchten zufolge hatte Vittorio Mazziani, der Familienälteste, zu diesem jungen Mann (ein Bauer, der nirgendwo in den Archiven namentlich erwähnt wird) in einem sündhaften Verhältnis gestanden. In der Öffentlichkeit wurde verbreitet, der junge Mann habe Selbstmord begangen. Der Pfarrer beeilte sich zu betonen, Selbstmord sei eine Todsünde und der Mann werde in aller Ewigkeit in der Hölle schmoren. Auch Gebete für ihn seien vergeudete Zeit, und er müsse in ungeweihter Erde begraben werden. Vittorios Ruf nahm keinen Schaden. Und die beiden Männer, die ihn »verleumdet« hatten (der Vater und ein Cousin des jungen Mannes), wurden zu einer Geldstrafe verurteilt, die sie nur unter Mühen aufbringen konnten. Davor und danach gab es noch andere Ereignisse: Affären mit Prostituierten, dubiose Geschäfte, Erpressung, um Land an sich zu bringen. Ich will die Mazzianis allerdings nicht als Bande von ruchlosen Verbrechern brand-

marken - wenn man nur weit genug in die Vergangenheit zurückgeht, findet man in jeder mächtigen oder ehemals mächtigen Familie früher oder später Vergleichbares. An die Macht gelangt man nicht durch Menschenliebe. An die Macht gelangt man durch Lüge, Mord, Plünderung und Raub. Nicht die Macht macht korrupt, sondern der Weg dorthin.
Zurück zum Tod des jungen Mannes: Die Mazzianis konnten nicht dulden, dass ein Stück Land in ihrem Besitz von der Sünde des Selbstmords befleckt war, und baten daher den Pfarrer, den Olivenhain zu segnen. An genau der Stelle, an der man den jungen Mann gefunden hatte, wurde eine Zeremonie veranstaltet, zu der der ganze Ort geladen war. Der Pfarrer kam in vollem Ornat, begleitet von Messdienern, die Weihwasser und solche Mengen Weihrauch bei sich hatten, dass man damit ein ganzes Schwein hätte räuchern können. Er sprach in seinem besten Latein, besprengte die Bäume mit Weihwasser und umhüllte sie mit Weihrauch, während die Mazzianis Essen, Wein und Musik beisteuerten. Die Bevölkerung ließ sämtliche Bedenken fallen, die sie vielleicht noch hegte, vergrub sie tief in der Erde und vergaß sie.
Vittorio verehrte die Jungfrau Maria voller Inbrunst. Sein zweiter Vorname lautete Maria (Jungen den unbestreitbar weiblichen Namen der Muttergottes zu geben, war und ist noch immer eine weit verbreitete Marotte in adligen Familien Süditaliens, aber auch in Familien, die sich adlig geben). Zum Zeichen der wiederhergestellten Reinheit des Hains ließ Vittorio am westlichen Rand einen Bildstock zu Ehren der Jungfrau Maria errichten. Damit hatten die Heiligen Einzug gehalten, und der Hain war in den Kreis der Verborgenen Dinge gerückt. Oder anders gesagt: Er war entsprechend gekennzeichnet worden. Manche Orte sind aus sich selbst

heraus heilige Orte, auch wenn die Menschen das nicht immer erkennen.

Der namenlose junge Mann sollte nicht der letzte bleiben, der in diesem Olivenhain sein Ende fand. Auch später nutzten Mitglieder der Familie Mazziani den Ort, um im Verborgenen Verbrechen zu begehen. 1875 wird von einem fünfzehnjährigen Mädchen berichtet, das tot in einem Olivenhain aufgefunden wurde, in dem sich ein »weithin bekannter«, der Jungfrau Maria geweihter Bildstock befand. Der Täter hatte sie geschändet und ihr die Kehle aufgeschlitzt, und das Blut aus ihrem – so ein Zeitungsartikel – »wohlgeformten« Hals hatte die Statue Marias befleckt. Das Opfer war so frevelhaft gewesen, unter dem Bildstock zu verbluten.

Eine »Untersuchung« förderte zutage, dass das Opfer – sie hieß Rosa – eine Frau von üblem Leumund gewesen war und der Mörder mit Sicherheit einer ihrer Freier. Gute Christen verurteilen es zu Recht, wenn jemand die Dienste einer Prostituierten in Anspruch nimmt und sie dann abschlachtet, aber eine Prostituierte zu sein, ist in ihren Augen zweifelsohne das schwerwiegendere Vergehen. Die Frau hatte es nicht anders verdient, also gab es keinen Grund, Zeit und Geld mit der Suche nach dem Täter zu verschwenden. Der Fall geriet rasch in Vergessenheit, eine weitere Sünderin schmorte in der Hölle, und damit war die Sache erledigt.

Wird ein katholischer Altar oder ein Bildstock mit Blut befleckt, muss ein Pfarrer ihn erneut weihen. In den Quellen, die mir zugänglich waren, findet sich jedoch kein Hinweis darauf, ob das in diesem Fall geschehen ist, oder ob der Bildstock nach Ansicht der Allgemeinheit nicht mehr zu retten war und daher in Vergessenheit geriet. Wie auch immer es sich verhalten mag, acht Jahre

später verkauften die Mazzianis das Grundstück an die Diözese. Das Vermögen der Familie schwand dahin, und um die Schulden zu begleichen, die sie am Spieltisch angehäuft hatten, mussten sie ihre Ländereien nach und nach veräußern. Die Diözese schlug den Olivenhain der Pfarrei Casalfranco zu, und anschließend verlor man kein Wort mehr über ihn und nutzte ihn weder für religiöse Zeremonien noch in anderer Weise. Heute pflückt dort niemand mehr Oliven von den Bäumen, und von dem Bildstock ist nichts mehr zu sehen.
Die Menschen verließen den Ort, und die Vipern nahmen ihn in Beschlag.

XI

Der Olivenhain ist einer der Orte, auf die man früher oder später stößt, wenn man sich mit den Verborgenen Dingen beschäftigt. Es gibt zahllose Geschichten, die die Verbindungen zwischen den Verborgenen Dingen und uns erhellen, und solche erhellenden Geschichten sind selten schöne Geschichten. Mehr als jeder andere Geisteszustand erlaubt uns das Leid, hinter das Offenkundige, das Alltägliche, das Erwartete zu blicken.
Die Verborgenen Dinge sind wandelbar und schwer zu fassen. Meine Nachforschungen brachten mich mit so unterschiedlichen Leuten in Kontakt wie Tanzmeistern oder Scharlatanen, die sich als Hellseher ausgaben, und ich habe dabei ein Verhalten an den Tag gelegt, über das unsere höfliche Gesellschaft die Nase rümpfen würde. Aber ich glaube, ich habe die Botschaft der Viper entschlüsselt und einen ungewöhnlichen Zugang entdeckt.
Alles geht zurück auf die Worte meines Vaters: Du kannst die Mauer nicht verschieben. Ich mag es nicht, wenn man mir sagt, was ich tun und was ich nicht tun kann,

aber ich räume ein, dass manches sich nicht durchführen lässt. Würde ich versuchen, eine Steinmauer zu versetzen, Stein für Stein, so würde man mich entdecken, bevor ich fertig wäre, und man würde mich daran hindern. Zwar nicht in der Theorie, aber doch in der Praxis gilt, dass man eine Mauer nicht versetzen kann. Das heißt aber nicht, dass man zum Nichtstun verdammt ist.

Eine Steinmauer teilt und verbindet. Man kann sie nicht verrücken, wohl aber ihr Innenleben mitsamt seiner Funktionsweise studieren, den Mikrokosmos aus Gestein und Biologie, den sie in sich birgt. Die Verborgenen Dinge bewegen sich innerhalb der Mauern – also können wir auch über sie hinwegsteigen. Überschreitungen sind möglich. Wir können über die Mauer in das benachbarte Feld steigen. Wir können auf die Seite der Verborgenen Dinge vordringen. Mehr noch, uns kommt die intellektuelle Verpflichtung zu, so zu handeln. Jede Grenze, jedes Verbot, weiter voranzuschreiten, wird einen intelligenten Menschen dazu bewegen, genau das zu tun. Hic sunt leones? Hier sind die Löwen? Dann will ich sie auch sehen.

In diesem Sinne ist das vorliegende Buch ein »Handbuch«. Ich werde in einfachen Worten erläutern, was ich über die Verborgenen Dinge gelernt habe, und ich werde darlegen, wie man auf ihre Seite der Mauer gelangt. Dem sei jedoch der Warnhinweis vorangestellt, dass ein solches Überschreiten einen Gesetzesbruch und allein deshalb schon eine Gefahr darstellt.

Gesetze werden jedoch von mächtigen Menschen und ihrem eifersüchtigen Gott gemacht, und weder jenen noch diesem gilt meine Liebe oder mein Respekt.

FABIO

1

Ich stehe im Raum eines Toten.

Seitdem ich zum Studieren weggegangen bin, hat mein Vater hier nichts mehr angerührt. In den Regalen stapeln sich noch immer meine Comics. An den Wänden hängen noch immer meine Poster. Auf dem kleinen Schreibtisch, an dem ich meine Hausaufgaben gemacht oder auch nicht gemacht habe, liegt ein billiger Handventilator, den Tony mir einmal aus Jux geschenkt hat (»Damit du diesen *entsetzlichen* Sommer überstehst«). Selbst mein Walkman ist noch hier. Ein Walkman! Einmal habe ich auf YouTube ein Video gesehen, in dem man Kindern einen Walkman gegeben hat. Sie hatten keine Ahnung, was das für ein Ding ist und wie man es benutzt. Die Jugendzeit meiner Generation wurde rasch und gründlich ausgelöscht. Wahrscheinlich ist das nicht weiter schlimm. Der junge Mann, der ich früher war, ist tot. Und irgendwie war er ja auch ein Idiot.

Warum lässt mein Vater alles so, wie es war? Soll das Zimmer eine Kultstätte sein? Dann liebt er mich mehr, als ich ihm zugetraut hätte. Oder ist er einfach zu faul? Höchstwahrscheinlich will er mir damit etwas sagen. *Du bist noch immer ein Kind,* gibt mir dieser Raum zu verstehen, *deine Wurzeln sind in Casalfranco, und das wird auch immer so bleiben. Der Mensch, der du früher warst, wird niemals ster-*

ben, dieser unbeholfene Typ, der sich ständig entschuldigt hat, denn die Zeit ist kein Fluss, sie ist ein Berg: unbeweglich und unvergänglich, und du stehst nicht auf dem Gipfel, du liegst darunter begraben.

Die Tür geht auf, und mein Vater kommt herein.

Für einen kurzen Moment bin ich irritiert. Er hat noch nie geklopft. Er hat nie zugelassen, dass in seinem Haus Grenzen bestehen. Meine ersten Porträtaufnahmen musste ich unter dem Kleiderschrank verstecken, denn wenn ich sie in einer Schublade gelassen hätte, dann hätte er sie bei einer seiner regelmäßigen Durchsuchungsaktionen entdeckt. »Wenn du dir nichts zuschulden kommen lässt, hast du nichts zu befürchten«, so sein Mantra. »Wenn du ein braver Junge wärst, müsste ich dich nicht andauernd kontrollieren.«

»Wo gehst du hin?«, fragt er mich jetzt, in einem Ton, als hätte er ein Recht darauf, es zu erfahren.

Ich betrachte mich im Spiegel der Schranktür, während ich mein Hemd zuknöpfe. Ich habe eine Jeans und ein weißes Hemd gekauft. Mit diesem Outfit werde ich zwar nicht so bald in einem Modemagazin landen, aber es ist schon weitaus besser als die zerknitterten und verschwitzten T-Shirts, die ich in den letzten Tagen getragen habe.

»Ich treffe Mauro und Tony.« Eine glatte Lüge.

»Ihr müsst euch entscheiden, wie ihr in der Sache mit Arturo weitermachen wollt.«

Heute hat mein Vater einen guten Tag. Mauros Besuch hat ihm Schwung verliehen, und seitdem hat er keinen einzigen Aussetzer gehabt. Im Internet habe ich gelesen, dass bei Alzheimer im frühen Stadium durchaus mit guten Tagen zu rechnen ist. In einem Forum stand: »In gewisser Hinsicht sind die guten Tage die schlimmsten, weil man dann sieht, was man verliert.« Ich verstehe den Gedanken, kann ihm aber nicht ganz zustimmen. Gute Tage sind am schlimmsten, weil dein Vater, obwohl er auf den Tod zuschreitet und sein Gehirn ihn im Stich lässt, noch immer glaubt, alles besser zu wissen als du. Und vielleicht hat er damit sogar recht.

»Und ihr müsst euch *bald* entscheiden«, setzt er hinzu, nachdem ich nicht geantwortet habe. »Mauro sieht das auch so.«

»Das ist nicht so einfach.« Der Typ im Spiegel macht einen passablen Eindruck. Jedenfalls sehe ich sauber aus. Ich habe eine halbe Stunde lang geduscht und dabei eine Entscheidung für heute Abend getroffen.

»Es ist nicht weiter überraschend, dass Arturo in schlechter Gesellschaft war. Don Alfredo weiß schon lange, dass er mit Drogen handelt.«

Ich merke, wie ich wütend werde. Dieser beschissene Pfarrer, der sich in alles einmischt, zu allem eine Meinung hat und all diese Schwächlinge ausnutzt, *in saecula saeculorum.* »Ach ja? Und wie hat er das erfahren?«

»Er ist Pfarrer.«

Ich kann mich gerade noch zurückhalten, um nicht *Schwanzlutscher* zu erwidern. Ich bin keine fünfzehn mehr, und ich werde jetzt nicht mit meinem todgeweihten Vater einen Streit anfangen. »Ich muss los.«

Er ballt die Hände zur Faust und öffnet sie wieder. Diese Geste, die ich leider von ihm übernommen habe, gibt zu erkennen, dass er nervös ist. »Hör zu, Fabio …«

»Ich *höre* zu«, entgegne ich und schnauze ihn dabei ungewollt an.

»Ich wollte mich bei dir bedanken. Wir sehen uns nicht allzu oft. Du magst mich nicht, und ich bin mir nicht sicher, ob ich den Mann mag, der aus dir geworden ist. Aber du bist mein Sohn, und das bedeutet mir etwas – nein, das bedeutet mir *alles.* Ich bin sehr froh, dass du ein bisschen länger hierbleibst. Gesellschaft kann ich weiß Gott gebrauchen. Danke dir.«

Ich weiß nicht, was ich darauf sagen soll. Ich kann mich nicht erinnern, wann mein Vater zum letzten Mal so mit mir geredet hat. Falls er überhaupt je so mit mir geredet hat. »Papà …«

Er sieht mich an. »Ich sage das nicht, damit du noch länger bleibst. Du hast weitaus mehr getan als das, was du als deine Pflicht ansiehst. Ich zolle dir nur Anerkennung für etwas, das Anerkennung verdient.«

In seiner Stimme höre ich ein Zittern, ein überspieltes Stocken.

»Ich freue mich, dass wir Zeit miteinander verbringen, Fabio«, sagt er. »Schon bald kann ich das vielleicht nicht mehr so deutlich sagen.«

Er kämpft mit den Tränen.

2

Wie benommen gehe ich durch die Stadt. Mein Vater hat meiner ohnehin schon erschütterten Vorstellung von der Realität einen Roundhouse-Kick verpasst. »Ich freue mich, dass wir Zeit miteinander verbringen, Fabio.« Und er hat geweint. Früher hat er immer gesagt, dass Weinen einen Mangel an Selbstdisziplin verrate, dass es sinnlos und beschämend sei und die Probleme nicht löse, sondern verschlimmere. Ich habe ihn erst bei einem Anlass weinen sehen, nämlich beim Tod meiner Mutter, und da auch nur, als nach dem Begräbnis der Sarg geschlossen wurde.

Ich wünschte, ich könnte mir einreden, dass mein Vater mich zum Narren hält und sich das alles zusammen mit Don Alfredo nur ausgedacht hat, damit ich mich so richtig schuldig und elend fühle.

Die Stadt ächzt unter dem Schirokko, aber das hält weder Touristen noch Einheimische davon ab, in die Bars zu strömen. In den Straßen herrscht ein sommerliches Summen, eine Mischung aus den Stimmen Betrunkener, Popmusik und dem Lärmen der Teenager beim *struscio*. Ich komme mir vor wie ein Gespenst. Als könnte ich durch sie hindurchgehen, durch steinerne Mauern und durch Menschen aus Fleisch und Blut, und sie würden dabei nur einen kühlen Hauch verspüren. Ich beneide sie dafür, wie sehr sie miteinander verbunden sind, wie sehr sie hier zu Hause sind.

Ich komme an der Wache der Carabinieri vorüber, diesem gelben faschistischen Ungetüm. Ich weiß ganz genau, dass ich nicht wegen meines Vaters in der Stadt geblieben bin. Auch nicht wegen Art. Ich bin zum einen geblieben, weil die Stadt mich dazu gezwungen hat, und dann noch aus einem völlig anderen Grund, der rein egoistischer Natur ist und eigentlich kein Grund sein sollte.

Ich klopfe an die Tür von Mauros Haus.

Ich war eine halbe Stunde unterwegs, und mein Hemd, das vorhin noch knackfrisch war, trieft vor Schweiß. Nach einer Weile öffnet Anna die Tür. Sie ist barfuß und trägt eine kurze Hose und ein enges, blassgrünes Oberteil aus hauchdünnem Stoff, unter dem sich ihre Brüste abzeichnen.

»Fabio?« Sie scheint überrascht, mich zu sehen.

»Kann ich reinkommen?«

Sie tritt zur Seite und lässt mich hinein. »Wolltest du den Abend nicht mit Angelo verbringen?«

»Das war gelogen.«

Anna entgegnet nichts und schließt die Tür. »Die Mädchen schlafen schon«, sagt sie leise.

»Kann ich einen Schluck Wasser haben?«, frage ich.

Durch einen dunklen Gang geht sie voraus in die Küche, und ich folge ihr auf Zehenspitzen. Das Haus hat keine Klimaanlage, aber zwischen den dicken weißen Mauern ist die Luft trotzdem kühl. In der Küche hängt ein Kalender von 2012, dem Jahr, in dem Mauros Eltern nach Mailand gezogen sind und dieses Haus zum Feriendomizil wurde. In dieser elenden Stadt begegnet man der Vergangenheit auf Schritt und Tritt.

»Wasser oder Bier?«, fragt Anna und öffnet die Kühlschranktür.

»Wenn du so fragst: Bier.«

Sie holt zwei eisgekühlte Flaschen Peroni heraus, macht sie auf und reicht mir eine. »Ihr habt mir nicht alles erzählt, was die Sache mit Art angeht«, sagt sie leise.

Ich schüttele den Kopf. »Aber morgen ist Schluss damit.«

»Wirklich? Das hat Mauro auch gesagt. Was er nicht gesagt hat, ist, wohin er und Tony gefahren sind.«

Ich trinke mein Bier halb aus. »Kurz gesagt: Wir sind fertig damit. Es ist vorbei.«

»Dann hoffen wir mal, dass die beiden keine Dummheiten machen.«

»Ihnen kann nichts passieren, Anna.«

»Ich mag es nicht, im Ungewissen gelassen zu werden.«

»Kann ich gut verstehen.«

Anna lehnt sich an den Kühlschrank und lächelt mich an. »Warum bist du hier, Fabio?«

»Weil das heute der letzte Abend ist.«

»Und?«

Ich atme tief durch. Die Engel der Anständigkeit in meinem Inneren schimpfen wie wild drauflos, als ich sage:

»Mauro ist nicht da, und wenn alles wieder seinen normalen Gang geht, wer weiß, ob und wann wir dann noch einmal die Chance haben, allein miteinander zu sein. Und ich sehne mich nach nichts mehr als danach, mit dir allein zu sein, Anna. Ich … ich weiß nicht, ob ich dich liebe, ich weiß es wirklich nicht. Aber ich *will* dich, ich will dich mehr, als ich je irgendjemanden gewollt habe, und das hier ist vielleicht unsere letzte Chance. Ich …« Ich nehme noch einen Schluck Bier. »Ich glaube, ich mache mich gerade vollkommen lächerlich.«

Anna kommt auf mich zu. »Nicht in der Küche.«

Sie nimmt meine Hand, führt mich schweigend die Treppe hinauf in das Zimmer, in dem sie und Mauro schlafen. Die Engel der Anständigkeit, diese frömmlerischen Schwachköpfe, schreien und schlagen mit den Flügeln, aber ich höre sie kaum, so verzaubert bin ich von Anna, ihrem Hintern, der bei jedem Schritt sanft hin und her schwingt, und ihren langen, schlanken Beinen. Im Schlafzimmer schließt sie die Tür hinter sich. »Du weißt, dass ich Mauro liebe.«

»Ja.«

»Kommst du damit klar?«

Ich antworte nicht. Um jetzt noch etwas zu sagen, fehlt mir die Selbstbeherrschung. Ich lege ihr die Hände auf die Schultern und küsse sie auf die Wange. Nicht auf die Lippen, noch nicht. Ich kann mich noch lebhaft an das eine Mal erinnern, als wir gevögelt haben. Ich kann mich an jeden Moment und jede Bewegung erinnern, und ich weiß noch, dass Anna nicht zimperlich war. Ich beuge mich zu ihrem Nacken hinab und beiße zu, und sie stöhnt vor Glück, während ich mit der Zunge über die Haut zwischen meinen Zähnen streiche, und einen kurzen Augenblick stelle ich mir vor, wie Mauro morgen den Abdruck auf Annas Hals entdeckt, aber es kümmert mich nicht.

Anna schiebt mich weg und zieht ihr Oberteil aus. Im Halbdunkel des Zimmers sehe ich, wie der Schweiß auf ihrer Haut glänzt. Sie packt mich am Hinterkopf und drückt meinen Kopf an ihre Brust, ich nehme ihre harte Brustwarze zwischen die Zähne, und sie flüstert: »Los.« Ich beiße zu, während sie sich von ihren Shorts und ihrem Slip befreit, und während ich weiter zubeiße, zieht sie mir die Jeans aus und packt meinen Schwanz.

»Fester«, sagt sie.

Ich schiebe eine Hand zwischen ihre Beine, lege einen Finger auf ihre Klitoris und lasse ihn langsam kreisen, während der salzige Geschmack ihrer Haut meinen Mund erfüllt.

Anna schlägt mir auf den Hintern und lacht.

»Werd bloß nicht frech«, sage ich mit unterdrücktem Lachen und schlage sie genauso spielerisch.

»Na los, weiterknabbern.«

Ich beuge mich zu ihrer anderen Brustwarze und beiße so fest zu, wie ich kann, und Anna entfährt ein Laut, der schon fast ein Stöhnen ist. Ich bleibe mit meinem Finger erst auf ihrer Klitoris und schiebe ihn dann tiefer hinein und spüre, wie feucht sie ist, maßlos feucht, so wie sie in allem maßlos ist. Nichts auf der Welt ist so erotisch wie eine Frau, die feucht wird. Dann weißt du, dass sie auf dich steht, dass du sie verdienst. Nichts ist so erotisch wie Anna, wenn sie feucht wird.

Ich will auf der Stelle sterben. Ich will sterben, während ich sie ficke, und mein ganzes beschissenes Leben vergessen.

Da klingelt mein Telefon.

Anna zuckt zusammen. »Davon wachen die Mädchen auf!«, flüstert sie.

Ich greife panisch nach meiner Hose, während das doofe Telefon weiterklingelt. Endlich finde ich es. »Es ist Tony«, sage ich und sehe Anna an.

Sie setzt sich auf das Bett. Dann legt sie sich auf den Bauch, winkelt die Beine an und stützt den Kopf in die Hände. »Kommen die schon zurück?«, fragt sie. »Dann sollten wir uns beeilen.«

Ich schalte das Telefon aus und beeile mich.

TONY

1

Mir dröhnen die Ohren. Silvana starrt mich an. Ihr verwirrter Blick lässt erkennen, dass sie nicht glauben kann, dass ihr Finger auf dem Abzug etwas mit dem Mann zu tun hat, der vor ihr zu Boden stürzt. Mauros Körper fällt mit einem dumpfen Aufprall, der inmitten der Brandung in meinen Ohren lauter klingt als der Schuss, in den Sand. Silvana taucht aus ihrer Benommenheit auf, dreht sich um und läuft davon.

Gerade als ich ihr nachlaufen will, fängt Mauro an zu schreien, und ich bleibe stehen. *Was mache ich denn da?* Soll dieses Miststück doch geradewegs in die Hölle laufen. Mauro ist wichtiger. Ich knie mich neben ihn.

»Wie schlimm …«, sagt er und schluckt. »Wie schlimm ist es?«

Er hat die Hände auf die Stelle gelegt, an der die Kugel eingetreten ist, unterhalb des Brustkorbs. Das heißt, dass er entweder Glück gehabt hat oder es verdammt schlecht für ihn aussieht. »Lass mal sehen.«

Er nimmt die Hände weg. Wenn doch nur alle meine Patienten so folgsam wären. Ich taste mit den Fingern nach der blutigen Eintrittswunde. Sie ist nicht groß, und ich kann keine Austrittswunde feststellen, was bedeutet, dass die Kugel noch im Körper steckt. Ich halte ein Ohr an Mauros Brust. Sein Herz schlägt normal, und auch sein Atem ist in

Ordnung. Da habe ich schon Schlimmeres gehört. Vermutlich hat die Kugel weder die Knochen erwischt noch größere innere Verletzungen verursacht. »Sieht schlimmer aus, als es ist«, sage ich und greife nach meinem Handy.

»Wen rufst du an?«

»Den Notarzt.«

»Nein.«

»Was?«

»Nur wenn es ... absolut notwendig ist.«

»Ich weiß, was du denkst, aber ...«

»Ist es notwendig?«

Mein Bauch sagt: überhaupt nicht. Nicht, wenn ich ordentliches OP-Besteck habe. »Bist du sicher?«, frage ich.

Mauro nickt. Er verliert eine Menge Blut und wird von Sekunde zu Sekunde schwächer. Wir haben keine Zeit für Diskussionen. Hastig ziehe ich mein T-Shirt aus und drücke es auf die Wunde. Dann renne ich zum Auto, öffne die hintere Tür und renne zurück zu Mauro. »Noch am Leben?«, frage ich ihn.

»Im Moment schon«, kann er antworten.

Ich schiebe meine Arme unter ihn und hebe ihn hoch. Er ist leichter, als ich erwartet hatte. Ich schleife ihn zum Auto, schnell, aber nicht zu hastig, um ihn so weit wie möglich zu schonen.

»Halt durch«, sage ich. »Du bist in den Händen des besten Chirurgen, den dieser Strand zu bieten hat.« Ich weiß nicht, ob Mauro mich noch hören kann, aber ich selbst kann mich hören, und ich muss mich um jeden Preis beruhigen.

So vorsichtig wie möglich hieve ich ihn auf die Rückbank und mache die Tür zu. Eilig setze ich mich hinters Steuer, stecke den Schlüssel ins Schloss und starte den Motor. Beim Bremsen werde ich aufpassen müssen, oder Mauro fliegt in hohem Bogen vom Rücksitz. Das wäre ein Spaß.

Mit einer Hand lenke ich, mit der anderen rufe ich Elena an.

»Na, großer Bruder?«, sagt sie.

»Sag mal, hast du einen Arzt, dem man vertrauen kann?«

Erst ein Schweigen in der Leitung, dann wieder Elenas Stimme, die plötzlich ernst klingt. »Brauchst du jetzt einen?«

»Ich brauche sein OP-Besteck.«

»Was ist passiert?«

»Ich komme zu dir, wenn das in Ordnung ist.«

»Natürlich«, antwortet meine Schwester, diesmal ohne zu zögern.

»Kann das unter uns bleiben? Rocco kann es erfahren, aber sonst niemand, okay?«

»Natürlich«, sagt sie noch einmal.

Ich beende das Gespräch und rufe Fabio an. Ich warte eine Ewigkeit, aber er geht nicht ran. Als ich es noch einmal versuche, ist sein Telefon ausgeschaltet.

Was ist verdammt noch mal mit diesem Typen los?

2

Rocco hilft mir, Mauro ins Haus zu tragen. Er macht es richtig und achtet darauf, dass Mauros Körper nicht ins Schaukeln gerät. Er macht das nicht zum ersten Mal. Mauro ist noch bei Bewusstsein, aber zu schwach zum Sprechen. Wir bringen ihn in ein Zimmer im Erdgeschoss, in dem ein Feldbett steht, das mit einem sauberen weißen Laken bezogen ist. Eine gute Vorbereitung. Eine *professionelle* Vorbereitung. Elena wartet auf uns, in der Hand eine braune Arzttasche. Mit nüchternem Blick schätzt sie Mauros Zustand ein. Sie sagt nichts – zum Reden wird später noch Zeit sein. Rocco und ich legen Mauro auf das Bett, und Elena gibt mir die Tasche.

»Ich hoffe, da ist alles drin, was du brauchst.«

Ich werfe einen kurzen Blick in die Tasche. Ja, es ist alles da. Hatte ich auch nicht anders erwartet. »Lasst mich allein.« Sie können mir jetzt nicht helfen. Bevor ich ihnen umständlich erkläre, was zu tun ist, mache ich es lieber selbst.

Rocco und Elena gehen hinaus und schließen die Tür hinter sich.

Dann bin ich allein mit einem Freund, dessen Leben in meiner Hand liegt. Ich bin ein absurd hohes Risiko eingegangen: Wir haben Mauro nicht in einem Krankenwagen transportiert, das hier ist kein OP-Saal, und ich habe kein Team an meiner Seite. Aber ich bin gut. Mehr als gut.

Silvana weiß nicht, wie man mit einer Waffe umgeht, und wenn man das nicht weiß, tötet man, wenn man es nicht will, und verfehlt sein Ziel, wenn man Blut sehen will. Das habe ich während der Nachtdienste in der Notaufnahme in Rom gelernt. Die Leute glauben, mit Waffen ließe es sich töten wie mit einem Zauberstab, aber man braucht Geschick, um sie richtig einzusetzen, und Glück, wie bei allem im Leben.

Ich nehme mir ein paar Augenblicke, um einen klaren Kopf zu bekommen. Der Körper, der vor mir auf dem Feldbett liegt, ist kein Freund von mir, sondern ein Haufen Fleisch, eine Maschine, die man hart, aber herzlich anpacken muss. Ein Gegenstand, den ich zu reparieren habe. Andere Ärzte pflegen ihre verfeinerten detektivischen Fähigkeiten. Wieder andere denken nach, diskutieren und haben alle Zeit der Welt. Aber wir Chirurgen? Wir reparieren, wir sind Handwerker mit der Einstellung von Metzgern.

Wir besprechen keine Diagnosen bis in die letzten Einzelheiten. Wir machen unseren Job.

Ich nehme ein Einwegskalpell aus der Tasche, reiße die sterile Verpackung auf und mache mich an die Arbeit.

3

Eine Operation ist ein intimer Vorgang. Als ich das erste Mal selbstständig eine Operation durchführte, fühlte es sich irritierenderweise so an, als wäre ich sexuell erregt, und zum Schluss hatte ich – ungelogen – eine Erektion. Ich fand das widerlich. Ich hielt mich für verroht. Ich überlegte lange, ob ich Dr. Costa davon erzählen sollte, dem altgedienten Chirurgen, der in der Klinik mein Mentor war, und entschied mich schließlich, es zu tun. Als ich ihm etwas unbeholfen von meinem Ständer erzählte, lachte er nur. »Vielen der wirklich guten Chirurgen geht es so«, sagte er. Erst nach einer Weile begriff ich, warum das so war. Bei einer Operation muss man sich dem Rhythmus des Patienten angleichen. Man muss verstehen, wie dieser Körper funktioniert, aber in gewissem Maße auch, wie die *Seele* funktioniert, die in diesem Körper wohnt. Der Geist in der Maschine ist Teil der Maschine. Nimmt man zwei Patienten im selben Alter, mit demselben Körpergewicht, derselben Vorgeschichte und denselben Beschwerden – auf dem OP-Tisch werden sie unterschiedlich reagieren. Eine OP hat viel von Sex an sich. Ich stochere herum und stoße und penetriere, und ich muss alle anderen Gedanken abschalten und absolut *da sein.* Einen gewichtigen Unterschied gibt es jedoch: Während man sich beim Sex gehen lassen kann, ist das bei einer OP undenkbar. Man kann sich nicht auf den Patienten verlassen, sondern ausschließlich auf sich selbst. Der Patient ist eine Maschine, in der ein Geist schläft. Die Kontrolle hat nur der Operateur, niemand sonst.

Mit Mauro jetzt so intim zu sein, ist irgendwie seltsam.

Ich lege einen Zugang und verabreiche ihm Tranexamsäure, um die Blutung zu stoppen. Als ich die Kugel heraushole, hat er noch genug Kraft, um aufzustöhnen. Ich suche nach inneren Verletzungen, bis ich absolut sicher bin, dass er keine davongetragen hat. Dann desinfiziere ich die Wunde und vernähe sie. Währenddessen bete ich, und jeder Stich ist wie eine Perle eines Rosenkranzes. Ich rufe die heiligen Cosmas und Damian an, die Schutzpatrone der Ärzte. Ich rufe den heiligen Antonius an, meinen Namenspatron. Ich rufe die Jungfrau Maria an, Gottvater und Seinen Sohn Jesus. Mauro ist ein guter Mensch, und ich weiß, dass auch guten Menschen schlimme Dinge widerfahren, aber ehrlich gesagt, habe ich das jetzt oft genug miterlebt.

Während ich die Wunde reinige, schläft Mauro ein. Kein Grund zur Sorge. Ich stelle einen Stuhl neben das Bett. In der Tasche ist alles, was ich für eine Bluttransfusion bräuchte. Meine Blutgruppe ist 0–, ich bin also Universalspender. »Die ideale Blutgruppe für einen Arzt«, sagte Art oft im Scherz. Mauro kommt vermutlich ohne Transfusion durch, aber es beruhigt mich zu wissen, dass es daran nicht scheitern würde.

Ich wische mir mit dem Unterarm den Schweiß von der Stirn, reiße mit den Zähnen eine Packung Feuchttücher auf und säubere meine Hände einigermaßen vom Blut. Dann ziehe ich mein Handy heraus und sehe nach der Uhrzeit. Es ist noch keine Stunde her, dass wir hier angekommen sind.

Es könnten auch zehn Minuten oder zehn Jahre sein. Wenn ich operiere, steht die Zeit still, das ist nicht anders als beim Sex. Ich rufe Fabio an. Wieder geht er nicht ran.

Ich hinterlasse ihm eine Nachricht auf der Mailbox. Ich habe das Telefon noch nicht weggelegt, als es vibriert und mit einem *Ping* eine Facebook-Nachricht meldet.

Von Silvana.

4

> Wie geht's ihm?

Ich starre auf das Display. Dieses Biest hat vielleicht Nerven. *Nur mit der Ruhe,* würde Mauro jetzt sagen. *Ruhe bewahren und nachdenken.* Die Vorstellung, dass ich sie durch das Display hindurch packe und ihr einen Tritt verpasse, der sie bis zu den Carabinieri schleudert, hilft mir auch nicht weiter. Als Antwort schreibe ich nur meine Telefonnummer, und dann warte ich, den Blick auf das Handy gerichtet, als wäre es ein tollwütiger Hund.

In dem Moment, in dem es läutet, gehe ich ran.

»Was zum Teufel willst du?«

Schweigen am anderen Ende. Dann fragt Silvana: »Lebt er noch? Der Mann, den ich … auf den ich geschossen habe, lebt er noch?«

»Als wär dir das nicht scheißegal!«

Ich höre ein unterdrücktes Schluchzen, dann sagt Silvana

mit gebrochener Stimme: »Bitte sag es mir, ist er tot? Um Himmels willen, habe ich ihn umgebracht?«

»Nein«, antworte ich. »Ihm geht's gut.«

»Gott sei Dank«, sagt sie leise. Die Erleichterung in ihrer Stimme ist mit Händen zu greifen.

Ich atme langsam ein und aus. Ich sollte nicht zu streng mit ihr sein. Sie ist jung, sie ist durchgeknallt, und sie ist ein Opfer von Art. »Warum hast du das getan?«

»Ich weiß nicht. Was wollt ihr denn überhaupt von mir?«

»Wir sind Arts beste Freunde. Wir, das sind Tony und Mauro, und dann ist da noch Fabio. Hat Art nie von uns erzählt?«

»Er hat nie über sein Leben gesprochen. Und es hat nicht zu meiner Rolle gehört, Fragen zu stellen.«

Meine Rolle. Die Sadomasohöhle in Arts Trullo kommt mir wieder in den Sinn. »Warst du Arts … Sklavin?«, frage ich. Das ist ziemlich direkt, aber dieses Mädchen hat auf meinen Kumpel geschossen. Sie hält das aus.

Nach einer Weile sagt sie: »Ja, ich hatte die Ehre. Ich habe ihn geliebt. Ich … liebe ihn noch immer.«

Bei gegenseitigem Einvernehmen ist zwischen Erwachsenen alles möglich. Silvana ist dem Alter nach erwachsen, aber sie ist auch so durchgeknallt, dass bei ihr wohl kaum von Einvernehmen die Rede sein kann. Ich sollte nicht immer daran denken, was sie Mauro angetan hat, sondern versuchen, mir vorzustellen, was Art *ihr* angetan hat, und Mitgefühl zeigen. »Wie habt ihr euch kennengelernt?«

»Als er zu uns gekommen ist, um mit meiner Mutter zu sprechen, hat er erwähnt, dass er Gras verkaufen wollte, um ein bisschen Geld zu machen. Von da an habe ich bei ihm gekauft.«

»Moment mal: Art hat mit deiner Mutter geredet? Worüber denn?«

»Über sein Meisterwerk.«

»*Das Buch der Verborgenen Dinge.* Ich habe die Einleitung gelesen.«

»Um es zu verstehen, musst du es ganz lesen.«

»Das würde ich ja gerne, aber ich habe den Rest nicht. Du schon, oder? Wir könnten uns mal treffen und …«

»Ist das eine Falle?«, blafft sie mich an. »Ist das eine beschissene Falle?«, schreit sie.

Ich wünschte, ich wäre Psychiater. Dann wüsste ich, wie man mit Verrückten umgeht, und wäre nicht hin und her gerissen zwischen dem Impuls, ihr die Fresse zu polieren, und dem Bedürfnis, sie so fest zu umarmen, wie ich nur kann. »Du weißt, was mit Art passiert ist, stimmt's?«

»Ja.«

»Und das macht dir Angst.«

Sie entgegnet nichts.

»Wir könnten dich beschützen«, sage ich.

Sie lacht hysterisch. »Ihr *seht* sie doch nicht mal!«

»Was? Die … die Verborgenen Dinge?«

»Psssst!« Stille. Dann: »Verpiss dich, du Wichser. Wenn ihr mich nicht in Ruhe lasst, bring ich euch um. Alle.« Dann legt sie auf.

Ich versuche sofort, sie zurückzurufen. Keine Verbindung. Ich lasse einen Frustschrei los und hole schon aus, um mein Handy gegen die Wand zu schleudern, kann mich aber gerade noch beherrschen. Jetzt ist kein guter Zeitpunkt zum Durchdrehen. Wieder wähle ich Fabios Nummer, lande aber wieder direkt auf der Mailbox.

Allmählich mache ich mir Sorgen.

FABIO

1

Ich komme, als ich in Anna bin. Das Gefühl der Vereinigung ist so intensiv, dass es selbst fast wie ein Orgasmus ist. Anna lacht. Sie ist zu ehrlich, um irgendetwas vorzutäuschen. Ich rolle zur Seite, nur um kurz Atem zu holen. Dann nehme ich meine Kräfte zusammen, unterdrücke die Schläfrigkeit, die mich beschleicht, und rolle mich wieder auf Anna. Ich halte sie auf das Bett gedrückt und setze meinen ganzen Körper ein, meine Zunge, meine Finger, meine Knie, um sie zu verwöhnen und zu feiern. Bis irgendwann, als meine Muskeln schon zittern und meine Kräfte mich verlassen, ein Beben durch ihren Körper läuft. Ich habe den Kopf zwischen ihren Schenkeln vergraben, und als ich aufblicke, sehe ich, wie sie sich auf die Lippen beißt, um einen Schrei zu ersticken, der nicht aus ihrer Kehle, sondern aus ihrem tiefsten Inneren aufsteigt. Ich senke den Kopf wieder und lecke sie weiter, in langsamen Kreisen über ihre Klitoris, und Anna zittert so heftig, dass ich sie mit beiden Händen am Hintern packen und festhalten muss, während ich weitermache und sie lecke, hin und wieder an ihren kleinen Lippen sauge, bis ihre Bewegungen langsamer werden, sie tief ausatmet und sich unter meinen Händen und meiner Zunge entspannt.

Ich könnte gleich wieder loslegen. In fünf Minuten mache ich weiter.

Aber zunächst lege ich mich neben sie und schmiege mich an sie, Haut an Haut, küsse sie auf den Mund, und als unsere Schweißtropfen sich vermischen, ist das nicht weniger erregend, als wenn andere Flüssigkeiten sich vermischen.

»Kannst du das noch mal machen?«, fragt Anna lachend.

Ich strecke meine Zunge heraus. »Ich spür schon gar nichts mehr«, sage ich, was sich wegen der herausgestreckten Zunge ganz komisch anhört.

Anna nimmt meine Hand und schiebt sie sich zwischen die Beine. »Dann eben so.«

Verrückt. Der Süden ist verrückt, mit seiner alles beherrschenden Sonne, die die Hormone zur Raserei bringt. Wir wissen, dass es absolut indiskutabel ist, dass wir zusammen im Bett sind, und weil es das letzte Mal ist, dehnen wir den Moment so lange aus, wie es nur geht. Anna und ich werden morgen beide noch auf der Welt sein, als einzelne Menschen, aber dieses *Wir*, diese betörende Einheit, die entsteht, wenn unsere nackten Körper beim Sex vereint sind, wird tot sein. Wir werden tot sein, aber bevor es so weit ist, wollen wir noch einmal leuchten wie der helle Tag.

Ich verwöhne sie mit den Fingern, bedecke ihre Lippen mit meinen und bremse ihre Zunge mit meiner, damit sie nicht laut aufschreit und ihre und Mauros Kinder weckt.

2

Die Zeit verschwimmt in einem Wirbel aus Küssen, nackter Haut und gelegentlich einem Schluck Wasser.

»Wie spät ist es?«, fragt Anna.

Wir kommen langsam wieder zu Atem und streicheln einander sanft, ohne den Kontakt für einen Augenblick aufzugeben. »Keine Ahnung.«

Anna setzt sich auf. Sie wirkt beunruhigt. »Dann schau nach. Die waren doch schon auf dem Rückweg. Sie dürfen uns auf keinen Fall so erwischen.«

Sie hat recht. Wie immer. Ich drehe mich zur Seite, greife nach meinem Handy und schalte es an. »Schon nach eins.«

Anna schreckt hoch. »Ich hätte gedacht, es wäre höchstens Mitternacht!«

Tonys Anruf liegt über zwei Stunden zurück. Wenn er und Mauro nicht auf dem Rückweg waren – warum hat er dann angerufen? Ich bekomme Netz und sehe, dass Tony mir eine Nachricht auf der Mailbox hinterlassen hat. Ich höre sie ab.

»Wo steckst du, Mann?«, fragt er verzweifelt. »Wir haben hier ein Problem. Es geht um Mauro. Er hat … keine Sorge, es ist alles okay, aber komm so schnell wie möglich. Wir sind bei meiner Schwester.« Er nennt die Adresse. »Wenn Anna dich anruft«, fügt er hinzu, »dann sag ihr, du hättest nichts von uns gehört. Wir müssen hier erstmal ein paar Sachen in Ordnung bringen.«

»War das Mauro?«, fragt Anna, während sie ihren Slip anzieht. Unsere Nacht ist vorüber, wir sind tot, sie und ich. »Fabio? War das Mauro?«

Ich weiß nicht, was ich sagen soll.

TONY

1

Fabio klingelt an der Tür. Doch als ich öffne, steht nicht Fabio vor mir, sondern Anna. Sie ist stocksauer.

»Was ist mit meinem Mann passiert?«

»Ich …«

Sanft, aber mit Nachdruck schiebt sie mich zur Seite, kommt herein und fragt noch einmal: »Was ist mit meinem Mann passiert?«

»Wo ist Fabio?«

»Zu Hause, er passt auf die Mädchen auf. Tony, du sagst mir jetzt sofort, was mit meinem Mann passiert ist.«

Fabio, dieser Idiot. Ich habe ihm doch gesagt, er soll Anna nichts erzählen. Auf wen soll man sich denn noch verlassen können, wenn nicht auf seine besten Kumpels?

»Er ist am Leben«, sage ich, und die Wut, die ich gerade eben noch auf Fabio hatte, richtet sich augenblicklich gegen mich. *Er ist am Leben* – nur in den Ohren eines Arztes ist das eine gute Nachricht. Für den Rest der Welt ist *am Leben sein* der Normalzustand. »Er ist angeschossen worden«, erkläre ich, »aber es geht ihm gut.«

»Wie kann es einem gut gehen, wenn man *angeschossen* wurde?« Anna ist ruhig, so ruhig wie ein Ozean, unter dessen Oberfläche ein Krake die Tentakel kräuselt.

»Die Kugel hat weder innere Organe noch Knochen

erwischt. Ich habe die Blutung gestoppt, die Wunde gereinigt und genäht. Er ist außer Lebensgefahr, Anna. Wenn er aufwacht, ist er wieder ganz der Alte.«

Sie ist bleich, und ihre Haare sind ein einziges Durcheinander, als wäre sie aus dem Bett gesprungen und direkt hierhergefahren. Wahrscheinlich hat sie genau das getan, nachdem dieser Schwachkopf von meinem Kumpel alles ausgeplaudert hat. Warum hat er nur den Mund nicht halten können?

»Ich will zu ihm«, sagt Anna.

»Klar, kein Problem.«

»Warum ist er nicht im Krankenhaus?«

»Das ist eine lange Geschichte. Die erzählt er dir am besten selbst.«

»Nein«, entgegnet sie eisig. »*Du* wirst sie mir jetzt erzählen.«

2

Mauro schläft, und wie alle Menschen wirkt auch er im Schlaf wie ein schutzloses Kind. Diese Beobachtung habe ich im Krankenhaus gemacht: So mancher Achtzigjährige, der dort im Bett liegt, sieht aus wie ein kleiner Junge, mit demselben kindlichen Gesichtsausdruck, derselben Miene, voller Vertrauen, dass die Welt ihm nichts Böses will. Annas Blick schweift über das mit roten Flecken übersäte Bettlaken. Im Zimmer riecht es nach Blut. Ich öffne das Fenster.

»Und es geht ihm wirklich gut?«, fragt Anna leise.

»Ich würde niemals das Leben eines Freundes auf Spiel setzen.«

Anna kennt mich gut genug, um zu wissen, dass ich die Wahrheit sage. Sie beugt sich über Mauro und küsst ihn auf die Wange. Dann geht sie aus dem Zimmer, und ich folge ihr.

In der Küche machen Elena und Rocco Kaffee sowie Panini mit Salami und Essiggurken (weil das Brot durch den Schirokko labbrig geworden ist, toasten sie es vorher). Die Küche ist groß und modern eingerichtet, mit verchromten Geräten und Schränken aus massiver Eiche in einem Landhausstil, der Welten entfernt ist vom Stil eines echten Landhauses, wie etwa in Arts Haus. Auch der Esstisch und die Stühle sind aus Eiche. Am Gewürzregal hängen Kräuterbündel zum Trocknen, das einzige Element, das an die Küche unserer Mutter erinnert. »Danke, Schwesterherz«, sage ich.

»Nicht der Rede wert.«

Sie lassen uns mit dem Imbiss allein. Ich setze mich auf einen hohen Barhocker aus Metall und nehme einen Bissen von einem Panino.

»Tony …«, sagt Anna.

»Ich weiß. Einen Moment. Ich muss nur eben meine Gedanken ordnen.«

Viele Gedanken sind es nicht, die ich ordnen muss. Annas Mann ist mit einer der gefährlichsten kriminellen Organisationen der Welt aneinandergeraten, durch mein Zutun, und wurde dabei angeschossen, durch mein Zutun. Ich schulde es Anna, ihr die Wahrheit zu sagen. Was Art und sein Verschwinden angeht, so hat mich die Einleitung zu seinem Buch auf ein paar Ideen gebracht, die allerdings reichlich aberwitzig sind und die ich lieber für mich behalte.

»Ich werde dir alles erzählen«, sage ich. Und ich halte

mein Wort. Ich erzähle ihr alles, was seit dem Zeitpunkt geschehen ist, von dem an die Geschichte, wie sie sie kennt, sich von der wirklichen Geschichte unterscheidet, also seit dem Abend, an dem wir den Tanz der Schwerter gesehen und Michele kennengelernt haben. Ich erzähle ihr von Silvana. Ich erzähle ihr, dass ich dieses Mädchen kennenlernen wollte, nachdem ich die Einleitung zum *Buch der Verborgenen Dinge* gelesen hatte.

»Warum?«, fragt Anna knapp. »Was steht denn da drin?«

»Das lässt sich schwer sagen.« Blödsinn. Ich würde mich einfach nur wie ein Bekloppter anhören, wenn ich es versuchen würde. »Aber es hat so was an sich …« Ich halte kurz inne. »In der Einleitung kündigt Art an, dass er in dem Buch berichten wird, was damals passiert ist, als er verschwunden war. Und Silvana hat das Buch gelesen.« Das ist nur die halbe Wahrheit, aber das ist besser als gar nichts.

»Und du wolltest um jeden Preis wissen, was sie weiß.«

Ich sehe zu Boden. »Wir wären doch nie darauf gekommen, dass sie gefährlich sein könnte. Dafür gab es nicht das geringste Anzeichen.«

»Warum? Weil sie so ein süßes Ding ist?«

Darauf brauche ich nicht zu antworten.

»Entschuldige«, sagt Anna nach einem längeren Schweigen.

»Du hast allen Grund, sauer zu sein.«

»Mir tut dieses arme Mädchen leid, ehrlich. Schon bevor sie *euren Freund* kennengelernt hat, hat sie es nicht leicht gehabt, und ich will mir gar nicht ausmalen, was er ihr angetan haben könnte.«

Ich auch nicht. Ich habe den starken Verdacht, dass ich in dem kurzen Telefonat mit Silvana nur an der Oberfläche gekratzt habe. »Sie sagt, sie weiß, was mit Art passiert ist.«

»Das ist mir egal, Tony. Diese Geschichte ist jetzt zu Ende.

Jetzt und hier. Wollt ihr ganz sicher nicht zu den Carabinieri gehen?«

»Die Corona hat Nein gesagt. Daher: Nein.«

»Dann ruf wenigstens diesen Michele an. Und zwar sofort.«

»Ich muss erst mit den Jungs reden. Das könnte nämlich nach hinten losgehen, in die eine oder andere Richtung, und außerdem …«

»Ruf ihn verdammt noch mal an!«

FABIO

1

»Wo ist Mamma?«

Die Stimme reißt mich aus dem Schlaf. Ich überlege kurz, ob Ottavia oder Rebecca die Ältere ist. »Hallo, Rebecca«, sage ich zögerlich.

»Ich bin Ottavia«, entgegnet sie beleidigt.

»Natürlich.« Ich bin am Küchentisch eingeschlafen. Ich habe mich extra hierhergesetzt, um *nicht* einzuschlafen, aber es ist so schwül, dass ich mich nicht wachhalten konnte. »Mamma und Papà sind spazieren gegangen. Ich bin hiergeblieben, damit ihr nicht allein seid.«

Ottavia gähnt und blickt durch das Fenster in die Dunkelheit. »Es ist mitten in der Nacht. Wo gehen die denn mitten in der Nacht spazieren?«

Ich kann mit Kindern nicht besonders gut. Ich ziehe die Augenbrauen hoch und hoffe, dadurch ein geheimnisvolles Gesicht zu machen. »Das ist ein geheimer Spaziergang.«

»Ist was Schlimmes passiert?«

»Nein, natürlich nicht.«

»Dann will ich meine Mamma anrufen.«

Wenn ich versuche, sie dazu zu bringen, Anna in Frieden zu lassen, heult sie vielleicht los und weckt ihre kleine Schwester auf. Und zwei heulende Mädchen zu beruhigen – das würde mich jetzt restlos überfordern.

Ich wähle Annas Nummer und halte Ottavia das Telefon hin.

»Mamma?«, sagt sie.

Nachdem sie kurz miteinander gesprochen haben, gibt Ottavia mir das Telefon zurück. Ich halte es mir ans Ohr und frage: »Anna? Bist du noch dran?«

»Bin auf dem Rückweg«, entgegnet sie und beendet das Gespräch.

Jetzt ist Ottavia beruhigt. Sie holt sich ein Glas Wasser, trinkt es aus, gibt mir einen Gutenachtkuss auf die Wange und geht zurück ins Bett. Um die Sparsamkeit ihrer Bewegungen würde sie jeder Firmenboss beneiden. Ihre Erscheinung ist geradezu unwirklich: eine perfekte Synthese von Mauro und Anna.

Ich sollte mich schuldig fühlen. Aber wenn ich die Augen schließe, liege ich wieder mit Anna im Bett oder male mir aus, was Mauro passiert sein könnte, oder beides verschwimmt in meinen Gedanken auf beunruhigende Weise. Nur Begierde und Sorge, für Schuldgefühle ist in meinem Inneren kein Platz.

Die Haustür geht auf, und Annas Schritte sind zu hören.

»Anna …«, sage ich und stehe auf.

»Tony hat gesagt, dass Mauro wieder auf die Beine kommen wird.« Sie nimmt einen Karton Orangensaft aus dem Kühlschrank. Als sie trinkt, hat sie exakt denselben Gesichtsausdruck wie ihre Tochter.

»Was ist denn passiert?«

»Silvana hat auf Mauro geschossen.«

»Silvana?«

»Tony hat ihn verarztet und gesagt, dass er wieder auf die Beine kommen wird.«

Die Frage, warum sie nicht ins Krankenhaus gefahren sind, kann ich mir sparen. »Das tut mir leid.«

Anna stellt den Saftkarton zurück in den Kühlschrank. Ihre bedächtigen Bewegungen lassen erkennen, dass sie sich ziemlich anstrengen muss, damit diese Bewegungen bedächtig bleiben. »Was habt ihr euch dabei nur gedacht? Euch wie eine Bande Halbstarker mit der Sacra Corona Unita einzulassen!«

»Das hat eine Eigendynamik entwickelt. Wir sind da nach und nach reingerutscht.«

»Genauso, wie du dein Leben verbockt hast, Fabio: nach und nach.«

Besser könnte man es nicht ausdrücken. Es tut weh, das so deutlich zu hören. »Du hast recht«, sage ich nach kurzem Zögern.

»Ich mache dir nicht mehr Vorwürfe als Mauro. Nur damit das klar ist. Und ich verstehe schon, dass ihr euch da habt hineinziehen lassen. Eine Dummheit war es trotzdem.«

»In gewisser Weise, ja.«

»Obwohl Art tot ist, hat er euch noch immer fest im Griff«, sagt Anna kopfschüttelnd und legt die Autoschlüssel auf den Tisch. »Fahr los, sie warten auf dich.«

»Warum denn?«

»Michele kommt.«

2

Bei Mauros Anblick holen mich die Schuldgefühle ein. Als er angeschossen wurde, habe ich seine Frau gevögelt. Er kämpfte, mit Tony an seiner Seite, ums Überleben, und ich war mit dem Kopf zwischen Annas Beinen. Jetzt liegt er da, eine schmächtige Gestalt in einem Bett, das nicht seins ist, inmitten von Blut, das sehr wohl seins ist. Mein Verstand sagt mir, dass zwischen den beiden Ereignissen kein Zusammenhang besteht, zwischen rauschhaftem Sex und dem Vorbeischrammen am Tod, aber etwas in meinem Inneren sieht das anders.

Tony legt mir eine Hand auf die Schulter. »Es geht ihm so weit gut.«

Wir gehen in die Küche, trinken Eistee und warten auf Michele. Als die Dämmerung anbricht, ist draußen ein Auto zu hören. Er ist da. Rocco macht die Tür auf, Michele tätschelt ihm gönnerhaft die Wange und umarmt dann Elena. Er ist makellos gekämmt, seine Cordhose ist sauber und sitzt perfekt. Er grüßt mich mit einer flüchtigen Kopfbewegung und wendet sich dann an Tony. »Wer ist gestorben?«

»Niemand. Mauro ist angeschossen worden.«

»Der Nachdenkliche?«

Tony nickt.

»War es einer von unseren Jungs?«, fragt Michele.

»Die Sache ist ein bisschen komplizierter.«

»Ich glaube, wir brauchen erstmal einen Kaffee, *sì*?«, sagt Michele und blickt freundlich in die Runde. »Elena, wärst du so nett …?«

»Gerne«, sagt Elena und macht sich auf den Weg in die Küche. Rocco folgt ihr, ohne ein Wort zu sagen.

Tony, Michele und ich setzen uns an den Esstisch, und Tony erzählt, was passiert ist, kurz und knapp, aber ohne etwas zu unterschlagen. Wie eine schattenhafte Erscheinung kommt Elena irgendwann zurück, stellt ein Tablett mit drei Tassen Kaffee und selbstgemachten Keksen auf den Tisch und verschwindet wieder.

Michele nippt an seinem Kaffee. Er wirkt nachdenklich.

»Bedauerlich, dass die Dinge diese Wendung genommen haben.«

»In der Tat«, pflichtet Tony ihm bei.

»Habt ihr Arts Buch da?«

»Ja, die Einleitung.«

»Das würde ich gerne mal lesen.«

»Jederzeit. Aber ich glaube … es wird dir nicht gefallen, Michele.«

»Weshalb?«

»Als Art es geschrieben hat, war er noch viel schlechter auf Gott zu sprechen, als ich es in Erinnerung hatte.«

»Art ist ein komplizierter Charakter«, räumt Michele ein. »Welche Meinung hast du dazu?«

»Keine.«

Michele trinkt seinen Kaffee aus, stellt die Tasse auf die Untertasse und beides zusammen auf das Tablett. »Bitte beleidige mich nicht.«

Darauf antwortet Tony nichts.

»Ich glaube …«, hebe ich an, aber Michele unterbricht mich.

»Hast du das Buch gelesen?«

»Nein.«

»Dann sei so gut und halt dein Maul.«

Am liebsten würde ich diesem *Tanzmeister* eine runterhauen, aber selbst ich weiß, dass es klüger ist, Angst vor ihm zu haben.

Tony knetet nervös die Hände, verschränkt die Finger und löst sie wieder. Dann sagt er: »Du bist gläubig, oder?«

Michele bekreuzigt sich und küsst sich abschließend auf die Fingerspitzen. »Das bin ich.«

»Ich denke, Art war auch gläubig.«

»Gerade eben hast du das Gegenteil gesagt.«

»Nein, da habe ich mich nicht klar ausgedrückt. Als wir

jung waren, war er ein durch und durch kritischer Geist. Aber nach dem, was ich gelesen habe, habe ich den Eindruck, er hat eine … wie soll ich sagen, eine *Erfahrung* gemacht, die ihn zum Umdenken bewogen hat. Er war sehr wohl gläubig, nur eben auf seine Weise.«

»Und was für eine Erfahrung soll das gewesen sein?«

»Art deutet an, dass das, was damals im Olivenhain passiert ist, ein mystisches, übernatürliches Ereignis war. In dem Teil des Buches, den ich gelesen habe, wird er zwar nie konkret, aber man ahnt es irgendwie. Wenn du es liest, wirst du verstehen, was ich meine. Silvana ist eine junge Frau, die in der Vergangenheit psychische Probleme hatte. Art hat ihr wahrscheinlich allen möglichen Blödsinn eingeredet. Um sie ins Bett zu kriegen, oder was weiß ich noch alles.«

»Du bist aber kein junges Mädchen und trotzdem überzeugt.«

»Nicht direkt *überzeugt*«, sagt Tony mit einem Schulterzucken.

Michele sieht ihn eine Weile an, wie um sich zu vergewissern, dass aus ihm nicht mehr herauszuholen ist, und klatscht dann in die Hände. »Nun gut«, sagt er. »Ich weiß es zu schätzen, dass ihr getan habt, was ihr tun solltet. Ab sofort braucht ihr euch um nichts mehr zu kümmern. Ich nehme die Sache selbst in die Hand.«

»Sei nachsichtig mit dem Mädchen. Sie ist in keiner guten Verfassung.«

»Mach dir keine Sorgen, Tony.«

»Danke«, sagt Tony und nickt.

»Du bist Elenas Bruder«, sagt Michele. »Du gehörst zur Familie.«

3

Als ich zu Anna zurückfahre, zittern meine Hände. Ich könnte nicht sagen, ob das an den Unmengen Kaffee liegt, die ich mir in den letzten zwölf Stunden hineingeschüttet habe, oder an der Erleichterung. Was auch immer jetzt noch passiert – wir sind raus.

Heilige und Jungfrauen und Jesus Christus. Art hat nichts ausgelassen und ist mit der Zeit immer verrückter geworden. Wir hätten schon viel früher aufhören sollen, der Sache nachzugehen. Bevor einer von uns angeschossen wurde. Bevor ich einen Freund betrogen habe. Es fühlt sich an, als hätten Tony und ich uns erst jetzt richtig von Art verabschiedet. Mauro hätte mit dabei sein sollen. Wenn er aufwacht, erheben wir gemeinsam das Glas auf unseren Kumpel. Das Ende des Paktes ist besiegelt, und ich habe die letzten Fäden gekappt, die mich noch mit dem blauäugigen Jungen verbunden haben, der ich früher war.

Ich versuche, nicht mehr an Silvana zu denken, diese junge Frau mit psychischen Problemen, die unser Freund ausgenutzt hat und die wir dann der Corona ausgeliefert haben. Michele versteht unter *nachsichtig* garantiert etwas anderes als wir. Ich rede mir ein, dass uns die Hände gebunden sind, und hoffe, dass ich das irgendwann tatsächlich glaube.

Ich bringe Anna das Auto zurück, versichere ihr, dass unsere Detektivspielchen endgültig vorbei sind, und gehe zu Fuß nach Hause. Der morgendliche Himmel hängt voll schwerer Wolken. Es riecht nach einem heraufziehenden Gewitter. Es kann jeden Augenblick losbrechen, in der

Ferne ist schon Donner zu hören. Der Schirokko verabschiedet sich gern mit einem großen Knall. Danach wird die Luft wieder rein sein, der Wind sanfter. Und ich werde in das echte Leben zurückkehren.

Schlag auf Schlag holt mich die Wirklichkeit wieder ein. Ich werde Lara gegenübertreten müssen, nachdem ich sie betrogen habe. Ich werde mir über meine Gefühle für sie klar werden müssen. Ich muss einen Weg finden, wie ich in vier Monaten die Miete zahlen kann. Ich muss entscheiden, wie es mit meinem Leben weitergehen soll. Aber zunächst habe ich einen Freund zu betrauern. Meine Generation ist schnell alt geworden. Jedenfalls gilt das für mich.

Ich schleiche mich in das Haus meines Vaters und in mein Zimmer. Die Erinnerungen, die es in mir auslöst, fühlen sich so unecht und falsch an wie noch nie. Ich ziehe die Hose und das Hemd aus, das nicht nur nach meinem Schweiß riecht, sondern auch nach Mauros Blut und nach Annas Parfüm. Dann falle ich auf das Bett. Ein Blitz erhellt das Zimmer, und im selben Moment bricht das Gewitter los. In Tropfen, so dick wie Würmer, trommelt der Regen gegen das Fenster. Früher mochte ich Gewitter. Art sagte über sie: »Sie sind das Sinnbild der Kraft.« Als wir jung waren, glaubten wir, diese Kraft beherrschen, das Gewitter bändigen zu können. Wir fühlten uns unsterblich. Ich drehe mich von einer Seite auf die andere, einmal, zweimal, und als wäre es ein Zauber in einem Märchen, bin ich mir sicher, dass ich nach dem dritten Mal einschlafen werde.

4

»Fabio.« Die herrische Stimme meines Vaters reißt mich aus dem Schlaf. Er schüttelt mich.

»Kannst du nicht anklopfen, verdammt noch mal?«, protestiere ich.

»Komm runter. Dein Freund steht vor der Tür.«

Art!, denke ich, noch halb benommen vom Schlaf. Ich war so besessen von ihm, dass ich bei dem Wort *Freund* automatisch an ihn denke. Von wegen. Art ist tot. Mauro schläft sich aus, also ist es Tony.

Es ist zwei Uhr nachmittags, und das Gewitter ist vorbei. Der Himmel ist wieder wolkenlos und die Luft zum Glück ein bisschen besser. Es ist noch immer heiß, aber nicht mehr so drückend. Ich ziehe Shorts und ein T-Shirt an und gehe ins Erdgeschoss. Mein Vater hätte so freundlich sein können, Tony hereinzulassen, aber nein, der einzige meiner Freunde, dem er mit Respekt begegnet, ist Mauro. Ich öffne die Tür.

Vor mir steht Art.

Vor mir steht Art.

Einen unendlich langen Augenblick stockt mir der Atem. Dann erkenne ich ihn: die hervorstehende Nase, die Segelohren, die Brille. Er ist schmächtig, wie er es immer war, und hält sich leicht gebeugt, wie er es immer getan hat. Und er sieht gesund aus, gut in Form. Ich strecke die Hand aus und berühre ihn am Arm. Er ist aus Fleisch und Blut, warm und klebrig. Fleisch und Blut – und was noch?

»Art?«, frage ich. Ich klinge wie ein Kind, das nicht weiß, ob es erstaunt oder entsetzt sein soll.

Art sieht mich durchdringend an. »Fabio, altes Haus«, sagt er. »Ich bin wieder da. Ich bin zurückgekommen, um euch alle zu retten.«

TONY

1

»Gewitter sind der Inbegriff der Kraft«, sagte Art oft. Oder sagte er »Sinnbild der Kraft«? Mit Gewittern kannte er sich aus. Einmal hatte er eine Phase, in der er sich erst mit Wolkenformen und ihren Bezeichnungen und dann mit Extremwetterlagen beschäftigte. Dabei entdeckte er (und wir entdeckten es mit ihm, denn wenn Art sich ein neues Hobby zulegte, ließ er uns bis in kleinste Detail daran teilhaben), dass es Leute gab, deren Leidenschaft das Beobachten von Gewittern war, und dass diese Fanatiker eine riesige Gemeinschaft bildeten und sich hauptsächlich über Amateurfunk, Fanzines sowie – zumindest die Glücklichen, die im Land von *America Online* lebten – Newsgroups und E-Mail austauschten, was für uns damals die reinste Science-Fiction war. Diese Gewitterjäger fuhren Hunderte von Kilometern, nur um die gewaltigsten Unwetter mitanzusehen und aufzuzeichnen. Art konnte sich keine Reisen leisten, und es gab in Süditalien auch keine Gleichgesinnten, mit denen er sich hätte austauschen können, also begnügte er sich damit, uns die Freuden von Donner und Regen nahezubringen und die Unwetter in der Region zu beobachten. Und die sind, wenn ich das so sagen darf, gar nicht mal so übel.

Draußen geht krachend ein Blitz nieder. Der Regen trommelt gegen die breite Schiebetür aus Glas, die in Elenas

Garten führt. Ich habe sie einen Spaltbreit offen gelassen, damit der köstliche Duft des Regens hereinströmt. Er erinnert mich an die Jahre, in denen ich ein Junge war und der Sommer eine endlose Abfolge neuer Erfahrungen und verrückter Unternehmungen mit Freunden. Heute bin ich mit meinem Leben zufrieden. Ich hätte nur gern einen festen Freund, aber das wird sicher auch noch kommen. Ich bin zufrieden, aber ich würde lügen, würde ich behaupten, ich vermisste diese Zeit nicht. Die Zeit, bevor zwei meiner Kumpels ihr Leben vermurkst haben und der dritte umgekommen ist, bevor mein kleines Schwesterchen sich ein Heim errichtet hat, an dem Blut klebt. Ich sitze in einem Korbstuhl und sehe hinaus. Ich bin völlig entkräftet. Mit jeder Minute, die ich länger in diesem Haus bleiben muss, wird meine Stimmung schlechter.

Die besten Gewitter bringt der Sommer. Sie sind eine Art Abschiedsgeschenk des Schirokkos. Art hat sie am liebsten vom Sea Star aus beobachtet, einer Bar am Strand von Portodimare. Sie ist schon seit vielen Jahren geschlossen. Das Gebäude war klein, knallblau angestrichen und ohne den Hauch einer Baugenehmigung errichtet worden. Das Beste daran war eine Veranda, von der aus man aufs Meer schauen und die Wolken beobachten konnte, die über die Wellen dahinzogen, sich vor die Sonne schoben, gewaltig und Ehrfurcht gebietend wie eine rumorende Bergkette. Und man sah die Blitze – nicht nur das Licht, das sie verbreiteten, sondern man sah sie in ihrem ganzen Ausmaß, wie sie mit ihrem blau funkelnden magischen Licht die Schwärze des Himmels und des Meeres miteinander verbanden. Wenn ein Unwetter aufzog, blieb kaum jemand im Sea Star. Die meisten Leute fuhren nach Hause und warteten auf eine Wetterbesserung. Die wenigen Gäste, die zu faul waren aufzubrechen, zogen sich lieber ins Innere der

Bar zurück, als auf der Veranda zu bleiben, auf der man sich ja bekanntlich den Tod holen konnte. So hatten wir vier die Veranda als private Beobachtungsstation für uns – was einfach fantastisch war.

Das einzige Mal, dass Art etwas in jeder Hinsicht absolut Durchgeknalltes gemacht hat, war während eines Gewitters. Es war Ende August. Grell aufleuchtende Blitze rissen den Himmel auf, und die Regentropfen waren so groß und schwer wie Hagelkörner. Auf dem Meer sah es aus, als stürzten die riesigen Tropfen nicht in das Wasser hinein, sondern schössen aus ihm heraus, wie Samenkörner, die das Meer gen Himmel feuert. Selbst Fabio war beeindruckt, und Fabio war so gut wie nie beeindruckt, wenn keine Mädels im Spiel waren.

»Die Energie eines einzigen Blitzes«, sagte Art, den Blick auf das Meer geheftet, »reicht aus, um ein Haus einen Monat lang zu versorgen.«

»Und?«, fragte ich.

»Das heißt, dass in so einem Gewitter eine riesige Menge Geld steckt. Die Natur kann es sich leisten, Milliarden zu verbrennen. Unser Geld ist ihr egal, unsere Regeln sind ihr egal, *wir* sind ihr egal. Wir kümmern sie nicht. Wir sind bedeutungslos.«

»Das ist irgendwie unheimlich«, meinte Mauro.

»Warum? Ich jedenfalls habe nicht vor, mein Leben lang bedeutungslos zu bleiben.«

Er packte sein T-Shirt am Saum und zog es aus.

»Was wird das denn?«, fragte Fabio.

Art nahm die Brille ab und steckte sie in die Hosentasche.

»Willst du etwa schwimmen gehen?«, fragte ich.

Statt zu antworten, zog Art sich ganz aus, faltete Hose und T-Shirt zusammen und legte sie auf einen Stuhl. Nackt stand er vor uns, die Hände in die Hüften gestemmt wie ein etwas in die Jahre gekommener Peter Pan, der uns nach Nimmerland mitnehmen wollte. »Wie sieht's aus, kommt ihr mit?«

Mauro und ich sahen uns nach der Bar um. Zum Glück waren keine Gäste mehr da, nur noch der Typ an der Kasse, und der guckte auf den Fernseher.

»Solange dein Schwanz da so frei rumbaumelt, bleibe ich mal lieber auf Abstand«, sagte ich. »Schwuchtel.«

Art reckte die Hände zum Himmel. »Nur wenn du nackt bist, kannst du das alles spüren.«

»Wie meinst du: alles?«, fragte Fabio erheitert.

»Die ganze Kraft. Die … die … Möglichkeiten.«

»Das spürst du genau *ein Mal,* und dann bist du tot«, sagte Mauro.

»Kann sein.«

Art wirbelte herum und rannte aufs Meer zu. Fabio, Mauro und ich sahen uns an und liefen ihm nach, um ihn aufzuhalten oder, falls nötig, zu Fall zu bringen. Wasser leitet den Strom. Art konnte vom Blitz getroffen werden. Oder ein Blitz konnte von Art aus *wegschießen,* die elektrische Ladung würde wie ein Hai davonsausen, und Art wäre genauso tot.

Aber er war schneller als wir.

Er rannte wie ein Besessener und hörte nicht auf unser Rufen und Schreien. Schließlich erreichte er das Wasser und war im nächsten Moment untergetaucht und nicht mehr zu sehen.

»Art!«, schrie ich.

Vor uns waren nur die Wellen und das Brausen des Gewitters, und dann tauchte plötzlich Arts Kopf aus dem Wasser auf. Er lachte wie ein Irrer. »Ich spüre es!«, rief er. »Ich *bin* es!« Er richtete sich auf, bis er mit dem Oberkörper aus dem Wasser ragte, streckte Arme und Kopf weit nach oben und richtete den Blick zum Himmel. »*Ich bin das Gewitter!*«, schrie er so laut er konnte, während um ihn herum die Wellen brachen und die Blitze zuckten.

Und ich beneidete ihn ein wenig.

2

»Art war fasziniert von Gewittern, das weiß ich noch«, sagt Elena.

Ihre Stimme holt mich zurück in die Gegenwart.

Sie setzt sich neben mich in einen Korbstuhl, der dieselbe Form hat wie meiner, und schlägt die Beine unter. Sie ist barfuß. Die Frauen in meiner Familie sind ausnahmslos schön. Den Männern ist das nur recht.

»Einmal ist er während eines Gewitters schwimmen gegangen«, sage ich. »Nackt.«

Elena lacht leise. »Die Geschichte kenne ich noch gar nicht.«

»Geschichten mit Art habe ich unzählige. Aber ich muss damit haushalten, denn es werden keine mehr nachkommen.«

In der Miene meiner Schwester lese ich echte Liebe, echtes Bedauern. »Michele wird ihn finden.«

»Nicht lebend.«

»Aber er wird ihn finden.«

Ich stütze den Kopf in die Hände. »Mir gefällt das nicht, Elena. Nein, ich will ehrlich sein: Ich *verabscheue* es. Ich verabscheue es zutiefst.«

Elena sieht mich fragend an. »Wovon sprichst du?«

»Was aus dir geworden ist.«

Sie scheint meinen Worten nachzuhören. Dabei sieht sie mir weiter in die Augen. Ihr Gesichtsausdruck verändert sich nicht, und sie entgegnet nichts.

»Du hast einen Kriminellen geheiratet«, sage ich.

»Stammt das von unserer Mutter?«

»Nein, das stammt von mir. Ich weiß, er ist dein Mann …«

»Genauso ist es, Tony. Er ist mein Mann.« Sie streichelt ihren runden Bauch. »Der Vater meines Sohnes.«

»Liebst du ihn?«

»Ja, sehr.«

»Was Rocco macht …«

»Rocco ist Geschäftsmann.«

»Verkauf mich nicht für dumm, Elena. Du warst doch auch beim Tanz der Schwerter.«

»So wie du.«

»Weil ich musste!«

Elena sieht mich an. Ihre Miene verfinstert sich. »Ich *musste* genauso. Ich lebe in Casalfranco, Tony, und so läuft das hier nun mal.«

»Unsere Eltern haben jahrzehntelang ein eigenes Geschäft geführt.«

»Und haben jahrzehntelang gezahlt.«

»Warum könnt ihr das nicht genauso machen? Ihr zahlt und lebt in Ruhe euer Leben, ohne euch … mit diesem Abschaum abzugeben.«

»Auf dieser Welt gibt es zwei Sorten Menschen, Tony: solche, die bezahlen, und solche, die einstecken. Auf welcher Seite wärst du lieber?«

»Ich würde jedenfalls kein Ganove sein wollen«, antworte ich. Ich muss mich beherrschen, um ruhig zu bleiben.

»Mach dich nicht lächerlich. *Du* hast mir Rocco doch vorgestellt.«

»Ja, als ich jung und dumm war.«

»Ach ja?«, sagt Elena schmallippig. »Und jetzt bist du erwachsen und klug? Was hast du denn getan, als du gemerkt hast, dass Art in Schwierigkeiten steckt? Zu *mir* bist du gekommen und hast mich um Hilfe gebeten.«

»Aber doch nur, weil Art …«

»Du hast mich gebeten, dir den Kontakt zu meinen Leuten zu vermitteln, und das habe ich getan.«

Meine Leute.

»Und als Mauro angeschossen wurde«, fährt sie unerbittlich fort, »was hast du da getan, mein großer, starker Bruder? Wieder hast du mich um Hilfe gebeten.«

»Mauro lag im Sterben, Elena!«

»Du hättest ihn doch ins Krankenhaus bringen können, *sì*? Das wäre das Richtige gewesen. Und du hättest die Carabinieri darüber informieren können, dass ein geisteskrankes Mädchen mit einer Waffe in der Hand frei herumläuft. Aber nein, du bist zu *mir* gekommen, und ich habe dir geholfen, ohne Fragen zu stellen, und das Mädchen hat dich einen Scheiß interessiert, Hauptsache, ihr wart in Sicherheit, du und deine Freunde. Wie erklärst du mir das? Gelten deine Regeln für ein anständiges Leben etwa nicht für dich?«

Ich schließe die Augen und atme tief durch. »Ich will keinen Streit.«

»Ich auch nicht.«

»Versetz dich doch mal in meine Lage. Ich muss mit all dem erst mal klarkommen. Ich hatte doch keine Ahnung, wie tief du da drinsteckst.«

»Natürlich stecke ich tief in Familienangelegenheiten drin.«

»Ich gehöre zur Familie.«

»Allerdings! Und einer deiner Kumpels wäre fast verblutet und hat auf meinem besten Bettzeug eine Mordssauerei angerichtet.«

»Ist es wegen Rocco? Schlägt er dich? Hast du Angst, er könnte dir etwas antun?«

Sie sieht mich mit ihren fast schwarzen Augen an und legt mir eine Hand auf die Wange, wie früher, als sie noch klein war. »O Mann, Tony. Du kapierst es einfach nicht, oder?«

»Was?«

»*Ich* sage hier, wo es langgeht, nicht Rocco.«

Ich will etwas entgegnen, finde aber keine Worte mehr.

Jetzt endlich wird mir alles klar. Ich erkenne in vollem Umfang, was für eine Frau meine kleine Schwester geworden ist, und was noch viel schlimmer ist, ich begreife, wie das geschehen konnte. Wäre ich in Casalfranco geblieben, hätte es mich genauso treffen können. Ehre, Kameradschaft, das Gefühl, zu einem großen, mächtigen Clan zu gehören – für all diese Dinge bin ich nicht weniger anfällig als sie. Elena und ich sind uns sehr ähnlich, auch wenn unsere Wege unterschiedlich verlaufen sind.

In den vergangenen Tagen habe ich nicht nur einen meiner besten Freunde verloren, sondern auch meine Schwester. Vielleicht habe ich sie auch schon irgendwann im Lauf der letzten Jahre verloren und stelle erst jetzt fest, dass ich sie nicht mehr erreichen kann. Das tut entsetzlich weh, aber ich werde vor ihr nicht in Tränen ausbrechen, also richte ich meine Aufmerksamkeit auf das Unwetter, das draußen tobt, und versuche, mich daran zu erinnern, wie Art gesagt hat, dass Gewitter Kraft sind, dass er die Kraft war, dass er das Gewitter war. Nach einer Weile steht Elena auf und geht, ohne sich zu verabschieden, und ich bleibe allein in meinem Korbsessel sitzen und sehe dem Unwetter draußen zu, bis irgendwann Mauro hereinkommt.

MAURO

1

Ich humple aus dem Schlafzimmer und versuche, mich in diesem unbekannten Haus zurechtzufinden. Das Gewitter aus meinem Traum hat mich in die Wirklichkeit begleitet. Es verdunkelt den Himmel, nur hin und wieder zucken bläuliche Blitze auf. Unsicheren Schrittes gelange ich in einen großen Raum mit Korbmöbeln. Die ganze Breite der Rückwand wird von einer Schiebetür aus Glas eingenommen, die eine perfekte Aussicht auf das Gewitter bietet. Art hätte seine helle Freude daran.

Vor der Fensterfront sitzt Tony. Als er mich sieht, springt er auf. »Mauro! Wie geht's dir?«

»Hab's überlebt.«

»Hast du Hunger?«

»Keine Ahnung.«

Tony schiebt mir einen Korbsessel hin. »Setz dich.«

Erleichtert lasse ich mich in den Sessel fallen. »Wie lange habe ich geschlafen?«

»Fünfzehn Stunden. Ein bisschen länger vielleicht.«

»Und niemand hat geglaubt, ich sei tot?«

»*Gehofft* hat es jedenfalls niemand.«

Ich deute ein Grinsen an. »Du hast mir das Leben gerettet.«

»Ja, das geht auf meine Kappe.«

»Weiß Anna …«

»Ja. Die ganze Geschichte.«

»Mist.«

Tony wirkt beschämt. »Ich wollte sie hinhalten, aber …«

»Schon in Ordnung. Ich kenne meine Frau.«

»Fabio und ich haben noch was anderes gemacht«, sagt Tony.

»Nämlich?«

»Wir haben Michele informiert. Anna hat darauf bestanden. Sie war nicht davon abzubringen.«

Das Spiel ist aus, und es war höchste Zeit. »Kann ich verstehen.«

»Ich auch, ehrlich gesagt.«

»Was glaubst du: Wie lange wird die Corona brauchen, bis sie Silvana finden?«

»Heute Abend haben sie sie«, sagt Tony. »Spätestens morgen. Silvana ist nicht Art.«

Draußen fährt ein Blitz durch den Himmel. Das ist eine der letzten Nummern der Vorstellung, die Regentropfen werden kleiner, der Donner entfernt sich. »Die Ärmste. Dieses Gewitter ist bestimmt entsetzlich für sie.«

»Warum?«

»Weil sie eine Getriebene ist, Tony. Eine, die sich vor ihrem eigenen Schatten fürchtet. Wahrscheinlich hockt sie jetzt irgendwo zusammengekauert in einem gottverlassenen Erdloch, hört den Donner und malt sich dabei wer weiß was aus. Die Ärmste.«

Tony schweigt eine Weile und sagt dann: »Du bist ein guter Mensch.«

»Glaubst du, Michele wird sie schonend behandeln?«

»Er wird das tun, was er für nötig hält, um Art zu finden«, antwortet Tony, ohne mich anzusehen.

Art. Unser Freund. Das Genie, der Lügner, der Dealer, der Hurensohn. »Gegen Ende war er wirklich völlig abgedreht.«

»Das kannst du laut sagen.«

»Warum wolltest du Silvana denn kennenlernen? Was stand denn in dem Buch?«

Durch die Glasfront sieht Tony zu, wie sich das Gewitter allmählich legt. »Art schwafelt darin irgendwas von Heiligen und der Jungfrau Maria, und die Vorstellung, dass er Silvana mit so einem mystischen Gelaber ins Bett kriegt, fand ich befremdlich, äußerst befremdlich. Ich meine, ihre Mutter hat in Casalfranco diese Art von Mummenschanz doch quasi *erfunden.* Warum sollte dann ausgerechnet sie darauf hereinfallen?«

Ja, warum ausgerechnet sie? »Und wie, glaubst du, war es wirklich?«

»Art meinte das ernst. Jedes Wort, das er geschrieben hat. Und zufällig hat er damit bei Silvana einen Nerv getroffen. Oder aber …« Tony sieht mich entmutigt an. »Das ist eben Art«, sagt er. »Unmöglich, bis zum Schluss.«

Das Gewitter hat sich aufgelöst, nur vereinzelt fallen noch leichte Tropfen. In einer Stunde wird die Sonne wieder scheinen und wir haben wieder Badewetter. »Ich muss Anna anrufen«, sage ich.

»Dieses Gespräch ist genau das, was du jetzt brauchst, oder?«, sagt Tony mit einem Grinsen.

»Könnte mir nichts Schöneres vorstellen.«

2

Tony fährt mich nach Hause. Wir versuchen, Fabio zu erreichen, aber sein Akku scheint leer zu sein. Ich hinterlasse ihm eine Nachricht auf der Mailbox, damit er weiß, dass es mir gut geht. Das Gewitter hat sich aufgelöst und einem kühlen Sommertag Platz gemacht. Hell leuchtende Farben, wohlige Gerüche und ein leichter Windhauch, der mir über die Haut streicht – einen besseren Rahmen könnte ich mir für einen Neuanfang nicht wünschen.

»Wie geht's mit den Schmerzen?«, fragt Tony, als er vor dem Haus stehen bleibt.

»Erträglich.«

Aus der Hosentasche zieht er den Beutel mit Gras, den er aus Arts Auto mitgenommen hat. »Hier. Ein bewährtes Schmerzmittel. Und ganz ohne Chemie.«

»Verbindlichsten Dank.«

»Im Ernst. Bei Schmerzen geht nichts über ein Tütchen. Den Segen deines Arztes hast du, also hau rein.«

Die Haustür geht auf, und Anna kommt zum Vorschein. Tony winkt ihr, schiebt mich aus dem Auto und fährt weg.

»Hallo«, sage ich.

Anna sieht mich fragend an, als wüsste sie nicht, was sie tun soll. Dann umarmt sie mich und drückt mich fest an sich. Ich jaule leise auf, aber eher, weil mich der leichte Stich in der Wunde überrascht, als dass er schmerzen würde. Anna schreckt zurück. »Entschuldige«, sagt sie betreten. Sie hat geweint.

»Schon in Ordnung«, sage ich. »Nicht so schlimm.«

Sie führt mich hinein. Ottavia und Rebecca sind im Garten hinter dem Haus, wo mir nach dem Regen ein herrlicher Duft nach Kräutern und reifen Früchten entgegenweht. Ottavia sitzt in der Schaukel, die an einem Zitronenbaum hängt, und liest ein Donald-Duck-Heft, Rebecca hat es sich im Schatten eines Pfirsichbaums bequem gemacht und spielt Lego. »Papà!«, ruft Ottavia, als sie mich sieht.

»Papà!«, wiederholt Rebecca.

Anna hat mich am Telefon ins Bild gesetzt: Sie hat den Mädchen erzählt, dass ich mit Freunden bei Elena war, dort die Treppe hinuntergefallen bin und die Nacht dort verbringen musste, um mich zu erholen. Noch ist es ein Leichtes, sie anzulügen. Noch vertrauen sie uns.

»Ihr dürft ihn nicht umarmen«, ermahnt Anna sie mit gespielter Strenge. »Er ist verletzt.«

Rebecca schürzt die Lippen und zieht ein ernsthaftes Gesicht. »Darf ich deine Hand umarmen?«, fragt sie.

Das bricht mir ein wenig das Herz. Ich halte ihr die Hand hin, und sie umgreift drei meiner Finger, so viel, wie sie mit ihrer kleinen Hand schafft, und drückt sie, so fest sie kann. Ich liebe dieses Mädchen. Ich liebe sie und ihre Schwester und die Mutter der beiden. Mir scheint, als wäre es gestern gewesen, dass Ottavia auf die Welt kam, dass Rebecca auf die Welt kam oder dass ich Anna geheiratet habe und meine Freunde mir eine wunderbare Stratocaster geschenkt haben, auf der ich am Tag meiner Hochzeit das erste und letzte Mal gespielt habe. Ich brauche mich nur umzudrehen, um all diese Momente vor mir zu sehen. Sie sind in greifbarer Nähe. Es sind kostbare Momente. Und ich war kurz davor, das alles unwiderruflich zu zerstören.

Ich fange an zu zittern. Als Anna das bemerkt, sagt sie: »Papà ist müde. Ich bring ihn ins Bett.«

»Aber Papà«, protestiert Rebecca.

Ottavia unterbricht sie: »Zeigst du mir dein Lego?«

So klein und schon so klug.

Anna führt mich gerade noch rechtzeitig hinein, bevor ich losheule und mir die Tränen über die Wangen rinnen. Ich zittere so heftig, dass die Naht wieder anfängt zu jucken.

Ich hätte an diesem Strand sterben können.

Als ich vorhin aufgewacht bin und mir klar wurde, dass ich noch am Leben bin, da wurde mir auch klar, *dass ich hätte sterben können.* Aber erst jetzt, wo ich bei der Frau, die ich liebe, in Sicherheit bin, wird mir klar, was das eigentlich bedeutet. Beinahe hätte mich eine geisteskranke junge Frau umgebracht. Ein solches Verbrechen hätte keinen Schuldigen gehabt. Und jetzt werden echte Übeltäter sie erledigen, Leute, die ohne mit der Wimper zu zucken Kinder in Säure auflösen, einfach nur, um ein Signal zu senden. Und all das nur, weil mir langweilig war. Andere Anwälte kaufen sich in einer Lebenskrise irgendeinen dämlichen Sportwagen. Aber andere Anwälte sind auch nie Art begegnet.

»Es tut mir leid«, sage ich. »Es tut mir leid, Anna, es tut mir so unendlich leid …«

»Schon gut.«

Ich sinke auf das Wohnzimmersofa. »Ich wollte nicht, dass das alles so eskaliert. Es ist … einfach so passiert.«

Anna nickt. »Ich weiß. Ich bin nicht sauer auf dich, Mauro.«

»Du bist nicht …?«

»Wir alle machen Fehler.«

In diesem Moment weiß ich es. Ich weiß, dass zwischen ihr und Fabio etwas war, schon vor vielen Jahren. Am liebsten würde ich ihr sagen, dass das alles längst Vergangenheit ist, und irgendwann werde ich ihr das auch sagen, wenn wir beide wieder bei Kräften sind. »Ich habe etwas viel Schlimmeres gemacht als einen Fehler. Ich habe mein Leben aufs Spiel gesetzt. Nein, das ist es nicht einmal …«

Ich deute erst auf Anna und dann auf mich. »Ich habe *uns* aufs Spiel gesetzt.«

»Du bist unglücklich.«

»Nein, bin ich nicht. Ich bin …« Ich unterbreche mich. Meine Frau verdient, dass ich ehrlich zu ihr bin. »Ja, ich war unglücklich. Mein Leben hat sich anders entwickelt, als ich erwartet hatte, und damit bin ich nicht klargekommen.«

»Ich glaube, ich habe nie so ganz verstanden, was du eigentlich erwartet hast.«

»Wahrscheinlich einen *Sinn.*«

»Du hättest auf Art hören und Rockstar werden sollen«, sagt Anna sanft und leicht neckisch.

»Fabio hat's versucht und sich dabei ruiniert.« Ich schüttele den Kopf. »Nein, Anna, ich habe ein gutes Leben. Es ist anders, als ich es mir vorgestellt habe, aber es ist gut, und ich sollte für alles dankbar sein. Was ich getan habe, ist unverzeihlich.«

»Es gibt nichts zu verzeihen, mein Schatz.«

»Danke, dass du so wundervoll bist. Danke, dass du bei mir bleibst. Danke, dass du darauf gedrängt hast, dass die Jungs Michele Bescheid geben. Danke, danke, danke. Ich weiß einfach nicht, was da in uns gefahren ist.«

»Ihr habt einem Freund die Treue gehalten. Die Sache ging schief, und wahrscheinlich war er es nicht wert. Aber dass ihr ihn nicht habt hängen lassen, das war wirklich bewundernswert.«

»Ich …«

Mein Handy klingelt. Es ist Fabio. Wahrscheinlich hat er meine Nachricht abgehört.

»Na los«, sagt Anna.

Ich lächle sie an und gehe ran. »Hallo, Fabio.«

»Mauro. Ist alles in Ordnung?« Er hört sich seltsam an.

Wie weggetreten, als hätte er sich eine ordentliche Dosis von Tonys *Schmerzmittel* genehmigt.

»Alles bestens«, antworte ich.

»In Ordnung. Okay. Ähm … hör zu … ich glaub das einfach nicht.«

»Was ist denn los?«

»Art«, sagt Fabio. »Er ist wieder da.«

FABIO

Vor einer der Höhlen am Ufer hat Art ein kleines Feuer gemacht. Mit seiner schlaksigen Gestalt sieht er aus wie ein einsamer Cowboy. Und wie ein Cowboy liegt er auf der Seite, blickt ins Feuer oder auf etwas, das ihm das Feuer zeigt. Neben ihm liegt ein Rucksack, den man problemlos an einem Sattel befestigen könnte. Fehlt nur noch der Grashalm im Mundwinkel. Aber in dieser Weltgegend sind Grashalme Mangelware. Als Art uns entdeckt, lächelt er und winkt uns zu.

Wir nennen sie Höhlen, dabei sind es eigentlich nur Nischen am Fuß der hohen Felsen, die hier die Küste bilden. In einem so flachen Landstrich wie diesem gilt jeder Felsbrocken als Berg und jedes Loch als Höhle. Ich schätze mal, dass mindestens die Hälfte der Bevölkerung in einer dieser Höhlen ihre Jungfräulichkeit verloren hat. Bei mir war es jedenfalls so. Diese Nischen bieten zwar keinen wirklichen Schutz vor neugierigen Blicken, aber man kann sich zumindest einreden, dort unbeobachtet zu sein.

Die Nacht ist mild, es ist die angenehmste Nacht, die wir diesen Juni bis jetzt hatten. Am Himmel funkeln zahllose Sterne, und die Milchstraße erstreckt sich wie eine gutmütige weiße Schlange über das Firmament.

»Das gibt's doch nicht. Er ist es wirklich«, sagt Tony.

Er ist es.

Als Art bei mir vor der Tür stand, war er in Eile. Ich habe ihm eine kurze Zusammenfassung dessen gegeben, was passiert ist, und er hat diesen Treffpunkt hier genannt und versprochen, dann seinen Teil der Geschichte beizutragen. Ich habe bis zuletzt damit gerechnet, dass wir ihn nicht antreffen, dass ich mir seinen Besuch nur eingebildet habe oder dass er ein drittes Mal verschwunden ist. Aber jetzt ist er da.

»Gut siehst du aus, Tony«, sagt er.

Tony und ich stellen die Einkaufstüten ab. Arts Bitte entsprechend, haben wir Sandwiches, ein paar Snacks und Bier mitgebracht. Tony imitiert Arts Pokerface und sagt: »Wir haben Proviant dabei.«

»Ihr seid einfach die Besten.«

»Glaubst du wirklich, dass das Feuer eine gute Idee ist?«, frage ich.

»Es ist gemütlich.«

»Ich meinte nur wegen der Küstenwache.«

»Wir sind die Einzigen hier«, entgegnet Art und schaut in die Tüte mit den Sandwiches. »Wenn wir sie kommen hören, machen wir uns aus dem Staub. Welches ist meins?«

»Das in dem braunen Papier.« Wir haben von dem Parmaschinken in Arts Sandwich das Fett abschneiden lassen. In Sachen Essen ist er so zimperlich wie ein Fünfjähriger.

»Ich frage euch gar nicht erst, was ich euch schulde«, sagt er und zieht triumphierend das Päckchen heraus. »Bin leider gerade pleite.«

»Das geht aufs Haus.«

Tony öffnet mit einem Feuerzeug die Peroni-Flaschen, während ich ein Glas Essiggurken aufschraube und eine Tüte Chips aufreiße.

Art macht sich über sein Sandwich her und fragt mit vollem Mund: »Wo ist denn Mauro?«

»Zu Hause.«

Am Telefon war Mauro fuchsteufelswild. Als ich ihm

gesagt hatte, dass Art unversehrt war, wie beim letzten Mal, und keinerlei Erklärungen abgeben wollte, wie beim letzten Mal, sagte er, er müsse bei seiner Familie bleiben, und beendete das Gespräch.

»Will er einem alten Kumpel nicht mal einen Abend opfern?«

»Für diesen alten Kumpel hat er mehr geopfert, als du dir vorstellen kannst.«

»Entschuldige, das war blöd formuliert«, sagt Art und beißt in sein Sandwich. »Ich hatte einfach nur gehofft, dass wir vollzählig sind, nicht zuletzt, weil die letzten beiden Treffen des Paktes ins Wasser gefallen sind.«

»An mir lag's nicht«, sagt Tony.

Art deutet mit seinem Sandwich auf ihn. »Ist da jemand nervös?«

»Nein, ich bin einfach nur neugierig, was für eine Art Bockmist du uns diesmal auftischen willst.«

»Wohl bist du nervös«, sagt Art und spült den Bissen mit einem Schluck Bier hinunter. »Wundert mich nicht. Ich habe mich euch gegenüber nicht besonders toll verhalten. Ihr werdet bald verstehen, dass ich keine andere Wahl hatte.«

»Wie tief steckst du in Schwierigkeiten?«

»In Schwierigkeiten?« Art wirkt überrascht. »Kein bisschen. Wie um alles in der Welt kommst du denn darauf?«

»Und warum treffen wir uns dann hier und nicht irgendwo, wo zivilisierte Menschen sich treffen?«

Art breitet die Arme aus, als wolle er den Strand umarmen. »Ich will nicht, dass Michele mitkriegt, dass ich zurück bin.«

»Zurück von *wo*?«, frage ich.

»Genau, das ist die alles entscheidende Frage, oder? Heute wie vor zwanzig Jahren.« Art blickt ins Feuer, und sein Gesichtsausdruck wird ernst. Mir ist er immer als der schmächtige Junge in Erinnerung geblieben, den ich kennengelernt habe, als ich elf war, in der neuen Schule, die mir so viel Angst gemacht hat. Aber es ist nicht zu übersehen, dass er längst kein Junge mehr ist: In seinem Gesicht zeigen sich erste Falten, und in seinem Haar schimmert die eine oder andere weiße Strähne. »Als ich euch gesagt habe, ich wüsste nicht, was während der sieben Tage meines Verschwindens geschehen war …«

»… hast du uns angelogen.«

Art wirkt enttäuscht. »Nein, das habe ich nicht. Ich wusste es wirklich nicht. Ich konnte es nicht wissen.«

»Soll das heißen: partieller Gedächtnisverlust?«

»Ich konnte mich an jede Einzelheit erinnern, aber ich brauchte Zeit, um das alles zu verarbeiten und zu begreifen. Was nutzt uns das bloße Wissen um Tatsachen? Nichts! Aber ich will nicht länger drum herumreden: Als ich euch mit dem Teleskop allein gelassen habe und in den Olivenhain gegangen bin, wurde ich entführt.«

»Don Alfredo«, sage ich.

Art sieht mich verständnislos an. »Don …«, sagt er und lacht leise. »Don Alfredo! Nein, Fabio, Don Alfredo war das nicht. Wer mich entführt hat, das war … niemand aus Casalfranco.« Er hält kurz inne. »Es war keine menschliche Erscheinung.«

Eine Weile herrscht absolute Stille.

»Wie meinst du das?«, fragt Tony.

»Was glaubst du wohl, wie ich das meine? Sie war – sie *ist* – keine menschliche Erscheinung. Sie hat keinen Namen, mit dem ihr etwas anfangen könntet. Sie ist … sie ist … Ich werde nicht so tun, als könnte ich euch schildern, was sie ist, denn das kann ich noch immer nicht. Aber ich kann euch sagen, was sie *nicht* ist.«

»Nämlich: menschlich«, sagt Tony langsam und deutlich.

Art imitiert mit den Fingern eine Pistole und deutet auf

Tony, als wolle er sagen: *Volltreffer.* »Sie gehört zu den Verborgenen Dingen.«

Wir Fotografen wenden gerne einen Kniff an, den manche im Scherz den »sechsten Sinn« nennen. Damit ist eine bestimme Methode gemeint, die Dinge in den Blick zu nehmen. Der Betrachter befreit das Objekt von allem, was *zu ihm* gehört und nicht *zum Objekt* (wie etwa vorgefertigte Meinungen über eine »gute Beleuchtung« oder spontane Reaktionen auf bestimmte Farben), um so das Wesen des Objekts, seine innere Wahrheit, hervortreten zu lassen. Denn zunächst muss man die Wahrheit kennen. Anschließend kann man sich dafür entscheiden, sie getreulich abzubilden oder bis zur Unkenntlichkeit zu entstellen, aber zuerst muss man die innere Wahrheit des Objekts kennen. Jetzt betrachte ich Art mit diesem sechsten Sinn. Ich räume alles zur Seite, was ich über ihn weiß (eine jahrzehntelange Freundschaft – weg damit), alle meine Ansichten über die Existenz nicht-menschlicher Wesen (gesunder Menschenverstand – weg damit) sowie alles, was mir mein Geist noch so einreden will, und dann bekomme ich – für wenige kostbare Momente der Stille – Art und seine Wahrheit zu sehen.

Er ist verrückt.

Der Irrsinn spricht aus seinem ganzen Wesen, vom Zucken seines Auges bis zur Rastlosigkeit seiner Finger. Die Zeiten, in denen er ein sympathischer Sonderling war, sind endgültig vorbei. Er braucht Hilfe, handfeste, professionelle Hilfe.

»Ich dachte immer, dieses Gerede von den ›Verborgenen Dingen‹ sei so etwas wie eine Metapher«, sagt Tony.

»Warum?«, fragt Art.

»Weil das hieße, dass du noch bei Verstand bist.«

»Solange ich recht habe, spielt es keine Rolle, ob ich bei Verstand bin oder nicht.«

»Und was sind dann diese ›Verborgenen Dinge‹?«

»Sie sind … etwas völlig anderes. Ein anderer Teil der Welt. Der Ort, an dem sie leben, ist real, genauso real, nein, *unendlich viel realer* als dieser Ort hier«, sagt Art. »*La Madama* hat mich dorthin gebracht, nachdem sie mich entführt hatte.«

»*La Madama?*«, sage ich. »Wir dachten, das sei Silvana.«

»Silvana ist wirklich ein süßes Ding, aber sie ist nichts im Vergleich zu der Frau, die ich liebe.«

Ich muss mich zusammenreißen, um nicht Tonys Blick zu suchen. Art würde das garantiert bemerken, und ich weiß nicht, wie er reagieren würde. Ich bin froh, dass ich nicht mit ihm alleine bin. Zwischen seinen Ohren ist kein einziges Körnchen Vernunft mehr vorhanden.

»Art …«, sagt Tony. Er klingt erschöpft.

»Ihr glaubt, ich bin verrückt. Deshalb habe ich euch bis jetzt auch nichts davon erzählt. Ich wusste, dass ihr so reagieren würdet. Dabei kommt das Beste erst noch.« Er setzt ein breites Grinsen auf und verkündet: »Der Teil, in dem ich *Zauberkräfte* erlange!«

»Zauberkräfte«, sage ich. »Klar doch.«

Art lacht und klatscht in die Hände. »Natürlich! Was glaubt ihr denn, wie ich sonst dieses Feuer entfacht hätte?«

»Vielleicht mit Streichhölzern?«, mutmaßt Tony.

»Durch Zauberei! Durch Zauberei bin ich auch zurückgekommen. Ich bin auf dem Gewitter geritten! Ich *war* das Gewitter. Ich habe in herrlichem Donner Purzelbäume geschlagen und mich an köstlicher, purer Elektrizität gütlich getan.«

Arts Stimme ist eine Oktave nach oben gesprungen. Tony zeigt keine Regung. »Kannst du uns was zeigen?«, fragt er. »Kannst du uns hier und jetzt was vorzaubern?«

Art macht eine ablehnende Geste. »Ich könnte, aber ich tue es nicht. Ich bin kein Angeber.«

»Mann, du bist der größte Angeber, der mir je über den Weg gelaufen ist.«

»Früher, ja. Als ich jung war.«

Art macht mir Angst. Ich überlasse Tony das Reden. Ich will das hier über die Bühne bringen, das Verhältnis zu meinem Vater klären, so gut es geht, und dann nach Hause fahren, nach London, zu Lara. Ich habe nicht die Kraft, dem Ort standzuhalten, der Art zerstört hat.

Er nimmt einen kräftigen Schluck Bier und wischt sich mit dem Handrücken den Mund ab. »Ich würde vorschlagen, wir fangen von vorn an.«

»Einverstanden«, sagt Tony.

»Also, wo waren wir? Ja, dieser Abend. Als ich den Olivenhain betreten hatte, schlug mir plötzlich ein intensiver Duft nach Veilchen entgegen. ›Veilchen, im Januar?‹, dachte ich. Und dann hörte ich etwas. Es war … kein natürlicher Laut, kein Geräusch von dieser Welt. Es klang so, wie Wasser klingen würde, wenn es, falls das möglich wäre, einen Orgasmus hat. Könnt ihr euch das vorstellen?«

»Ehrlich gesagt, nein.«

»Natürlich. Klar. Aber ich kann es nicht besser beschreiben. Dann sah ich ein unheimliches saphirblaues Schimmern, und eine Stimme sagte: ›Guten Abend, Arturo.‹ Vor mir stand eine Frau, die schönste Frau, die ich je gesehen hatte.« Art zwinkert uns zu. »*Nackt.* Ich schrie auf und starrte sie mit offenem Mund an. Sie lachte und kam langsam auf mich zu, aber sie schien dabei eher zu schweben als zu gehen. Sie gab mir einen Kuss und sagte: ›Du kommst jetzt mit mir‹, und das war weder eine Frage noch eine Aufforderung, sondern eine Feststellung. Ich schluckte und fragte: ›Wohin?‹, woraufhin sie mir – ich schwöre es bei Gott – die Hand auf die Eier legte, leicht zupackte und sagte: ›Komm einfach mit.‹ Dann drehte sie sich um und ging voraus. Ihr Hintern, heilige Scheiße, ihr Hintern! Der vollkommenste, fülligste Arsch, den dieses Land je gesehen hat. Groß und perfekt gerundet. Ich konnte nicht anders, als ihr zu folgen.«

»Und das nennst du eine Entführung?«, sagt Tony.

»Wenn du einen Wurm auf einen Haken spießt, den Haken ins Wasser hältst und dann ein Fisch anbeißt, würdest du ernsthaft behaupten, der Fisch *will* auf deinem Teller landen?«

»Kapiert.«

Art legt Holz ins Feuer und fährt fort: »Während ich hinter ihr herging, wurde der Olivenhain immer größer und seltsamer. Ich … mir fehlen dafür buchstäblich die Worte. Unsere Sprache reicht nicht aus, um zu beschreiben, was ich dort gesehen und erlebt habe. Nur so viel: *La Madama* hat mich auf die andere Seite geführt, auf die verborgene Seite. Kaum waren wir dort angekommen, stürzte sie sich auf mich und wir vögelten drauflos, als gäbe es kein Morgen. Dann brachte sie mir Früchte zu essen, die entfernt an Feigen und Kaktusfrüchte erinnerten, aber einen scharfen Nachgeschmack hatten – so wie Jalapeños, wisst ihr? –, und dazu süßen Wein. Dann redeten wir. Und so ging es immer weiter: Vögeln, Essen, Trinken, Reden und dann wieder Vögeln.«

»Und wo war das?«, fragt Tony. »In einem Haus, oder irgendwo draußen …?«

Ich verstehe, was er vorhat. Er macht das geschickt.

»Nein, nicht in einem Haus. Wir waren immer draußen. Die einzigen Gebäude, wenn man so sagen kann, die ich jemals auf dieser Seite gesehen habe, waren Steinmauern. Ich habe *La Madama* gefragt, wozu sie dienen, und sie meinte: ›Sie markieren die Grenzen.‹ Ansonsten gibt es dort nur Bäume, Weinreben und Büsche. Es ist immer warm, aber nie heiß. Wie hier Ende Mai. Nenn es Arkadien, wenn du willst.«

»Und worüber habt ihr gesprochen?«, frage ich.

»Über Kunst, Philosophie, Magie und was weiß ich noch alles. Und während all dieses Vögelns, Schlemmens und Redens ist mir etwas klar geworden, etwas Offenkundiges, eine schlichte Wahrheit, die schlichteste Wahrheit, die es gibt: Bevor mich *La Madama* entführt hat, war ich dabei, zu sterben.«

»Ich glaube mich zu erinnern, dass du quicklebendig warst.«

»Falsch! Wir alle sind dabei, zu sterben. Sobald du auf der Welt bist, fängst du an zu sterben. Kinder reden davon, was sie alles machen wollen, wenn sie einmal groß sind, sie können es kaum erwarten, aber es ist genau andersherum: Wenn wir erwachsen werden, werden wir *kleiner.* Wenn wir klein sind, sind wir *riesig,* aber dann schrumpfen wir. Mit fünf ist alles möglich, aber was geht denn noch mit vierzig? Mit jeder Entscheidung *für* etwas entscheiden wir uns *gegen* alle anderen Wege, die uns auch offenstehen würden, und dadurch werden wir kleiner und kleiner, weil jede Entscheidung einen Teil von uns verschwinden lässt, unsere *Möglichkeiten* verbrennt, bis nichts mehr von uns übrig ist. Der Tod ist ein fortschreitendes Schrumpfen, das unsere unermessliche Größe in Nichts verwandelt.«

Tony macht eine vulgäre Geste. »Und das ist dir klar geworden, während ihr …«

»Ja, genau«, sagt Art lachend. »Der beste Weg zur Weisheit.«

»Aber ist so eine Erkenntnis nicht ein ganz schöner Dämpfer, wenn man gerade im siebten Himmel schwebt?«

»Ganz und gar nicht. Stell dir vor, du bist reich und erkennst auf einmal, dass die anderen arm sind. Du hast

Mitleid mit ihnen, aber das ändert nichts daran, dass du reich bist, oder? Ich war nicht mehr im Sterben begriffen, Tony. Die Verborgenen Dinge sind unveränderlich, sie sind die reine Glückseligkeit, jenseits von Zeit und Raum. Ich wusste, solange ich dort bleiben würde, würde ich nie klein werden.«

»Aber du bist nicht geblieben.«

Art schiebt sich zwei Essiggurken in den Mund. »*La Madama* hat mich rausgeworfen. Wir hatten ein letztes Mal überwältigenden Sex, und dann bin ich eingeschlafen, mit dem Kopf zwischen ihren Brüsten. Als ich aufgewacht bin, lag ich wieder im Olivenhain.«

»Ohne Ankündigung? Ohne Erklärung?«

»Sie brauchte mir nichts zu erklären. Sie war meiner einfach überdrüssig geworden.«

»Ganz schön brutal.«

»Na ja, sie ist *La Madama.* Am ersten Tag sagte sie zu mir: ›Du leuchtest so hell, Arturo. Das war es, was mich angezogen hat.‹ Aber neben jemandem, der so hell leuchtet wie sie, verblassen andere Lichter schnell.«

»Und dann bist du direkt zu mir gekommen?«, frage ich. »Nachdem sie dich rausgeworfen hatte.«

»Ja, ich bin den ganzen Weg zu Fuß gegangen. Klar hätte ich auch von einer Telefonzelle aus anrufen können, aber ich musste einfach gehen. Ich musste nachdenken.«

»Worüber?«

»Darüber, wie ich wieder dorthin zurückkehren könnte.«

»Aber die Braut hatte dich doch gerade rausgeschmissen …«, sagt Tony.

»Ja, aber einen Menschen, der es aus eigener Kraft dorthin zurück geschafft hätte, würde *La Madama* sicher mit Respekt empfangen. *Das* wäre ein helles Leuchten! Nach der Schule bin ich aus Casalfranco weggegangen. Ich habe die Welt bereist. Ich habe mich mit allem beschäftigt, was versprach, mir weiterzuhelfen: Quantenphysik, Achtsamkeit, Märchen – das meiste war Unfug, aber hin und wieder habe ich etwas Brauchbares entdeckt. Dabei habe ich gelernt, gewaltige magische Fähigkeiten zu entwickeln, so wie die Superhelden aus den Marvel-Comics. Aber zum Beispiel auch Levitation.«

»Kannst du uns das mal zeigen?«

»Ich könnte, wenn ich wollte. Also, das Ganze war ziemlich frustrierend. Nur wenige Menschen sind bis jetzt auf die Verborgenen Dinge gestoßen, und das entweder durch Zufall oder weil jemand von dort sie zu sich geholt hat. Aber aus eigener Kraft von hier nach dort zu gelangen? Das war etwas völlig anderes. Das war eine Grenzüberschreitung und somit *verboten*. Ihr könnt euch vorstellen, dass mir das keine Ruhe gelassen hat. Es wurde zu einer intellektuellen, aber auch praktischen Herausforderung. Wer hatte entschieden, dass die Menschen dazu verdammt waren, sich nur auf einer Seite aufzuhalten? Ich wollte diese Grenze überschreiten, und mehr noch, ich wollte es auch anderen Leuten ermöglichen und es dieser metaphysischen Lusche heimzahlen, die sich herausgenommen hat, Verbote aufzustellen und Grenzen festzulegen.«

Ich muss lächeln. Bei all seinen Spinnereien bleibt Art doch immer Art. »Bist du auch deswegen nach Casalfranco zurückgekommen?«

Art klatscht in die Hände. »Ja, ganz genau! Ich hatte schon vor einiger Zeit erkannt, dass ich meine … ›Lehrzeit‹ nur hier zu Ende bringen könnte. Aber ich habe immer gezögert. Ich wusste, dass das eine gewaltige Veränderung zur Folge haben würde. Als dann meine Mutter starb, war mir klar, dass es so weit war.« Er macht eine dramatische Pause, sieht erst mich an, dann Tony, dann wieder mich.

»Vor zehn Tagen habe ich es geschafft. *La Madama* war beeindruckt und hat mir versprochen, ich könnte für alle Zeiten bei ihr bleiben.«

Tony lacht. »Und dann hat sie dich wieder in die Wüste geschickt, diesmal aber voller Liebe!«

»Nein! Es war meine Entscheidung. Ich wollte für eine gewisse Zeit wieder zurückkommen.«

»Und weshalb?«

»Um euch zu holen.«

Ich rücke näher ans Feuer. Es wird kühler, und dass ich mich am Strand an einem Lagerfeuer gewärmt habe, ist Ewigkeiten her. Die Szenerie ist einzigartig: Feuer und Wasser bekriegen einander nicht, sondern existieren friedlich nebeneinander. »Du willst *uns* in das … Reich der Verborgenen Dinge mitnehmen?«

»Ich will euch retten. Ihr seid so außergewöhnliche Menschen! Es ist nicht fair, dass ihr sterben müsst. Das kann ich nicht hinnehmen. Es ist ein Jammer, wie stark du schon geschrumpft bist, Fabio. Wenn du mit mir kommst, hat das ein Ende. Dann wirst du nicht im Nichts vergehen.«

»Das ist …«, sagt Tony und räuspert sich, »das ist wirklich sehr nett von dir.«

Art sieht ihn fragend an. »Machst du dich über mich lustig?«

»Nur ein klein wenig.«

Art lächelt. Dann greift er in seinen Rucksack und holt drei Papierbündel hervor, die jeweils von einem Gummiband zusammengehalten werden. »Hier. Mein Buch. Darin steht, wie man die Grenzen überschreitet, und noch vieles mehr. Lest es, und dann reden wir weiter, einverstanden? Ich wäre euch dankbar, wenn ihr Mauro eins davon bringen könntet. Und beeilt euch, ja?«

Ich nehme mein Exemplar entgegen. *Das Buch der Ver-*

borgenen Dinge, Arts großes Werk, das all sein geheimes Wissen in kompakter Form vereint. »Silvana hatte es auch«, sage ich.

»Ich weiß.«

Tony kräuselt die Nase und seufzt laut hörbar. »Dann weißt du auch, dass die Corona hinter ihr her ist?«

»Sie haben sie schon.«

»Aber was …?«

»Als Fabio mir gesagt hat, dass die Corona sie sucht, bin ich sofort zu der Stelle gelaufen, von der ich mir sicher war, dass sie sich dort verstecken würde. Eine Scheune auf den Feldern in der Nähe von Portodimare. Aber dort war sie nicht.«

»Und dir ist das völlig egal?«

»Michele hat keinen Grund, ihr etwas anzutun.«

»Seid ihr nicht Kumpels? Sag ihm, dass du wieder da bist, und dann kann er das arme Ding laufen lassen.«

»Das wäre Zeitverschwendung.«

»Das dauert doch höchstens fünf Minuten!«

Art wirft Tony einen Blick zu, den ich gut kenne. So sieht er einen an, wenn er einem etwas zu verstehen geben will, man aber zu dumm oder zu stur ist, um es zu kapieren. »Wir haben nur noch bis morgen Zeit.«

»Warum?«

»Das steht in meinem Buch. Darin wird alles erklärt. Das Überschreiten der Grenze ist nur während eines kurzen Zeitfensters möglich. Wenn wir es diesmal verpassen …« Er schüttelt den Kopf. »Es wird mehr als fünf Jahre dauern, bis sich das nächste Fenster öffnet.«

Tony sucht nach Worten. »In Ordnung«, sagt er schließlich. »Aber abgesehen davon – warum sollte Michele hinter dir her sein?«

»Das ist doch klar, Tony. Die Corona will meine magischen Fähigkeiten. Ihr habt davon gehört, dass ich die Tochter eines Clanchefs geheilt habe? Die Corona weiß, was ich kann, und sie wollen diese Fähigkeiten für sich nutzen. Solange ich mich unauffällig verhalten habe, haben sie mich zwar beobachtet, aber in Ruhe gelassen. Aber jetzt? Sie wollen nicht riskieren, dass ich ihnen noch einmal entkomme. Sie wollen mich schnappen und behalten.«

»Michele hat gesagt, du seist ein guter Freund.«

»Ich mache mir keine Illusionen darüber, wo diese Freundschaft seiner Ansicht nach ihre Grenzen hat.«

Art hat recht. Letztlich ist es egal, ob seine Ansichten Humbug sind oder nicht – wenn ein Mafiaboss sie für wahr hält, dann sind sie wahr. Also sieht es so aus: Art braucht ärztliche Hilfe. Wenn wir ihn zum Arzt bringen, liefern wir ihn damit der Corona aus. Wenn wir ihn vor der Corona verbergen, sind wir so gut wie tot, und Silvana ebenso. »Du Hurensohn«, sage ich leise. »Du hast uns *gewaltig* in die Scheiße geritten.«

»Nein, ganz im Gegenteil«, erwidert Art und deutet stolz auf das Manuskript in meiner Hand. »Ich gebe euch die Chance, für immer erlöst zu werden.«

MAURO

1

Wenn Art jetzt hier wäre, würde ich ihm eine reinhauen. Oder auch nicht. Ich weiß es nicht. Die Ereignisse scheinen sich zu wiederholen oder zumindest zu spiegeln: Wieder verschwindet Art, wieder drehen wir durch vor Sorge, wieder bringt er uns in Schwierigkeiten, und wieder ist er irgendwann plötzlich zurück, augenscheinlich unbeschadet. Diesmal jedoch fehlen mir die Kraft und das Vertrauen ins Leben, wie ich sie mit vierzehn hatte. Ich bin erschöpft.

Tony hat mir geschrieben:

> Wir haben das Buch. Kann ich kurz bei dir vorbeikommen? Ohne Art.

Klar, habe ich Tony geantwortet, und dass er ans Gartentor kommen soll, damit die Mädchen nicht aufwachen.

Es war ein schöner Abend. Wir haben Pizza bestellt und *Die Eiskönigin* geguckt. Bei »Im Sommer«, dem Lied, in dem der kleine Schneemann vom Sommer träumt, haben die Mädchen mitgesungen. (Er bedenkt dabei nicht, dass er im Sommer nicht überleben könnte. Das finden alle Leute komisch, aber ich halte das für eine bittere Parabel auf das menschliche Dasein.) Jetzt sind sie im Bett, und Anna und ich stehen im Garten und warten auf die Jungs.

»Hey«, sagt Tony leise auf der anderen Seite des Tores.

»Wo ist Fabio?«, frage ich, als ich das Tor öffne.

»Ich hab ihn auf dem Weg hierher zu Hause abgesetzt.«

»Komm rein.«

»Nur kurz. Ich bin völlig gerädert.«

Drinnen legt er das Bündel Papier, das er mitgebracht hat, auf den Tisch. »*Das Buch der Verborgenen Dinge*«, sagt er leise. »Viel Spaß beim Lesen. Art hatte für jeden von uns ein Exemplar dabei. Er hat gesagt, er will sie uns schon geben, seit er mit dem Schreiben fertig ist.«

»Wie geht's ihm denn?«

»Nicht gut.«

»Kann ich dir etwas anbieten?«, fragt Anna.

»Eistee wäre klasse.«

Sie holt eine Flasche und drei Gläser, und wir setzen uns und trinken Eistee, während Tony uns Arts Geschichte erzählt. Eine rätselhafte Frau (selbstverständlich *umwerfend*), Magie, Sex – da ist alles drin. Mir wird schwer ums Herz.

»Die Fantasie eines Heranwachsenden«, fasst Anna zusammen. »Die sexuell attraktive Frau, das Übersinnliche – ist das ein Traum von … Machtfülle?«

»Psychogene Amnesie.« Tony schwenkt langsam sein Glas, sodass das halb geschmolzene Eis darin klickert. »So heißt das. Wenn ein Ereignis so schlimm ist, dass die Erinnerung daran unerträglich wäre, entstehen Fantasien, die die Wirklichkeit überlagern. Art braucht einen Psychiater, bevor er …« Tony verstummt kurz. »Ich wollte dem Übersinnlichen eine Chance geben. Ehrlich. Ich bin für alles offen und dachte mir: Ich glaube an Gott, also warum sollte es nicht noch etwas anderes geben, das so ähnlich ist? Aber ein Art, der durch die Luft schwebt? Das geht mir zu weit.«

»Gibt es irgendeinen Hinweis darauf, was wirklich passiert ist?«

»Möglicherweise. Ich schaue mir das Buch mal an, und sobald wir mit der Corona im Reinen sind, gebe ich es ein paar Psychiatern, mit denen ich befreundet bin. Garantiert finden sich darin ein paar Anhaltspunkte. Erinnerungen entstehen nicht einfach so aus dem Nichts. Vielleicht wurde Art tatsächlich von einer Frau entführt. Bestimmt war sie nicht nackt, und Zauberkräfte hatte sie auch nicht, aber dieses andauernde Gevögel?« Tony zuckt mit den Schultern. »Warum nicht? Es kommt durchaus vor, dass Missbrauchsopfer voll Ehrfurcht zu ihren Peinigern aufblicken.«

»Was die Corona angeht«, sagt Anna, »muss ich mich bei euch entschuldigen.«

»Wieso willst *du* dich bei *uns* entschuldigen?«, fragt Tony.

»Ich hätte beinahe dafür gesorgt, dass dein hasenfüßiger Ehemann *erschossen* wird.«

»Ja, aber ich habe darauf bestanden, dass ihr Michele informiert.«

»Anna«, sage ich zu ihr, »wir waren schon vorher in Kontakt mit ihm. Er ist ein Profi. Wir werden eine Lösung finden.«

»Überlasst das mir«, sagt Tony. Dann sieht er auf die Uhr und steht auf. »Ich muss los. Ich lege mich noch kurz hin, bevor ich mir Arts Machwerk vornehme. Ihr beide seht zu, dass ihr die letzten Tage eures Urlaubs genießt. Ich halte euch auf dem Laufenden. Und ich verspreche euch, es wird nicht plötzlich die Mafia bei euch im Schlafzimmer stehen.«

Anna küsst ihn auf die Wangen. »Danke, Tony«, sagt sie zum Abschied.

2

Ich sitze in Boxershorts auf dem heruntergeklappten Klodeckel. Als ich den Verband abziehe und mir dabei eine Menge Haare ausreiße, stöhne ich leise auf. Ich versuche, nicht auch noch den Wundfaden mitzunehmen. Die Wunde juckt, als hätte ich Windpocken.

Anna klopft an die Tür. »Alles in Ordnung?«

»Bin noch am Leben.«

Ich sprühe eine ordentliche Dosis Desinfektionsmittel auf die Wunde und kräusele bei dem Geruch nach Krankenhaus die Nase. Dann bringe ich vorsichtig einen neuen Verband auf und klebe ihn mit vier Streifen Heftpflaster fest. Ich komme mir wie ein beinharter Typ vor, ungefähr so wie Schwarzenegger in *Terminator.*

Dann humpele ich ins Schlafzimmer. Meine Seite schmerzt – sie ist sauer wegen meiner groben Behandlung eben. Anna zu sehen, lindert den Schmerz.

Sie liegt nackt auf dem Bett und liest einen Roman. Sie hält den Wälzer so, dass darüber ihre Brüste zu sehen sind – eine reizvolle Pose, aus der Fabio ein Cover für eine Literaturzeitschrift machen könnte, wie es die Welt noch nicht gesehen hat.

»Du bist blass«, sagt sie.

Ich lasse mich auf das Bett sinken und halte die Hand einen Zentimeter über den Verband, ohne ihn zu berühren. Die Wunde strahlt keine Hitze ab. Also ist so weit alles in Ordnung. »Tut noch ganz schön weh.«

»Wie wär's mit einem Schmerzmittel?«

»Das ist meine Frau, wie ich sie kenne und liebe.«

Ich nehme Arts Gras vom Nachttisch, dazu ein Päckchen Tabak und ein Paper.

»Wenn du willst, kann ich ihn bauen«, sagt Anna.

»Nein, ich mach das schon. Ich wüsste gerne, ob ich es noch kann.«

Kokain ist in meiner Branche an der Tagesordnung (ich habe es ein oder zwei Mal probiert, war nicht so mein Ding). Aber Marihuana? Das ist keine Droge für Anwälte. Nach dem Abschluss meines Studiums habe ich nur noch gelegentlich geraucht, entweder hier in Casalfranco mit den Jungs oder auf Partys mit Annas Kollegen (anders als Anwälte rauchen Philosophen ziemlich viel Gras). Der Joint, den ich jetzt gebaut habe, ist unförmig und schief geworden, aber er wird seinen Zweck erfüllen.

Ich nehme einen tiefen Zug und sauge den süßlichen Duft bis in die letzten Winkel meiner Lunge. Dann setze ich ein anerkennendes Gesicht auf.

»Taugt er was?«

Ich reiche Anna den Joint. »Das Zeug ist so stark, dass es verboten gehört.«

»Gras *ist* verboten«, sagt Anna lachend und nimmt den Joint.

»Dann gehört es doppelt verboten.«

Sie nimmt einen Zug und gibt mir die Tüte zurück. »Du brauchst es mehr als ich.«

Ich schließe die Augen und nehme noch einen tiefen Zug. Art hat noch nie halbe Sachen gemacht. Dieses Gras ist radikal, so wie alles an Art. Es haut mächtig rein und katapultiert mich in höchste Sphären, verschafft mir einen klaren Blick und schärft meine Sinne. Von hier oben sehe ich Art, wie er verschiedene Cannabissorten begutachtet und sie miteinander kreuzt, um die ultimative Sorte zu erschaffen, die ausreichend stark und ausreichend ungewöhnlich ist, dass er nicht das Interesse verliert. Cannabiszucht als Kunstform. *The Art of Growing Weed*, schießt es mir durch den Kopf, und ich muss kurz über das Wortspiel lachen.

Ich drehe mich zu Anna um, die wie hingegossen auf dem Bett liegt. Dann schließe ich wieder die Augen und atme tief ein, glücklich darüber, dass das Gras in meinem Kopf für Frieden sorgt.

Oder auch nicht.

»Was hast du denn?« fragt Anna.

Ich drücke meine Nase tiefer in das Kissen und atme noch einmal tief ein. Meine von der Droge aufs Äußerste geschärften Sinne melden mir einen Geruch, der weder von mir noch von Anna stammt. Es ist der Geruch eines Fremden, der mir aber so fremd gar nicht ist. Langsam wende ich mich zu Anna. Hat sie da am Hals eine Bisswunde?

»Fabio«, flüstere ich.

»Was?«

»Hast du mit Fabio geschlafen?«

»Was? Nein!«

Die Tonlage ihrer Stimme, die demonstrativ entrüstete Art, wie sie mit den Schultern zuckt. »Du hast mit Fabio geschlafen«, sage ich und hoffe insgeheim, dass sie wegen dieses Vorwurfs wütend auf mich wird.

Sie senkt den Blick.

Und ich …

… ich bin ratlos. Ich könnte aufstehen und einen theatralischen Abgang hinlegen. *Du Hure!*, könnte ich ihr ins Gesicht schreien, *du Schlampe!* Oder ich könnte losheulen und sagen, dass das alles meine Schuld ist, alles meine Schuld, und sie bitten, so etwas nie wieder zu tun, und ihr versprechen, ihr künftig ein besserer Ehemann zu sein. Ich könnte, ich könnte, ich könnte – aber ich bin müde. Ich lasse den Kopf auf das Kissen sinken, nehme einen letzten

Zug und lasse die Kippe in ein Glas Wasser fallen, das auf dem Nachttisch steht. Arts Gras kann nur Unglück bringen, das hätte ich wissen sollen.

»Du hast dir nicht mal die Mühe gemacht, die Bettwäsche zu wechseln«, sage ich.

»Ich war mehr damit beschäftigt, mir Sorgen um dein Leben zu machen.«

»Liebst du ihn?«

»Ich liebe *dich.*«

Ich schnappe nach Luft. Ich spüre einen Druck auf der Brust, als säße Fabio auf mir und würde mich auslachen und mir den Mittelfinger entgegenstrecken. »Wann haben wir das letzte Mal miteinander geschlafen?«, frage ich Anna.

»Kurz vor Weihnachten.«

»Das kann unmöglich schon so lange her sein.«

»Ist es aber.«

Ich wische mir mit der Hand über das Gesicht. »Herr im Himmel.«

»Ich werde dich nicht anlügen und dir erzählen, ich hätte es nicht gewollt. Ich habe es sehr wohl gewollt. Und es war fantastisch. Ich dachte, ich würde mich danach mies fühlen, aber so war es nicht. Aber das ändert nichts an dem, was du mir bedeutest.«

»Du hast mit einem meiner besten Freunde gevögelt, während ich mein Leben aufs Spiel gesetzt habe, und fühlst dich nicht ein bisschen mies?«

»Jetzt mach mal halblang, Mauro! Du hast einfach getan, was du wolltest, hast dich von deinem Ego leiten lassen und die Verantwortung ignoriert, die du für mich und deine Kinder hast.«

»Und du hast mit einem anderen Mann geschlafen!«

»Ja und? Es war nur Sex, und Sex ist mir in jedem Fall lieber als der Tod. Zugegeben, ich hatte meinen Spaß, und ich fühle mich nicht im Geringsten schuldig. Ich hatte das anders erwartet, aber so ist es nun einmal. Sex ist Sex. Das ändert nichts an … uns, an dem *Wir*, das uns verbindet. Ich liebe dich, Mauro, das weißt du, und ich weiß, dass du mich liebst.«

»Nur dass *Wir* gerade einen Haufen Probleme haben«, blaffe ich sie an.

»Ein paar, ja. Aber die können wir gemeinsam lösen.«

»Wie fändest du das denn, wenn ich mit jemand anderem schlafen würde?«

»Probier's aus«, antwortet sie knapp. Und sie meint es ernst.

»Das ist«, sage ich und muss mich bemühen, ruhig zu bleiben, »das ist die erbärmlichste Entschuldigung, die ich je gehört habe.«

»Ich will mich überhaupt nicht entschuldigen.«

Mein Körper will liegen bleiben, aber meine Sinne sind hellwach, und Fabios Geruch strömt von allen Seiten auf mich ein, und ich sehe die beiden vor mir, wie sie miteinander im Bett sind, und Anna tut es nicht einmal leid, und durch meinen Kopf schwirren die aberwitzigsten Gedanken (Hat Fabio Aids? Hat er sie geschwängert? Ist sein Schwanz größer als meiner?). Starkes Gras und schlechte Neuigkeiten vertragen sich nicht. Langsam stehe ich auf. Anna fragt mich nicht, wohin ich gehe. Sie hat mir gesagt, was sie mir sagen musste, und jetzt gibt sie mir Zeit, damit klarzukommen. Das ist ihre Art, damit umzugehen.

Ich ziehe ein kurzärmeliges Hemd an (eines aus weißem Leinen, wie ich sie auch am Strand trage) und gehe aus dem Schlafzimmer. Aus dem Kühlschrank hole ich mir ein Bier, dann schnappe ich mir Arts Buch und gehe in den Garten. Ich bin ganz ruhig, aber nicht auf abgeklärte Weise, à la *Lass uns in Ruhe darüber reden.* Es fühlt sich eher wie eine Schockstarre an. Die Nacht ist kühl, so kühl, dass ich noch einmal hineingehe und mir einen Pullover hole.

Ich lasse mich in einen Stuhl fallen, nehme einen Schluck und fange an zu lesen.

DAS BUCH DER VERBORGENEN DINGE

EIN HANDBUCH

KAPITEL 3
Das Überschreiten von Grenzen

I

Ich wollte unbedingt zurück. Das würde jedem so ergehen, der einmal dort war. Das Reich der Verborgenen Dinge zu Gesicht zu bekommen und es dann wieder verlassen zu müssen, ist so, wie zu wissen, dass irgendwo in der Stadt eine rauschende Party mit freizügigen Frauen und Männern, köstlichem Wein und exzellenter Musik steigt und man dazustoßen könnte, vorausgesetzt, man findet den Weg dorthin. Entweder man zieht los und macht sich auf die Suche, oder man bleibt zu Hause und verbringt den Abend vor dem Fernseher. Was übt den größeren Reiz aus?

Ich habe es mir zur Lebensaufgabe gemacht, einen Weg zu finden, bei dieser Party dabei zu sein. Diese Suche hat mich rund um die Erde geführt, und manche Menschen werden wohl behaupten, ich hätte dabei meine besten Jahre verschwendet, aber ich bin überzeugt, dass ein Leben, das man einer Leidenschaft widmet, ein erfülltes Leben ist. Jubel oder Qual – alles ist besser als Lauheit.

Das Summen der Party habe ich immer gehört, eine endlose sanfte Musik, die am Rand meines Bewusstseins erklang, mich verhöhnte, mich zu sich rief. Das Reich der Verborgenen Dinge ist von unserer Welt verschieden, so wie der Himmel von der Erde verschieden ist, doch ich war mir immer sicher, dass es einen Weg dorthin geben müsse, so wie man auch hinauf zum Himmel fliegen kann. Und ich sollte recht behalten.

Diesen Weg zu finden, war nicht leicht. Ich musste nicht nur die Gesetze der Natur überwinden, sondern ihre gesamte Wesenheit. Während Himmel und Erde aneinandergrenzen, sind unsere Welt und die Verborgenen Dinge voneinander getrennt, gleichsam, als stünde eine Steinmauer dazwischen. Ich könnte nicht sagen, ob diese »Mauer« von einer boshaften Gottheit errichtet wurde oder ob sie einfach da ist. Wie dem auch sei, es gibt diese Mauer, und daher müssen wir sie überwinden. Ich habe eine Weile gebraucht, um das zu lernen, doch wenn man einmal weiß, wie es funktioniert, ist es vergleichsweise leicht.

Man muss dazu einfach nur meiner Anleitung folgen. Um einen Ballon zu bauen, benötigt man strapazierfähigen Stoff, einen Weidenkorb und eine Flamme zur Erzeugung von Heißluft. Um in das Reich der Verborgenen Dinge zu gelangen, bedarf es der Einheit von Ort, Zeit und Tat. Ich will mich genauer erklären.

II

La Madama holte mich in einem bestimmten Olivenhain zu sich. Sie holte mich nicht von zu Hause und auch nicht von dem Feld, auf dem ich mich mit meinen Freunden aufhielt. Sondern sie lockte mich in den Olivenhain und holte mich dort zu sich. Warum? Es musste einen Grund geben, weshalb sie gerade diesen Ort ausgesucht hatte. Meine ersten, unbeholfenen Versuche, die Grenze zu überschreiten, bestanden darin, dass ich einfach zurück in den Olivenhain ging und wartete. Natürlich geschah nichts, aber ich spürte die Atmosphäre dieses beson-

deren Ortes auf eine Art und Weise, die ich nicht mit Worten beschreiben kann. Ich verstand diesen Ort, zwar nicht auf eine rationale, sondern auf eine poetische Weise, aber ich verstand ihn.
Jahre später wurde mir klar, dass die Verborgenen Dinge an manchen Orten näher an uns heranrücken. Ähnlich wie eine gewundene Landstraße, die mal näher an einem Feld verläuft, mal etwas weiter entfernt. Viele dieser Orte des Nahseins habe ich besucht. Glastonbury in England ist so ein Ort, und die Insel Kreta. Im Salento werden an solchen Orten oftmals Heilige verehrt. Eine Topografie der Heiligenverehrung entspricht daher einer Topografie der Verborgenen Dinge. Wer sich auf die Spuren der Heiligen begibt, wird Orte finden, an denen eine Grenzüberschreitung möglich ist. So einfach ist das.

III

Eine Grenzüberschreitung ist nur zu bestimmten Zeiten möglich. Die Jahreszeiten wechseln einander ab, Tagundnachtgleichen und Sonnwenden folgen aufeinander, Altes vergeht und Neues entsteht – das Universum folgt einem verborgenen Rhythmus, und dieser Rhythmus heißt Zeit.
Die Bedeutung der Zeit wurde mir zum ersten Mal durch die Astrologie bewusst. Gelehrte wie Marsilio Ficino und Girolamo Cardano waren wahre Meister der Zeit. Indem sie Kunst, Wissenschaft und Magie zusammenführten, lernten sie in erstaunlichem Maße, diesen verborgenen Rhythmus zu verstehen. Ein guter Astrologe kann auf die Minute genau berechnen, welcher Zeitpunkt für ein bestimmtes Vorhaben günstig ist. Manche Zeiten eignen sich besser für den Krieg, andere für die Liebe, wieder andere für die Wissenschaft. Zwingt man Pfirsiche, zur Unzeit zu wachsen, entwickeln sie so gut wie keinen

Geschmack. Treibt man eine Beziehung mit Gewalt voran, endet sie in einer Katastrophe. Entweder man tanzt zum verborgenen Rhythmus des Universums, oder man wird von ihm zerrieben.
Im Tanz der Gestirne, der von verblüffender Komplexität ist, gibt es einige Konstellationen, die nur gelegentlich eintreten. Eine Grenzüberschreitung ist nur dann möglich, wenn sich eine solche Konstellation ergibt.
Um auf die andere Seite zu gelangen, musste ich lernen, sowohl wie ein Topograf als auch wie ein Astrologe zu handeln, also die richtigen Orte und die richtigen Zeiten für eine Überschreitung zu berechnen. Diese Schrift beschreibt Orte und Zeiten für die Region Salento in Italien. Anhand der Gleichungen in Anhang 1 können die entsprechenden Werte für jeden anderen Ort der Welt ermittelt werden.

IV

Doch noch fehlte mir etwas, eine Art Vortrieb, das Pendant zur Heißluft des Ballons. Am richtigen Ort und zur günstigen Zeit haben es die Verborgenen Dinge leichter, uns ganz nach ihrem Belieben zu besuchen – doch wie können <u>wir</u> zu ihnen gelangen, ganz nach <u>unserem</u> Belieben? Wie können wir die Steinmauer überwinden? Ich wollte nicht akzeptieren, den Launen anderer Kräfte ausgeliefert zu sein.
Bis ich die Antwort auf diese Frage fand, musste ich Millionen Splitter meiner Fantasie zusammenfügen, Millionen von Erfahrungen im Leben machen und, wie ich bedauerlicherweise gestehen muss, mehr Fehler begehen, als billig war, von denen manche als wahrhaft grausam angesehen werden könnten, wären sie nicht im Namen der Wissenschaft begangen worden. Schließlich fand ich, was

ich suchte, und zwar durch Unterstützung von unerwarteter Seite: von Concetta Pecoraro, einer Frau aus Casalfranco, die in der Regel als Hochstaplerin angesehen wird. Die Menschen in Casalfranco können sich gewiss noch gut an sie erinnern, und manche werden sich vielleicht auch daran erinnern, dass mein Verschwinden als Teenager mehr oder weniger unmittelbar zu ihrem Ruin geführt hat.

1987 hatte Concetta mit ihrem Treiben angefangen, das sich schon bald zu einem einträglichen Geschäft entwickeln sollte. Sie behauptete, ihr erscheine die Heilige Jungfrau Maria, und zog mit den klischeeüberladenen Berichten dieser angeblichen Visionen den Leuten das Geld aus der Tasche. Nachdem ich verschwunden war, behauptete sie, die Mutter Gottes habe ihr verkündet, ich sei tot, und gab damit unterschwellig zu verstehen, meine Freunde hätten mich umgebracht. Als ich quicklebendig und bei bester Gesundheit wieder zurückkam, mussten sich die Einwohner Casalfrancos entscheiden, wen sie der Lüge bezichtigen sollten, Concetta oder die Jungfrau Maria, und ihre Wahl fiel auf Concetta.

Concetta war zweifelsohne eine Hochstaplerin, aber gute Lügen basieren immer auf einem wahren Fundament. Vor zwei Jahren, kurz nachdem ich nach Casalfranco zurückgekehrt war, suchte ich Concetta auf. Sie war bereit, mir ihre Geschichte zu verkaufen, nachdem ich ihr dafür fast meine gesamten Ersparnisse geboten hatte (etwas mehr als viertausend Euro in bar). Als ich sie verließ, war ich pleite, aber auch so glückselig, wie ich es seit meinem vierzehnten Lebensjahr nicht mehr gewesen war.

Concetta hatte die Jungfrau Maria nie zu Gesicht bekommen, jedoch einmal einen Blick auf La Madama erhascht. Das war etliche Jahrzehnte zuvor gewesen, als

Concetta zwölf war. Damals ging es im Süden noch anders zu, schroffer, rauer. Concettas Vater war ein Rohling, ein ungehobelter Kerl ohne Manieren, dem rasch die Hand ausrutschte und der gern einen über den Durst trank. Kurz, ein typischer Vertreter seiner Zeit. Und vor typischen Vertretern sollte man sich stets in Acht nehmen.
An einem drückend heißen Spätsommertag half Concetta ihrem Vater im Weinberg eines ortsansässigen Arztes bei der vendemmia, der Weinlese. Das Grundstück war klein, und die Verantwortung für die vendemmia lag zur Gänze auf den Schultern Concettas und ihres Vaters. Tatsächlich jedoch lag sie allein auf Concettas Schultern: Ihr Vater ließ sie die Trauben pflücken, während er selbst sich in den Schatten eines Feigenbaums geflätzt hatte und sich Wein und frisch gepflückte Feigen schmecken ließ.
Im Sommer dieses Jahres hatte sich Concetta verändert, ihre Gestalt war fülliger geworden und das Rot ihrer Lippen kräftiger. Sie war zur Frau geworden, und als ihr Vater an jenem Tag trinkend unter dem Feigenbaum lag, bemerkte er diesen Wandel.
Um die Mittagszeit (die Stunde der demoni meridiani) stand Concettas Vater auf, schwankte zu ihr hinüber und zwickte sie in den Hintern. Als sie zusammenzuckte, machte er ein paar derbe Witze über ihre Rundungen (die ich hier lieber verschweige). Auf die Witze folgten ernstere Worte, und dann packte er sie, stieß sie zu Boden und schrie sie an, sie solle den Mund halten und ihm gefügig sein. Dann öffnete er seinen Gürtel.
Concetta weigerte sich.
Sie war jung, in der Blüte ihrer Jahre und scheute die Arbeit nicht. Daher war sie weitaus stärker als ihr Vater, und anders als er war sie nüchtern. Sie trat ihm

gegen die Schienbeine, und als der betrunkene Mann zu Boden ging, raffte sie sich auf und fing an, wie wild auf ihn einzuschlagen.

Er leistete keinen Widerstand.

Concetta hat mir diesen Kampf minutiös geschildert, jeden einzelnen Schlag, jedes einzelne überflüssige Detail, und bei jedem Wort wie ein aufgeregtes Huhn gegackert. Ich will das hier nicht alles wiedergeben. Nur so viel: Sie ließ nicht von ihrem Vater ab, bis er nur noch eine Handbreit vom Tod entfernt war. Und während sie auf ihn eindrosch, geschah etwas Seltsames. Der Weinberg »veränderte« sich.

Sie konnte nicht genau beschreiben, wie er sich »veränderte« – genauso wenig, wie ich das Reich der Verborgenen Dinge beschreiben kann –, sie sagte nur, dass er größer und »weiter« wurde. Er »dehnte sich aus«, und die Farben wurden intensiver, »als würden sie brennen«. Dann erschien eine Frau, die einen durchsichtigen blauen Schleier trug. Concetta hielt sie für die Jungfrau Maria, denn in einer Ecke des Weinbergs stand ein kleiner Bildstock, der Maria geweiht war, und Blau ist ja bekanntlich die Farbe der Muttergottes.

Die Dame in Blau schickte sich weder an, Concetta zu helfen, noch sie an ihrem Tun zu hindern. Sie stand einfach nur da und sah zu, ohne den leisesten Gefühlsausdruck in ihrer Miene. Und als Concetta genug hatte (»Es war heiß, und ich hatte den ganzen Tag geschuftet«, sagte sie zur Erklärung, weshalb sie ihren Vater nicht zu Tode geprügelt hatte), verschwand die Frau wieder und mit ihr der Schauer der Ehrfurcht, der über dem Weinberg gelegen hatte.

Concetta ist bis heute überzeugt, dass Maria ihr damals erschienen ist, um sie für ihre Tat zu loben.

»Die Jungfrau Maria macht so was nicht aus Jux«, sagte Concetta zu mir. Jahre später veranlasste sie dieses Erlebnis dazu, den Schwindel mit ihren Visionen aufzuziehen. Falls die Jungfrau Maria das als Affront empfinde, könne sie ja, so befand Concetta, sich ihr wieder zeigen und ihr das sagen.

Wenn man diese Geschichte von Elementen des Aberglaubens befreit, wird deutlich, dass die Dame aus dem Jenseits La Madama war. Wie im zweiten Kapitel erwähnt, hatte sie sich mir ebenfalls in einem saphirblauen Schleier gezeigt. Ich wusste genau, was das für ein Schleier war. La Madama und ich hatten darauf Sex, und das mehr als nur einmal.

Als ich Concetta verließ, hatte ich eine sehr klare Vorstellung davon, wie ich auf die andere Seite gelangen könnte. Ihre Geschichte passte zu den Theorien, die ich entwickelt hatte. Jetzt musste ich sie nur noch auf die Probe stellen.

V

Im Leben dreht sich alles um das Handeln. Bäume handeln, indem sie wachsen, Tiere, indem sie sich fortpflanzen und ihre Jungen versorgen; auch das Denken, wenn es auf die richtige Weise betrieben wird, ist nichts anderes als eine hochentwickelte Form des Handelns.

Die Tat war das letzte Element, das mir noch fehlte. Ich musste einfach nur zur richtigen Zeit an den richtigen Ort gehen und die richtige Tat vollführen, und dann würde ich die Mauer überwinden können.

Concetta hatte La Madama für einen Moment zu Gesicht bekommen, als sie kurz davor war, eine unaussprechliche Tat zu begehen: ihren Vater mit bloßen Händen zu erschlagen. Durch diese Tat hatte sie das Tor geöffnet.

Auf die Seite der Verborgenen Dinge zu wechseln, bedeutet, Gesetze zu brechen, die weitaus tiefer gehen als die bekannten Naturgesetze. Dieses Überschreiten bedeutet und erfordert daher eine Übertretung.
Aus naheliegenden Gründen kann ich die praktischen Einzelheiten nicht im Detail darlegen. Möge jeder sie sich selbst ausmalen. Ich warne allerdings eindringlich davor, sich eine solche Übertretung als sanfte Angelegenheit vorzustellen. Eine kleine Dummheit wird den Schleier bestenfalls für den Bruchteil einer Sekunde lüften und einen kurzen Blick auf die Verborgenen Dinge ermöglichen, wahrscheinlich aber keine Folgen nach sich ziehen. Nein, wenn dabei nicht Körper und Seele zu Schaden kommen, funktioniert es nicht. Jemanden fast umzubringen, ist dagegen eine ausreichende Tat – für ein zwölfjähriges Mädchen.
Eine Überschreitung erfordert Opfer. Das lateinische Wort für Opfer lautet sacrificium, von sacrum facere, »heilig machen«. Eine Überschreitung ist eine heilige Übertretung und erfordert daher bedeutende Opfer. Daher muss der Reisende bereit sein, sehr viele Eier aufzuschlagen, um dieses ganz spezielle Omelett zuzubereiten.

FABIO

1

Was, wenn das wahr ist?

Ich lege das Manuskript zur Seite und reibe mir die Augen. Es ist acht Uhr morgens. Die Nacht ist vorbei, und ich habe nicht eine Sekunde geschlafen.

Was, wenn das, was Art schreibt, wahr ist?

Dass ich das überhaupt in Erwägung ziehe, ist ein deutliches Zeichen dafür, dass ich völlig durch den Wind bin. Arts Buch liest sich wie die Autobiografie eines Serienmörders, eines gewieften Typen, der niemals offen über seine Mordtaten spricht und der seine Opfer lockt, bis sie schließlich vor seinem Schlupfwinkel stehen. »Bereit sein, sehr viele Eier aufzuschlagen.« Was ist denn das für ein Scheiß?

Als ich in die Küche komme, sitzt mein Vater beim Frühstück. »Guten Morgen, Fabio«, sagt er und spricht dabei jedes Wort aus, als wäre es eine Anweisung. Er *befiehlt* mir geradezu, einen guten Morgen zu haben, während er seinen Tee trinkt (jemand aus der Gemeinde hat ihm einmal gesagt, Tee sei besser für sein Herz als Kaffee). Er hat vergessen, den Beutel aus der Tasse zu nehmen. Die Flüssigkeit ist so schwarz wie Tinte, was er nicht bemerkt, genauso wenig wie den durchweichten Beutel mit Teeblättern, der gegen seine Lippen stößt, wodurch ein paar Tropfen über sein Kinn rinnen und auf sein weißes Hemd fallen.

Ich kann das nicht mitansehen. Ich wende mich ab, und um meinen Gedanken zu entkommen, haste ich zurück in mein Zimmer. Ich rufe Art an. Beim zweiten Läuten geht er ran.

»Hey, Alter«, sagt er.

»Ich habe dein Buch gelesen.«

»Und?«

»Du bist doch völlig verrückt.«

»Das habe ich nie bestritten. Aber trotzdem ist das alles wahr.«

»Ach ja? Dann komm doch her und mach meinen Vater wieder gesund.«

Stille am anderen Ende. Selbst unter diesen Umständen freut es mich, dass ich Art auf dem falschen Fuß erwischt habe. »Was hat er denn?«, fragt er.

»Alzheimer. Frühstadium, schreitet rasch voran.«

»Warum hast du mir das nicht schon längst gesagt?«

»Du kannst ihn doch heilen, oder?«

»Ja«, sagt Art nach einer Pause.

Eigentlich ist es zum Lachen, aber ich fühle mich erleichtert. Wenn irgendjemand Wunder wirken kann, dann Art. Ich sollte mich schämen, an solchen Humbug zu glauben.

»Wir werden ihn schlafen legen müssen«, sagt Art.

»Was?«

»Um den … Heilungsprozess voranzubringen, muss ich ein paar Dinge tun, denen Angelo widersprechen würde. Heftig widersprechen. Um ihn zu heilen, muss ich mit ihm in einem Zimmer sein, aber er darf nicht sehen, was ich tue.«

»Art, ich werde nicht zulassen, dass du meinem Vater Drogen verabreichst!«

»Ich habe alles, was wir brauchen«, fährt er ungerührt fort. »Das Risiko, dass er dabei stirbt, ist sehr gering, weniger als ein Prozent, wenn ich mich richtig erinnere. Bei Alzheimer sind es hundert Prozent.«

Für einen Augenblick, einen kurzen, dummen Augenblick, denke ich: *Klar, verstehe, Zahlen lügen nicht.* Ich werde zulassen, dass Art meinen Vater unter Drogen setzt und ihn dann mit zu sich nimmt (vielleicht in diese gemütliche kleine Schlachtkammer?) und dort »ein paar Dinge tut, denen Angelo widersprechen würde«, und danach ist mein Vater wiederhergestellt, wieder ganz der alte, scharfsinnige und verklemmte Mann, als den ich ihn kenne. Ich bin kurz davor, auf Arts Vorschlag einzugehen, mit seinen Drogen, seinen Zauberkräften und dieser durchgeknallten Welt mit Heiligen und Gewalt, auf die er seit Neuestem so steht, als es an der Haustür klingelt. Ich will nicht, dass mein Vater aufmacht, nicht in seinem heutigen Zustand.

»Ich muss Schluss machen«, sage ich und beende das Gespräch.

Ich gehe hinunter und öffne die Tür. Vor mir steht Mauro.

»Hi«, sage ich.

Er ballt die Fäuste. Das kapiere ich nicht. *Was hat er denn vor?*

Dann kapiere ich es.

»Mauro …«, sage ich und weiche zurück.

Aber er hat schon ausgeholt. Ich versuche, mich wegzuducken, bin aber zu langsam.

Mauro schlägt mir mit voller Wucht ins Gesicht.

2

Ich schreie vor Schmerz auf, genau wie Mauro. Ich falle auf die Schulter, und der Aufprall ist viel schmerzhafter als der Schlag. Ich schmecke Blut, und dann spüre ich es auch, wie es sich dickflüssig in meinem Mund und meiner Nase ausbreitet. Mauro schüttelt seine Hand aus und verzieht das Gesicht. Tony hat immer gesagt: »Schlag nie mit der Faust zu, wenn du nicht weißt, wie es geht. Dabei tust du dir mehr weh als deinem Gegner. Verpass ihm lieber eine Ohrfeige.« Es geht doch nichts über den weisen Ratschlag eines Freundes.

»Was gibt's für ein Problem?«, fragt mein Vater. Er steht im Durchgang zum Wohnzimmer. Sein weißes Hemd ist voller Teeflecken und Brotkrümel.

»Er hat mit meiner Frau geschlafen«, sagt Mauro.

Mein Vater sieht mich an, kneift die Augen zusammen und schüttelt den Kopf. »Wann wirst du endlich aufhören, mich zu enttäuschen?« Dann wendet er sich an Mauro. »Ich entschuldige mich für meinen Sohn. Ich hoffe, es wird dir irgendwann möglich sein, ihm zu verzeihen. Er ist schwach, und er ist wankelmütig. Er braucht Vorbilder, solche wie dich.« Dann grüßt er mit einer ruckartigen Kopfbewegung und geht wieder hinein.

Tränen steigen mir in die Augen, und ich lasse es geschehen. Sie vermischen sich mit dem Blut, das mir aus der Nase rinnt. Wie ein kleines Kind sitze ich auf dem Boden, heule los und zittere vor lauter Schluchzen am ganzen Körper. Ich vergrabe das Gesicht in den Händen und heule und heule, als wäre Mauro nicht da, ich weine, als wäre ich allein und als spielte es keine Rolle, was für ein erbärmlicher Wicht ich bin, was für ein unbedeutendes Nichts.

»He«, sagt Mauro und legt mir die unverletzte Hand auf die Schulter. »He, Mann.«

»Ich bin ein Riesenarschloch«, bringe ich hervor.

»Da hast du verdammt recht.«

3

»›Tut mir leid‹ ist jetzt wahrscheinlich so ziemlich das Unpassendste, was ich sagen kann.« Ich habe eine Handvoll Eiswürfel in ein Geschirrtuch eingeschlagen und halte es mir abwechselnd auf Nase, Mund und Wange. Mauro hat sich eines auf die Hand gelegt. Er sitzt im Schneidersitz auf dem Bett, unter einem *Dragon Ball*-Poster, das noch immer in satten Farben leuchtet. Als ich es aufgehängt habe, hätte ich mir nie träumen lassen, dass ich einmal ein Typ werde, der mit der Frau eines Freundes ins Bett geht.

»Du hast Anna schon immer gemocht«, sagt Mauro. »Und sie hat dich schon immer gemocht.«

Ich sehe zu der Stelle an seiner Seite, wo er angeschossen wurde. Tonys Werk scheint gut zu halten. »Sie mag mich, das stimmt, aber lieben tut sie *dich*. Sie hat mir gesagt, dass selbst als …« Ich bringe den Satz nicht zu Ende.

»Ja, das hat sie mir auch gesagt. Du wirst verstehen, dass ich da so meine Zweifel habe, nachdem sie mit einem meiner besten Freunde gevögelt hat. Und du wirst verstehen, dass ich so meine Zweifel habe, ob du überhaupt ein guter Freund bist.«

»Ich bin dir kein guter Freund. Ich liebe euch über alles, dich, Tony und Art, aber ich bin ein selbstsüchtiger, egoistischer Wichser, und selbstsüchtige, egoistische Wichser geben keine guten Freunde ab.«

»Mach weiter, das gefällt mir.«

»Als ich Anna bei dem Fotoshooting vor mir gesehen habe …«

»Liebst du sie?«

»Nein, ich glaube nicht.«

»Und ihr habt nur zweimal miteinander geschlafen, stimmt's?«

Die Frage überrumpelt mich. »Wie lange weißt du das schon?«

»Lange genug. Also nur zweimal, ja?«

»Nur zweimal.«

Mauro verschiebt den improvisierten Eisbeutel ein Stück. »Sie hat mir vorgeworfen, ich würde nur an mich denken.«

»Damit wollte sie wahrscheinlich …«

»Sie hat recht«, unterbricht mich Mauro. »Nicht nur seit diesem ganzen Zirkus mit Art, nein, es hat schon früher angefangen. Ich habe mich immer nur damit beschäftigt, was *ich* im Leben wollte oder nicht wollte, und bin dabei stillschweigend davon ausgegangen, dass bei ihr alles in Ordnung ist. Anna jammert nicht so herum wie ich, aber das heißt nicht, dass sie nicht auch Bedürfnisse hat oder mit Problemen kämpft. Ich habe mich ihr gegenüber entsetzlich verhalten. Und ihr beide, sie und du, ihr habt euch mir gegenüber entsetzlich verhalten. Wir sind also quitt und können es dabei bewenden lassen.«

»Nicht ganz«, sage ich im Scherz. »Du hast mir nichts getan.«

»Doch. Gerade eben«, sagt Mauro und verzieht das Gesicht zu einem Grinsen.

Ich suche noch nach einer geistreichen Erwiderung, als gleichzeitig unsere beiden Handys pingen. Eine Rundnachricht von Tony. Er nimmt uns in seine Find-My-Friends-Gruppe auf. *Bin mit Michele unterwegs*, schreibt er. *Ich weiß nicht, wo es hingeht. Kein Grund zur Panik, aber sicher ist sicher.*

Mauro und ich sehen uns an. Dann steht Mauro auf, langsam, damit die Wunde nicht aufbricht. »Ich muss zu meiner Familie«, sagt er.

TONY

1

Michele wartet in Elenas Garten auf mich. Er sitzt unter der Pergola mit den duftenden Glyzinien und trinkt eisgekühlten Kaffee. Elena hat mir am Telefon gesagt, dass er auf der Stelle mit mir reden will, aber sie hat nicht gesagt, worüber. Meine kleine Schwester, die Mafiabraut. Mir wird übel, wenn ich sie nur sehe.

Letzte Nacht habe ich gerade mal eine Stunde geschlafen. Ich wollte unbedingt Arts Buch lesen, und als ich einmal damit angefangen hatte, konnte ich es nicht mehr weglegen. Die zentralen Aussagen stehen in der Einleitung und im dritten Kapitel, aber das ganze Ding ist bestimmt an die hunderttausend Wörter lang. Art schwafelt ungeheuer viel. Wir hatten ja gewusst, dass er abgedriftet ist, aber wir hatten keine Ahnung, *wie weit.* Derselbe Fehler, den ich bei meiner Schwester gemacht habe.

»War wohl eine kurze Nacht?«, sagt Michele zur Begrüßung.

»PlayStation lässt grüßen.«

»Reine Zeitverschwendung, wenn du mich fragst.« Er steht auf. »Komm mit, ich muss dir was zeigen.«

»Ich geh vorher noch kurz aufs Klo.«

Vielleicht liegt es an Arts Gelaber, dass ich so misstrauisch bin, aber Michele wirkt irgendwie angespannt. Er ist ein

Freund, also habe ich keinen Grund, argwöhnisch zu sein. Aber stimmt das? Er ist zunächst ein Mann der Corona und dann erst ein Freund, und ich weiß ja nicht einmal mehr, ob ich meiner eigenen Schwester noch über den Weg trauen kann. Ich schließe die Badezimmertür hinter mir ab und schreibe den Jungs. Man weiß ja nie. Wenn sie *Das Buch der Verborgenen Dinge* gelesen haben, sind sie bestimmt auch misstrauisch.

Ich verabschiede mich von Elena und Rocco und folge Michele zu seinem Auto. Er macht mir die Beifahrertür auf, was mich schon mal beruhigt. Rocco hat mir einmal erzählt, dass üble Typen, die jemand anderem üble Sachen antun wollen, ihr Opfer auf die Rückbank setzen, neben einen *ziemlich großen* Kerl. Aber das – so Rocco, um Klarstellung bemüht – wisse er auch nur vom Hörensagen, nicht aus eigener Erfahrung. Michele fährt einen blauen, unprätentiösen Fiat Punto, wie ihn auch ein Buchhalter fahren würde.

»Wo geht's denn hin?«, frage ich.

»Zu Silvana.« Dann schaltet er Musik an, *taranta*-Lieder, und ich weiß das zu deuten und halte den Mund. Er zündet sich eine Zigarette an, ohne mir eine anzubieten. Wir fahren an dem Schild vorbei, das die Touristen darauf hinweist, dass sie nun Casalfranco verlassen, die Stadt der antiken Schätze, des kräftigen Weins und des ewigen Sonnenscheins, und folgen der Straße, die zum Meer führt. Nach einer Weile biegen wir ein erstes Mal links ab, dann ein zweites Mal und bleiben schließlich vor einem einstöckigen Haus mit einer schattigen Veranda stehen, das fast ganz von einer hohen Hecke aus Feigenkakteen verdeckt wird. Ihre grünen Scheinblätter ragen bis auf die Straße, wie dornige Hände, die die Besucher durchbohren wollen.

Auf der Veranda sitzt in einem Schaukelstuhl ein junger Mann, der ein blutendes Herz auf den Hals tätowiert hat, und spielt mit seinem Handy. An beiden Händen trägt er Schlagringe. Als er Michele sieht, springt er auf und öffnet uns die Haustür. Wir gehen durch eine leere Küche und über eine kurze Treppe in einen kleinen Keller, aus dem die kreischenden Stimmen von Anime-Figuren zu hören sind.

Eine nackte Glühbirne, die von der Decke hängt, ist die einzige Lichtquelle. Der Raum ist winzig und mit einem alten Fernsehapparat und zwei Holzstühlen schon fast vollgestellt. Auf einem der Stühle sitzt Silvana. Der Stuhl steht vor dem Fernseher, aber sie sieht nicht wirklich hin, sondern starrt nur geistesabwesend auf den Bildschirm. Auf dem anderen Stuhl sitzt ein drahtiger Typ in einem weißen Unterhemd, mit sonnenverbrannter Haut, im Schoß demonstrativ eine Pistole.

»Das ist ihre Waffe«, sagt Michele. »Ihr Bruder Saverio hat sie vor vielen Jahren bei uns gekauft. Sie hat sie ihm geklaut.«

Silvana starrt weiter auf den Fernseher. Michele gibt dem drahtigen Typen ein Zeichen, woraufhin dieser das Gerät abschaltet. Silvana wendet sich nicht um, sondern starrt weiter auf den jetzt schwarzen Bildschirm.

»Willst du fünf Minuten mit ihr allein?«, fragt Michele.

»Wie bitte?«

»Das Mädchen hat auf deinen Kumpel geschossen. Wenn du willst, gebe ich dir fünf Minuten mit ihr. Aber du musst mir versprechen, dass du sie am Leben lässt. Und dass du sie nicht vergewaltigst«, fügt er hinzu.

»Nein«, antworte ich. »Danke.«

Michele zuckt mit den Schultern. »He, Süße«, sagt er zu Silvana. »Immer schön lächeln.«

Sie sieht uns noch immer nicht an. Michele tritt neben sie und nimmt langsam ihr Kinn zwischen Daumen und Zeigefinger. Dann dreht er ihr Gesicht mit Gewalt in meine Richtung. »Erinnerst du dich an diesen Mann? Er ist ein Freund von Art.«

»*Sì*«, sagt Silvana.

»Erzähl ihm, was du mir erzählt hast.«

Mit einer ruckartigen Bewegung der Schultern, die ihr langes Haar auffliegen lässt, befreit Silvana ihren Kopf aus Micheles Hand. Dann sieht sie mich an. Sie scheint unverletzt, hat keine blauen Flecken oder Ähnliches. Diese Männer wenden nur so viel Gewalt an, wie sie für nötig halten. Deshalb macht man sich lieber dünne, *bevor* sie zu dem Schluss kommen, dass es Zeit für Gewalt ist. Ich muss dieses Mädchen hier rausholen. Dass sie das hier durchmachen muss, ist Arts und unsere Schuld. Wir dachten, Art sei in sie verliebt gewesen. Und lagen damit wieder einmal falsch, wie immer, wenn es um Art geht. »Ist es das hier, wovor du so große Angst hattest?«, frage ich sie.

Sie sieht erst an die Decke und dann zu mir. »Ich habe Angst vor *ihnen.* Vor den Verborgenen Dingen. Die, die … gekommen sind, nachdem ich Sam umgebracht habe.«

»Wer ist Sam?«

»Sam ist mein Hund.«

Ihr Hund. »Hast du ihn in einem Olivenhain erhängt?«

»Das hat Michele dir erzählt.«

»Nein. Fabio, ein anderer Freund von mir, hat ihn dort entdeckt, bevor du ihn wieder abgenommen hast.«

Sie schüttelt den Kopf. »Es hat nicht funktioniert. Es hat nicht ausgereicht. Art ist weg, und ich kann nicht zu ihm. Er hat es hinübergeschafft und mich hier zurückgelassen, damit ich hier *verrotte.*« Ihre Stimme klingt auf einmal hasserfüllt.

»Das verstehe ich nicht ganz«, sage ich, um Michele mit einzubeziehen.

»Er ist auf die andere Seite gegangen, um dort mit den Heiligen zu leben.«

»Als wir sie gefunden haben, hatte sie Arts Buch dabei«, sagt Michele. »Die Einleitung hat gefehlt, aber der Rest war voller Anmerkungen und Unterstreichungen. Du nimmst das alles sehr ernst, stimmt's?«, fragt er Silvana.

»Mach dich nur lustig. Jedes Wort davon ist wahr.«

»Warum hast du deinen Hund umgebracht?«, frage ich sie.

»Um hinüberzukommen! Man muss sehr viele Eier aufschlagen, um dieses ganz besondere Omelett zu machen. Aber es hat nicht gereicht, es hat einfach nicht gereicht. Und jetzt bin ich im Arsch.«

»Was meinst du damit?«

»Ich bin nicht auf die andere Seite gekommen, aber ich kann sie jetzt *sehen.* Die Verborgenen Dinge. Ich sehe sie die ganze Zeit.« Sie hält kurz inne. »Und sie können mich auch sehen.«

»Wer sind ›sie‹?«

»Die Heiligen, die Jungfrau Maria und all die anderen, die dort leben. Sie sind wütend auf mich, weil ich sie sehen kann, obwohl ich das nicht dürfte. Man kann nur hier oder dort sein, aber nicht auf der Grenze. Man kann nicht auf der Mauer sitzen, das geht nicht, das ist nicht erlaubt. Sie sind wütend auf mich.« Während sie spricht, sieht sie an mir vorbei, als stünde hinter mir jemand. Das macht mir eine Gänsehaut.

»Sind sie jetzt auch hier?«

»Sie sind immer bei Michele. Sie tanzen mit ihm.«

»Das reicht«, sagt Michele.

2

»Ich finde, ihr solltet sie gehen lassen«, sage ich.

Wir sitzen hinter dem Haus und trinken Kaffee, umgeben vom allgegenwärtigen Summen der Zikaden. Hier wächst nichts außer wilden Feigenkakteen, deren dornige Früchte lila und orangefarben leuchten. Michele steht auf, womit er mir zu verstehen gibt, dass mein Besuch beendet ist. Ich stehe ebenfalls auf. Auf meine Bemerkung hat er nicht reagiert.

»Sie ist verrückt«, insistiere ich. »Verrückt und harmlos. Ich wüsste nicht, wozu …«

Michele sieht mich an, und ich verstumme.

»Ich habe da so eine Theorie.«

»Und die wäre?«

»Sie dreht sich um Körper. Es gibt einfache Körper und schwierige Körper. Manche Körper könnten vielleicht Probleme machen, weshalb man im Umgang mit den Menschen, die an sie gebunden sind, nach Alternativen sucht. Andere dagegen machen überhaupt keine Schwierigkeiten. Silvana ist ein einfacher Körper. Eine junge Frau aus der Unterschicht, die sich mit der Pistole ihres Bruders erschießt? Es wäre ein Kinderspiel, dafür zu sorgen, dass die Untersuchungen eingestellt werden.«

Mein Herz pocht wie verrückt. »Welchen Grund hättet ihr, sie umzubringen?«

»Ich habe Art's Buch überflogen. Ein einziger Ausbruch von Blasphemie. Jetzt verstehe ich, warum er nicht wollte, dass ich es lese. Ein Mann, oder selbst eine Frau, könnte unter dem Einfluss dieses Buches für einigen Aufruhr sorgen. Aber hier in der Gegend schätzen wir die Ruhe und den Frieden. Silvana ist nur noch am Leben, weil ich sicher sein will, dass sie uns nichts verschweigt.«

»Sie ist ein junges Ding. Da reichen ein paar kräftige Ohrfeigen, und dann …«

»Habt ihr Art gesehen?«

Ich muss mich mächtig zusammenreißen, um nicht aufzuschrecken. »Wie meinst du das?«

»Einige Leute behaupten, er sei wieder zurück. Sie wollen ihn in Casalfranco gesehen haben. Vielleicht sind meine Jungs übereifrig, vielleicht stimmt es aber auch. Was hältst du davon?«

»Ich halte das für ausgemachten Quatsch.«

»Wirklich?«

Die Zeit verlangsamt sich. Ich spüre, wie mir der Schweiß die Stirn hinabrinnt, und hoffe inständig, dass Michele und seine »Heiligen« denken, dass das an der Hitze liegt. »Ich bin kein Idiot, Michele. Wenn Art zurück wäre und ich davon wüsste, hätte ich es dir längst gesagt.«

»Sind deine Freunde auch so klug wie du?«

»Viel klüger als ich.«

»Ihr seid schwierige Körper, alle drei. Aber merk dir, Tony: Wir haben keine Angst vor schwierigen Körpern.«

»Du brauchst mir nicht zu drohen«, entgegne ich, jetzt wieder mit fester Stimme.

»Elenas Bruder drohen, ich?« Michele lacht und tätschelt mir die Wange. »Du hast wirklich überhaupt nichts verstanden. Entspann dich. Ich bin auch ein Freund von Art. Das weißt du doch noch, *sì*? Niemand wird ihm oder sonst irgendeinem von euch etwas antun, außer, ihr legt es darauf an. Wir sind hier doch alle Kumpels. Es gibt da allerdings ein paar Kumpels, die ein wenig weiter oben sitzen als ich und die sich angesichts der jüngsten Ereignisse liebend gerne einmal mit Art unterhalten würden. Und erst recht, seitdem sie das Buch gelesen haben. Sie wollen niemandem auch nur ein Haar krümmen. Ich würde vorschlagen, wir belassen es dabei, ja? Ich bedrohe dich nicht, Tony. Ich helfe dir nur, die Dinge so zu sehen, wie sie sind.«

»Das weiß ich sehr zu schätzen.«

»Gut für dich, mein Lieber«, sagt Michele.

MAURO

»Was ist hier los?«, hat Tony gefragt, nachdem er erst Fabios Gesicht und dann meine Hand betrachtet hatte.

Ich wollte es ihm nicht sagen. Ich hatte Angst, dass er Fabio dann noch mehr hasst, als ich ihn jetzt hasse, wahrscheinlich sogar mehr, als Fabio es verdient hat.

»Ich habe mit Anna geschlafen«, hat Fabio geantwortet.

Tony hat ihn angesehen, als würde er auf eine Pointe warten. Als Fabio nichts weiter gesagt hat, hat er ihm vor die Füße gespuckt. »Dreckskerl.«

»Später«, habe ich gesagt.

Wir fahren auf Nebenstraßen und Feldwegen kreuz und quer durch die Gegend, damit uns niemand verfolgen kann. Auch Art war der Ansicht, dass wir uns ernsthaft unterhalten sollten, und ich kann keine Minute länger warten, nicht, wenn das Leben eines Mädchens auf dem Spiel steht. Fabio steht völlig neben sich, und Tony ist Art gegenüber viel zu nachsichtig. Selbst Anna fand, ich müsse eingreifen. »Aber lass dich nicht wieder anschießen«, meinte sie zum Abschied.

»Und du steig nicht wieder mit dem nächstbesten Typen in die Kiste.«

Noch nie war die Anspannung zwischen uns so groß wie jetzt; im Auto wimmelt es nur so von Geistern. Vor einer kleinen weißen Kapelle am Rand eines Olivenhains halte ich an. Der Hain ist größer und wirkt weniger Furcht einflößend als der, in dem Art damals verschwunden ist. Hier hat er, wie er erzählte, beim zweiten Mal die Grenze überschritten, als er auf der Suche nach Beweisen dafür war, dass es viele »richtige Orte« gibt. Ich würde die Hälfte meiner Ersparnisse hergeben, wenn ich bei Art zwischen den Zeilen lesen und verstehen könnte, was hier wirklich vor sich geht. Neben der Kapelle steht ein Moped. Ob Art es wohl gemietet oder gestohlen hat?

Hör auf, dir andauernd Fragen zu stellen.

Wir sind nicht hier, um uns von Art noch mehr von seinen Geschichten anzuhören. Wir wollen ihn dazu bringen, dass er mit seinen Freunden von der Corona spricht. Nur er kann das Durcheinander, das er angerichtet hat, wieder in Ordnung bringen und uns und Silvana retten.

Art steckt den Kopf durch die Tür der Kapelle. »Wie ich sehe, habt ihr euch herbemüht«, sagt er mit gespieltem Ernst, während wir aussteigen.

»Nur, weil wir ohnehin alle sterben werden.«

»Nicht im Reich der Verborgenen Dinge.«

»Dafür habe ich jetzt keinen Nerv«, sagt Tony.

Die Kapelle ist mir neu, aber selbst die alten Leute kennen nicht alle Kapellen, die über die Landschaft hier verstreut sind. Diese ist in einem besseren Zustand als die meisten anderen. Außen wurde sie offenbar erst kürzlich neu gestrichen, und innen hängt an einer der Wände ein Gemälde, das einen Mann mit einem Buch im Arm zeigt (die goldenen Buchstaben darunter lassen die Gläubigen wissen, dass es sich um den heiligen Gregor handelt). Das Bild hat die künstlerische Qualität, wie man sie in einer solchen Stätte erwartet, aber die Kapelle ist sauber. Zu Füßen des Heiligen steht eine Vase mit frischen Blumen, daneben liegen ein Beutel mit Gras, einer mit Tabak sowie ein Papier mit einer Mischung aus beidem.

»Ist es dafür nicht ein bisschen früh am Tag?«, frage ich.

Art tippt sich mit dem Zeigefinger ans Ohr. »Diese Welt. Sie ist so entsetzlich laut, wenn man an die Verborgenen Dinge gewöhnt ist. Und die Musik – ein fürchterlicher Lärm! Es geht mir besser, wenn ich sie leiser stelle.« Er setzt sich auf den Boden, lehnt sich an die Wand und baut seinen Joint fertig. »Aber es ist ohnehin nur noch bis heute Abend.«

Er ist völlig übergeschnappt. Was Fabio und Tony mir von ihm erzählt haben, hat mich nicht auf seine ruckartigen Bewegungen vorbereitet, die Art, wie er die Augen verdreht, und das Zittern seiner Hände. Er leckt das Paper an. »Was hast du denn mit deinem Gesicht gemacht?«, fragt er Fabio.

»Art, die Lage ist ernst«, sagt Tony. »Die Corona hat Silvana.«

»Hab ich doch gesagt.«

»Sie werden sie umbringen.«

»Blödsinn.« Art steckt sich den Joint zwischen die Lippen und zündet ihn an.

»Art …«

»Hat Michele euch mit diesem Quatsch von wegen ›einfache Körper‹ und ›schwierige Körper‹ zugelabert?«

»Ich glaube, das war kein Quatsch.«

»Ist es in gewisser Weise auch nicht. Aber im Grunde sind alle Körper schwierig. Die Corona ist nicht so mächtig, wie sie tut. Niemand besitzt Macht, wenn er nicht auch Zauberei beherrscht, und mit Zauberei ist es bei der Corona nicht weit her. Michele benutzt Silvana, um euch einzuschüchtern. Wenn ich weg bin – wenn *wir* weg sind –, hat er nicht mehr den geringsten Grund, ihr etwas anzutun.«

Ich ignoriere die Sache mit der »Zauberei«. »Wir werden nirgendwohin gehen. Aber *du* wirst zu Michele gehen und mit ihm reden.«

»Warum sollte ich?«

»Weil wir nur so alle heil aus der Sache rauskommen.«

Art bietet mir den Joint an. Ich lehne ab, und er reicht ihn Fabio, der ihn annimmt. »Habt ihr mein Buch nicht gelesen?«

»Doch, Art, das haben wir.«

»Und warum wollt ihr dann nicht mitkommen? Mauro, du kannst auch Anna und die Kinder mitnehmen. Es wird ihnen gefallen.«

Tony, Fabio und ich sehen uns an. »Art«, sagt Tony. »Du brauchst Hilfe.«

»Haltet ihr mich für verrückt?«

»Kann man so sagen«, antworte ich.

»Und ihr wollt eurem Kumpel keine Chance geben?«

»Michele hat versprochen, dass sie dich in Ruhe lassen«, sagt Tony. »Wir können auch Elena einschalten, dann wären wir auf der sicheren Seite.«

»Glaubt ihr etwa, ich hätte *Angst* vor Michele? Das ist doch lächerlich. Ich weiß, dass sie mir kein Härchen krümmen werden. Sie sind hinter meinen Zauberkünsten her. Wenn ich mehr Zeit hätte, würde ich mich liebend gern mit meinem alten Kumpel Michele auf einen Kaffee treffen. Aber uns bleiben nur noch« – er wirft einen Blick auf die Plastikuhr an seinem Handgelenk – »ungefähr fünfzehn Stunden, um ins Reich der Verborgenen Dinge zurückzukehren. Danach schließt sich das Zeitfenster. Die nächste Gelegenheit ist dann erst wieder in fünf Jahren. Habe ich euch das nicht gesagt? Und ich bleibe keine fünf Jahre hier in diesem Drecksloch.«

Fabio hält Tony den Joint hin, aber Tony lehnt ab, woraufhin die Tüte wieder zu Art wandert.

»Warum hast du dich überhaupt mit einem Typen wie Michele eingelassen?«, fragt Tony.

»Na ja, ich wollte den Tanz der Schwerter lernen.«

»Und du wolltest ihn lernen, weil …?«

»Wenn der Tanz richtig ausgeführt wird, bringt er einen näher an die ›Heiligen‹, wie Michele sie nennt. Man spürt ihre Gegenwart, wenn man im Tanz an die Grenzen der Vernunft gelangt.« Art fuchtelt mit dem Joint herum. »Das gehört alles zu meinem Forschungsprojekt.«

»So wie das Gras?«

»Gras zu verticken, war eine entspannte Art, an Geld zu kommen.«

»Und Silvana hast du kennengelernt, als du bei ihrer Mutter warst?«, sage ich.

Art nickt. »Klasse Mädchen. Sie war neugierig, und ich konnte ihre Neugier stillen.«

»Wir haben deine Gerätschaften entdeckt«, sagt Tony.

»Im Trullo oder im Keller?«

»Beides.«

»Es war ein umfangreiches Forschungsprojekt. Dafür waren eine Menge Experimente nötig.«

»Und du hast Hundefutter gebunkert. Von der erlesenen Sorte.«

»Das war für Ged.«

»Und wo ist Ged jetzt?«

»Ged!« Art seufzt und schüttelt den Kopf. Dann steht er auf. »Kommt mit.« Wir gehen hinaus, und er führt uns hinter die Kapelle. Vor einem Erdhaufen, der von wilden Feigenkakteen umgeben ist, bleibt er stehen. Die Aufschüttung hat die Größe eines Hundes und ist noch ganz frisch. Genau so einen Erdhaufen wollten wir auf keinen Fall finden, als wir die Gegend um Arts Haus abgesucht haben. »Ged ist ein aufgeschlagenes Ei«, sagt Art.

Die Wunde in meiner Seite pocht. Es fühlt sich an, als wollte ein Schwarm winziger Lebewesen die Naht auftrennen, um zu entkommen. Ich lege mir eine Hand auf den Bauch. Ich werde mich hier und jetzt auf keinen Fall übergeben. »Du brauchst Hilfe«, sage ich leise.

Art stößt eine Rauchwolke aus. »Jetzt hört mir mal zu. Gebt mir eine Chance, zu beweisen, dass ich recht habe. Wenn es danebengeht, rede ich mit Michele, einem Psychiater oder mit wem immer ihr wollt.«

»Art …«

»Hab ich euch jemals Mist erzählt?«

Keiner von uns antwortet.

»*Hab ich euch jemals Mist erzählt?*«, fragt Art noch einmal. »Na los, Jungs. Ich verdiene eine Antwort auf diese Frage.«

»Nein, hast du nicht«, sagt Fabio.

»Dann gebt mir eine Chance. Oder ihr müsst mich zwingen und mich buchstäblich zu Michele schleifen, während ich die ganze Zeit schreie und um mich schlage. Sucht es euch aus.«

Nicht ohne Überraschung höre ich, wie Fabio sagt: »Einverstanden.«

FABIO

1

Als ich mich von meinem Vater verabschiede, fühle ich mich irgendwie schuldig, als würde ich nie wieder zurückkommen. Es ist kurz nach acht, und die Sonne geht unter. In London hätten wir jetzt noch ein paar Stunden Sonnenlicht. Vorhin habe ich mit Lara geskypt, und obwohl ich ihr nichts von Anna und mir erzählt habe, hat es sich angefühlt, als würden wir voneinander Abschied nehmen. Als Erstes hat sie lachend gefragt, ob ich vorhätte, zum Mond zu fliegen und nie wieder zurückzukommen. Ich hoffe, mein gespieltes Lachen war nicht allzu verräterisch. Falls ich nach London zurückfahre, muss ich ehrlich zu ihr sein und ihr sagen, was passiert ist (mit den Jungs, mit Anna).

Wenn.

Wenn ich nach London zurückfahre.

Man kann vieles über Art sagen, aber er besitzt nach wie vor die Gabe, andere mitzureißen. Also folgen wir ihm jetzt, drei erwachsene Männer auf dem Weg in eine andere, bessere Welt, in seinem Rollenspiel, das schon längst aus dem Ruder gelaufen ist. Ich wünschte, seine Hirngespinste wären wahr.

Ehrlich gesagt, bin ich mir nicht absolut sicher, dass sie nicht doch wahr sind. Wie Art selbst gesagt hat: Er hat uns noch nie Mist erzählt. Ich vermute, dass Tony und selbst

Mauro es ähnlich sehen, aber der Gedanke, dass Art auch diesmal recht haben könnte, ist zu abwegig, zu *krass*, um ihn laut auszusprechen.

Das Treffen soll im Olivenhain stattfinden. »Zur richtigen Zeit am richtigen Ort«, wie Art gesagt hat. Das kam nicht wirklich überraschend, angesichts der krankhaften, verquasten Logik, in die sich unser Freund verstrickt hat. Wir fahren in Mauros Auto hin und machen dabei, wie schon heute Nachmittag, zahllose Umwege. Erst als wir sicher sind, dass uns niemand verfolgt, biegen wir in die Straße ein, die zu dem Olivenhain führt.

»Ich kann nicht glauben, dass wir das wirklich tun«, sagt Tony.

»So ist es einfacher. Oder hättest du dich lieber mit Art angelegt?«

»Wisst ihr, was mich schier wahnsinnig macht?«

»Ja«, sage ich. »Die ›Tat‹.«

»Ich werde keine Eier aufschlagen. Ich werde jetzt nicht anfangen, irgendwelche Hunde zu töten.«

Weder Mauro noch ich sagen etwas dazu. Tony lässt Zigaretten herumgehen, und wir alle zünden uns eine an. Es sollte sich nicht anfühlen, als sei das die letzte. Definitiv nicht.

Wir stellen das Auto am Straßenrand ab, dort, wo wir in jener Nacht vor zweiundzwanzig Jahren unsere Roller abgestellt hatten, und gehen zum Olivenhain. Der Mond ist kleiner als damals, und die Landschaft dunkler. Wir haben nicht daran gedacht, Taschenlampen mitzunehmen. Ein Schauer überläuft mich. Ich fühle mich wie ein Kind, das sich im Wald verirrt hat und weiß, dass ihm Wölfe und andere, furchterregende Wesen auflauern.

Meine Freunde sind bei mir, und diese Geschichte hier wird, wie ich vermute, nicht allzu lange dauern, aber gegen die Furcht, die mich gepackt hat, kommen solche rationalen Überlegungen nicht an. Nach wie vor glauben wir nicht, dass Art damals in eine andere Welt verschwunden ist, aber wir wissen eben auch immer noch nicht, was damals wirklich passiert ist. Die Übeltäter sind noch immer in der Welt. Beobachten sie uns? Oder gibt es tatsächlich eine verborgene Welt, aus der uns lüsterne Heilige nachspionieren?

Arts Moped ist nirgendwo zu sehen. In den Tiefen des Olivenhains flackert orangefarbenes Licht. Erst erschrecke ich, erkenne dann aber, dass es das Licht von Kerzen ist. Tony geht voraus in den Hain, dann Mauro und schließlich ich. Entlang einer Reihe von Teelichtern gelangen wir in die Mitte des Hains, wo Art auf uns wartet. In würdevoller Haltung steht er da, wie ein Bischof am Ende eines Kirchenschiffs. Vor ihm stehen vier Stumpenkerzen auf dem Boden und markieren ein Quadrat. Das durchdringende Zirpen der Grillen liegt in der Luft, und vielleicht wird heute Nacht Zauberei am Werk sein.

»Was soll das werden, eine schwarze Messe?«, fragt Tony lachend.

»Ich wollte wenigstens ein Mindestmaß an Atmosphäre schaffen«, sagt Art.

»Wie schwul ist *das* denn?«

»Hab ich nur für dich gemacht, Süße.«

»Und was genau passiert jetzt?«, frage ich.

Als hätte er ihn herbeigezaubert, holt Art einen riesigen Joint hervor. »Zuerst entspannen wir uns.«

2

Tony und ich lernten uns am ersten Schultag im Gymnasium kennen. Mauro war auch in unserer Klasse. Mauro und ich gingen schon seit der Grundschule in dieselbe Klasse, hatten uns aber nie so recht angefreundet. In Italien sucht man sich am ersten Schultag einen Platz, den man dann bis zum letzten Schultag behält. Man bleibt immer im selben Klassenzimmer, und den Platz wechselt man nur, wenn ein Lehrer sich profilieren will und einen dazu zwingt.

Am ersten Schultag setzte sich Tony neben mich. »Du siehst witzig aus«, sagte er, was die höchste Anerkennung war, die ich jemals zu hören bekam. Die anderen Jungs aus Casalfranco fanden mich langweilig, und Mädchen hatte ich damals noch nicht auf dem Schirm.

Tony war mein erster Freund. Am Ende der zweiten Schulwoche lud ich ihn, nicht ohne Stolz, zum Abendessen ein. Dass ein Freund »zum Abendessen« kam, war unfassbar weltläufig. So etwas gab es sonst nur bei den Landadligen in den englischen Romanen, die ich damals schon las. Als er fragte, ob er noch einen anderen Freund mitbringen dürfe, war ich enttäuscht und verletzt. Tony brauchte Unterstützung, um einen Abend mit mir durchzustehen. Ich fragte ihn, wen er denn mitbringen wolle, und er sagte: »Art.«

Wie alle anderen in der Schule hatte auch ich schon von Art gehört. Er war in unserem Jahrgang, ein schmächtiges Kind mit großen Ohren. In der Woche zuvor hatte ihn ein Junge, der ein paar Klassen über uns war, »Dumbo« genannt. »Lieber große Ohren als ein kleiner Schwanz«, hatte Art erwidert, und als sich der andere Junge auf ihn stürzte, hatte Art ihn in den Hals gebissen. Das Ausmaß der Bisswunde variierte erheblich, je nachdem, wer die Geschichte erzählte, aber Tony war dabei gewesen und versicherte mir, dass sie nicht so groß war, wie manche Kinder behaupteten (und ganz bestimmt hatte Art dem anderen kein Stück Fleisch aus dem Hals gerissen und darauf herumgekaut). Tony war dazwischengegangen und hatte die beiden getrennt, bevor einer von ihnen ernsthaft zu Schaden kam. Es war nur eine Rauferei gewesen, wenn auch eine ungewöhnliche.

Obwohl mich die Eifersucht im Inneren auffraß, sagte ich zu Tony, dass er Art natürlich mitbringen könne, zu mehreren sei es nur umso lustiger. Als sie dann »zum Abendessen« kamen, wie ich mir immer wieder vorsagte, begegnete mein Vater Art vom ersten Moment an mit Abneigung. Bevor wir uns an den Tisch setzten, erzählte Art einen obszönen Witz über eine Nonne und einen Pinguin. Als mein Vater das mitbekam, stürmte er auf uns zu und stellte klar, dass er so etwas in seinem Haus nicht duldete. Art entschuldigte sich in aller Höflichkeit. Aber wenn Art sich entschuldigt, sieht er aus, als würde er sich über den anderen lustig machen. Und genau das tut er dabei auch.

So wurden Art und ich Freunde.

Da hatte ich also auf einen Streich zwei Freunde an meiner Seite. Ich konnte mein Glück kaum fassen.

Einige Monate später (ich weiß noch, dass es der erste warme Tag des Jahres war, also war es vermutlich März), brachte Art Mauro mit. Er hatte im Alleingang entschieden, dass Mauro und ich uns »ähnlicher waren, als uns klar war«, und daher Freunde sein müssten. Ich war überhaupt nicht einverstanden, nicht, weil ich etwas gegen Mauro hatte, sondern weil zwei Freunde schon ein größeres Geschenk waren, als ich es mir jemals erträumt hatte, und auf abergläubische Weise hatte ich Angst, dass jede Veränderung des Gleichgewichts unsere kleine Gruppe zerstören würde. Art ließ mir keine Wahl: Er lud Tony und mich zu sich nach Hause zum Spielen ein, und ohne uns etwas zu sagen, lud er auch Mauro ein. Anfangs war ich misstrauisch, und Mauro noch viel mehr.

»Und dann habe ich angefangen, von den X-Men zu reden«, sagt Mauro, woraufhin wir alle lachen müssen.

Wir sind fast mit dem zweiten Joint fertig und erzählen uns Geschichten, die wir uns schon unzählige Male erzählt haben. Ich weiß nicht, ob es am Gras oder an der Vertrautheit liegt, die zwischen uns herrscht, jedenfalls kann ich die Gegenwart ohne Weiteres ausblenden. Ich kann vergessen, dass schon so viel Zeit vergangen ist (wo sind all die Jahre hin?), und dass Art krank ist und Übles vorhat. Als wäre es gestern gewesen, erinnere ich mich an jenen Frühlingstag, an dem sich herausstellte, dass Mauro ebenfalls die X-Men kannte, was in Casalfranco in den frühen Neunzigern ziemlich ungewöhnlich war. Eine bunte, billige Comicwelt – das verband uns.

»Wie lange ist das jetzt her?«, fragt Tony.

»So lange, dass andere in der Zwischenzeit gestorben sind«, sagt Art. »Könnt ihr euch noch an Carla erinnern? Lockige Haare, nicht gerade die Hellste?«

»Ja, klar.«

»Lungenkrebs. Letztes Jahr.«

Wir schweigen angesichts dieser Nachricht. Ich habe Carla seit der Schulzeit nicht mehr gesehen und war nicht einmal auf Facebook mit ihr befreundet. Das flaue Gefühl in meinem Magen hat mit mir zu tun, nicht mit ihr. Wir sind mittlerweile so alt, dass Freunde von uns an Lungenkrebs sterben. Etwas hat sich verändert. Wann ist das passiert?

»Spielverderber«, meint Tony.

»Genau davor rette ich euch«, sagt Art und wendet sich an Mauro. »Letzte Chance. Willst du deine Familie anrufen, oder lässt du sie zurück?«

Mauro seufzt betrübt. »Wir werden nirgendwohin gehen.«

»Wie du möchtest«, sagt Art und steht in einer raschen Bewegung auf. »Ich hole die Sachen.«

Er verschwindet zwischen den knorrigen Olivenbäumen. Das hier ist nicht mehr die bunte Welt der Comics. Wir waren glücklich und führten ein sorgloses Leben. Ich frage mich, ob sich alle Menschen so weit von ihren goldenen Jahren entfernen, oder ob es nur uns so geht.

Tony hat etwas entdeckt. Er wirkt entsetzt. »Nein«, sagt er. »Nein, nein, nein …«

Ich folge seinem Blick. Art kommt zurück. Im Schein der Kerzen, die ihn von unten beleuchten, wirkt er wie eine dämonische Gestalt. In einer Hand hat er ein Küchenmesser.

In der anderen eine junge Katze.

3

Obwohl wir wussten, dass dieser Moment kommen würde, trifft er uns unvorbereitet. Tony rappelt sich auf. »Auf keinen Fall«, sagt er. »Keine Chance, Alter.«

»Du hast das *Buch der Verborgenen Dinge* gelesen, also weißt du, was wir tun müssen, um die Grenze zu überschreiten.«

»Du krankes Arschloch …« Tony klingt nicht wütend. Eher enttäuscht.

»Nur mit der Ruhe, Tony. Ich werde dich nicht zwingen, diesen kleinen Schatz zu opfern.«

Entweder habe ich zu viel geraucht, oder Arts Zeug ist stärker, als ich gedacht habe. Ich schwanke und stehe unsicher auf den Beinen. Wie aus weiter Ferne höre ich Tonys Stimme: »Und ich werde nicht zulassen, dass *du* sie umbringst.«

Die Katze, ein süßes kleines Ding, liegt schnurrend in Arts Arm. Haustiere erspüren ja angeblich die Stimmung in ihrer Umgebung. Dafür, dass sie demnächst abgeschlachtet wird, ist diese Katze viel zu unbesorgt. Vielleicht ist sie verzaubert.

»Hast du auch nur *ein Wort* von dem verstanden, was ich geschrieben habe?«, fragt Art verärgert. »Ich habe doch klar gesagt, dass das erforderliche Ausmaß des Opfers von der Person abhängt, die es erbringt. Beim letzten Mal musste ich meinen Hund opfern, ein geliebtes Haustier, das ich monatelang wie einen Freund, wie *meinesgleichen* behandelt und genauso wie mich selbst auf das Opfer vorbereitet hatte. Denn im Kern geht es bei einem Opfer darum, dass du auf einen Teil deiner selbst verzichtest, die alte Haut abstreifst, damit eine neue wachsen kann. Diese Katze hier habe ich mir erst heute geholt. Ich könnte ihr den Hals umdrehen, ohne mit der Wimper zu zucken. Das würde mich völlig kalt lassen.«

»Aber warum …?«

Art richtet das Messer auf mich. »Fabio muss es tun.«

»Auf gar keinen Fall«, sage ich.

»Mir kann diese Aufgabe nicht zufallen«, sagt Art. »Tony? Der ist ein viel härterer Kerl, als er denkt. Und Mauro, na ja, der ist Anwalt.« Art kichert leise. »Nein, damit es gelingt, muss der Beste unter uns bis an seine Grenzen gehen, der Schwächste, der Träumer.« Er hält mir das Kätzchen und das Messer hin. »Bitte, Fabio, sei so gut.«

Mir wird schlecht. Der Boden unter mir wankt.

Was, wenn das alles stimmt?

»Wenn es nicht klappt, komme ich ohne zu murren mit«, sagt Art. »Aber stellt es euch doch nur mal vor! Dann tut sich euch eine neue Welt auf, in der ihr leben und vögeln könnt und in der ihr unsterblich und für immer jung seid. Ihr werdet auf ewig *die Größten* sein. Im Reich der Verborgenen Dinge kann euch das Leben nichts anhaben.«

»Aber in der wirklichen Welt läuft das nicht so«, sagt Mauro leise.

»Die Wirklichkeit wird überbewertet.«

Ich strecke die Hände aus. Ich muss ihm die Katze und das Messer abnehmen – er kann jeden Moment zustechen, einfach nur, um deutlich zu werden. Mit einem Lächeln überreicht er sie mir. »Ganz zu deiner Verfügung.«

Tony atmet aus, hörbar erleichtert, dass die Katze in Sicherheit ist. Mauro kommt langsam auf mich zu.

Was, wenn das alles stimmt?

Was, wenn Art meinen Vater retten könnte, uns alle retten könnte, mich retten könnte? Es wäre nicht das erste Mal. Er hat uns zu denen gemacht, die wir sind, im Guten wie im Schlechten. Natürlich würde niemand, der bei Verstand ist, so wirres Zeug erzählen wie er. Aber was, wenn das alles stimmt? Will ich wirklich diese letzte Chance vergeben, aus meinem Leben etwas Großes, etwas Einzigartiges zu machen? Etwas Großes und Einzigartiges zu *sein?* In einem Reich der Zauberei, in dem die Zeit mir nichts anhaben kann.

Es ist nur eine Katze.

Art hat die Arme verschränkt und sieht mich erwartungsvoll an.

»Was hast du denn jetzt für ein Problem, Mann?«, fragt Tony und sieht mir geradewegs in die Augen.

Mein Problem ist, dass ich ein Versager bin und die Schnauze voll davon habe.

Ich nehme die Katze in eine Hand. Sie ist so klein, dass ich ihr Gewicht kaum spüre. Dann hebe ich das Messer.

»Los«, sagt Art.

Ich stoße das Messer in den warmen Körper der Katze.

4

Die Schatten weichen, und eine bessere Welt tut sich vor mir auf. Mein Körper fällt – ich weiß nicht wo, ich weiß nicht wie – auf die Knie, und mein Rachen schreit so laut, dass es sich anfühlt, als würde er brennen, aber das spielt keine Rolle, denn ich bin ganz ruhig. In meinem Inneren verspüre ich tiefes Glück.

In meinem Mund breitet sich ein vertrauter Geschmack meiner Kindheit aus: Pasta, das Spezialrezept meiner Mutter. Sie brauchte immer einen ganzen Tag dafür, es bestand aus einer Soße, Schinken, kleinen Fleischklößchen und was weiß ich noch allem. Als sie es zum letzten Mal zubereitete, wusste sie schon von ihrer Krankheit, hatte mir aber noch nichts davon gesagt. Drei Monate später starb sie. Ich habe diese Pasta nicht so genossen, wie ich es hätte tun sollen. Ich habe sie nicht in meinem Herzen bewahrt. Meine Mutter hätte mir sagen sollen, dass es das letzte Mal war. Ich hätte ein Recht darauf gehabt, es zu wissen. Der Geschmack treibt mir die Tränen in die Augen. Nur meine Mamma weiß, wie man diese Pasta macht. Diese Pasta gehört ihr, sie *ist* diese Pasta.

Ich fühle mich so behütet, so *geliebt,* dass es überwältigend und fast zu viel ist. Das Leben eines Erwachsenen kennt keine so wunderbaren Momente. Ich erinnere mich an sonntägliche Besuche bei Freunden meiner Eltern auf dem Land, an verräucherte alte Häuser, an meine Mutter, wie sie durch Olivenhaine wie diesen hier geht.

Ist das nur eine Erinnerung, oder sehe ich sie wirklich vor mir?

Nein, noch nicht, doch bald werde ich sie sehen.

Die Schatten weichen, und einer von ihnen wird der meiner Mutter sein. Als ich auf die Knie falle und mit blutverschmierten Händen aufschreie, bin ich mir absolut sicher, dass sie tot, aber nicht für immer verschwunden ist, dass sie *an einem anderen Ort* ist, zusammen mit den Verborgenen Dingen, und noch kann ich sie nicht leibhaftig sehen, aber die Erinnerung an sie ist so lebendig, ich spüre ihre Gegenwart so deutlich, dass sie nicht weit sein kann, sie kommt zu mir, und jeden Moment werde ich sie erblicken. Der Wind trägt ihren Duft zu mir, das billige Parfüm, das sie so sehr mochte. Sie kommt näher.

Ja. Jeden Moment werde ich sie sehen.

5

Mir wird bewusst, dass ich auf dem Boden knie und die Katze tot ist. Noch nie zuvor habe ich einem Leben ein Ende gesetzt. Ich hätte nicht geglaubt, dass das so leicht ist. Das Blut strömt aus dem leblosen Körper der Katze auf meine Hand. Sie hat keinen Laut von sich gegeben, und falls doch, habe ich sie mit meinem Schrei übertönt. Angewidert werfe ich sie auf die Erde. Auch das Messer lasse ich fallen.

Mein Schrei erstirbt. Der Olivenhain hat sich nicht verändert, so wenig wie meine Freunde. Mauro und Tony stehen wie versteinert da. Art runzelt die Stirn.

»Es hat nicht funktioniert«, murmelt er. »Warum hat es nicht funktioniert?« Er geht in die Hocke und sieht mir in die Augen. »Ich habe dich falsch eingeschätzt«, sagt er. »Was ist mit dir passiert, Fabio?«

Ich wische mir mit der blutverschmierten Hand über das Gesicht. Ich habe ein Lebewesen getötet. *Ich habe ein Lebewesen getötet, weil ich geglaubt habe, ich würde dadurch in eine andere Welt gelangen.*

Bin ich jetzt in einer anderen Welt?

»*Was ist mit dir passiert?* Was hast du getan? Was hat dich so verändert?«

»Ich habe mit Anna geschlafen«, flüstere ich.

Art wirkt verblüfft. »Das Leben hat dich abgestumpft«, sagt er. »Jetzt verstehe ich. Jetzt verstehe ich! Eine Katze *umzubringen*, hat für dich nicht ausgereicht. Ich dachte, es würde ausreichen, aber nein. Du hättest sie vorher noch *quälen* müssen, dann wären wir ganz bestimmt auf die andere Seite gelangt.« Er wendet sich an Tony. »Wir versuchen es noch einmal. Ich weiß, wo ich noch Katzen herbekomme. So viele Katzen, wie wir brauchen!«

Tony macht einen Schritt auf ihn zu. »*Nichts* werden wir noch einmal versuchen.«

»Aber wir haben nur noch ein paar Stunden Zeit!«

»Art, das Spiel hat jetzt ein Ende. Ohne Wenn und Aber.«

Art bekommt es offenbar mit der Angst zu tun. »Verstehe«, sagt er. Mit einer blitzartigen Bewegung schnappt er sich das Messer, erhebt sich und richtet es gegen Tony. »Ihr undankbaren Bastarde. Ich bin *wegen euch* zurückgekommen! Dort drüben hatte ich *alles,* und ich habe es für euch aufs Spiel gesetzt! Und jetzt wollt ihr mich hier festhalten? Da habt ihr die Rechnung ohne mich gemacht!«

Tony geht noch ein Stück weiter auf ihn zu. »Art …«

»Keinen Schritt weiter, oder ich schlitz dir deine Spießerfresse auf!« Er wirbelt herum. »*Ihr werdet mich nicht in eurer erbärmlichen Welt gefangen halten!*«

Dann dreht er sich um und läuft los.

TONY

1

Als Art losrennt, stürze ich ihm sofort hinterher und unterdrücke den Impuls, mir stattdessen Fabio vorzuknöpfen und ihn windelweich zu prügeln.

Art rennt aus dem Schein der Kerzen hinaus und tiefer in den Olivenhain hinein. Das Gelände ist mordsgefährlich, überall ragen Wurzeln aus dem Boden und liegen scharfkantige Felsblöcke. Ich muss aufpassen, wohin ich meine Füße setze, Art dagegen ist so von Sinnen, dass er überhaupt nicht darauf achtet. Er rennt und springt wie ein Troll auf Kokain und entfernt sich immer weiter von mir. Als ich das Ende des Hains erreiche, sehe ich in der Entfernung nur noch seine Umrisse, die sich schwach von der Landschaft abheben. Er läuft auf eine schmale Straße zu. Ich nehme alle Kräfte zu einem Endspurt zusammen, muss dabei aber immer noch auf Felsen und Gestrüpp achten, während Art geradezu darüber hinwegzufliegen scheint. Schließlich erreicht er sein Moped, und ich hole das Letzte aus meinen Beinen heraus und renne mir die Seele aus dem Leib. Der Motor heult auf.

Als ich die Straße erreiche, ist Art verschwunden.

»Scheißeee!«, schreie ich, und mein Schrei gilt Art, dem Himmel, den reglos daliegenden Feldern.

In meinem Inneren verspüre ich eine Leere, von der ich nicht weiß, ob ich sie jemals wieder werde füllen können.

2

Fabio steht an einen Baum gelehnt und starrt vor sich hin. Zu seinen Füßen liegt die tote Katze, die er von sich geworfen hat, als würde sie brennen.

»He!«, schreie ich ihn an.

Ich will mich schon auf ihn stürzen, doch Mauro hält mich zurück. »Lass ihn«, sagt er.

»Verdammt noch mal, er hat eine Katze umgebracht!«

»Immer mit der Ruhe, Tony, immer mit der Ruhe.«

Fabios Hände sind blutverschmiert, so wie sein Gesicht und sein T-Shirt. Er scheint es nicht zu bemerken. Auf einmal ist mir, als würde sich der Schleier in meinem Gehirn lichten. Ja, was Fabio getan hat, ist nicht zu verzeihen, und er weiß das ebenso gut wie ich. Aber jetzt scheint er kurz vor dem Zusammenbruch, und wenn ein Freund in diesem Zustand ist, muss man für ihn da sein und ihn stützen.

»Tut mir leid«, murmelt er. »Ich dachte …« Er macht eine kurze Pause. »Ich weiß nicht. Ich hab's einfach getan.«

Ich schließe die Augen und atme ein paar Mal tief ein und aus, so wie ich es vor jeder Operation mache. »So ist Art eben. Er kriegt jeden dazu, das zu tun, was er will.«

»Ich hab's einfach getan«, wiederholt Fabio.

»Wir sollten weg von hier«, wirft Mauro ein.

»Und wohin?«, entgegne ich.

»Wir müssen Art finden. Er glaubt, ihm bleiben nur noch ein paar Stunden, bevor sich das Zeitfenster schließt. Eine Katze zu töten, hat nicht ausgereicht, und er hat keine anderen Tiere vorbereitet. Was wird er dann wohl stattdessen tun?«

Verdammt.

3

Wir fahren zu Arts Haus. Wir wissen, dass das gefährlich ist – Michele könnte dort jemanden postiert haben –, aber dieses Risiko müssen wir eingehen. Art ist nicht dort. Wir wüssten nicht, wo wir sonst noch suchen sollten. Wir setzen uns wieder in Mauros Auto, aber er lässt den Motor nicht an.

»Wir sollten noch mal gründlich nachdenken«, sagt Mauro.

»Wir müssen Michele informieren«, meint Fabio.

Allmählich kommt er wieder zu sich. Das Blut auf seiner Haut und seiner Kleidung trocknet, und sein Gesicht nimmt wieder Farbe an. »Wie kommst du klar?«, frage ich ihn.

»Besser, als ich es verdient hätte.«

»Sei nicht so streng mit dir selbst«, sagt Mauro. »Wir suchen alle nach einem Ausweg.«

Ich nicht, würde ich am liebsten sagen. *Mir ging es gut, bevor das hier angefangen hat, und ich dachte, meinen Freunden auch.* Diese ganze Geschichte hat mich immer wieder auf mich selbst zurückgeworfen. Stattdessen sage ich: »Michele sollten wir auf keinen Fall informieren. Wenn er den Eindruck bekommt, dass wir ihm etwas vorenthalten haben, wird er ziemlich unangenehm werden. Und zwar uns gegenüber.«

»Was schlägst du stattdessen vor?«, fragt Fabio.

»Fahren wir zu Elena. Wir müssen mal kurz durchatmen, und du musst unter die Dusche.«

»Sind wir da sicher?«, fragt Mauro.

»Fabio ist blutverschmiert. Willst du vielleicht, dass

deine Kinder ihn so sehen? Oder meine Eltern, oder Angelo?«

»Okay, du hast recht.«

»Und meiner Schwester vertraue ich.«

Nach kurzem Zögern dreht Mauro den Zündschlüssel. »Du musst es ja wissen«, sagt er, als der Motor anspringt.

FABIO

Wie leicht es ist zu töten, weiß man erst, wenn man es einmal getan hat. Man muss dazu weder besonders mutig noch besonders geschickt sein. Es reicht aus, einen Moment lang das Denken auszuschalten – und schon ist die Tat vollbracht. Wer auch nur einen Hauch des *Nichts* in sich verspürt, wird so leichthin töten, wie er atmet. Der Mensch ist weder Bewahrer noch Herrscher der Welt, sondern das größte Raubtier, das auf ihr lebt.

Ich stehe in einer der zahlreichen Duschen in Elenas Haus, und heißes Wasser läuft über meine Haut. *Ich habe ein Lebewesen getötet.* Es war nur eine Katze. Ich habe hier in der Stadt Kinder gesehen, die weitaus Schlimmeres getan haben. Ich esse jeden Tag Fleisch. Jeden Tag tötet jemand Tiere für mich: Hühner, Schweine, putzige kleine Lämmchen. Jemand anders – und nicht ich, das ist der Punkt. Hier hat der Verstand nichts mehr zu melden, hier dominiert ein Gefühl, das in mein tiefstes Inneres reicht, das Gefühl von Blut an meinen Händen, das Gefühl des warmen Körpers eines toten Tieres, der allmählich starr und kalt wird, und zwar wegen einer Tat, die ich begangen habe. Was für Taten hat Art wohl begangen? Was für Taten wurden wohl *an ihm* begangen, dass er sich so weit von allem entfernt hat, was wir als schicklich, anständig und normal ansehen?

Mein Gott, wie sehr ich ihn beneide.

Wie frei er sich fühlen muss. Wie unbesiegbar. Jenseits aller Regeln des menschlichen Zusammenlebens, frei von allen Fesseln dieser vulgären *Wirklichkeit.* In seinem Kopf ergibt das alles Sinn, die Magie, die Wunder. Für die Dauer eines Herzschlages hat er es geschafft, dass es auch für mich Sinn ergab – und ich will verflucht sein, wenn dieser Herzschlag nicht der herrlichste Augenblick meines Lebens war. Ich war absolut überzeugt von all dem. Natürlich würde ich bereitwillig eine Katze opfern, um diesen Zustand zu verlängern, wer würde das nicht? Ein Leben voller Schönheit, Zauber und Freiheit, all das, wonach wir uns als Kinder sehnen, das wir eines Tages zu erreichen glauben und von dem wir dann eines Tages unvermeidlich feststellen, dass es nicht existiert. Ein Dasein in all den leuchtenden Farben, die wir sehen konnten, bevor unsere Welt so dunkel wurde wie ein kohlrabenschwarzer Anzug.

Ich stelle das Wasser ab und schmiege mich in ein Handtuch, das Elena mir bereitgelegt hat. Es gibt keinen Ausweg. Die Fotografie ist bedeutungslos, Sex ist bedeutungslos, jedes künstlerische Bemühen ist lächerlich. So etwas wie Inspiration oder den göttlichen Funken gibt es nicht. Wir leben und dann sterben wir, manche von uns kriegen es besser hin als andere, aber das war's dann auch schon. Ein schlecht konstruiertes Spiel. Meine Mutter ist tot und singt jetzt nicht glückselig irgendwelche Lobpreisungen, weder im Himmel noch bei den Verborgenen Dingen. Mein Vater hat Alzheimer, und kein Zauberer wird unverhofft auftauchen und ihn kurieren. Ich bin eine Null, und nicht einmal Art, das verrückte Genie, konnte aus mir etwas machen. Ich habe ein Lebewesen umgebracht, und kein Zauber hat sich erfüllt.

So war es doch, oder?

Ich ziehe frische Sachen von Rocco an und gehe nach

unten. Tony, Rocco und Elena sitzen in der Küche, vor ihnen lauwarmer Kaffee, den sie nicht angerührt haben. Als sei er in die Betrachtung einer Ikone versunken, starrt Tony auf sein Telefon, das vor ihm auf dem Tisch liegt. Er blickt so finster drein, wie ich es noch nie bei ihm gesehen habe.

»Wo ist Mauro?«, frage ich.

»Er hat Anna nicht erreichen können«, sagt Tony. »Er ist nach Hause gefahren, um nachzusehen.«

»Du denkst doch nicht …«

»Ich weiß nicht mehr, was ich denken soll.«

Das Telefon klingelt.

MAURO

1

Die Haustür steht offen.

Die Haustür steht offen.

Ich stürze hinein und schreie aus Leibeskräften nach meiner Frau und meinen Kindern. Keine Antwort. Ich rufe nach Art. Im Erdgeschoss ist niemand zu sehen. Ich laufe ins obere Stockwerk, in dem die Schlafzimmer liegen.

Anna liegt mit verdrehten Beinen auf dem Bett, den Kopf zur Seite geneigt. Das ist keine natürliche Haltung. »Anna?«, rufe ich. »Anna!«

Ich betaste ihre Haut. Sie ist warm. Ich lege ihr zwei Finger an den Hals. Ich fühle einen Puls, wenn auch schwach. Wieder erfasst mich Panik. Ich renne in das Zimmer der Mädchen. *Gott sei Dank.* Sie sind beide hier, in ihren Betten. Ich schalte das Licht an.

Nein.

Nur Ottavia liegt in ihrem Bett, und in meiner Verwirrung wundere ich mich, dass sie nicht aufgewacht ist. Das Bündel in Rebeccas Bett erweist sich als ein zerwühltes Laken. Rebecca ist nicht da.

Ich muss mich am Türstock festhalten, um nicht umzukippen. Mein Blick fällt auf eine handgeschriebene Nachricht auf dem Boden. Es ist Arts Schrift.

Ruf nicht die Carabinieri an, steht da. *Ruf mich an.*

Ich zücke mein Telefon. Es rutscht mir aus der Hand und fällt zu Boden. Das Display splittert, aber das Gerät funktioniert noch.

Ich rufe Art an.

2

»Bist du jetzt völlig durchgedreht?«, schreie ich Art an.

»Ich kann sehr gut verstehen, dass du wütend auf mich bist.«

»Wo ist meine Tochter?«

»Ich will, dass du den Zusammenhang verstehst. Und zwar bis ins letzte Detail. Ich bin härter als ihr alle zusammen. Was ich getan habe … das habe ich getan. Belassen wir es dabei. Jedes Mal, wenn man eine Tat begeht, um die Grenze zu überschreiten, wird man etwas härter, und deshalb muss jede Tat härter sein als die vorherige. Kannst du das nachvollziehen?«

»Hör auf mit dem Scheiß, Art.«

»Nein, der Zusammenhang ist wichtig, davon hängt alles ab. Du weigerst dich, mir zuzuhören, obwohl ich euch noch nie Mist erzählt habe, *noch nie.* Warum willst du mir nicht zuhören? Um nicht noch Schrecklicheres tun zu müssen, wollte ich, dass einer von euch uns die Pforte öffnet, aber es hat nicht funktioniert. Du musst dir klarmachen, Mauro, dass das Töten eines Tieres für mich nicht mehr ausreicht, um die Grenze zu überschreiten. Nicht im Entferntesten. Und mehr noch: Nach all meinen Erfahrungen würde ich sagen, dass nicht jedes Mädchen geeignet ist. Aber die

Tochter eines Freundes? Ein Mädchen, das ich liebe wie meine eigene Tochter? Allein der Gedanke daran verursacht mir Gänsehaut. Genau so etwas brauchen wir.«

»Du willst meine Tochter umbringen.«

»Ich mache aus ihr eine Heilige! Ich muss weg von hier, ich *muss* einfach. Diese Welt ist zu klein für mich. Und für dich ist sie auch zu klein. Wie erträgst du diese Farce nur, die du dein Leben nennst? Du arbeitest dich auf, verkaufst deine Zeit, gehst dann lautlos in den Ruhestand und stirbst. Ist das nicht fürchterlich?«

»Art …«

»Nur wegen euch stecke ich in dieser verdammten Zwickmühle. Glaubst du etwa, mir graut nicht davor, Rebecca das Leben zu nehmen? Und genau deshalb wird es funktionieren. Eines Tages wirst du das verstehen, Mauro. Ich verspreche dir, eines Tages wirst du es verstehen.«

»Du bist im Olivenhain.«

»Ich will, dass ihr drei allein kommt. Nein, warte, du kannst auch Anna und Ottavia mitbringen, wenn du möchtest. Wenn ich irgendjemand anderen sehe, opfere ich Rebecca und gehe allein hinüber. Aber ich würde viel lieber mit meinen Kumpels gehen, weißt du? Tut mir leid, dass es jetzt so laufen muss. Wenn wir auf der anderen Seite sind, wirst du die Dinge so sehen wie ich. Wir werden darüber lachen, Mann. Eines Tages werden wir darüber lachen.«

Dann beendet er das Gespräch.

3

Ich sitze auf dem Sofa und warte. Nach vorne gebeugt und die Arme auf die leicht geöffneten Beine gestützt, warte ich. Ich starre auf die Wand hinter dem Fernseher und warte. Nach hundert oder zweihundert Jahren höre ich, wie ein Auto vorfährt und die Haustür aufgeht. Eilige Schritte, dann steht Tony vor mir.

»Oben«, sage ich.

Tony hastet hinauf, während ich auf dem Sofa sitzen bleibe und weiter warte. Fabio räuspert sich. »Mannomann …«, sagt er, besinnt sich dann aber eines Besseren und schweigt.

Was auch immer er jetzt sagen könnte, ich will es nicht hören. Ich warte. Ich warte, bis Tony wieder herunterkommt und mir sagt, ob mein Leben vorbei ist oder nicht. Ein weiteres Jahrhundert vergeht, dann noch eines, und ich sitze wartend auf dem Sofa und starre auf den schwarzen Fernseher.

Endlich sind Tonys Schritte auf der Treppe zu hören. Ich hebe den Kopf.

»Alles okay«, sagt er knapp. »Du brauchst dir keine Sorgen zu machen. Art hat ihnen ein Betäubungsmittel verabreicht. Er weiß offenbar, wie man damit umgeht.«

Ich brauche eine Weile, bis ich sicher bin, dass ich mir seine Worte nicht eingebildet habe. »Alles okay«, sage ich. »Und du bist ganz sicher?«

»Ja«, antwortet Tony und nickt. »Die Wirkung des Mittels wird noch eine Weile anhalten, aber dann werden sie aufwachen, als wäre nichts gewesen.«

»Gut«, sage ich und stehe auf. Genug gewartet. »Dann sollen sie weiterschlafen, bis das alles hier vorüber ist.«

Ich wünschte, ich könnte es ihnen gleichtun.

FABIO

1

Als wir den Olivenhain erreichen, dämmert es. Ich habe schon lange keinen Sonnenaufgang mehr gesehen. Die rote Scheibe der Sonne steht zwischen dem roten Himmel und dem roten Erdboden. Ein Tagesanbruch, wie man ihn hier im Süden im Sommer oft erlebt. Noch sind Überreste der kühlen Nacht zu spüren, die quälend in der Luft liegen, in den nächsten Minuten aber verschwinden werden. Vieles wird in den nächsten Minuten verschwinden.

Tony hat eine Pistole bei sich. Er hat Elena gebeten, ihm eine zu geben, und sie hat ihm ein paar Waffen vorgelegt, von denen er sich eine aussuchen konnte. Wir haben nicht darüber gesprochen, wozu er sie verwenden wird. Er hat gesagt, er wird sie überhaupt nicht verwenden – außer.

»O mein Gott«, sagt Tony plötzlich.

Der Olivenhain steht in Flammen. Ich kann einzelne Bäume erkennen, die lichterloh brennen. Jeder Baum lodert in einer einzigen großen Flamme, der ganze Hain ist in ein tiefes Rot getaucht, und Rauch steigt in langen, sich kräuselnden Fahnen auf.

Als mein Blick auf den Straßenrand fällt, erfasst mich ein noch größerer Schauder. Wir hatten damit gerechnet, hier nur ein Auto vorzufinden. Art hat sicher eines gestohlen, um Rebecca hierher zu bringen. Aber dort stehen zwei.

An den blauen Fiat Punto gelehnt, steht Michele und raucht eine Zigarette.

Tony schluckt hörbar. »Meine beschissene kleine Schwester«, murmelt er. Seine Freunde und seine Familie sind ihm das Wichtigste im Leben, und jetzt lassen ihn erst ein Freund und dann seine Familie im Stich. Das ist das Schlimmste was ihm passieren kann, schlimmer als der finanzielle Ruin, vielleicht sogar schlimmer als eine tödliche Krankheit.

Tony stellt den Wagen ab und wir steigen aus. Michele hat gut sichtbar eine Waffe im Hosenbund stecken. Er kommt auf uns zu, so leichtfüßig, als wäre er dreißig Jahre jünger. »*Compari*«, begrüßt er uns. Dann zieht er die Waffe.

Tony spuckt aus. »Dreißig Silberlinge? Oder wieviel hast du Elena gezahlt?«

»Elena hat getan, was für ihre Familie am besten ist. Und damit auch für dich.«

Tony geht forschen Schrittes auf ihn zu. So kenne ich ihn noch von früher, wenn er Typen, die ihm dumm kamen, klarmachen wollte, was er unter einer angemessenen Strafe versteht. »Elena ist eine Schlampe.«

»Dass du vermutlich weiterleben wirst, nachdem du mich so respektlos behandelt hast, liegt einzig und allein an ihr. Verstehst du? Einzig und allein an ihr.«

»Jedenfalls kommst du nicht mit«, sagt Mauro. »Art hat sich sehr deutlich ausgedrückt: nur wir, und, wenn ich will, meine Familie. Wenn er irgendjemand anderen sieht, *bringt er meine Tochter um.*«

Michele fuchtelt mit der Pistole herum. »Ich tue, was ich für richtig halte.«

»Du wirst tun, was vernünftig ist«, entgegnet Mauro. »Wir kümmern uns um Art. Danach kannst du mit ihm machen, was du willst.«

»Ein kleines Mädchen ist ein schwieriger Körper«, sagt Tony.

Michele richtet die Pistole auf uns. »Geht jetzt. Ich folge euch mit ein wenig Abstand.«

Mauro geht los in Richtung Olivenhain, Tony und ich schließen uns an.

»Ach, und noch was, Tony«, ruft Michele uns hinterher. »Nur damit du es weißt: Die Knarre, die Elena dir gegeben hat, die ist nicht geladen.«

2

Es riecht nach Benzin. Art hat sämtliche Olivenbäume mit Benzin übergossen und sie dann angezündet. Was heute Nacht die Kerzen waren, sind jetzt, in riesenhafter Vergrößerung, die Bäume. Nicht alle Bäume stehen in Flammen, aber so viele, dass es heißer ist als zur Mittagszeit am Strand. Sie lodern wie unheimliche Fackeln, die im Boden stecken und weit in die Erde hinabreichen. Jeder von ihnen ist Hunderte von Jahren alt. Eine gewaltige Verschwendung von Leben. Und, in Arts krankhafter Vorstellung, ein gewaltiger Schub für seinen Zauber.

Wir gehen zwischen brennenden Bäumen hindurch. Der Rauch ist so dicht, dass kaum Umrisse zu erkennen sind. Es kann nicht mehr lange dauern, bis auch das Gestrüpp Feuer fängt, und dann wird der ganze Hain ein einziges loderndes Inferno. Noch empfinde ich das Feuer jedoch nicht als gefährlich. Die wenigen Tiere, die sich in den Hain vorgewagt hatten, sind vor dem Feuer geflohen. Außer dem Prasseln der Flammen ist nichts zu hören. Zwar herrscht keine Stille, aber eine ganz besondere, große Ruhe.

Nachdem wir uns eine Weile durch den dichten Rauch gekämpft haben, stehen wir schließlich vor Rebecca. Friedlich schlafend liegt sie im Wurzelstock eines ehrwürdigen Baumes, den das Feuer bislang verschont hat. Er ist außergewöhnlich groß, und ich frage mich, warum er mir noch nie aufgefallen ist. Er muss schon viele Jahrhunderte miterlebt haben, und sein Stamm besteht aus zahllosen kleineren, ineinander verschlungenen Stämmen, die in einem Wald aus Armen und Fingern auslaufen, der sich zum Himmel streckt. Rebecca wirkt wie ein Geschöpf der Wildnis, wie ein Wechselbalg, als sei ihr Platz eher hier als in der Stadt. Neben ihr sitzt Art, in der Hand das Küchenmesser. Ordentlich wie er ist, hat er es vom Blut der Katze gesäubert.

Als er uns sieht, steht er eilig auf und begrüßt uns mit einem breiten Lächeln. »Ihr seid gekommen!«, sagt er. »Ich wusste doch, dass ihr kommen würdet!« Er ist so aufgeregt wie ein kleiner Junge, der gerade den Weihnachtsmann ausgeraubt hat. »Das hier wird *legendär,* Leute!«

»Finger weg von ihr«, sagt Mauro und geht auf ihn zu.

Arts Miene verfinstert sich. Im Handumdrehen kniet er sich hin und legt Rebecca das Messer an die Kehle. »Keinen Schritt weiter.«

Mauro bleibt stehen.

Ich reibe mir die Augen, die vom Rauch zu tränen begonnen haben. Auch Art bekommt feuchte Augen, aber bei ihm sind es echte Tränen. »Versteht ihr denn nicht?«, sagt er. »Ihr habt mit den Verborgenen Dingen getanzt, und wenn ihr jetzt weiter hier gefangen bleibt, dann ist das … so *erbärmlich.* Es ist … Ich ertrage das nicht. Ich ertrage das einfach nicht.«

»Du hast recht. Es ist wirklich ätzend«, sagt Tony.

Art sieht zu ihm auf. »Du verstehst das also.«

»Ja. Es ist ätzend, und es ist nicht fair. Die Verborgenen Dinge sind dir das Wichtigste überhaupt. Du hast sie für uns zurückgelassen, und wir waren solche Schlappschwänze, dass wir nicht mit dir zurückgegangen sind. Das ist nicht fair, genauso wie es nicht fair war, dass wir dir nicht vertraut haben.«

»Ja …«

»Aber weißt du was? Das Leben ist nun mal nicht fair. Damit musst du klarkommen.«

»Ich kann all dem hier entfliehen. *Wir* können all dem hier entfliehen.«

Träge kickt Tony einen Stein weg. »Und der Preis dafür? Das Leben der Tochter deines Kumpels? Das kannst du doch nicht ernst meinen.«

»Du glaubst mir immer noch nicht.«

»Nein, Art, es ist nicht so, dass ich dir nicht glaube. Mir ist das alles einfach nur scheißegal. Freundschaften stehen über allem. Deine Leute, deine Familie, das ist das Wichtigste auf der Welt. Wenn das Leben dich unfair behandelt, und das tut es nun mal meistens, dann musst du verdammt noch mal damit klarkommen. Und zwar nicht wegen dir, sondern wegen deiner Freunde und deiner Familie. Meinen Freunden würde ich fast alles verzeihen. Aber wenn sie mich hintergehen? Da ist für mich Schluss. Öffne mir die geheimen Pforten des Universums! Zeig mir deine mystische Zauberei, zeig mir deine *Madama,* zeig mir einen brünstigen Gott, mit dem ich bis in alle Ewigkeit vögeln kann – das alles interessiert mich einen Dreck, weil du ohne mit der Wimper zu zucken deine Freunde hintergehen würdest, um zu kriegen, was du willst. Ich werde mich nicht bei dir bedanken, ich werde nicht mit dir darüber lachen, ich werde nicht mit dir kommen und bei Gott, ich werde dir *niemals* verzeihen. So. Jetzt bist du dran.«

Mauro ist bis in die letzte Faser angespannt. Ich auch. Wir stehen bereit, um uns auf Art zu stürzen und ihm das Messer zu entreißen, bevor er Rebecca etwas antun kann.

Aber dann löst sich der Griff seiner Hand, er senkt den Kopf, Tränen strömen ihm aus den Augen, und er lässt das Messer fallen.

»Heb es wieder auf.« Zwischen den lodernden Bäumen tritt Michele hervor, die Pistole auf Art gerichtet. »Na los, heb es wieder auf.«

Art sieht ihn an. »Was willst du hier?«

»Zeig mir die Heiligen, Art«, sagt Michele. »Heb das Messer auf und zeig sie mir.«

Art schüttelt den Kopf.

»Ich glaube dir! Wenn ich tanze, kann ich die Gegenwart der Heiligen spüren. Aber jetzt will ich sie auch sehen!«

Michele achtet nicht auf mich. Ich mache einen Schritt auf ihn zu.

Er wendet sich zu mir. »Ich konnte dich noch nie leiden«, sagt er und drückt ab.

In meinem Knie explodiert ein stechender Schmerz, die Knochen splittern und schneiden mir ins Fleisch wie Glasscherben. Mein Bein gibt nach, ich sacke zu Boden und schreie so laut wie heute Nacht, als ich die Katze getötet habe.

Mit geradezu anmutigen Bewegungen richtet Michele sofort nach dem Schuss die Waffe wieder auf Art, und sein Arm bewegt sich dabei wie eine Welle, die sanft ans Ufer schlägt. Er ist ein Tanzmeister, und mit Waffen und armen Sündern tanzt er so elegant wie mit Schwertern und Heiligen.

Ich höre einen Schrei. Hinter dem Schleier, der meine

Augen trübt, sehe ich, kurz bevor ich das Bewusstsein verliere, wie Tony seine Pistole zückt und sie auf Micheles Kopf richtet.

»Sie ist nicht geladen, *coglione*«, sagt Michele.

Tony drückt ab.

Sie *ist* geladen.

MAURO

1

Gott sei Dank schläft Rebecca.

Ich wende mich zu spät ab und sehe noch aus den Augenwinkeln, wie Micheles Kopf nach hinten gerissen wird und Blutspritzer und Knochensplitter wie kleine Insekten durch den Rauch schießen. Als ich wieder hinschaue, liegt Michele auf dem Boden, mit einem klaffenden Loch im Schädel, und das Blut, das auf die Erde rinnt, ist fast nicht zu erkennen, Rot vermischt sich mit Rot. Tonys Schrei ist verhallt, und auch Fabio gibt keinen Laut von sich. Ein seltsames Gefühl des Zusammenhaltes entsteht, als wir alle vier wortlos die Leiche des Verbrechers anstarren, den wir gerade ermordet haben. Und Rebecca schläft Gott sei Dank noch immer und wird nie irgendetwas von all dem erfahren.

Und was ist passiert? Wir haben die Grenze *nicht* überschritten. Als sich Enttäuschung in mir breitmacht, werde ich wütend auf mich selbst. Ich war so dumm, oder so im Bann von Arts Verheißungen, dass ich dachte, dass vielleicht ja doch, kann sein, wer weiß. Aber jetzt hat Tony einen Menschen umgebracht, und kein Zauber hat sich erfüllt. Aus dieser Welt gibt es kein Entrinnen. Uns bleibt nur, die Musik zu akzeptieren und zu tanzen.

Und das hier war ein Tanz, wie es ihn wohl nur selten gibt.

Ich halte die Hände vors Gesicht. Dieses kleine Ritual führe ich immer im Stillen durch, wenn mir ein anstrengender Tag bei Gericht bevorsteht. Ich lege mir die Hände aufs Gesicht und streiche dann links und rechts über die Wangen nach außen, wie um alle Ängste und Sorgen aus meinem Denken wegzuwischen und nur das zu behalten, was ich brauche. Ich vergesse den Gitarristen und mache Platz für den Mistkerl, der des Lebens überdrüssig ist. Als ich die Hände jetzt über mein Gesicht gleiten lasse, rieche ich Rauch und Benzin, und sofort kommt mir der Gedanke: *Wir müssen hier raus.* Das Feuer breitet sich rasend schnell aus.

Wir sitzen in der Klemme, aber es könnte schlimmer sein.

Ich werfe einen kurzen Blick auf Fabios Bein. Sein Knie ist in tausend Teile zersplittert. Er wird wohl nie wieder ohne Stock gehen können. Der Mann, der ihm das angetan hat, ist tot.

Gut so.

»Trag Rebecca zum Auto«, sage ich zu Tony.

»Ich habe gerade einen Menschen umgebracht«, sagt Tony.

»Ja, aber wir haben jetzt keine Zeit, um darüber zu reden. Trag sie zum Auto.« Dann frage ich Art: »Hilfst du mir mit Fabio?«

Art sagt kein Wort, steht aber auf und geht zu Fabio. Fabio schreit auf, als Art und ich ihm behutsam auf die Beine helfen. Auch ich stöhne dabei – meine Wunde schmerzt wieder. Aus den Augenwinkeln sehe ich, wie Tony meine kleine Tochter auf den Arm nimmt. Dann machen wir uns auf den Weg aus dem Olivenhain hinaus. Jeder Schritt ist wie ein Hammerschlag. Als wir draußen angelangt sind, sehe ich erleichtert, welche riesigen Mengen Rauch das Feuer ausstößt. Es wird nicht unbemerkt bleiben, obwohl wir hier weit von der Zivilisation entfernt sind.

»Hast du noch Benzin?«, frage ich Art.

»Ja, im Kofferraum.«

Manches ändert sich nie. Art hatte immer Reserven, bei allen seinen Vorhaben. Er überlässt nichts dem Zufall. Art und ich helfen Fabio beim Einsteigen. Wir platzieren ihn auf der Rückbank, und Tony setzt Rebecca, meine bezaubernde Tochter, auf den Beifahrersitz. Während Tony Fabio notdürftig versorgt, gehe ich zu Arts Auto, nehme einen der beiden roten Benzinkanister heraus und gehe zurück in den Olivenhain.

Ich bin Steueranwalt. Spuren zu verwischen, gehört zu meinem Beruf.

Als ich allein durch den Hain gehe, überkommt mich ein gespenstisches Gefühl. Wieder holen mich meine Fluchtfantasien ein. Wenn das alles doch nur wahr wäre. Wenn es doch nur eine andere Welt gäbe, in der wir für immer jung wären. Ich suche die raucherfüllte Umgebung nach fremdartigen Gestalten ab – eine zur Seite huschende, verzauberte Frau, ein verschwindender Geist, irgendeine Spur oder vielleicht sogar Beweise. Doch da ist nichts.

Noch während ich gehe, schraube ich den Kanister auf, und als ich vor Micheles Leiche stehe, gieße ich das Benzin über ihn aus. Mit den Füßen bugsiere ich die Leiche zu dem Baum, unter dem Rebecca gelegen hatte, und im selben Moment springt das gierige Feuer vom Holz über das Benzin auf das Fleisch. Mein Mitgefühl gehört Tony, der einen Menschen umgebracht hat, und auch Fabio, der wohl sein Bein verlieren wird, aber auch Art und auch mir selbst. Für diesen Kleinstadtmafioso dagegen vergieße ich keine Träne. Hastig gehe ich wieder zu den Autos zurück. Ich habe Freunde, die auf mich warten. Auch Michele hatte Freunde.

Genau da liegt das Problem.

2

Tony biegt in die Zufahrt zu Elenas Haus ein, Art folgt uns in seinem gestohlenen Auto. Fabio ist noch bei Bewusstsein, wird aber von Minute zu Minute schwächer. Tony wird ihn nicht so versorgen können, wie er mich versorgt hat. Fabio hat den Schuss eines Profis abbekommen, der ihn gezielt verletzen sollte. Aber ins Krankenhaus können wir ihn nicht bringen. Nach dem, was wir mit Michele gemacht haben, würde das für ihn und uns den sicheren Tod bedeuten.

»Kommt rein«, sagt Elena und hält uns die Tür auf. »Ich habe Kaffee gemacht.«

Hinter ihr steht Rocco, der nicht einmal mehr so tut, als sei er hier der Herr im Haus. Ich nehme Rebecca auf den Arm, während Art und Tony Fabio hineinhelfen. Er beißt sich so fest auf die Lippen, dass Blut austritt. Elena führt mich in das Zimmer, in dem ich vor zwei Nächten lag, um mich zu erholen. Das Bettlaken ist sauber. Behutsam lege ich Rebecca auf das Bett und küsse sie auf die Stirn. Ihre Haut verströmt noch immer den Geruch von geräuchertem Olivenholz. Es ist ein angenehmer Geruch, wie der Nachgeschmack eines Lagerfeuers mit Freunden.

Als Elena und ich zurück ins Wohnzimmer kommen, sitzt Art in einem der Korbstühle, Fabio liegt schwer atmend auf dem Sofa, und Rocco steht einfach nur da, die Hände in den Hosentaschen vergraben wie jemand, der völlig überfordert ist.

»Du hast mich *ausgeliefert,* verflucht noch mal!«, schreit Tony Elena an.

»Beruhig dich, Mann«, sagt Rocco.

Tony dreht sich blitzschnell zu ihm um, woraufhin Rocco einen Schritt zurück macht.

Er hat den Kaffee auf dem Tisch vor dem Sofa abgestellt. Gelassen greift Elena nach einer Tasse und nimmt einen Schluck. »Ich habe euch mit Michele zusammengebracht, Michele hat euch gesagt, was ihr tun sollt, und ihr habt es nicht getan.«

»Ich gehöre nicht zur Corona.«

»Und wenn schon, Tony? Bist du wirklich so dumm, dass du nicht kapierst, welcher Gefahr du meine Familie ausgesetzt hast? Ich habe getan, was ich tun musste, und ich habe es *für uns alle* getan.«

»Mich ausliefern – war es das, was du tun musstest?«

»Die Pistole war doch geladen, oder?«

Tony schlägt mit der Faust gegen die Wand. »Du hast mich dazu gebracht, einen Menschen zu töten!«

»Ich habe dich zu gar nichts gebracht. Ich habe nur inständig gehofft, dass du das Richtige tust.«

Ich sehe mich nach Art um. All seine Kräfte scheinen ihn verlassen zu haben. Er wirkt erschöpft und um zehn Jahre gealtert. Er sieht nach draußen in das Licht des anbrechenden Morgens. Wahrscheinlich denkt er noch immer an seine *Madama* und an die verborgene Welt, und auch wenn es diese Welt vermutlich nicht gibt, ist seine Sehnsucht nach ihr doch nur allzu wirklich. Ich kann das nachvollziehen. Ich hasse ihn nicht, weil er meine Tochter umbringen wollte. Ich liebe ihn, weil er es nicht geschafft hat. Selbst die Verheißung ewiger Glückseligkeit hat ihn nicht dazu gebracht, Rebecca etwas anzutun. Tief im Inneren des Verrückten, der er geworden ist, steckt noch immer der aufrichtige Mensch, als den ich ihn kenne. Ich hoffe, das ist bei uns anderen auch so.

»Trotzdem haben wir jetzt ein Problem«, werfe ich ein. »Wir haben jemanden von der Corona umgebracht.«

»Und Fabios Bein muss versorgt werden!«, blafft Tony.

»Es könnte eine Lösung geben«, sagt Elena.

Wir alle schweigen eine Weile. Dann fragt Art verächtlich: »Hast du das von Anfang an so geplant?«

Elena zuckt nur mit den Schultern.

Art schüttelt langsam den Kopf. Dabei macht er etwas, das ich noch nicht oft bei ihm gesehen habe: Er sieht Elena voller Respekt an. »Einverstanden. Ruf ihn an.«

Elena steht auf und geht hinaus. Rocco folgt ihr.

»Was ist denn jetzt los?«, fragt Tony. »Was geht hier vor?«

»Der König, Tony«, sagt Art. »Der Kopf, auf dem die Krone sitzt, die *Corona*. Er hat für meine Zauberkünste mehr Verwendung, als er für Michele hatte. Ich stelle mich ihm zur Verfügung.«

»Verdammt, jetzt mach endlich mal ’nen Punkt, Art. Ich habe *einen Menschen umgebracht*, und nichts ist passiert! Die Verborgenen Dinge, deine Zauberkünste – das ist doch alles nicht wirklich!«

Aber Tony weiß ebenso gut wie ich, dass das nicht der Punkt ist. Über die Wirklichkeit bestimmen die, die schwerere Geschütze auffahren können als wir.

»Er ist ein vernünftiger Mann«, sagt Art. »Ich biete ihm meine Dienste an und verlange dafür, dass er euch in Ruhe lässt. Außerdem wird kein Arzt, der auch nur bis drei zählen kann, fragen, was mit Fabios Knie passiert ist. Und die Corona wird keinen Grund mehr haben, Silvana etwas anzutun. Ich gebe mich ganz in die Hände des Königs, dieses mächtigen Mannes, und wir alle profitieren davon.«

Natürlich, wenn profitieren bedeutet, dass meine Familie und ich die nächsten achtundvierzig Stunden überleben. Fabio liegt noch immer auf dem Sofa und kann kaum noch die Augen aufhalten. Er wirkt, als sei er noch bei Bewusstsein, aber er kann oder will nicht sprechen. Ich sehe erst ihn an und dann Tony. Kaum zu glauben. Jetzt retten uns Arts Zauberkünste doch noch den Arsch. »Bist du dir da sicher?«, frage ich ihn. »Wenn ich das richtig verstanden habe, bist du, wenn du dich in die Hände dieses Mannes gibst, im Grunde so etwas wie … sein Diener.«

Art lächelt, und ein wenig von seiner Energie scheint zurückzukehren. »Wenn der richtige Zeitpunkt gekommen ist, werde ich einen Ausweg finden. Und bis dahin …« Er hält inne und reibt sich die Hände. »Bis dahin gebe ich am Hof des Königs den Zauberer. Das wird gar nicht mal so übel. Im Gegenteil. Das wird ein Spaß. Ein Riesenspaß.«

TONY

Das American Pizza wird mir einfach nie über. Die Pizza hier ist gut, nicht die beste der Stadt, aber gut. Von mir aus könnten sie auch Rattengift reinmischen. Ich komme wegen des Lokals hierher. Sein Äußeres hat sich stark verändert, seit die Touristen Casalfranco entdeckt haben, aber seine Seele ist noch immer dieselbe. Viele, viele Jahre lang haben ich und meine Freunde uns hier getroffen. Das jährliche Wiedersehen war für uns alle der einzige Fixpunkt im Karussell des Lebens. Früher waren wir zu viert, heute sind wir nur noch drei.

Ich bin als Erster da. Ich setze mich an unseren Tisch, bestelle ein Glas Pinot Grigio und fange schon mal mit dem Brot an. Ich bin so aufgeregt wie ein Sechzehnjähriger beim ersten Date. Es ist jetzt auf den Tag genau zwei Jahre her, dass Fabio, Mauro und ich hier saßen und Art nicht aufgetaucht ist. Es ist fast zwei Jahre her, dass ich einen Menschen umgebracht habe. Mittlerweile habe ich akzeptiert, dass ich mich damit nicht schlecht fühle. Michele war ein Monster. Ich habe abgedrückt, aber er hat mich dazu gezwungen.

An einem Tisch ganz in der Nähe sitzt ein deutsches Ehepaar. Sie sind furchtbar stolz darauf, dass sie den Kellner namentlich begrüßen und in einem schwer akzentbehafteten, aber deutlichen Italienisch bestellen können. Ich würde darauf wetten, dass sie Rentner sind. Das Salento wird mehr und mehr zum Florida Europas. Viele Einheimische klagen darüber, aber ich finde, heute ist es besser als früher in der guten alten Zeit, als ein fünfzehnminütiger Hagelschlag im August die ganze Ernte zerstören konnte und die Familie ein Jahr lang hungern musste. Die beiden wirken glücklich. Das heitert mich auf.

»Geiles Hemd«, sagt Mauro.

Zwei Jahre können ein Gesicht massiv verändern. Als ich Mauro das letzte Mal gesehen habe, hatte er vereinzelte graue Haare. Jetzt ist er mehr als nur graumeliert. Das steht ihm, er wirkt dadurch lebensklüger.

»Ich wusste, dass es dir gefallen würde.«

Auf dem kurzärmligen Hemd sind Disney-Figuren zu sehen, die als Avengers verkleidet sind. Onkel Dagobert posiert als finsterer Iron Man, aber der Captain America von Micky Maus überzeugt mich noch nicht so recht.

Mauro nimmt Platz und räuspert sich. Heute soll so etwas wie eine Wiederbelebung des Paktes stattfinden. Allerdings unter anderen Vorzeichen, denn wir mussten uns absprechen, um das Treffen zu organisieren, und außerdem kann es den echten Pakt ohne Art nicht geben. Aber immerhin. Letztes Jahr haben wir ausgesetzt, weil die Wunden noch zu frisch waren. Und das heutige Treffen ist ein Experiment. Wir wollen es ausprobieren und sehen, was passiert. Ich hatte meine Zweifel, ob ich noch mit Fabio am selben Tisch sitzen könnte.

»Neuer Freund«, sagt Mauro.

Ich grinse ihn an. »Hast du Sergio auf Facebook gesehen?«

»Klar und deutlich.«

»Ein scharfer Typ, oder?«

»Dafür hab ich nicht die richtigen Antennen.«

Ich schürze die Lippen zu einem Kussmund. »Du bist herzlich eingeladen. Sergio und ich sind für alles offen.«

Mauro verzieht das Gesicht und tut angewidert. »Was macht er denn so?«
»Er ist Schauspieler.«
»Sind die das nicht alle?«
»Er ist wirklich einer. Spielt Shakespeare und so Zeug.«
»Cool.«
»Ich krieg andauernd Freikarten.«
Mauro nimmt sich eine Scheibe Brot. Unsere Unterhaltung gerät ins Stocken. Das ist mir noch nie passiert, weder mit Mauro noch mit Fabio. Zu viel Unausgesprochenes steht zwischen uns. Ich packe die größte Frage direkt an.
»Ich habe keine Ahnung, was Art macht.«
»Ich habe nicht danach gefragt.«
»Ja, aber du hast so laut gegrübelt, dass ich es bis hierher gehört habe. Zu Elena habe ich auch keinen Kontakt. Ich habe sie bei der Taufe ihres Sohnes und letztes Jahr an Weihnachten gesehen, aber wir haben nur so viel miteinander geredet, dass unsere Eltern zufrieden waren.«
»Du weißt noch immer nicht, wie du mit ihr umgehen sollst?«
»Nein.«
Elena hat mir damals eine geladene Pistole gegeben. Hat sie im letzten Moment noch so etwas wie schwesterliche Liebe verspürt, oder hat sie gehofft, ich würde Michele beseitigen? Ich weiß es nicht, und ich kann sie auch ganz sicher nicht danach fragen. Ich werde mir nicht brav den Mist anhören, den sie mir dann auftischen würde. Ich muss mich an die Fakten halten, und die Fakten sind alles andere als beruhigend. Als ich Michele erschossen habe, wusste ich, dass ich dadurch Rebecca das Leben rettete, aber ich wusste auch, dass die Corona das nicht gern sehen würde. Weil ich Michele eine Kugel verpasst hatte, waren wir alle schon so gut wie tot.

Aber dann hat Art uns gerettet.

Er hat sich ihnen, vermittelt durch Elena, zur Verfügung gestellt, und diesmal verlief alles nach Plan. Der König hat uns nicht behelligt, und er hat dafür gesorgt, dass niemand Fragen zu Fabios Verletzung stellte und dass Silvana freikam.

Und er hat Elena großzügig mit Macht und Einfluss bedacht.

Roccos Firma ist jetzt die größte in der Stadt. Weil ich Michele umgebracht habe, hat meine kleine Schwester einen gewaltigen Sprung auf der Karriereleiter gemacht. Die Frage ist nur: Hat sie mir eine geladene Waffe gegeben, um mir zu helfen oder um Michele reinzulegen? Ich werde es nie erfahren. Mauro sagt, es macht keinen Unterschied, aber das stimmt natürlich nicht.

Ebenso wenig werde ich je erfahren, was damals vor vierundzwanzig Jahren in dem Olivenhain Einschneidendes passiert ist, das Art dermaßen aus der Bahn geworfen hat. Es gab Momente, in denen ich kurz davor war, ihm seine Geschichte abzukaufen. Aber das war kaum mehr als ein Reflex. Als wir jung waren, haben wir ihm immer zugehört. Außerdem gibt es einen handfesten Beweis dafür, dass Arts Geschichte nichts anderes als ein Fall bedauerlicher Selbsttäuschung ist: Ich habe einen Menschen umgebracht, am richtigen Ort und zur richtigen Zeit, und wir haben die Grenze nicht überschritten. Bin ich so verroht, dass es nicht einmal ausreicht, *einen Typen abzuknallen*, um den Zauber zu bewirken? Also wirklich. Ich kann ziemlich rüde sein, aber ich bin nicht Elena.

Nein, ich werde nie erfahren, was in dem Olivenhain passiert ist. Ich kann es nur hinnehmen und mein Leben weiterleben. Ich erhebe mein Glas. »*Alla salute di Art*«, sage ich. »Auf Art, den Zauberer des Königs.«

Mauro lächelt und stößt an. »*Salute.*«

»Ist Anna mitgekommen?«, frage ich ihn.

»Nein.«

»Ist zwischen euch alles in Ordnung?«

»Alles bestens. Aber sie hat gesagt, dass ihr vor zwei Jahren etwas aufgegangen ist.«

»Nämlich?«

»Dass Casalfranco ein sexistisches Drecksloch ist und sie nie wieder einen Fuß in die Stadt setzen wird.«

»Dann sind sie schon zu zweit: sie und Fabio«, sage ich und verwünsche mich im selben Moment dafür.

»Volltreffer«, sagt Mauro lachend.

»Entschuldige.«

»Ist alles lange her. Ich komme klar mit Fabio. Und du?«

»Das weiß ich, wenn ich ihn sehe.«

»Anders als er bin ich aus der Sache unbeschadet rausgekommen. Es steht mir nicht zu, auf irgendjemanden sauer zu sein.«

An jenem Tag im Olivenhain, als wir unseren cleveren Freund Art davon abgehalten haben, etwas sehr Dummes zu tun, hat Fabio ein Bein verloren. Knochen, Bänder, Muskeln – alles war zerfetzt. Es musste oberhalb des Knies amputiert werden. Er wird für den Rest seines Lebens auf eine Prothese und einen Stock angewiesen sein. Dafür kann man ihm wohl sehr vieles verzeihen.

»Du bist ein besserer Mensch als ich«, sage ich.

»Du bist der beste, den die Welt je gesehen hat. Was du für Rebecca getan hast, das ist … Das werde ich dir niemals zurückzahlen können.«

»Du könntest ja heute schon mal die Rechnung übernehmen.«

»Jetzt lass uns mal nicht übertreiben.«

»Man scherzt hier offenbar in meiner Abwesenheit«, sagt Fabio. »Das, meine Freunde, kann ich nicht dulden.«

Er trägt ein sauberes weißes Hemd und einen Dreitagebart. Mehr denn je sieht er wie ein Filmstar aus, wie jemand der vor der Kamera stehen sollte und nicht dahinter. Ich bin gespannt, wie er zurechtkommt. Soweit ich weiß, ist aus dem Buch, das er geplant hatte, dann doch nichts geworden. Er wird es uns erzählen. Strahlend geht er auf unseren Tisch zu.

Er geht. Ohne Stock. Ohne zu humpeln.

»Dein Bein!«, rufe ich.

Er setzt sich, sieht uns an und sagt: »Art.«

DANKSAGUNG

Mit Danksagungen habe ich so meine Probleme. Wenn ich mich bei den Leuten bedanke, die mit mir zusammen ein Buch gemacht haben, gebe ich unumwunden zu verstehen, dass sie etwas geleistet haben, das Dank verdient, und somit, dass das Buch ziemlich gut geworden ist. Niemand würde sagen: »Danke, dass ihr dieses stinkende Gebräu mit mir gekocht habt.« Wenn wir uns bei anderen bedanken, beglückwünschen wir uns im Grunde selbst.

Obwohl ich Glückwünsche so gerne höre wie jedermann (auch in jedem noch so reservierten Autor steckt ein selbstgefälliger Schnösel), will ich an dieser Stelle die anderen erwähnen, die im Verborgenen gewirkt und ihre Zeit, ihr Herzblut und ihren Schweiß gegeben haben, um dieses Buch so gut wie möglich zu machen.

Als Erster sei Piers Blofeld genannt. Piers, du bist viel unerschrockener, als ich es verdient habe. Du hast nicht nur eine Engelsgeduld mit meinen krausen Gedanken in Sachen Geschichtenerzählen und wundersamen Ereignissen, nein, du *verteidigst* sie sogar. Um den unsterblichen Bluto Blutarsky falsch zu zitieren: *When goings get tough, you get going.* Danke dir dafür.

Ella! *Ciao,* Ella Chappell. Du hattest die Güte, an dieses Buch zu glauben, und die Weitsicht, zu erkennen, wie viel Arbeit noch zu leisten war. Jeder einzelne deiner Kommentare war Gold wert. Dein Gespür für Rhythmus und dein Gespür für Poesie waren ein großer Gewinn, und sie miterleben zu dürfen, eine wahre Freude. Daher Danke.

Meinen Freunden im Salento danke ich dafür, dass sie meinem Gedächtnis auf die Sprünge geholfen haben, wenn das notwendig war.

An meine Bloomsbury-Truppe: Ihr wisst, was ihr mir bedeutet, und ihr wisst, wofür euch mein Dank gilt.

Vassili Christodoulou und Susan Quilliam – eure Begeisterung für die Rohfassung des Manuskripts hat mir Kraft verliehen und mir durch die zahlreichen Überarbeitungen geholfen, durch die es zu einem fertigen Buch wurde.

Und bevor überhaupt irgendetwas passiert ist, bevor ich auch nur ein Wort über Verborgene Dinge geschrieben habe, bevor ich die erste Notiz gemacht habe, war da Paola Filotico. Paola, du warst immer davon überzeugt, dass ich als Erwachsener lernen könnte, einen Roman in einer anderen Sprache als meiner Muttersprache zu schreiben. Ich dachte, du wärst verrückt.

In Ordnung. Du hast gewonnen.

Guillermo Del Toro
Chuck Hogan

Das Buchereignis zur TV-Serie

Die *Saat*-Trilogie erstmals in einem Band

978-3-453-31722-2

Leseprobe unter **www.heyne.de**

HEYNE